Gewoon een meisje

Saskia Mulder

Gewoon een meisje

2001 – De Boekerij – Amsterdam

Oorspronkelijke titel: Just a Girl
Vertaling: Karien Gommers en Hanneke van Soest
Omslagontwerp: Studio M/V, Marlies Visser
Omslagfoto: Image Store
Auteursfoto: Lisa Bouwermann

ISBN 90-225-3009-4

Wie ben ik?

Mijn naam is Chloë Matthews. Ik vind het altijd moeilijk om mezelf te omschrijven. Ik wou dat ik kon zeggen dat ik een vlotte, intelligente, artistieke, actieve en milieubewuste vrouw ben. Maar dan zou ik moeten liegen. Nou ja, soms voldoe ik deels aan die omschrijving, maar ik kan ook dagen achtereen met een joint voor de televisie hangen om video's te kijken. Dan filter ik telefoontjes, en neem alleen op als het belangrijk is en ik niet te stoned ben om enigszins normaal uit de hoek te komen. Niet bepaald actief dus. Maar waarom zou ik mezelf eigenlijk móéten omschrijven? Waarom zou ik mezelf in een hokje plaatsen, als je vervolgens het gevaar loopt er nooit meer uit te komen? Het heeft geen enkel nut, als je het mij vraagt. Behalve misschien voor contactadvertenties. Maar ik wil helemaal geen advertentie zetten, laat staan erop reageren. Veel te wanhopig. Veel te 'ik-woon-in-een-stad-met-tien-miljoen-inwoners-en-ik-kan-niemand-vinden-om-mee-uit-te-gaan'. Hoewel, er zit een kern van waarheid in. Maar ook weer niet echt.

In feite lijkt mijn hele leven een dramatische contradictie. Soms zie ik er geweldig uit (als ik mijn dag heb, met de juiste kleding en make-up) maar soms ook ronduit lelijk (zo goed als iedere ochtend, behalve als ik lekker bruin ben, wat hooguit een maand per jaar zo is). Ik pretendeer van Mozart en Metallica te houden. Ik ben dol op bloemetjesjurken en uitdagende leren broeken. Ik ben wat ze een kind van de wereld noemen, wat ikzelf fantastisch vind klinken; ik kan me overal aanpassen. Helaas betekent dat ook dat ik nergens echt thuishoor. In de loop der jaren heb ik zoveel *Cheers*-afleveringen gezien dat het prachtige Engelse accent wat mijn ouders zo hard geprobeerd hebben door mijn strot te rammen inmiddels goed op weg is Amerikaans te worden. Ik heb zo'n twintig verschillende soorten parfum, die ik gebruik al naar gelang mijn stemming en gewenst imago van de dag. Maar ja, wat was er eerder, de stemming of de parfum? Stel dat ik de zoete, kinderlijke Anaïs Anaïs opbreng en mijn stemming verandert in die van een echte seksbom, ga ik de geparfumeerde lichaamsdelen dan wassen en opnieuw sprayen met Chanel No. 5?

Ik kan mezelf dus kennelijk het best omschrijven als: verdwaald, maar zoekende...

Hard zoekende.

Ik denk dat veel mensen me zullen benijden. Ik ben opgegroeid in een prachtig huis (met binnen- en buitenzwembad), paps zeer succesvol, mams erg mooi. Zelfs op mijn achtentwintigste noem ik ze nog papa en mama. Bovendien onderhouden ze me nog steeds. Wat ik nooit een punt heb gevonden, want ze zijn stinkend rijk en ik was al die tijd druk bezig met nadenken over wat ik met mijn leven ging doen. Afijn, ik heb nu tien jaar lang, sinds ik van school af ben, nagedacht. Ik heb tien jaar gespendeerd aan het nemen van lessen in pottenbakken en pianospelen, en het van tijd tot tijd meehelpen met het organiseren van een of andere liefdadigheidsactie. Voor geen enkele duidelijke reden, behalve dat het erg goed klinkt tijdens dinertjes. Al die lessen tezamen namen zo'n drie uur uit mijn wekelijkse rooster in beslag. De rest van mijn tijd besteedde ik aan lunches, dineetjes, winkelen, massages en fitness. Alles wat mijn uiterlijk en sociale vaardigheden maar ten goede kwam. Alles om de dag mee te vullen. Alles om net als mijn moeder te worden: een perfect geklede societykoningin.

En een week geleden heb ik besloten dat dat niet gaat gebeuren. Ik ga niet na papa's kleine meisje te zijn geweest manliefs kleine meisje worden. Ik heb besloten alle financiële banden met mijn vader te verbreken en mijn moeder (en haar vriendinnen, wier dochters automatisch geacht werden mijn vriendinnen te zijn) minder vaak te zien. Ik ga het helemaal zelf maken. Ik begin opnieuw met mijn leven, daar waar ik tien jaar geleden was gebleven. Ik ga werk zoeken en van mijn eigen salaris leven (niet helemaal eerlijk, als je bedenkt dat mijn ouders voor mijn vijfentwintigste verjaardag een schitterend penthouse voor me hebben gekocht en ik een garderobe heb die groot genoeg is om de rest van de tijd die ik op deze aardkloot heb algeheel bedekt door het leven te gaan, maar toch...).

Dit klinkt misschien alsof er niet veel zou veranderen, maar dat lijkt maar zo. Ik zou iedere ochtend vroeg uit de veren moeten om naar mijn werk te gaan. Ik zou laat en uitgeput thuiskomen en daarna waarschijnlijk met mijn nieuwe vrienden een bar in duiken.

Een normale bar. Niet een bar in het beste restaurant van de stad, waar de deuren voor je worden geopend en de drankjes met heerlijke hors d'oeuvres worden geserveerd door knappe obers die me allemaal bij naam kennen, maar een échte bar. Waar ik zal moeten staan als er geen plaats is om te zitten, of naar een andere zal moeten vertrekken. Ik zal met échte mensen omgaan, die ook écht werk hebben en échte vrienden (in plaats van met mijn groepje kennissen dat door mijn vele sociale contacten aan me is blijven plakken), mensen die hun eigen kinderen opvoeden. Zelf, niet door een ploeg kindermeisjes.

Wat zou ik nog meer moeten doen? Eerlijk gezegd heb ik geen idee. Van mijn luie kont af komen en opdrachten uitvoeren in plaats van ze te geven, misschien? Nu ik eraan denk: ik zal mensen moeten ontslaan.

Allereerst zal Hernando, mijn persoonlijke trainer, moeten opstappen. Hernando werkt al zeven jaar met me, eerst om me in topconditie te krijgen, vervolgens om me erin te houden. Me in conditie te sláán is een betere omschrijving. Vier keer per week, twee uur per sessie.

Iedere keer dezelfde begroeting. 'Chloë, schat, wat zie je er fantááástisch uit!'

'Dank je, Hernando. Hoe is 't?'

'O geweldig, schat, je gelooft nóóit wat ik gisteravond heb meegemaakt!' antwoordde hij dan vervolgens, helemaal gelukkig, waarna er een zeer gedetailleerde beschrijving volgde van hoe hij door de knapste man (bij voorkeur het strakst gebild) in de bar werd opgepikt en van de spelletjes die daarop volgden.

Terwijl ik naar Hernando keek – met zijn kleine maar gespierde lijf in strak spandex geperst, zijn ondefinieerbare gezicht (uitgezonderd de zorgvuldig 'gekapte' snor die zijn bovenlip siert) helemaal opgewonden, zijn ogen die om de andere zin ten hemel werden geslagen en zijn blij wapperende linkerhandje – vroeg ik me af of hij werkelijk ook maar een seconde dacht dat ik zijn verhalen geloofde. Niemand in de geschiedenis van de mensheid kan seksueel zo actief zijn. Met of zonder Viagra. Maar Hernando scheen zijn verhalen echter zelf te willen geloven, dus wie was ik om te zeggen hoe belachelijk hij was? Hij was erg onderhoudend, en een fantastisch gespreksonderwerp tijdens de lunch. Al mijn vriendinnen schenen hun eigen persoonlijke Hernando te hebben: Henrico, Miguel, Roberto... Kennelijk droegen ze allemaal gelijksoortige spandex pakjes en waren ze nogal creatief met hun gezichtshaar. Allemaal overduidelijk homo en erop gebrand hun ervaringen in het veld met anderen te delen.

Dus het eerste wat me te doen staat om mijn vorige leven achter me te laten, is Hernando kwijt zien te raken. Nu ben ik nooit goed in dat soort dingen geweest. Ik bedoel, wat doe je? Bel je, ga je erheen? Geef je hem meteen ontslag, of zeg je dat je over twee maanden geen gebruik meer zult maken van zijn diensten?

Maar ik wil zo snel mogelijk met mijn nieuwe leven beginnen en dit zal mijn eerste stap in die richting zijn. Dus ik zal door de zure appel heen moeten bijten en hem bellen. Nu meteen. Zonder opzegtermijn.

'Het lichaam-en-geestcentrum, u spreekt met Joëlle, kan ik u van dienst zijn?' hoor ik aan de andere kant van de lijn.

'Hmm, ja, hallo... met Chloë Matthews, kan ik Hernando misschien even spreken?'

'Het spijt me, Chloë, Hernando is er op het moment niet. Kan ik misschien een boodschap achterlaten?'

Jezus! Zomaar ineens opzeggen is al niet niks, maar een boodschap achterlaten met 'ik heb je niet meer nodig' gaat wel tegen alle humanitaire normen in, of niet? Zeven jaar lang heeft hij me van alle sappige details uit zijn leven op de hoogte gesteld, dingen die hij, hoop ik, zelfs niet aan zijn familie zou vertellen. Hij heeft me van pudding in staal gedrild, en ik laat een boodschap voor hem achter? Dat is wel heel grof. Ik kan het niet. Ik moet.

'Chloë?' Terwijl ik mezelf een zenuwinzinking aan het bezorgen was, had Joëlle zitten wachten.

'Eh, ja, eh... Zou je Hernando willen zeggen dat ik... eh, dat ik een tijdje de stad uit ben, maar dat ik contact met hem opneem zodra ik terug ben?' flapte ik eruit zonder dat ik wist waar ik het vandaan haalde.

'Doe ik.'

'O... nou... Hartelijk bedankt!' Door Joëlles gebrek aan verbazing was ik een moment compleet uit het veld geslagen.

'Nou, dag dan!'

Tuut, tuut, tuut... Joëlle had opgehangen.

Ik had het gedaan! Eigenlijk veel makkelijker dan ik had gedacht. Ik had een scène verwacht, verwijten, geschreeuw, gehuil, alles behalve dit.

De eerste wijze les in mijn nieuwe leven: vermijd een confrontatie door de situatie te vermijden!

Ik zou hetzelfde met de masseuse kunnen doen. Olga bellen op een tijdstip dat ik weet dat ze er niet is, een vriendelijke boodschap achterlaten dat 'ik een tijdje de stad uit ben en dus even geen gebruik meer kan maken van haar diensten, maar dat ik bel zodra ik weer terug ben'. Perfect!

Het idee dat ik Olga niet meer zal zien vind ik eigenlijk wel lekker. Ze is de beste masseuse die je je kunt wensen, maar ze geeft me altijd een rotgevoel. Niet door wat ze zegt, maar door de manier waarop ze naar me kijkt.

Ze komt altijd met haar opklapbare massagetafel onder haar arm langs, zegt het onvermijdelijke 'hallo' en loopt vervolgens mijn appartement in. Elke keer als ik een gesprekje wil beginnen (niet meer dan normaal, als je bedenkt dat ze me letterlijk van top tot teen kent) en een 'hoe is het met je?' aan míjn 'hallo' toevoeg, dan houdt ze precies dezelfde efficiënte uitdrukking op haar gezicht en zegt: 'Zal ik de tafel opzetten?'

Ze is waanzinnig onbeleefd. Ik bedoel, ik betaal háár immers, en ik vraag háár hoe het gaat, in plaats van andersom, en dan geeft ze geen antwoord!

Zolang ik Olga ken is ze nog nooit van haar programma afgeweken. Ze komt binnen en negeert me. Ze installeert haar massagetafel in mijn slaapkamer, laat me op de kop af twee minuten alleen om me uit te kleden, te gaan liggen en mezelf met een van de witte handdoeken die ze altijd bij zich heeft te bedekken. Dan komt ze weer binnen, ontbloot mijn benen en vraagt of ik ergens last heb, waarna ik het zere lichaamsdeel aanwijs.

Als ik ergens niet tegen kan, zijn het zwijgzame mensen. Dan begin ik te kletsen. Ik zeg iets, ze reageren niet. Ik ga op een andere manier praten, in een poging hun aandacht te trekken, maar ze reageren niet. Ik verander iets aan de richting van het gesprek, in de hoop op instemming – nog altijd geen reactie. Alleen die blik. Observerend. Vooroordelend. Afkeurend. Op zo'n moment probeer ik lollig te gaan doen. Afijn, dat is dodelijk. Absoluut dodelijk. Met als gevolg dat ik alle kwekrecords breek en mezelf nog belachelijker maak dan ik al was.

Maar zo werkt dat niet bij Olga. Ik zeg tegen Olga dat ik last heb van mijn onderrug en dan antwoordt ze niet, noch zal ze er haar aandacht op richten. Ik zeg dat het van nerveuze spanningen komt.

'Natuurlijk,' antwoordt ze.

'Als ik heel nerveus ben, krijg ik buikkrampen en dat slaat op mijn rug.'

'Natuurlijk,' zegt ze weer.

'Ik kan het verhelpen door te ontspannen zodra het komt opzetten.'

'Natuurlijk.'

En wat bedoelt ze daarmee? Dat ik dat dan maar had moeten doen? Of dat iedereen pijn de baas kan worden door te ontspannen? Wat gaat er eigenlijk in haar om?

'Het gaat weg door een goede ademhaling,' leg ik uit, wanhopig op zoek naar instemming, en beseffend dat masseuses dol zijn op gesprekken over zaken als ademhaling, net zoals de Hernando's van deze wereld dol zijn op gesprekken over tricepsen en seks.

'Natuurlijk.'

'Door vanuit de buik te ademen, in plaats van hoger, uit de borst. Ik krijg er een ronde, lelijke buik van, dus dat doe ik normaal zo min mogelijk, want anders lijkt het net of ik een buik heb.'

'Die heb je ook,' merkt ze op.

'Natuurlijk,' antwoord ik, en ik voel me dom en verwend.

Om de een of andere reden geeft ze me altijd het gevoel dat ik verwend ben. Alsof alleen mensen die werken het recht hebben gestresst te zijn en daarmee ook het voorrecht hebben om gemasseerd te worden. Maar zo werkt dat niet. De enige mensen ter wereld die gemasseerd worden zijn diegenen die het willen, en er de tijd en het geld voor hebben. En dat heb ik. En nu besef ik ineens dat ze me dat kwalijk nam, omdat ik er nooit iets voor heb hoeven doen.

Gek dat ik dat niet eerder heb ingezien. Ze heeft altijd op me neergekeken omdat ik niet actief was in de werkende wereld. Ik had niet hoeven ploeteren om me haar hemelse diensten te kunnen veroorloven. Andere mensen snakten naar een massage, hadden het nodig en zouden het weten te waarderen, terwijl ik alleen het geld van mijn vader erdoor joeg.

Maar waarom kwam ze dan als ze zo over me dacht? Misschien was ze zoals een van die plastische chirurgen in Brazilië, die rijke vrouwen opereert en ze voor elke knip, oprekking en implantatie enorme bedragen laat neertellen. Vervolgens dwingt hij ze zeker een maand in zijn 'healing farm' te verblijven, een combinatie tussen een ziekenhuis en een luxe ontspanningsoord, waar ze opnieuw flink in de buidel mogen tasten. Wat een smeerlap, denk je dan meteen, maar dat is niet zo. Het geld dat hij verdient met het gladstrijken van deze ontneusde oudere jongeren gaat naar een ziekenhuis iets verderop, dat hij zelf heeft opgericht en waar hulpbehoevenden zich kosteloos kunnen laten opereren. Iedere keer wanneer hij weer zo'n overgeopereerde draak onder het mes neemt, denkt hij aan de levens die hij hierdoor kan redden. Bij hoeveel kinderen hij de littekens kan helen en hun levens draaglijker kan maken.

En waarschijnlijk deed Olga hetzelfde. Mensen zoals ik masseren tegen een royaal uitgevallen tarief en het daarnaast gratis doen voor mensen die het echt nodig hebben. Mensen in ziekenhuizen, kinderen met artritis, bejaarden en invaliden.

Pro-Deomassages. Indien je te weinig inkomen hebt om een eigen masseuse te betalen, wijst de samenleving er een voor je aan.

Nou, het doet me goed te denken dat ik dat soort mensen eigenlijk help.

Weliswaar buiten mijn weten, maar toch...

Had ze me dan iets willen leren, al die keren dat ze mijn blik ontweek en alleen maar 'natuurlijk' zei? Probeerde ze me al die keren dat ze niet glimlachte duidelijk te maken hoe doorzichtig mijn leven was?

Al die keren dat ik haar zo verschrikkelijk irritant vond lijken nu een betekenis te krijgen. Ik begrijp nu hoe ze mij zag. Ze had gelijk. Ik was een nietsnut.

Misschien moet ik haar bellen (dat wil zeggen persoonlijk, niet haar antwoordapparaat) om te vertellen dat ik een baan ga zoeken. Of toch maar niet? Ik bedoel, ze zou niet bepaald onder de indruk zijn. Het is zoiets gewoons dat het in de ogen van de meeste mensen niet bepaald een reden is om trots te zijn.

Bovendien denkt ze waarschijnlijk toch dat het de zoveelste 'bevlieging' van mij is. Zoals die keer dat ik op yoga ging, over niets anders meer kon praten, en het na drie lessen voor gezien hield. Of toen ik een maand lang een *born-again Christian* werd om vervolgens de hele kerk de rug toe te keren en me op het boeddhisme te storten. Maar dat was enkel omdat het idee van meerdere levens me wel aansprak, zo van: je maakt er in dit leven een zootje van en... oeps... je krijgt een nieuw leven, net als in een computerspelletje!

Ik heb besloten niet te bellen. Ik ga gewoon carrière maken en tegen de tijd dat ik haar massages kan betalen, bel ik haar op. Dat betekent wel dat ik keihard zal moeten werken, want massages zijn pure luxe. Als ik me dan maandenlang heb uitgesloofd om de top te bereiken, sleep ik mijn overspannen, uitgeputte lijf haar massagesalon binnen.

Ze herkent me uiteraard niet. En dan, na de massage, zal ik me omdraaien en zeggen: 'Je herkent me niet, hè?' Ze zal me verbaasd aankijken, tot ze beseft: 'Mijn god, het is Chloë Matthews!'

'Inderdaad,' antwoord ik dan trots.

'Maar lieve kind, wat is er in vredesnaam met je gebeurd?'

'Ik heb het leven in de ogen gekeken,' zeg ik, terwijl ik een greep in mijn portemonnee doe. 'Bedankt voor de massage, daar was ik hard aan toe.' En als ik vertrek, zal ze me glimlachend nakijken, met een heel wijze blik in haar ogen.

Heerlijk!

De volgenden die de laan uit moeten, zijn:

– *de therapeut*

Bij hem loop ik nu anderhalf jaar, en als ik bedenk hoeveel woorden er van zijn kant tijdens die vijftig minuten durende uren uit zijn gekomen, dan kan ik wel gillen.

Volgens mij kan ik best zonder die man. Hij zegt toch geen woord. Hij vindt het prima dat ik maar doorrebbel over alles wat er in mijn hoofd opkomt, om me vervolgens te laten betalen voor zijn luisterend oor. Kun je je voorstellen dat die lui jarenlang aan de universiteit moeten studeren om dit onder de knie te krijgen? Eigenlijk een goede investering, nu ik erover nadenk. Als je genoeg geld bij elkaar weet te schrapen om die studie te betalen, kun je de rest van je leven uitzitten door zo nu en dan iets vaags te mompelen (meestal iets in de trant van: 'En hoe voelde je je toen?') en het geld stroomt binnen.

Zo, die krijgt de boodschap niet eens op zijn antwoordapparaat, ik behandel hem net zo koelbloedig als hij mij heeft behandeld. Ja, psych, wie kaatst moet de bal verwachten. Ciao!

– *de werkster*

Dit vind ik niet alleen een waardeloos idee omdat ik een ontzettende sloddervos ben en graag ontbijt op bed krijg, maar ook omdat het me niet lekker zit haar te moeten ontslaan. Ze heeft het geld hard nodig. Ik weet dat ze elke dag, nadat ze bij mij gewerkt heeft, nog naar drie andere huizen moet. Die vrouw moet van 's ochtends negen tot 's avonds acht werken om de touwtjes aan elkaar te knopen en geld naar haar familie in de Filippijnen te kunnen sturen. Ik zal zien wat ik kan doen. Allereerst zal ik het haar persoonlijk vertellen, en ik zal haar een ruime opzegtermijn geven, zodat ze genoeg tijd heeft om ander werk te vinden.

Ik hoop dat ze niet boos zal zijn.

– de helderziende

Die hoef ik niet te bellen, nietwaar? Als ze goed is (wat ik betwijfel, want ze is me nog steeds de ware Jakob schuldig) 'ziet' ze het vanzelf.

– de kappers

Vanaf nu geen zeswekelijkse knipbeurten meer, niet meer twee keer per week wassen-föhnen en niet meer mijn blonde plukken bijkleuren tegen een tarief waar een klein weeshuis een hele tijd op zou kunnen draaien.

Alleen al bij het idee flitsen de meest afgrijselijke spookbeelden door mijn hoofd. Visioenen van vrouwen met rampzalige kapsels. Uitgroei. Gespleten haarpunten. Slecht geknipte bobs. Gemillimeterd haar. Nepblondines, zonder enige nuance in kleur. Veel te geel. Ik zie ze naar zichzelf in de spiegel kijken, terwijl de kapper beweert dat dit 'de beste coupe uit zijn carrière' is. Waarschijnlijk heeft hij nog gelijk ook. En dat is eng, heel eng.

Maar ik neem aan dat dit de prijs is die ik moet betalen om richting aan mijn leven te geven. En ik hoop dat ik, na jaren door de allerbesten te zijn gekapt, mijn nieuwe kapper kan bijspringen met goede raad over hoe hij mij moet 'doen', zodat de schade beperkt kan blijven.

Nou, dat is het wel zo ongeveer. Ik kan niemand anders meer bedenken die ik voor zijn diensten betaal. Het enige wat ik dus nog moet doen is een boodschap achterlaten bij mijn kapper, en Sumandra, mijn werkster, inlichten, en dat is het dan!

Toch lang niet gek, zoals ik dit heb opgelost, al zeg ik het zelf. Want het scheiden van wegen is niet gemakkelijk.

Ik ben benieuwd hoe de mensen zullen reageren. De een zal het te gek vinden, de ander juist niet, neem ik aan. Morgen is de grote dag van de familielunch en dan kan ik mijn vader apart nemen en zeggen dat ik geen geld meer van hem wil. Ik denk dat hij dat wel kan waarderen. Niet vanwege het geld, want mams zal met plezier uitgeven wat hij op mij bespaart, maar ik denk hij me erom zal respecteren. Toen ik kind was kon hij mij soms vol trots aankijken. Die blik heb ik helaas allang niet meer gezien. Het gaf me altijd een goed gevoel.

Het is een rustige man, mijn vader. Een beetje afstandelijk. Jammer genoeg praten we niet veel met elkaar. Niet omdat ik dat niet wil, maar ik weet nooit zo goed waar ik het met hem over zou moeten hebben. Ik weet zelfs niet eens precies wat hij doet. Ik weet dat het iets met het beheren van geld te maken heeft, wat onder andere inhoudt dat mensen hem geld geven om te investeren, en dat hij zo ongeveer alles wat er in de wereld gebeurt moet weten om dit goed te kunnen doen. Hij is altijd aan het werk. Ontbijt met het gezin betekende ik, mijn vader en een overweldigende behoefte aan stilte, zodat hij kon nadenken. Geluidloos at ik mijn ontbijt op, waarna ik zachtjes de trap op liep, naar de slaapkamer van mijn moeder, om haar wakker te maken en gedag te zeggen voor ik naar school ging. Dan lichtte ze één kant van haar roze zijden slaapmasker op en herinnerde ze me slaperig aan het feit dat ik lief moest zijn, voordat ze zich weer omdraaide en als een blok in slaap viel. Op mijn tenen liep ik dan de kamer uit en weer naar beneden, zei gedag tegen mijn vader, die zijn gedachten onderbrak om me ook te vertellen lief te zijn, en weg was ik.

Desree, het kindermeisje, vergezelde me dan in de auto naar school en ook zij zei wanneer ze me bij de klas afleverde: 'Lief zijn, hè Chloë?'

'Ja hoor.'

'Dag.'

'Dag.'

Dat is een van de dingen die ik me het beste uit mijn jeugd kan herinneren. Eeuwige opmerkingen dat ik lief moest zijn. En het hielp. Want dat was precies wat ik deed. Geen tienerzwangerschappen (dat was mazzel, geen verdienste), geen geëxperimenteer met drugs (ik wist altijd precies wat ik deed). Alles verliep gladjes, dag in dag uit. Ik kon goed leren en hoefde nooit echt hard te werken om over te gaan. De verjaardagsfeestjes die mijn ouders organiseerden waren zo spectaculair dat ze voldoende indruk achterlieten om het hele jaar populair te blijven, en ik raakte nooit echt in de problemen.

Mijn hele jeugd heb ik mijn familie zorgvuldig voor teleurstelling behoed. Ik kan dingen heel goed verbergen.

Dit zal de eerste keer zijn dat ik iets zal doen wat ze niet al jaren van tevoren voorspeld hadden, en het enige wat ik zeker weet is dat ze stomverbaasd zullen zijn. In negatieve of positieve zin, dat weet ik niet, maar deze hadden ze zeker niet zien aankomen.

Maar hoe moet ik het ze in godsnaam vertellen? Het liefst zou ik mijn creditcards in tweeën knippen en ze tijdens de lunch teruggeven. Ik hou wel van een beetje drama. Ik zou het nu alvast kunnen doen, dan kan ik me tenminste niet meer bedenken. Maar stel dat ik ze nog nodig heb? Stel dat ik morgen op weg naar mijn ouders zonder benzine kom te zitten en niet kan tanken omdat ik geen geldig plastic op zak heb? Dan ben ik op de snelweg overgeleverd aan vreemden. Dat mag dan een seksuele fantasie van veel vrouwen zijn – dat ze zich aan een vreemde moeten overgeven –, maar ik weet zeker dat dit in de praktijk helemaal niks is. Als degene die mij te hulp komt wel de gewenste seksuele toenadering zoekt, maar zo vanaf de set van Wayne's World lijkt te zijn weggelopen in plaats van uit een Levi's-reclame, dan blijft er weinig van dit schijnbaar hete scenario over.

Ik heb altijd geloofd dat uiterlijk niet belangrijk is, maar wees eerlijk: het lijkt me toch een stuk aantrekkelijker wanneer een jonge bink je te hulp komt, je tijdens het werken aan je auto vurige blikken toewerpt en na enkele kilometers een verlaten plekje opzoekt om hartstochtelijk de liefde met je te bedrijven, dan een kwijlende Wayne die je met onbeheersbaar rollende ogen een knipoog probeert te geven en een kleine, doch zichtbare erectie krijgt wanneer hij je meeneemt en vraagt of je 'een beurt wilt'.

Dat maakt een mens toch voorzichtiger.

Dus uiterlijk telt wel degelijk, en om mijn kans op hulp te vergroten, moet ik mezelf op z'n voordeligst tonen. Allereerst zal ik me van mijn Joseph-jasje moeten ontdoen, want dat valt over mijn kont (een noodzaak, want mijn vader wil absoluut niet dat ik met de vrouwelijke vormen van de bilpartij te koop loop). Vervolgens zal ik de praktische blouse, die ik speciaal voor deze bezoekjes heb gekocht om mijn vader tegemoet te komen in zijn wens mij als een eerbiedige (of liever, seksloze) vrouw gekleed te zien, moeten los- en opknopen zodat navel en decolleté goed zichtbaar zijn. Dan neem ik de klassieke 'iedere-mans-natte-droom-liftpose' aan. Duim omhoog, schouders naar achteren, tieten vooruit en heupen naar één kant. Dit is absoluut onmisbaar om hulp te krijgen. Mannen stoppen nu eenmaal eerder voor een lekker hulpeloos ding dan voor een gewone vrouw. En geef ze eens ongelijk. Ze weten immers niet wat ze zich op de hals halen. Ik kan wel een ontsnapte gevangene of psychopate zijn. Met alle gevolgen van dien. Ik kan me eerst aardig voordoen, maar op het moment dat ik in de auto stap mijn pistool trekken en de arme smeerlap overhoopschieten, omdat het me alleen maar om een vluchtauto te doen is.

Natuurlijk zou ik zoiets nooit doen. Maar jammer genoeg zijn er mensen die daar anders over denken. Die grijpen hun kans als de gelegenheid zich voordoet. En als ik daar aan de kant van de snelweg een beetje loop te drentelen, is dat de kat op het spek binden. Ik denk dat ik er verstandiger aan doe die creditcards toch nog maar even bij me te houden. Ook al wil ik nog zo graag onafhankelijk zijn, ik ga mijn leven er niet voor op het spel zetten. Dat is het me niet waard.

Kortom, ik ga voorlopig nog niet van de creditcards afkicken. Dat zal wel een vreselijke ervaring voor me worden. Vanaf het moment dat ik oud genoeg was om te gaan winkelen, gaf mijn vader me een creditcard. Wat natuurlijk hartstikke fijn is als je twaalf bent. Je kunt kopen wat je maar wilt, zonder dat je moeder haar goedkeuring hoeft te geven aan de kleren die je in de winkel past (een beschamende ervaring op je twaafde, een leeftijd waarop zo goed als alles wat je ouders doen, zeggen of denken dom en belachelijk is, laat staan als het ook nog eens in het openbaar gebeurt!). Dit was een grote verbetering, en erg volwassen. Van tevoren had mijn moeder me uitgelegd hoe het in zijn werk ging. Ik kon zomaar een winkel binnenlopen en uitzoeken wat ik maar wilde, binnen redelijke grenzen uiteraard (op mijn moeders planeet betekent dat dat je niet de vollédige ontwerpersafdeling van een warenhuis aanschaft). Ik liet het meisje bij de toonbank een van mijn kaartjes zien, tekenen of pincode invoeren, en klaar. Vervolgens zou de winkel dan betaald worden door het bedrijf waar ik de creditcard van had, die ook nog zo vriendelijk was de rekeningen die ze voor mij betaalden te verzamelen. Op het eind van de maand zouden ze dan een rekening naar paps kantoor sturen, waar het door een van de secretaresses zou worden afgehandeld.

En dat was 'm dan, mijn opvoeding over geld. Ik ben bang dat ik sindsdien niet veel heb bijgeleerd. Ik weet niet wat dingen kosten en ik heb geen idee wat mensen verdienen. Maar dat valt te leren, ook al zal het wat tijd vergen. Misschien kan ik met mezelf iets afspreken. Het geld dat ik nu op mijn bankrekening heb, mag ik houden. Intussen kan ik een baan zoeken, mijn eerste salaris ontvangen en een eigen creditcard aanvragen.

Maar daarna houdt het op. Dan sta ik er alleen voor.

Hoe vertel ik het mijn ouders...

Dat was hoe ik was, precies een jaar en drie maanden geleden, op weg naar de familielunch. Met een zeurende kater.

Officieel zouden we gaan lunchen, maar voor mij was het stiekem een ontbijt-lunchcombinatie. Dat is een speciale manier van eten, die ik zelf heb gecreëerd. Hernando had ik dan wel gedumpt, maar dat betekende nog niet dat ik mezelf maar helemaal zou laten gaan en een grote, dikke drel worden. Daarom had ik met spoed mijn dieet-noodplan ingevoerd. Ik integreerde de lunch in het ontbijt en het avondeten, waarvoor ik moest zorgen zo laat mogelijk te ontbijten en vroeg te dineren. Deze manier van eten is echt onfeilbaar, aangezien je zo uiteindelijk een maaltijd overslaat en dus ook echt afvalt. Ik heb altijd zo mijn eigen ideeën over afvallen gehad, en nooit echt de neiging gehad met de stroom mee te gaan zoals al mijn vriendinnen, die toch meestal voor een van de drie voor de hand liggende keuzemogelijkheden gingen als ze te veel gegeten hadden:

a. je vinger in je keel steken

b. net zo lang in het park joggen totdat je precies dezelfde hoeveelheid calorieën hebt verbrand als geconsumeerd

c. laxeermiddelen nemen.

Nou, dat is allemaal niks voor mij. Niet dat ik het nooit heb geprobeerd. God weet van wel, vooral het overgeven. Het lijkt te goed om waar te zijn. Niet alleen kun je eten wat je wilt zonder je druk te hoeven maken over gewichtstoename, het is ook nog eens erg 'in'. En sinds de laatste trend van beroemdheden die op televisie verschijnen om hun eetstoornissen te bespreken, is er geen houden meer aan.

Een publiek dat vol enthousiasme applaudisseert voor iemand over wie ze al jarenlang in de bladen gelezen hebben. De ster in kwestie komt op, begroet het publiek met een buiging waarbij haar borsten bijna uit haar jurk vallen, en de presentator moet haar verzoeken te gaan zitten om het publiek weer een beetje in het gareel te krijgen. Na een paar vragen over wat 'ze' zoal in haar leven heeft gedaan, gaat het gesprek algauw in de richting van haar uit vrije wil opgebiechte boulimia, en het is onmogelijk haar de mond te snoeren. Ze bekent dat ze altijd problemen met haar gewicht heeft gehad (hoewel ze nog nooit gezien is in maatje zesendertig of meer), dat ze sinds haar bekendheid een hekel aan zichzelf heeft en dat ze regelmatig boven de pot hangt, om de ellende te verzachten.

Het volgende uur prime time-televisie wordt gevuld met close-ups van haar met tranen gevulde Bambi-ogen en haar tengere, breekbare lichaam. Nooit eerder heeft ze er zo aantrekkelijk uitgezien. Nooit eerder wilden zoveel vrouwen op haar lijken.

Aan het einde van het programma vraagt ze aan de presentator of ze iets mag zeggen tegen de kijkers thuis. Hij zal haar niets weigeren. Bambi kijkt recht in de camera en doet haar oproep.

'De reden dat ik jullie mijn verhaal heb verteld, is dat ik anderen wil aansporen hulp te zoeken. En voor degenen die dit probleem niet hebben: hou het zo, en laat je niet misleiden door het zogenaamde ideaalbeeld dat de maatschappij je voorhoudt.'

Dit zet mensen aan het denken. Elke overgever zal zich onmiddellijk een stuk beter voelen over zichzelf en haar vreemde eetgewoonten. Ze voelt zich verbonden met Bambi. Het armoedige beeld van iemand die een vinger in haar keel steekt wordt een stuk aantrekkelijker als je je Bambi in die houding voorstelt. Het lijkt op de een of andere manier 'schoner'.

Alle niet-overgevers kijken met hoop naar hun iets te dikke lijven. Niet langer krijgen ze gelul voorgeschoteld op de vraag hoe iemand zo slank blijft. Niet de irritante dooddoener: 'O, ik doe niet aan de lijn. Ik heb een goede stofwisseling.' Nee! Ze kotst!

Eindelijk is er een manier om net zo slank als zij te worden. En als dat betekent dat je een beetje moet lijden, dan moet dat maar!

Het programma loopt af, en degenen die al hebben gegeten rennen naar de wc. De rest volgt later.

Ik kan het niet. Hoeveel vingers ik ook in mijn keel steek, er komt niets uit. Ik moet er maar mee leren leven. Laxeermiddelen heb ik ook geprobeerd, maar dat is me te rommelig. Op de een of andere manier lukt het me nooit de juiste dosering te nemen. Of ik zit dagenlang op het toilet, of er gebeurt helemaal niets, met alle rampzalige gevolgen van dien. Dat je om mooi en aantrekkelijk te zijn diarree moet krijgen, klopt gewoon niet. En laxeermiddelen die niet werken, zijn al helemaal uit den boze. Dat vind ik althans. Je voelt je niet alleen belazerd, je bént ook echt belazerd. In de hoop dat je voor één keertje (of, in het geval dat het zou werken, iedere dag) kunt eten wat je wilt. Maar in plaats van dat het eten met zo'n noodgang door mijn lichaam schiet dat het het ook absoluut onverteerd weer verlaat, neemt het de toeristische route. En elk grammetje vet, zetmeel en eiwit wordt opgenomen en ergens in mijn lichaam – God mag weten waar – afgezet in de vorm van vet. Calorieverbranding door sporten is niet meer mogelijk, nu Hernando uit mijn leven is verdwenen. En met geen paard krijg je mij het park in om te joggen (er is mij vanaf jonge leeftijd geleerd om alleen in de privacy van mijn eigen fitnessruimte te zweten).

Dus ik doe aan de lijn door de lunch over te slaan. Net als andere diëten heeft dit natuurlijk consequenties. Dineetjes moeten overgeslagen worden, ze zijn te laat, en ik kan niet om negen uur eten als mijn laatste maal om elf uur 's ochtends is geweest. Ik moet rond vijf uur dineren. Dit is niet erg bevorderlijk voor mijn sociale leven, maar er zit niets anders op. Dit brengt me op een heel ander probleem.

Omdat ik nauwelijks een sociaal leven heb, moet ik mijn avonden noodgedwongen thuis doorbrengen. Doorgaans vind ik dat niet erg, maar jammer genoeg is televisiekijken alleen maar leuk als je er iets te knabbelen bij hebt. En aangezien ik niet mag eten, neem ik maar een klein borreltje. Of liever gezegd, een paar borreltjes, en dat terwijl ik eigenlijk niet zou moeten drinken omdat je van alcohol ook heel dik wordt (een whisky met cola light bevat evenveel calorieën als een croissant, iets wat ik zo idioot vind dat ik het maar negeer).

En daarom had ik dus een kater. Als je bedenkt dat ik sinds vijf uur niet meer had gegeten, was mijn maag leeg, en niet in de ideale toestand voor alcoholconsumptie. Dus raakte ik een beetje aangeschoten. Wat eigenlijk alleen maar in mijn voordeel werkte. Niet alleen voelde ik me erg ingenomen met mezelf en de wereld, maar ook had ik maar de helft van de calorieën nodig die ik normaal moet drinken om in dezelfde toestand te geraken. Een meevallertje dus.

Maar nu moest ik helemaal naar Sussex, naar het huis van mijn ouders, rijden en was ik allesbehalve blij met mezelf. Mijn hoofd deed pijn en mijn maag trok samen van alle Alkaseltzers die ik op een lege maag had geslikt. Bovendien had ik honger. Niet de ideale conditie om je ouders wereldschokkend nieuws te vertellen, maar hoewel ik met de gedachte speelde om het ze pas na de lunch in plaats van meteen te vertellen, was ik nog steeds vastbesloten het te doen.

Toen ik het landgoed van mijn ouders naderde, werd ik steeds zenuwachtiger. De plek riep zoveel herinneringen bij me op. Ik schoot weer in de lach toen ik de bomen zag waarin ik altijd klom. Ik kreeg meteen weer beelden terug van de keren dat ik vredig en kalm in een van de hogere takken zat na te denken over mijn leven, het leven in het algemeen en alles wat daartussen hangt. De stilte werd dan algauw verstoord door de stem van Desree, die me aan het zoeken was. Meteen hield ik dan op met mijn gefilosofeer over het leven en mijn rol daarin en probeerde ik me zo lang mogelijk verstopt te houden voor mijn kindermeisje. Pas als ze bijna in tranen was en de vijver afturde naar bubbels om te zien of ik misschien verdronken was, riep ik haar. Meestal bleef ik ook zo lang mogelijk in de boom zitten, weigerend eruit te komen. Ik bleef lekker op mijn tak zitten, terwijl zij hoorndol werd.

Ik hou nog steeds intens veel van die boom.

Hoewel ik hier ben opgegroeid, verbaas ik me nog steeds over de schoonheid van de plek. Er heerst een weldadige rust. Als je gewend bent aan het verkeerslawaai en de hectiek van de grote stad, klinkt het geruis van de wind en het gefluit van de vogels je als muziek in de oren. Vandaag de dag zag het er allemaal veel mooier en lieflijker uit dan toen ik er nog woonde en mijn voornaamste doel in mijn leven was er weg te komen.

Toen ik op de deurbel drukte, besefte ik dat ik zo door mijn herinneringen in beslag genomen was dat ik helemaal was vergeten zenuwachtig te zijn. De nieuwe butler deed open. Hij zag er best leuk uit, voor een butler. Een beetje blasé, zoals butlers nu eenmaal zijn, maar toch best leuk. Hij was lang en slank, en had blond haar en blauwe ogen. Het Scandinavische type. Geroutineerd leidde hij me naar de tuin. Nooit eerder heb ik beseft hoe belachelijk dat eigenlijk is. Hoewel ik de nieuwe huisslaaf nog niet eerder had ontmoet, wist hij onmiddellijk wie ik was en had hij me gewoon kunnen zeggen waar mijn ouders zich in het huis bevonden. Dan had ik zelf naar hen toe kunnen gaan. Ik had ze heus wel gevonden. Zonder ongelukken. Maar dat was dus niet gebruikelijk.

Mijn ouders zaten al op het terras op me te wachten. Beiden bleven gewoon zitten en paps bood me aan te gaan zitten door een armgebaar richting stoel te maken terwijl hij mijn naam noemde.

Mams was iets persoonlijker, ze sprak zelfs tegen me. 'Je ziet er fantastisch uit, lieverd.'

Dat zegt ze altijd. Aardig, maar irritant. Ze is een van de meest aantrekkelijke vrouwen die ik ken; mensen die ons nooit eerder hebben gezien vragen wel eens of we zussen zijn, en zij wordt dan als de mooiere beschouwd. Helaas heeft God me bij mijn schepping ook wat van mijn vaders genen toebedeeld.

'Jij ook, mama. Mooie blouse heb je aan.'

Zo gaat het altijd. Altijd dezelfde woorden, gevolgd door een complimentje voor haar meest recente outfit. 'En papa, hoe is het met je?'

'Gaat wel, Chloë, gaat wel.'

Geen vraag hoe het met mij was.

'Chloë, je moeder en ik willen iets met je bespreken. We hebben een paar beslissingen genomen, waarvan we je op de hoogte willen stellen.'

Wat? Dit klopte niet. Er was iets aan de hand. Sinds wanneer neemt mijn moeder beslissingen? Sinds wanneer word ik ergens van op de hoogte gesteld?

'Toevallig heb ik zelf ook een paar beslissingen genomen!'

'Dit is belangrijk, Chloë.'

'Mijn nieuws is ook belangrijk, heel belangrijk zelfs. Het is de grootste beslissing die ik ooit in mijn leven heb genomen. Het is ingrijpend!' probeerde ik ze zover te krijgen dat ik mijn nieuws als eerste mocht vertellen.

Mam reageerde niet. Ze had het te druk met het controleren van haar nagellak.

'Alsjeblieft, Chloë. Dit is niet gemakkelijk,' verzuchtte mijn vader.

'Ik weet het, het is juist verdraaid moeilijk!' gaf ik het nog niet op.

'Gedraag je nu eens als een volwassene, Chloë.' Hij keek me boos aan. 'Kun je nu eens één keer iemand anders laten uitpraten? Moet nu echt alles om jou draaien?'

Pardon? Wat had dit te betekenen? Hoe kon hij zoiets vreselijks over me zeggen? Zo ben ik absoluut niet.

Ik geloof dat ik nogal beledigd keek, want hij sloeg een andere toon aan.

'Mag ik alsjeblieft?'

'Ga je gang,' antwoordde ik koeltjes.

Even viel er een ongemakkelijke stilte.

'Luister, Chloë. Je moeder en ik gaan scheiden.'

'Pardon?'

Ik keek mijn moeder aan in de hoop dat ze het zou ontkennen. Dat gebeurde niet. Als een koningin zat ze daar, eleganter dan ooit.

'Pardon?' zei ik nogmaals.

Hier was ik niet op voorbereid. Voorzover ik wist waren mijn ouders het toonbeeld van een gelukkig getrouwd stel. En ook al zou ik nooit iemand veroordelen omdat hij of zij uit een gebroken gezin komt, óns gezin had tot nu toe op een goede kloon van de Brady Bunch geleken, alleen dan met slechts één kind. En zo wilde ik het graag houden. Ik wilde niet dat mijn droombeeld van Het Kleine Huis op de Prairie werd verstoord. Ik werd bang. De twee mensen die ik het best kende, hadden kennelijk heel wat dingen voor me geheimgehouden. Of ze waren allebei gestoord aan het worden.

'Je moeder en ik hebben besloten dat het beter is dat we niet meer bij elkaar wonen.'

'Nu moet ik even iets rechtzetten,' zei mijn moeder stijfjes. 'Je vader wil me verlaten zodat hij bij een jongere vrouw kan intrekken. Ik heb er helemaal niets mee te maken.'

'Echt niet?'

'Nee, helemaal niets.'

Godzijdank. Gelukkig was er nog één die zijn verstand niet had verloren. En één persoon is makkelijker om te praten dan twee.

Mijn vader keek haar met een vuile blik aan. 'Luister, Chloë. Ik begrijp dat het moeilijk voor je is om dit te horen, maar je moeder en ik kunnen al een tijdje niet goed meer met elkaar overweg.'

'Wil je alsjeblieft voor jezelf spreken, Robert?'

'Zie je wel? Mama wil helemaal niet scheiden,' probeerde ik.

'Maar ik wel.'

'Dit kun je niet doen!'

'Het spijt me voor je, maar dat kan ik wel,' antwoordde hij kalm.

Ik raakte in paniek. Hij was bloedserieus. 'En hoe moet dat dan verder? Hoe moet dat met jullie gezamenlijke vrienden? En het huis? Wie krijgt het huis?'

En ik dan? klonk een klein stemmetje in mijn hoofd. Wie krijgt mij?

Tranen welden op in mijn ogen.

'Ik ga verhuizen,' vervolgde mijn vader zonder enige emotie.

Ik wachtte tot hij verder zou gaan, maar hij zweeg.

'Hoe kun je ons dit aandoen?'

Een buitengewoon slappe en weinig originele opmerking, maar ik was geïndoctrineerd door alle films en soaps die ik door de jaren heen heb gezien waarin dezelfde dialoog voorkomt. Eng...

'Klopt het dat je iemand anders hebt?'

Die vraag maakte paps verlegen.

'En je verlaat mama om haar?'

Het uitblijven van een antwoord was een bevestiging.

De gedachte dat mijn vader tijd doorbracht met iemand anders dan mijn moeder was weerzinwekkend. Het idee dat hij met een jonge meid flirtte! Cadeautjes voor haar kocht (ik was er zeker van dat hij een of andere blonde geldwolf aan de haak had geslagen, voor wie hij voortdurend cadeaus moest kopen om haar te 'houden'). Om haar achterlijke grapjes lachte! En het allerergste: met haar naar bed ging! Getver! Vaders mogen niet zomaar het ene na het andere bed in duiken. Ze zijn potverdorie iemands vader! Ik dacht me te kunnen herinneren dat overspel vroeger bij de wet verboden was. En dat zou nog steeds zo moeten zijn. Vanwege geestelijke en emotionele mishandeling, of hoe het ook moge heten, van dochters. Het zou niet moeten mogen gebeuren.

'Ja,' fluisterde mams. 'Hij verlaat ons voor een of andere ordinaire sloerie. Hij bedriegt me al twee jaar met haar. Zomaar. Na een huwelijk van eenendertig jaar. Ik heb alles gedaan zoals het hoort, ik heb ervoor gezorgd dat hij een thuis had, ik was er altijd voor hem. Ik heb deze vernedering zelfs in stilte gedragen. Ik wist het allang, van die vriendin. Iedereen wist het. Maar ik deed alsof mijn neus bloedde. Ik heb hem altijd in de waan gelaten dat ik niets doorhad. Ik wachtte altijd tot het zou overwaaien. En nu verlaat hij me. Na eenendertig jaar...'

'Margaret!' Zijn stem klonk streng en dreigend, alsof hij haar het zwijgen op wilde leggen. 'Ik begrijp best, Chloë, dat het moeilijk voor je is. Het spijt me ook echt. Maar ik heb een relatie met een andere vrouw en ik wil met haar verder.'

'Dat kun je niet doen, papa. Het is walgelijk!'

'Toch doe ik het, lieverd. En het is niet walgelijk, ze is een fantastische vrouw en ze maakt me gelukkig.'

Moeder antwoordde door hem afgrijselijke blikken toe te werpen en er kwam een eigenaardig sissend geluid uit haar neus.

'Hoe voel je je hierdoor, mama?'

Lieve help, ik klonk net als mijn psychiater.

'Hoe bedoel je dat? Hoe denk je dat ik me voel?' krijste ze. Haar toon beangstigde me, want mijn moeder is het toppunt van beschaving en het past niet bij haar om onder wat voor omstandigheden dan ook te krijsen. Het was heel vreemd haar haar zelfbeheersing te zien verliezen.

'Ik ben meer dan dertig jaar lang een getrouwde vrouw geweest en nu loopt hij gewoon weg! Hij gooit mijn leven overhoop, terwijl ik dat helemaal niet wil. Hij zet me voor schut! Ik heb mijn mooiste jaren aan hem gegeven en nu verlaat hij me voor een jongere vrouw. Dus om je vraag te beantwoorden: ja, ik ben overstuur. Heel erg overstuur!'

Ze huilde bijna, en ik voelde me schuldig dat ik zo'n domme vraag had gesteld. Vader wilde iets zeggen, maar toen hij mijn vernietigende blik zag, durfde hij niet meer.

'Het spijt me, mama.'

'Het is jouw schuld niet,' zei ze zacht.

Ik had haar nog nooit ongelukkig gezien. Ik stak mijn hand uit. Ze nam hem aan, en zo zaten we daar, hand in hand, bondgenoten tegen de onrechtvaardigheid van mijn vader. Mijn moeder en ik tegen de rest van de wereld. Iedereen zou over ons gaan praten. We zouden verschrikkelijk over de tong gaan. Waarschijnlijk zou mijn vader ervan genieten; hij zou immers worden gezien als de jonge dekhengst, maar mijn moeder zou alleen maar medelijden krijgen. De trotse vrouw, die me had geleerd dat het beter is dat mensen jaloers op je zijn dan medelijden met je hebben, werd gedumpt. Door mijn bloedeigen vader.

'Papa, ik begrijp niet dat je dit kunt doen. Waar is je eergevoel gebleven? Je gevoel voor verantwoordelijkheid?'

Hij gaf geen antwoord. Ik kan er niet tegen als ik niet tot mensen kan doordringen. Ik word er een beetje vals van. 'Geef antwoord! Waar zijn je plichtsgevoel en je respect voor mama? En je zelfrespect? Besef je niet hoe belachelijk het is? Een oude man zoals jij die er met een jonge griet vandoor gaat? Wat zullen de mensen wel niet denken?'

'Het kan me niet schelen wat ze ervan denken.'

'O, in dat geval zal ik je vertellen wat ze zullen denken. Ze denken dat zij op je geld uit is en dat jij in een midlifecrisis zit en dat je wilt bewijzen dat je... dat je nog steeds... Nou, je weet wel.'

Shit! Ik had willen zeggen: dat je hem nog steeds omhoog krijgt. Maar zelfs in dit vergevorderde stadium van kwaadheid kon ik het niet. Hij is tenslotte mijn vader en geen enkel woord of gebaar waarmee ik mezelf duidelijk kon maken was op zijn plaats.

'Je bent gewoon een vieze, ouwe man!'

'Nu ga je te ver, Chloë!'

'Helemaal niet! Jíj gaat te ver, met je overspel! Ik vind het walgelijk! In één woord walgelijk.' Ik was opgestaan en stond tegen mijn vader te schreeuwen, iets wat ik in mijn stoutste dromen nog niet zou hebben durven doen.

‘Zo is het genoeg, Chloë. Ik begrijp dat je overstuur bent en ik zal het je niet kwalijk nemen, maar ik wens niet op zo’n toon toegesproken te worden. Dit is iets tussen je moeder en mij, en dit zal misschien een verrassing voor je zijn, maar ik heb ook recht op geluk.’

Mijn moeder en ik zaten nog steeds hand in hand, om elkaar steun te geven. Pap had kunnen zeggen wat hij wilde, maar voor ons stond vast dat alle mannen niet deugden. Hij stond op, kennelijk voelde hij onze gedeelde mening ook wel aan.

‘Ik wil nog twee dingen zeggen. Ten eerste, Chloë: beoordeel iemand niet voordat je op z’n minst hebt geprobeerd hem te begrijpen. En ten tweede, Margaret: wees niet zo’n hypocriet.’

En met die woorden liet hij ons achter.

Deze dag was voor niemand zo verlopen zoals gehoopt. Ik had mijn nieuws niet aan kunnen kondigen. Pap had niet de kans gekregen me tijdens de lunch alles rustig uit te leggen en zijn dochter wilde niet meer met hem praten. Mam was nog steeds hard op weg haar echtgenoot te verliezen. De kok had de lunch niet geserveerd. De Scandinavische pinguïn had papa niet naar buiten mogen begeleiden.

En bovendien had ik nog steeds een kater.

Het enige positieve was dat mijn vader me zo misselijk had gemaakt dat ik niet eens meer wilde eten.

Bezint eer ge begint

Ik kon met moeite mijn aandacht bij de weg houden toen ik naar huis reed. Niet dat ik van streek was door dat hele debacle met mijn ouders – wat dat onderwerp aanging was mijn hoofd helemaal leeg –, maar ik kon mijn gedachten er gewoon moeilijk bij houden. In feite was er helemaal niets om over na te denken. Pap had me met een glimlach op zijn gezicht een hoop stront voor de voeten geworpen en ik had het maar te accepteren. Besluiten om je leven te gaan veranderen is moeilijk. Ongewenste verandering opgedrongen krijgen is onaanvaardbaar. En aanvaarding was wel het laatste wat er in mijn hoofd opkwam. De enige woorden die door mijn hoofd bleven spoken waren: vergeet het maar! Er moest een oplossing zijn, een manier om een scheiding te voorkomen. Mam scheen de situatie simpelweg te accepteren – wat ik niets voor haar vond – maar ik kon het niet, ze had me beter dan dat opgevoed. Ik was niet van plan lijdzaam toe te zien hoe ons gezin uit elkaar zou vallen.

Ik overwoog de mogelijkheden en zette de voor- en nadelen tegen elkaar af.

Paps keuze tussen Vrouw en Vrijheid.

Mam tegen Miss Huppelepup.

Misschien liep het ook allemaal wel los. In de historie van mannen die hun vrouwen verlaten voor hun minnares, is het succespercentage ongelofelijk laag.

Ook al zijn mijn eigen ervaringen op dit vlak beperkt gebleven tot de escapades van vriendinnen, *Cosmopolitan* had me volledig op de hoogte gesteld. Iedereen weet dat je 'nee' tegen een getrouwde man moet zeggen. Alleen doen sommigen dat niet. Zoals verwacht raken ze in de problemen, worden gekwetst, zijn verward, en schrijven dan verbijsterd naar *Cosmo*'s Lieve Lita dat 'ik voor een getrouwde man ben gevallen, en hij had beloofd dat hij zou scheiden, maar we zijn nu twee jaar verder en het huwelijk houdt nog steeds stand. Wat moet ik doen?'

Om te beginnen had ze de *Cosmo* van vorige maand moeten lezen. Staat vol goede raad. Meestal over mannen. Of iets dat met mannen te maken heeft, zoals seks. Hoe je je seksuele technieken kunt verbeteren, allerlei tests over zaken als hoe je kunt weten of je man wel bij je past en adviezen over hoe je je moet kleden om de aandacht van het andere geslacht te trekken. Kortom, hoe je ze versiert, behoudt, en ervoor zorgt dat ze je goed behandelen, terwijl jij jezelf trouw blijft in de huidige complexe maatschappij. Dit zijn de hoofdartikelen, die globaal voor elke vrouw geschikt zijn. Verder achterin staan de artikelen over de meer specifieke onderwerpen, zoals over het 'niet met je baas naar bed gaan', of advies over hoe je hem voor ongewenste intimiteiten voor het gerecht kunt slepen, mocht hij daar een andere kijk op hebben. Over het uitwisselen van lichaamssappen met je baas zijn ze waarschuwend en pragmatisch. Gaat het echter over naar bed gaan met iemand die al bezet is, dan worden er geen doekjes om gewonden. Het advies is ronduit: néé, niet dóén! Of: stóppen! Het hele concept van stoken in een huwelijk wordt officieel door de redactie van *Cosmopolitan* gevetood, en terecht. Om te beginnen omdat de man vaak zijn vrouw toch niet verlaat, en je ontelbare uren bij de telefoon zal zitten te wachten. In deze moderne kosmopolitische tijden is het volledig geaccepteerd dat een vrouw een man belt, maar aangezien het object van je liefde met de concurrentie samenwoont en zíj per ongeluk de telefoon op kan nemen, kan dat niet. Dus je bent gedwongen een stapje terug te doen in de hele emancipatie van de vrouw en te wachten totdat hij contact met jou opneemt. En belt hij eindelijk, dan kun je niet opnemen, anders is hij er zo achter dat je smachtend naar de telefoon hebt zitten staren, en zoiets doet een geëmancipeerde vrouw natuurlijk niet. Stel nu dat hij, bij uitzondering, zijn vrouw wél wil verlaten. Ook dan is het nog maar de vraag of hij zo'n goede partij is. Je hebt dan immers een man die niet alleen vanwege de kinderen de weekenden niet met je kan doorbrengen (zelfs al betrekt hij jou erbij, dan nog zul je het hele drama rondom je gloednieuwe status als gemene stiefmoeder moeten doormaken), maar die bovendien financieel geen kant op kan, omdat hij voor zijn vrouw de alimentatie moet ophoesten.

Dus nu zien we de volgende situatie voor ons: altijd thuis eten (hij kan je niet langer mee uit eten nemen, zoals je gewend was), geen romantische weekendtripjes meer (alweer vanwege de financiën), en omdat hij niet vervreemd wil raken van zijn kinderen, heb je ze om het andere weekend over de vloer. En ze gaan in de contramine. Begrijpelijk, maar wel heel vervelend.

De geweldige, idyllische relatie die je met deze man had is verleden tijd. Ineens sta je iedere avond achter het fornuis. Om de zaterdag vissticks, want zijn kinderen vreten niets anders. Doordeweeks begint hij over te werken, om het geld voor de alimentatie op te kunnen brengen. Het eten is verpieterd tegen de tijd dat hij thuiskomt en na een tijdje heb je daar zo genoeg van dat je kant-en-klaarmaaltijden inslaat. Die eet hij voor de televisie, doodmoe en niet in voor een gesprek. Dit kabbelt een jaartje zo door, zonder dat er verbetering in zit. De seks holt in kwaliteit en kwantiteit achteruit. Je neemt de moeite niet meer om sexy lingerie aan te doen en hij koopt het niet meer voor je. Jullie handboek, de *Kama Sutra*, verdwijnt in een la. Je maakt je niet meer druk om je uiterlijk, hij ziet het toch niet. Je blijkt zwanger te zijn, dus in een laatste poging ga je naar een huwelijksconsulent. Daar bekent hij dat hij niet heeft overgewerkt. Hij heeft iemand anders. Iemand met wie hij kan praten, die hem verleidt en opwindt. Iets wat jij niet meer hebt gedaan sinds hij zijn vrouw voor jou heeft verlaten, voegt hij eraan toe. Je bent nu officieel gedumpt en zit in hetzelfde schuitje als je voorgangster. Alleen ben jij enkel nog maar zwanger van hem. Vader en kind hebben elkaar nog nooit gezien, laat staan dat ze een band hebben, en dus zal zijn interesse in 'het' miniem zijn. Daar komt nog bij dat zijn kinderen deze nieuwe concurrent om de liefde en aandacht van papa niet accepteren en op alle mogelijke manieren zullen proberen hem vanaf de geboorte een dodelijk ongelukje te laten krijgen. Je krijgt natuurlijk kinderbijslag, maar onder de gegeven omstandigheden is er niet veel te krijgen. Op een dag word je wakker en besef je dat je een eenzame bijstandsmoeder bent geworden. En de vooruitzichten voor hem zijn al niet veel beter. De nieuwe vriendin zal deze berooide man in de steek laten, hij raakt aan de drank en verliest zijn baan, zijn huis en zijn vrienden.

Het enige wat hij nog over heeft zijn herinneringen. Hij werd van een knappe, succesvolle zakenman – de personificatie van de Moderne Droom – een loser. Het geld is op, het zelfvertrouwen verdwenen en hij heeft geen eigen identiteit meer. Zelfs zijn uiterlijk lijkt hem in de steek te laten. En ook al had hij zijn maatpakken nog, dan zou hij ze niet meer kunnen dragen omdat hij van al de drank een boeddhabuikje heeft gekregen. Zijn haar is al een tijd niet gewassen en zijn neus wordt al een beetje rood, net als de gesprongen adertjes in zijn ogen. Hij wil de mensen vertellen wat hij vroeger was, over zijn huis, zijn carrière en zijn succes bij de vrouwen. Maar als ze hem over straat zien strompelen, wil niemand luisteren. Ze zijn bang voor hem.

Dus dit leuke stel, dat bereid was om huwelijksbeloften en de harten van zijn kinderen te breken om samen te kunnen zijn, is van de regen in de drup geraakt. De een is een steuntrekkende, alleenstaande moeder. De ander een dakloze alcoholist. Hoe triest.

En als ik nu gewoon eventjes met mijn vader en zijn minnares om de tafel zou kunnen gaan zitten om hun dit haarfijn duidelijk te maken, of ze een *Cosmo* zou kunnen laten lezen en er met ze over zou kunnen praten, dan zou ze dat vast en zeker wel op andere gedachten brengen.

Ik zag het ineens allemaal heel duidelijk voor me, en het vervulde me met hoop en zelfrespect.

Tegen de tijd dat ik thuiskwam voelde ik me al een stuk beter. Ik had mezelf onder controle. Mijn plan om mijn leven te beteren was onveranderd, en eigenlijk waren mijn verantwoordelijkheidsgevoel en zucht naar onafhankelijkheid door mijn vaders capriolen alleen maar sterker geworden. Alles leek logisch. Die hele ouderlijke toestand leek wel een universeel teken, waardoor ik gedwongen werd mijn ouders eindelijk als individuen te zien, in plaats van alleen maar als mijn ouders. Eerlijkheidshalve betekende dit dat ik dus ook naar mezelf moest kijken als een individu, en niet alleen als hun dochter. En ik mocht dan wel onbedoeld in hun voetsporen treden door onverwachte dingen te doen, mijn plannen waren heel wat radicaler, dus ik was geen na-aper. Per slot van rekening zou paps dat hele scheiding-minnaresgedoe wel afblazen zodra ik zijn neus op de harde feiten van het leven zou drukken, en daarbij is hij niet de enige man ter wereld met een midlifecrisis. Nee, dan ik. Ik zou een baanhoudend iemand worden, iets waar mijn vriendinnen nog nooit aan hadden gedacht, behalve misschien in een nachtmerrie. Vaak heb ik mensen horen zeggen dat alles in het leven een reden heeft. Deze zin heb ik vaak beaamd en gerepeteerd, maar nooit begrepen. Nu wel. Over timing gesproken: dit was té toevallig om alleen maar toevallig te zijn. Het werd hoog tijd voor mij om een volwassen, verantwoordelijke vrouw te worden, en meteen gebeurt er iets waardoor ik mijn plannen versneld moet uitvoeren. Dit was niet zomaar gebeurd.

Gemotiveerder dan ooit besloot ik direct een baan te gaan zoeken. Ik besefte dat je daar iets voor moest doen, zoals vele anderen vóór mij hadden gedaan, maar jammer genoeg wist ik niet wat. Ik vroeg me af hoe ik achter deze essentiële informatie zou kunnen komen en er ging een lampje van puur genie bij me branden. Mijn vriendinnen wilde ik niet bellen, aangezien ik geen zin had om tijd te verliezen aan het uitleggen van de hele situatie (vooral het gedeelte dat mijn verstand nog intact was zou nogal wat tijd in beslag nemen), maar er moesten oude klasgenoten zijn die een baan hadden gevonden. Die was ik van plan op te sporen en uit te horen over hoe ze dat hadden bekokstoofd, en vervolgens zou ik hen nadoen. Het tweede obstakel was waar zij zich in vredesnaam bevonden. De enigen met wie ik contact had gehouden waren meisjes met dezelfde levensstijl als ik, en hun vermogen om me in mijn missie te helpen was twijfelachtig. En zelfs al zouden ze weten hoe je een baan kunt regelen, dan nog zouden ze mijn plan aan iedereen doorvertellen, en ik wilde het voorlopig geheimhouden. Niet dat ik me ervoor schaamde, integendeel, maar ik wilde het pas openbaar maken als ik al een carrièrevrouw was. De enige klasgenoot aan wie ik het mogelijk zou kunnen vragen én wiens telefoonnummer ik had, was Frank.

Frank had de pech gehad de eikel van de school te zijn, en ik had (dacht ik) net zoveel pech gehad om hem een week geleden tegen het lijf te lopen. Hij leek ontzettend eikelig en blij om me weer te zien en hij had me zijn kaartje gegeven, dat ik om onverklaarbare redenen niet had weggegooid.

Het viel me op dat dat hele principe van 'alles in het leven heeft een reden' echt werkte. Ik had nou niet bepaald geluisterd naar wat Frank me vertelde, maar herinner me dat hij iets over werk had gezegd. Dat betekende dat hij het pad der banen had belopen en een uitstekend persoon was om mij te adviseren. Ik herinner me ook dat hij uit een Mercedes stapte, een prima indicator voor welvaart en succes, en aangezien hij op school in zo'n 'uitwisselingsprogramma voor kinderen uit rotbuurten' had gezeten, kon ik afleiden dat hij zich zonder hulp omhoog had gewerkt. Precies wat ik ook van plan was.

Het leven lachte me weer tegemoet.

Na een halfuur gezocht te hebben naar het nu wel zeer gewenste kaartje, belde ik hem op. Antwoordapparaat! Shit. Ik hing op. Vijf minuten later belde ik weer en nu kwam hij wel aan de telefoon. 'Met Frank Duffdorp.'

Bijna barstte ik in lachen uit, ik was zijn achternaam helemaal vergeten. Ik probeerde mijn lachen in te houden, maar het kwam er toch uit, in de vorm van een soort snurk.

'Met wie spreek ik?'

Me schamend voor het vreemde geluid dat ik zojuist had geproduceerd, hing ik snel op.

Ik zat me een beetje stom te voelen, toen de telefoon ging. Ik nam op en een stem aan de andere kant van de lijn vroeg me wie ik was. Telefoontjes van mensen die hijgen, niets zeggen of niet weten wie ik ben, vind ik hoogst onaangenaam, maar ik kan er wel lekker mijn agressie op uitleven.

'Waarom wil je weten wie ik ben? Jíj hebt míj toch gebeld? Dan mag ik toch wel aannemen dat je weet wie ik ben. En als je dat niet weet, moet je me niet bellen! Als je soms vrienden probeert te maken, moet je iemand anders proberen. Vieze vuile...'

'Wacht even, wacht even!' antwoordde de Vieze Man, in de veronderstelling dat ik al mijn grieven had geuit.

'Nee, ik wacht niet. Ik ga ophangen, viezerik. Ik had je graag nog even uitgescholden, maar ik geloof dat ik nu wel iets beters te doen heb.'

Grinnikend hing ik op. Ik vind het heerlijk om hijgers eens flink de waarheid te zeggen. Het geeft me een bevrijdend gevoel. En het is ook zo terecht.

Weer ging de telefoon en ik nam meteen op.

'Hallo vuile viezerik. Heb je niks beters te doen?'

'Chloë?'

'O, dus je weet wél wie ik ben. Laat ik je nou iets leuks vertellen: ik weet niet wie jíj bent en wil dat graag zo houden!'

Ik was bijna euforisch. Zeer ingenomen met mezelf besloot ik een lekker warm bad te nemen en Frank pas daarna terug te bellen, zodat hij niet in de gaten zou hebben dat ik degene was die snurkend had opgehangen.

Ik voerde het hele ritueel uit: ik weekte in aromatische oliën, scrubde mijn algehele tempel met een sisalhandschoen, bracht een schoonheidsmasker aan en was helemaal klaar om te bellen.

Toen ik me naast de telefoon installeerde met een lekker kopje kamillethee, zag ik het lampje van mijn antwoordapparaat knipperen. Een nieuw bericht, dat was binnengekomen terwijl ik in bad zat.

'Ja, hallo, met Frank Duffdorp. Ik was degene die je net belde, volgens mij is er sprake van een misverstand. Wil je me alsjeblieft even terugbellen?'

Shit! Shit! Shit! Hoe had dit nu kunnen gebeuren? Ik had Frank nooit mijn nummer gegeven (of eigenlijk wel, maar ik had per ongeluk de laatste twee cijfers verwisseld). De enige mogelijkheid was dat hij had gedacht dat een of andere gek hem had gebeld en hij het laatst ingekomen nummer had ingetoetst om te kijken wie hem even daarvoor aan de lijn had gehad. En ik dacht nog wel dat hij een perverse hijger was, die ik eens flink de waarheid kon vertellen.

Het was niet eenvoudig een oplossing voor deze pijnlijke kwestie te vinden, vooral niet omdat ik in paniek begon te raken. Ik was ervan overtuigd dat nog nooit eerder in de geschiedenis van de mensheid iemand zo verschrikkelijk voor schut had gestaan.

De enige oplossing was ontkenning. Ik zou kunnen zeggen dat het een absurd verhaal was, dat Frank altijd al een zieke geest had gehad, en nog steeds heeft, en ik zou daar niet meer van af te brengen zijn. Met geen mogelijkheid. Het zou kunnen werken. Er was immers geen bewijs. Het was zijn woord tegen het mijne, en ik was onschuldig tot het tegendeel was bewezen. En het zou mijn image misschien zelfs wel ten goede kunnen komen als ik Frank afschilderde als mijn belager, in plaats van andersom. Alsof ik een stalker had. En als je een stalker hebt moet je wel heel belangrijk zijn, want anders zou niemand moeite doen om je te stalken. Met deze ontdekking werd mijn zelfvertrouwen drie keer zo groot, en ik begon te dagdromen over hoe iedereen zou praten over Chloë Matthews en haar levensechte stalker.

Ik moet in slaap gevallen zijn, want ik werd door het gerinkel van de telefoon gestoord in een ongetwijfeld aangename droom.

'Hallo?' antwoordde ik, nog steeds slaperig en rozig.

'Hallo, hier weer met Frank Duffdorp. Ik wil alleen maar even zeggen dat je me erg intrigeert. Het komt niet dagelijks voor dat een mooie, jonge vrouw me opbelt, de hoorn neerlegt voordat een van ons iets gezegd heeft en me vervolgens begint uit te schelden. Ik moet zeggen dat je dat erg goed deed. Ik voelde me bijna de gestoorde viespeuk voor wie je me uitmaakte.'

Ik had geen flauw idee hoe ik hierop moest reageren. Ook al zou ik zeggen dat het niet waar was en dat ik me hierdoor tot op het bot beledigd voelde, Frank was natuurlijk niet gek. Maar gelukkig vond hij mij ook niet gek. Intrigerend, had hij gezegd.

'Eh... ja, Frank. Het spijt me vreselijk van daarnet. Er was iets heel geks gebeurd. Ik had je gebeld en net toen ik iets wilde zeggen, begon mijn kat aan de telefoonkabel te knagen en ze had zichzelf bijna geëlektrocuteerd, dus ik moest snel ophangen om haar te reanimeren, wat uiteindelijk niet nodig bleek te zijn, en ze is er zonder één schrammetje van afgekomen, maar ik was wel erg geschrokken, want ik ben nu eenmaal dol op mijn kat,' verkondigde ik in één adem. 'Toen jij belde en naar mijn naam vroeg, was ik eigenlijk nog in een shocktoestand en reageerde ik een beetje al te hysterisch. Het spijt me heel erg. Meestal ben ik niet zo grof. Ik ben trouwens helemaal niet grof. Ik ben juist erg beleefd. Maar ik heb de laatste tijd nogal veel vreemde telefoontjes gehad.'

Ik was erg tevreden over mezelf. Dit verhaal was zo vergezocht dat niemand ook maar zou kunnen denken dat het verzonnen was.

'Nou, gelukkig is je kat helemaal in orde. En ik ben trouwens erg blij dat je me belde. Ik heb geprobeerd je te bellen, maar dat nummer was van iemand die zo mogelijk nog erger tekeerging dan jij. Ik was even bang dat je me expres het verkeerde nummer had gegeven, maar misschien ben ik door mijn puberale impopulariteit wat paranoia geworden.'

'Kom op, Frank. Zo impopulair was je nu ook weer niet,' zei ik om aardig te zijn.

'Als ik niet het meest impopulaire kind op school was, wie dan wel?'

Oeps! Frank mocht dan een sukkel zijn geweest, maar geen domme.

'Zo erg was het niet. Echt niet. En ik weet zeker dat je het in de loop der jaren gecompenseerd hebt,' zei ik, de 'zie alles van de zonnige zijde'-methode toepassend.

'Laten we zeggen dat ik in de tijd dat jullie feestjes afstruinden flink heb kunnen studeren.'

Verbaasd over deze volstrekt positieve en volwassen benadering besefte ik dat zijn woorden perfect aansloten op wat ik met hem wilde bespreken. 'Heb je uiteindelijk goede examencijfers gehaald?'

Frank lachte. 'Ja, behoorlijk goed.'

'Wat knap van je! En wat ben je daarna gaan doen?'

'Ik ben in de reclamewereld terechtgekomen,' zei hij, nog steeds geamuseerd.

Frank moest wel een erg eenzaam leven leiden dat een gewoon gesprek met mij hem zoveel plezier deed.

'Hoe ben je aan die baan gekomen?'

'Ik heb geluk gehad. Toen ik van de universiteit kwam, kreeg ik een paar mooie aanbiedingen. Ik ben ergens stage gaan lopen. Je weet wel: de hele poppenkast van het leren kennen van de verticale structuur van het bedrijf. Van onder tot boven.'

Ik had geen idee waarover hij het had.

'O ja. Maar hoe ben je daar dan binnengekomen?'

'Gewoon door op een advertentie te reageren. Hoezo?'

Ik zocht tevergeefs naar een goed antwoord, en koos uiteindelijk maar voor vleierij. 'Ach, zomaar. Ik ben gewoon geïnteresseerd in het leven van een klasgenoot,' giechelde ik flirtziek.

Als vleierij alleen niet voldoende was, kon je met een beetje flirten je onwetendheid op bepaalde gebieden van het leven, bijvoorbeeld werk, nog altijd verhullen.

'Dus je bent geïnteresseerd in mijn leven en je wilt me uithoren over hoe ik aan mijn baan ben gekomen?'

Oeps! Hij rook lont. En de lont was ik.

'Is dat zo vreemd?'

'Wat ik vreemd vind, Chloë, is dat je me na al die jaren ineens opbelt, en ik begrijp al helemaal niet waarom je ineens zoveel belangstelling hebt voor mijn werk.'

Frank moest wel een slimme man zijn. Maar op mijn manier was ik ook slim.

'Kom op, Frank. Je bent toch niet zo iemand die vindt dat alles een reden moet hebben?'

'Ik ben bang van wel,' klonk het, weer geamuseerd.

'Natuurlijk heb ik daar geen speciale reden voor. Wat voor reden zou ik ervoor moeten hebben?'

'Dat weet ik niet, maar ik ben bang dat ik moet ophangen als je me niet vertelt wat het is. Ook al vind ik je nog zo grappig. Dus steek maar van wal.'

'Wat? Ik... eh...'

'Dan hang ik nu op...' waarschuwde hij.

'Oké, oké, ik zoek een baan!' schreeuwde ik, bijna bezwijkend onder de druk van de confrontatie.

'Wat zoek je?'

'Een baan, een baan, ik zoek een baan, nou goed? Ik zoek een baan!' Ik voelde me ontzettend opgelaten en sloeg bijna op tilt.

'Waarom in vredesnaam?'

'Om geld te verdienen natuurlijk! Waarom werken mensen anders?' Ik wist niet precies hoe het kwam, maar ik begon te huilen.

Aan de andere kant was het stil. Misschien had hij opgehangen, nu hij wist dat ik hem wilde belazeren.

'Ben je daar nog, Frank?'

'Ja, natuurlijk. Het moet je niet meegezeten hebben, dat spijt me voor je. Wat is er gebeurd? En sorry dat ik het je vraag, maar waarom bel je mij?'

Ik wist niet wat ik moest zeggen. Ik voelde me compleet verloren. Gelukkig schoot Frank me te hulp. 'Zo kan ik niet met je praten, Chloë. Zal ik je komen ophalen? Dan gaan we samen iets eten en dan kun je me persoonlijk vertellen wat er aan de hand is.'

Zijn vriendelijkheid ontroerde me en ik begon nog harder te huilen.

'Geef me je adres, dan kom ik er meteen aan,' beval hij op een toon die me aan mijn vader deed denken.

Ik probeerde me te vermannen. Met horten en stoten gaf ik mijn adres en vervolgens hing ik op.

Frank was onderweg en ik moest dringend wat pleisterwerk verrichten. Door het huilen waren mijn ogen rood en opgezwollen en hoe ernstig de situatie ook was, ik wilde zo door niemand gezien worden. Zelfs niet door Frank.

Klaar voor de start

André, de conciërge, belde me een halfuur later met de mededeling dat er in de hal beneden een jongeman was die me kwam ophalen. Normaal gesproken was ik er niet zo dol op dat hij zag met wie ik uitging, aangezien ik hem er sterk van verdacht een wekelijks verslag uit te brengen aan mijn vader. En de uitdrukking dat 'iemand me kwam ophalen' gaf me altijd het gevoel dat ik een pakje was waarvoor getekend moest worden bij aflevering. Ditmaal was ik echter blij dat ik de keuze had om naar beneden te gaan, en dat hij niet ineens boven aanbelde en binnen stond. Ik had namelijk niet genoeg tijd gehad een kat te regelen, zodat Frank direct door zou hebben gehad dat ik nogal creatief met de waarheid was omgesprongen. Ik ging in mijn privé-lift naar beneden en zag Frank met André praten, die waarschijnlijk een wit voetje bij mijn vader wilde halen door iets meer te weten te komen over de sociale achtergrond van deze mannelijke bezoeker.

Toen Frank me zag kwam hij naar me toe en kuste me op mijn wang. Zodra we buiten gehoorsafstand van André waren, nam hij mijn gezicht onderzoekend op en was er heel vriendelijk over: 'Voor iemand die zojuist gehuild heeft zie je er geweldig uit.'

Kennelijk doorzag hij André ook.

Ik liep met hem mee naar zijn auto. Het viel me op dat hij er veel beter uitzag dan tien jaar geleden. Nog niet geweldig, maar ook niet slecht. Hij was iets aangekomen, was zelfs bijna mollig te noemen (hij was vroeger zo mager dat we hem altijd voor de grap aanraadden onder de douche zijn armen te spreiden, om te voorkomen dat hij door het afvoerputje zou wegspoelen) en de scheiding in zijn haar, die vroeger direct boven zijn rechteroor zat, was naar een acceptabelere hoogte gestegen. Bovendien droeg hij aardige kleren. Niets bijzonders, gewoon een spijkerbroek en een trui, maar dat was in ieder geval een stuk beter dan de verschrikkingen die hij vroeger droeg. Hij had er altijd als een vertegenwoordiger in ruiten stoffen uitgezien, en dat bij voorkeur in kleuren die uit de tijd waren. Of liever gezegd, nooit in waren geweest. Zoals een bruingeruite broek in combinatie met een feloranje overhemd met strepen. Meestal zat alles veel te strak, waardoor zijn lichaam werd geaccentueerd, wat in zijn geval niet bepaald in zijn voordeel werkte. Ook al worden dit soort kleren door sommige modegekken tegenwoordig als zeer trendy gezien, ik dankte God op mijn blote knieën dat hij ze niet meer droeg.

'Ik stel voor dat we het beste ergens naartoe kunnen gaan waar we kunnen praten. Wat dacht je van Simon's?' vroeg hij.

'Prima,' antwoordde ik.

Nog nooit van gehoord. Om de een of andere reden geef ik nooit toe dat ik een boek niet heb gelezen, een toneelstuk niet heb gezien of nog nooit in een bepaald restaurant heb gegeten.

Het ritje naar het restaurant verliep prima. Ik ben altijd als de dood dat ik onderweg niet weet waarover ik moet praten als iemand me komt oppikken om uit eten te gaan. Dat is niet alleen pijnlijk, maar ook een slecht voorteken. Als je op dat moment al geen gespreksstof hebt, belooft dat niet veel goeds voor de rest van de avond.

Dan zit je aan tafel met de meest heerlijke gerechten, maar niets om over te praten, behalve dan misschien over wat er voor je op je bord ligt. En hoe interessant kan dat wezen?

'Smaakt de eend?' vraag ik dan, omdat ik niets anders weet te zeggen.

'Ja, prima, dank je. En jouw tonijn?'

'Heerlijk, echt waar,' antwoord ik glimlachend, alsof ik de tijd van mijn leven heb.

'Niet te droog?' vraagt mijn begeleider belangstellend.

'O nee, helemaal perfect!' zeg ik, mijn gerecht met verve verdedigend. 'En jouw eend, niet te doorbakken?'

Een oervervelend etentje, en we zijn aan het glimlachen als stewardessen die onder de speed zitten. Ik overweeg een vervolgvraag in de trant van 'of de aardappeltjes wat smaak betreft ook bij de eend passen', maar laat dit toch maar na omdat het te doorzichtig is.

'Nee, precies zoals ik hem lekker vind,' zegt hij, het moment reddend door eindelijk antwoord op mijn vraag te geven.

Maar dan ook alleen het moment. Want dat blijken zijn laatste woorden te zijn gedurende de hele maaltijd...

Maar gelukkig was Frank niet verbaal gehandicapt. Zonder enige moeite verliep het gesprek soepel, zonder pijnlijke stiltes. Hij had een fijn restaurant uitgezocht. Het was er rustig en er hing een huiselijk sfeertje. Veel hout, warme kleuren en alles in Franse stijl. Zelfs de obers, die vloeiend Frans met elkaar spraken, waren allesbehalve nep, en ook op de kaart stonden alleen maar authentieke gerechten.

Kennelijk kwam Frank hier vaker. We werden naar een goede tafel geleid zonder dat ons werd gevraagd onder welke naam we hadden gereserveerd (of misschien waren ze alleen maar vriendelijk, iemand met een achternaam als Duffdorp naar zijn naam te vragen is wel een beetje wreed) en hij kletste met Simon, die niet geheel onverwachts de eigenaar van Simon's bleek te zijn. In het Frans... Ik was diep onder de indruk.

Frank liet er geen gras over groeien.

'Vertel me maar eens wat er allemaal aan de hand is.'

Ik merkte dat ik bloosde, een vreselijke gewoonte.

'Nou ja, je zult wel denken dat ik niet goed wijs ben als je dit hoort, maar de waarheid is dat ik... een baan moet hebben!'

'Ja?' Hij keek me aan alsof hij nog meer verwachtte.

'Hoe bedoel je, ja?'

'Ik bedoel gewoon ja. In de betekenis van... en verder?'

Van schaamte werd ik vuurrood. 'Eh... verder niets. Ik heb een baan nodig.'

'Is dat alles?' Hij scheen het absurd te vinden.

Intussen was mijn hoofd zo warm dat ik bang was dat het zou exploderen.

'Is dat niet genoeg dan?'

'Sorry, maar ik begrijp het nog steeds niet.'

Tot mijn opluchting werd juist op dat moment de wijn geserveerd, zodat ik de gelegenheid kreeg mezelf weer onder controle te krijgen. Na twee slokken spoorde Frank me aan verder te gaan. Ik koos voor eerlijkheid, want hij scheen een aardige man te zijn geworden, dus hij zou het zeker begrijpen.

'De reden dat ik je om hulp vraag is dat ik dringend werk nodig heb, en ik weet niet wat ik moet doen,' bekende ik.

Frank fronste zijn voorhoofd. 'Je wilt dat ik een baan voor je regel?'

'Nee, nee, natuurlijk niet. Ik wil alleen maar weten hoe ik aan werk kom. Ik heb namelijk nooit een baan hoeven zoeken en nu weet ik niet hoe ik dat moet aanpakken.'

Frank krabde aan zijn wenkbrauw en dacht een poos na. 'Chloë, zou je me iets meer kunnen vertellen? Ik kan het niet helemaal volgen.'

'Het is een heel verhaal, maar het komt erop neer dat ik na school nooit gewerkt heb. Ik had andere inkomstenbronnen, en nu die zijn weggevallen, zal ik zelf geld moeten verdienen. Daarom zoek ik een baan.'

Frank had aandachtig geluisterd en voor het eerst sinds ik met praten was begonnen kwam er iets van begrip in de uitdrukking op zijn gezicht. 'Kun je je vader niet om hulp vragen?'

'Onmogelijk. Ten eerste omdat ik dit zelf wil doen en onafhankelijk wil zijn, en ten tweede omdat hij op het moment, eh, laten we zeggen afwezig is.'

'Oké, dus je hebt werk nodig en kunt je niet tot je vader wenden. Maar waarom ik?'

Ik begreep Frank niet. Moest ik soms smeken? Het liefst vertrok ik, maar hij was mijn enige hoop.

'Luister, je hoeft me niet te helpen, maar ik vraag je alleen om raad!' zei ik, de aanval als beste verdediging nemend. Het scheen me niet veel verder te brengen, dus ik ging er nog maar iets harder tegenaan. 'Ik weet dat ik werkloos ben en dat dat voor de meeste mensen genoeg reden is om op me neer te kijken, maar als je me niet wilt helpen, zeg het dan gewoon! Je hoeft me niet...'

'Ho ho, dat zei ik helemaal niet! Ik vroeg alleen waarom je mij hebt gebeld. Geef toe, het is een vreemde situatie. Ik heb je in geen tien jaar gezien en we waren vroeger niet bepaald vrienden. En dan bel je me ineens, hang je in tranen aan de telefoon, vertel je bizarre verhalen over katten en vraagt me vervolgens hoe je aan werk moet komen!'

Stilte.

Hij had natuurlijk gelijk, wat het voor mij moeilijk maakte om snel een overtuigend argument te vinden waarmee ik hem weer aan mijn kant kon krijgen.

'Je moet toegeven dat het een vreemde situatie is,' vervolgde hij.

Ik had nog steeds geen geloofwaardige reden kunnen verzinnen. Het enige wat me te binnen schoot was te zeggen dat ik als tiener altijd verliefd op hem was geweest en een smoes had verzonnen om weer met hem in contact te komen. Maar ik heb mijn trots. Dus ik moest het over een andere boeg gooien: medelijden.

'Het spijt me, ik heb net een zware tijd achter de rug. Ik kan me voorstellen dat je het vreemd vindt dat ik jou om hulp vraag. Eerlijk gezegd ben jij de enige die ik het kan vragen.' Ik besefte net op tijd dat dit wel erg triest klonk. 'Ik bedoel, ik heb wel vrienden, maar die kunnen me hiermee niet helpen. En toen dacht ik aan jou, omdat ik je laatst tegen het lijf was gelopen, en besloot je te bellen.' Ik keek hem met een smekende blik aan.

'Niet dat ik het nu helemaal begrijp, maar voor nu kan het ermee door. Laten we maar ophouden met ouwehoeren en terzake komen. Hoe kan ik je helpen?'

We draaiden in een kringetje rond.

'Zoals ik al zei, ik wil weten hoe mensen aan een baan komen!'

'Je bedoelt hoe ze eraan komen?'

Voor iemand die de hoogste cijfers in de regio voor zijn eindexamen had gehaald, had hij volgens mij dag en nacht moeten studeren, want hij was behoorlijk traag van begrip.

'Precies!' antwoordde ik zo opgewekt mogelijk, mijn ongeduld verbergend.

Eindelijk leken bij hem de stukjes van de puzzel op zijn plaats te vallen, zij het langzaam. 'Nou ja... de meeste mensen schrijven op vacatures in kranten of tijdschriften waarvoor ze gekwalificeerd zijn. Anderen stappen naar een uitzendbureau...'

'En iedereen kan dat doen?'

Als het echt zo gemakkelijk was, waarom bestond er dan zoiets als werkloosheid?

'Ja, iedereen kan een uitzendbureau binnenlopen. Of je kunt op een advertentie in de krant reageren als je denkt dat je geschikt bent voor de baan.'

Het klonk fantastisch.

'Waar kan ik zo'n bureau vinden?'

Hij keek me weer aan alsof er een olifant uit mijn oor aan het plassen was. 'Op elke hoek van de straat zo ongeveer. Je kunt er zo binnenlopen als je er een tegenkomt, of je kijkt in de Gouden Gids en belt eerst.'

Ons voorgerecht werd geserveerd. Mijn soep rook heerlijk.

'Dus als ik het goed begrijp kan ik op zo'n advertentie reageren of zo'n bureau binnenstappen en dan krijg ik een baan?' Nu was het mijn beurt om de zaken langzaam te laten bezinken. Het leek zo gemakkelijk dat het bijna niet waar kon zijn.

'Min of meer wel, ja.'

'Hoe bedoel je, min of meer?'

'Het hangt natuurlijk van je cv af en van wat je wilt.'

'Ja, natuurlijk.'

Dit was wel erg veel informatie ineens.

'Hoe kom ik aan een cv?' vroeg ik subtiel, in een poging mijn onwetendheid te verbergen. 'Weet je waar ik dan moet zijn?'

Frank barstte in lachen uit. 'Chloë, je overdreef niet toen je zei dat je geen ervaring hebt met werk zoeken.'

'Nee, dat zei ik toch!' antwoordde ik trots, aangezien Frank dit charmant scheen te vinden.

Frank hief zijn glas. 'Nou, op je nieuwe baan, zou ik zeggen!'

We klonken, waarna er geen woord meer over een baan werd gerept.

Het werd een heerlijke avond. Frank was misschien een beetje traag (dat gevoel heb ik altijd bij mollige mensen) en nogal rustig, maar hij bleek heel inspirerend. Ik had het gevoel dat ik door met hem te praten wijzer werd en hij scheen me te mogen. Hoe meer wijn we dronken, des te geestiger ik werd. Frank lachte steeds harder en ik vond het heerlijk. We ontdekten dat we dezelfde smaak hadden wat films betrof en dat we op school aan dezelfde leraren een hekel hadden gehad.

Toen we als laatsten in het restaurant overbleven, besloot Frank dat het tijd was de obers hun rust te gunnen en te vertrekken. Mijn keuze was het niet. Ik had het zo naar mijn zin dat ik best nog langer had willen blijven, om vervolgens de extra tijd goed te maken met een astronomische fooi. Maar Frank was in armoede opgegroeid en deed waarschijnlijk minder makkelijk afstand van zijn geld dan ik. Wel lief eigenlijk.

Hij bracht me thuis en, onder invloed van de vele glazen wijn, vroeg ik mij af hoe het zou zijn om hem te zoenen. Ik zocht naar tekenen waaruit ik zou kunnen afleiden dat hij mijn verlangen deelde, maar aangezien er geen duidelijke aanwijzingen waren (zoals een declaratie van pure aanbidding of een voorstel van een laatste drankje bij mij thuis), besloot ik mezelf niet belachelijk te maken en niets te laten merken.

De volgende ochtend had ik reden te meer om mijn banenjacht voort te zetten. Om de een of andere duistere reden wilde ik indruk op Frank maken. Hij had me een beetje over zijn leven verteld en bleek het op eigen kracht te hebben gemaakt. Hij was helemaal onderaan begonnen bij het reclamebureau waar hij voor werkte. Zonder vader als kruiwagen. Ik had hem gevraagd wat zijn vader deed en van zijn antwoord was ik van schrik bijna van mijn stoel gevallen. Loodgieter. Zijn vader was loodgieter. De oude Chloë zou daar hartelijk om hebben moeten lachen, maar hij sprak met zo'n warmte over zijn vader dat ik de man ging waarderen. Franks moeder was aan kanker overleden toen hij nog klein was en zijn vader had haar tot op de dag van haar overlijden verzorgd. Hij had naast zijn werk de zorg voor haar en de vijf jaar oude Frank op zich genomen. Frank had me dit allemaal verteld alsof het de gewoonste zaak van de wereld was. Hij had ook gezegd dat hij dankbaar was voor zijn jeugd, hoezeer hij zijn moeder ook had gemist. Het leven mocht hem dan misschien niet rijk hebben bedeeld, hij was verdomme wel van plan er het beste van te maken. Ik had genoten van zijn woorden en van de manier waarop hij sprak. Ik hoopte dat het wederzijds was.

Ik kleedde me snel aan zodat ik op pad kon om me bij een uitzendbureau aan te melden. Ik koos voor een broekpak met een perfecte snit van Jill Sander, dat ik in een opwelling had gekocht en nog nooit had gedragen. Het gaf me de koele, professionele uitstraling waar ik op uit was. Ik haalde de borstel de voorgeschreven honderd keer door mijn haren, maakte me licht op en was klaar om de wereld te veroveren.

Toen ik de lift in stapte ging de telefoon. In de hoop dat het Frank was, haastte ik me terug naar mijn appartement om op te nemen voordat het antwoordapparaat zou worden ingeschakeld. Pech. Geen Frank. Het was Isabelle, die met me wilde gaan lunchen.

'O nee, het spijt me, Isabelle. Ik vind het echt heel jammer, maar ik heb het druk vandaag,' zei ik verontschuldigd en heel overtuigend.

'En morgen dan? Ik wil je zo graag weer eens zien!' nam ze mijn toon over.

Shit! Alles aan haar gaf me de rillingen, en ik wilde iedere vorm van contact met haar zoveel mogelijk beperken. Isabelle was het grootste kreng dat ik kende. Iedereen was altijd superaardig tegen haar, omdat ze bang waren voor haar vinnige uitvallen. Ik ook dus. Vooral ik, om eerlijk te zijn. Het was belangrijk haar te vriend te houden.

'O, dat lijkt me hartstikke gezellig!'

'Mooi, om één uur in de Ivy. Tot dan.'

'Ik kijk ernaar uit!'

Ik hing verslagen op. Wat wilde ze van me? Waarom moest ze net bellen op het moment dat ik mijn zelfvertrouwen het hardst nodig had?

Terwijl twijfel en angst bezit van me namen, deed ik iets dat me vervulde met trots. Ik verzette me ertegen. Ik zei tegen mezelf dat ik niet zo kinderachtig moest zijn, dat die hele Country Club me niets kon schelen. Ik kon me niet herinneren ooit zo'n zelfbeheersing te hebben gehad. Het was ongelofelijk. Als ik me tegen iemand als Isabelle kon verzetten, kon ik alles aan. Ik was echt veranderd. Ik zag er goed uit, voelde me goed en alles was vandaag mogelijk.

De wereld lag aan mijn voeten.

Frank had gelijk, op iedere hoek van de straat was wel een uitzendbureau. Vol goede moed stapte ik het eerste het beste dat ik tegenkwam binnen. Het interieur was nogal alledaags, evenals de meisjes achter de balie, maar ik besloot me er niet door te laten weerhouden. Zelfverzekerd stapte ik naar de dichtstbijzijnde balie.

'Hallo, ik ben Chloë Matthews.'

Het meisje achter de balie keek op. 'Hoi.'

Er volgde niets. Ik had verwacht dat zij het woord wel zou nemen, maar dat was duidelijk niet het geval. Ze staarde me enkel aan. Ik nam aan dat het een soort psychologische test was om te zien of ik een leider of dienaar was. Tevreden over mijn scherpzinnigheid gooide ik al mijn winnaarskwaliteiten in de strijd.

'Ik kom hier om een vacature te vervullen,' zei ik, niet alleen leiderschap tonend, maar ook een uitstekend vocabulaire.

'Sta je hier al ingeschreven?'

Ik greep deze vraag aan om een reeks goede antwoorden af te vuren.

'Nee, dat nog niet. Ik kwam hier langs en zag meteen dat dit voor mij de juiste plek was om de baan van mijn dromen te vinden. En nog iets: ik ben van plan me alleen bij jullie in te schrijven, zodat jullie mij exclusief kunnen vertegenwoordigen!'

Het meisje bleef me maar aanstaren, zo onder de indruk was ze van mijn enthousiasme en toewijding. 'Oké, als je dan eerst even dit formulier invult, dan kijk ik daarna wel of ik iets voor je kan doen.'

Ik kon het bijna niet geloven! Het leek erop dat ik nu al bij het bureau was aangenomen! Ik ging zitten en vulde het formulier in, wat nogal eenvoudig was. Ik schreef mijn naam en adres op, en alles over werkervaring, onderwijs en het soort baan dat ik zocht liet ik open. Een minuut later stond ik weer aan haar balie. Zichtbaar onder de indruk van de snelheid waarmee ik mijn formulier had ingevuld, nodigde ze me uit plaats te nemen op een zeer oncomfortabele klapstoel.

'Zo, Chloë,' zei ze met een blik op mijn formulier. 'Laten we een map voor je maken. Ik zie dat je bij opleiding niets hebt ingevuld. Tot welke klas heb je onderwijs gevolgd?'

'O, de middelbare school heb ik afgemaakt! Ik dacht dat er een vervolgopleiding mee werd bedoeld.' Een positief en een negatief punt. Het bleek dat ik wel onderwijs had gehad, maar de vraag had ik gemist.

'Oké, waar en in welk jaar heb je eindexamen gedaan?'

Ik noemde mijn school en het jaar 1989.

'Prima. Ik zie dat je werkervaring niet hebt ingevuld?'

Ineens herinnerde ik me een deel van het gesprek met Frank van de avond ervoor. Liefdadigheid was inderdaad ervaring.

'Ik heb niet zozeer een baan gehad, als wel liefdadigheidsevenementen georganiseerd,' antwoordde ik, het een beetje opkloppend door te doen alsof ik degene was die alles organiseerde, in plaats van meehielp.

'Mooi. Bij welke vereniging?' informeerde ze terwijl ze mijn antwoord opschreef.

'Country Clubs. Vooral modeshows en gala's voor goede doelen.' Het verbaasde me zelf hoe goed dit klonk en ik bedankte in stilte vrouwen zoals Isabelle die me hadden gedwongen hen te helpen.

De ogen van het meisje dwaalden een moment af van het formulier. Ze trof vast niet vaak zulke onbaatzuchtige mensen en ik was er zeker van dat ik hiermee hoog scoorde wat mijn persoonlijkheidsevaluatie betrof. Ze schreef weer verder. Ik probeerde te spieken, benieuwd naar haar mening over mij, maar ondersteboven lezen zonder dat zij het zou merken was te veel gevraagd.

'Oké, Chloë, ik zeg niet dat de banen voor het oprapen liggen, maar heb je misschien nog voorkeuren voor bepaald soort werk?'

'Eerlijk gezegd weet ik niet precies wat er allemaal is.'

Dom! Ik toonde twijfel. Mijn moeder had me altijd geleerd dat als je niets vroeg, je ook niets kreeg.

'Het komt erop neer dat ik iets wil leren door stage te lopen,' verbeterde ik mezelf, God op mijn blote knieën dankend dat ik Frank was tegengekomen. 'Ik zou graag de verticale structuur van een bedrijf leren kennen. Van onder tot boven,' vervolgde ik, me zijn woorden herinnerend.

Ze keek me raar aan. 'Je bedoelt dat elke baan goed is?'

'Precies.'

'Nog bijzonderheden over jezelf die je graag opgeschreven zou zien?'

'Niet echt,' antwoordde ik, veel te dankbaar voor de manier waarop het ging en te bang het te verpesten door moeilijk te gaan lopen doen.

'Ik ben flexibel.'

'Kun je typen? Met een computer overweg?'

Ik overwoog te liegen, maar besefte dat ik door de mand zou vallen.

'Ik ben meer iemand om met mensen om te gaan.'

'Ach zo... Nou, je zou wel eens geluk kunnen hebben! Er is een vacature in een kledingzaak waar je veel met mensen in contact zult komen. Ik zal eens voor je bellen...'

De volgende dag had ik mijn eerste sollicitatiegesprek.

En laat dat nu net om één uur zijn. Ik greep mijn kans en belde Isabelle om af te zeggen. Het geluk was aan mijn kant, want ze was niet thuis. Ik kon degene die het antwoordapparaat had uitgevonden wel zoenen.

Nieuwe vrienden maken

Na dit toppunt van succes wandelde ik in de zevende hemel naar huis. Ik was gewoon zo dankbaar voor de mogelijkheden die het leven me bood. Ze waren er natuurlijk aldoor geweest, maar tot nu toe had ik ze niet kunnen herkennen. Tot voor kort was het ondenkbaar geweest dat ik met iemand als Frank uit eten zou gaan. Ondenkbaar dat ik zomaar een uitzendbureau zou binnenstappen, vooral gezien de manier waarop de inrichting verzorgd was. Door altijd maar mijn esthetische gevoel te volgen zou ik zowel Frank als het meisje van het uitzendbureau dat iets in me zag en me ging helpen om een succes te worden, nooit hebben leren kennen.

Terwijl ik daar liep met de zon op mijn gezicht en het gefluit van vogels om me heen (ja, midden in de stad, en het waren echt vogels en geen stel bouwvakkers op de steigers), voelde ik me intens gelukkig. Ik moet op dat moment een verbazingwekkend aura hebben gehad, want iedereen die ik tegenkwam keek naar me. Ik glimlachte en zij glimlachten terug.

Ik huppelde vrolijk verder totdat ik een jongeman zag die naar iemand aan de overkant van de straat stond te schreeuwen. Ik had zin om naar hem toe te gaan om te zeggen dat hij zich een beetje moest inhouden, maar zag daarvan af voor mijn eigen veiligheid. Ik bleef wel even staan om hem goed in me op te nemen. Hij stond te razen en te tieren, zijn woede gevoed door de voorbijsuizende auto's die hem verhinderden dichter bij de man te komen op wie hij het gemunt had. Wat vreselijk om zo te zijn, dacht ik, en ik sloeg een zijstraat in om te voorkomen dat al die negatieve invloeden te veel op me zouden inwerken. Maar het was al te laat. Mijn goede humeur was verdwenen. Tot mijn grote schaamte moest ik toegeven dat ook ik bij diverse gelegenheden net zo was geweest. Vooral één incident stond me nog helder voor de geest. Ik was in mijn auto op weg naar de sportschool, al laat en in een zeer pissige bui. Bij een stoplicht stond een auto naast me te wachten met een vrouw achter het stuur, die vrolijk meezong met de muziek die ze in haar auto had aanstaan, overduidelijk haar dag aan het plukken, en op een bepaald moment keek ze me vol aan en glimlachte. En ik stak mijn middelvinger op. Haar geluk ergerde me zo dat ik het liefst het raampje had opengedraaid om op haar auto te spugen. De enige reden waarom ik dat niet heb gedaan, was mijn angst gearresteerd te worden wegens agressief gedrag in het verkeer (een van mijn grootste angsten is om in de gevangenis terecht te komen en in ruil voor bescherming intieme vriendschap te moeten sluiten met een harige celgenote die Bert heet). Maar als ik die angst niet had gehad, zou ik precies zoals die man op straat zijn geweest.

Mijn beschamende moment van zelfbewustzijn werd verstoord door een stem die mijn naam riep. De barmhartige Samaritaan bleek Cynthia te zijn, een meisje dat ik een paar keer in de club had ontmoet.

'Chloë!' gilde ze, terwijl ze haar hand op mijn schouder legde.

'Jezus, ik ren de longen uit mijn lijf! Ik heb je wel vijf keer geroepen. Op welke planeet zat je?'

'Hallo... sorry, hoor.'

'Je liep zeker te dromen. Dat doe ik ook vaak. Hoe is het met je?'

Ik had haar graag verteld hoe vreselijk mijn planeet, zoals zij dat noemde, was geweest, maar ik deed het niet. Jammer eigenlijk, want ze leek me een aardig meisje, en ik had graag enkele van mijn negatieve gedachten met haar gedeeld. In plaats daarvan zei ik dat het fantastisch goed met me ging.

Ik vroeg haar of ze tijd had een kopje thee te drinken. Ik wist een leuke tent vlakbij, met een terrasje. Tot mijn grote verrassing nam ze mijn impulsieve uitnodiging aan.

We liepen naar het terras en bestelden twee glazen chablis. Cynthia bestelde dat van haar als eerste, ik was erg onder de indruk. Over het algemeen is het saai om kopjes thee te drinken met vriendinnen. Maar wijn drinken is leuk, en Cynthia had dat helemaal begrepen. En te oordelen naar de voortvarendheid waarmee ze de wijn bestelde, maakte ze zichzelf niks wijs. Ze was een sterke, onafhankelijke vrouw, net als ik.

We hadden samen een perfecte middag. We bespraken van alles en nog wat. In het begin tastten we alle mogelijke offensieve onderwerpen nog voorzichtig af, maar hoe later het werd, hoe meer we de beuk erin gooiden.

Cynthia begon. 'Ik moet je iets vertellen! Ik weet zeker dat je ervan zult smullen. Maar ik vertel het alleen als je me belooft dat je het niet doorvertelt.'

Dat beloofde ik, maar ik had de sappigheid van het verhaal behoorlijk onderschat.

'Oké, het gaat over – hou je vast – Diane Tandy!'

Nu spitste ik mijn oren. Ik had een bloedhekel aan Diane Tandy. Zij was het type van wie ik kippenvel krijg. Mejuffrouw Tuttebel, met een volmaakt lichaam en bijbehorende aantrekkelijke echtgenoot. Ik ken haar al van toen we allebei ongeveer vijftien waren en ik herinner me haar als het soort kind dat op een feestje de ouders waarschuwt wanneer de bowl is versterkt met een scheut alcohol. Door mij uiteraard. Bah. Ze kon op die manier hele feesten verzieken en de leuke kinderen een schuldgevoel bezorgen.

'Aan je gezicht te zien ben je net zo dol op haar als ik,' giechelde Cynthia. 'Zoals je weet gedraagt dit zonnetje in huis zich voortdurend alsof ze Moeder Teresa zelf is. Nou was mijn broertje afgelopen zondag toevallig in de stad om een avondje te stappen. Ik nam hem mee naar Reds. Hij is pas achttien, dus ik dacht dat hij dat wel leuk zou vinden. We zijn dus in Reds, het is er behoorlijk gestoord, en op een gegeven moment ga ik naar het toilet. Er is een meisje voor me dat uitgebreid de tijd neemt. Eindelijk gaat de deur open, en wie komt eruit? Juist, Diane. Ze doet net of ze me niet ziet en ik ga de wc in. Daar vind ik de toiletbril naar beneden, met een prachtig bergje cocaïne erop!'

'Dat meen je niet!'

'Wacht, wacht! Het mooiste komt nog! Ik sta dus in het toilet en weet niet goed wat ik moet doen. Ik vind het zonde om de coke te verspillen, maar ik moet heel nodig, dus kijk ik of de coke ervan afvalt als ik het deksel optil. Het blijft gewoon zitten, keurig vastgekoekt. Ik doe een plas en verlaat het toilet. Nou komt het: ik loop weg, maar Diane staat bij de deur te wachten en zegt: "Ik geloof dat ik iets vergeten ben."'

'Heb je er iets over gezegd?'

'Nee, helaas niet. Ik had iets moeten zeggen als: "Ja, je bent een klein stukje vergeten te stofzuigen!" Ha ha! Nou ja, het is goed dat we nu weten waarom ze er altijd zo stralend uitziet...'

'Cynthia, kan ik je iets vragen?'

'Ja, natuurlijk!'

'Denk jij dat ik een goed mens ben?'

'Natuurlijk, gekkie!'

Op dat moment wist ik dat ik een nieuwe vriendin had. Tijdens twee flessen chablis bleek dat we allerlei gemeenschappelijke interesses hadden, dingen waar we wel en niet van hielden, en ik begon zelfs over mijn plannen om een baan te zoeken. Ze reageerde fantastisch. Ze nam me serieus en zei dat ik gewoon moest doen wat ik wilde doen. Ik vertelde haar ook over mijn ontmoeting met Frank. Niet dat ik verliefd op hem was of zo, maar door de alcohol kreeg ik behoefte om over meer persoonlijke zaken te praten.

Cynthia speelde ook open kaart en ze bleek een behoorlijke wildebras te zijn. Met een zekere trots verklaarde ze haar liefde voor feesten, drank en mannen (terwijl ze verloofd is!). Gewoon voor de lol, legde ze uit.

Eindelijk gingen we naar huis, allebei met tegenzin, maar zij moest wel, want anders werd haar verloofde helemaal ongesteld (haar uitdrukking, niet de mijne). We omhelsden elkaar, wisselden telefoonnummers uit en beloofden elkaar gauw te bellen.

Het sollicitatiegesprek

De kleine, kalende man die voor me zat had het druk. Erg druk. Toen het eindelijk mijn beurt was geweest om zijn kamer binnen te gaan, zat hij te bellen en had hij een verhitte discussie met iemand die hem duidelijk zijn zin niet wilde geven.

Hij had even opgekeken toen ik binnen was gekomen, naar de stoel tegenover hem gewezen, en was verdergegaan met het gesprek, wat mij ruim de tijd gaf de omgeving te verkennen. Het bureau waaraan hij zat was letterlijk bedolven onder het werk. Overal lag papier. Stapels op het bureau, op de vloer, het was één grote papierboel. De foto's van vrouw en kinderen waren van hun – naar ik aannam – rechtmatige plek op het bureau verbannen en in een hoek gegooid. Evenals de rest van de spullen, want nergens waren schappen of boekenkasten te bekennen.

Na vijf minuten begon ik me steeds ongemakkelijker te voelen. Niet dat ik zo arrogant was dat ik van hem verwachtte dat hij ter wille van mij meteen alle verplichtingen aan de kant zou schuiven, maar dit ging wel erg ver. Ik wist niet hoe ik op de situatie moest reageren. Ik wilde geen slechte indruk maken en niets verkeerd doen, uit angst de kamer uit te worden gestuurd, en de onzekerheid kwam met de snelheid van het licht binnenwaaien. Ik had al ontelbare keren mijn benen over en van elkaar geslagen, toen ik besefte dat dit verdacht veel op een Sharon Stone-imitatie begon te lijken, en dat was niet de manier waarop ik aan deze baan wilde komen. Ik wou dat ik op mijn handen kon gaan zitten om te stoppen met friemelen, maar dan leek het net of ik mijn achterste aan het masseren was. Bovendien wist ik niet waar ik moest kijken. Voor me kijken was onmogelijk, want dan ging hij wellicht nog denken dat ik zijn gesprek afluisterde, maar opzij kijken zou ook vreemd zijn, want dan leek het net of ik op de rommel gefixeerd was. En alleen maar naar de muur staren ging ook wat ver. De enige mogelijkheid waren mijn knieën, wat me op dat moment de beste optie leek. Daar zat ik dan. Met de handen in mijn schoot, starend naar mijn knieën. Als een schoolmeisje. Een verlegen schoolmeisje in een kasjmieren twinset van Chanel.

Het bedrijf waar het sollicitatiegesprek plaatsvond was een kledingzaak. Wat de vacature inhield wist ik niet, dus het enige waarop ik me kon beroepen was mijn gevoel voor mode. Het had lang geduurd voordat ik de juiste outfit had gevonden. Ik had mijn halve garderobe al geprobeerd toen ik eindelijk vond wat ik zocht: een kasjmieren twinset van Chanel. De snit was klassiek, de kleur (crème) haalde mijn teint op en in combinatie met mijn tijdloze Joseph-broek, laarsjes van Prada en Dolce & Gabbana-bril, waar ik enigszins wazig door zag (ik had de opticien niet om nepglazen durven vragen, maar de bril moest en zou ik hebben), zag ik er perfect uit. Zelfverzekerd, intelligent, kalm en succesvol. Een echte zakenvrouw.

'Hallo?' klonk een onvriendelijke stem.

Ik keek op en zag mijn (hopelijk) nieuwe baas naar me staren.

'Ben je daar?' vroeg hij harder dan nodig.

De kalende figuur voor me bezorgde me kippenvel. Hij was duidelijk geïrriteerd. Zijn gefronste wenkbrauwen voorkwamen dat er een flinke druppel zweet in zijn ogen rolde en het enige wat er van zijn mond over was, was een samengeknepen rechte streep.

'O, ja! Het spijt me, mijn gedachten dwaalden af...'

'Je gedachten dwaalden af? Hoe interessant!' Het getrommel met de vingers hield op, wat me iets meer op mijn gemak zou moeten stellen, ware het niet dat hij anders was gaan zitten. Achteroverleunend in zijn stoel, met zijn voeten op het bureau, sloeg hij me hooghartig gade. 'Zo, dus je bent op zoek naar een baan.'

'Ja, dat klopt,' antwoordde ik zo beleefd mogelijk. Ook al had ik geen idee waaraan ik zijn ergernis verdiende, ik moest hem aan mijn kant zien te krijgen.

'O, en kun je nog meer behalve afdwalen en mijn tijd verdoen?'

De sarcastische toon waarop hij sprak was voor mij gewoonlijk aanleiding om mensen weg te sturen.

De ironie was dat ik nu gedwongen was ermee om te gaan, en niet wist hoe. De enige manier die ik zag om in een goed blaadje te komen, was vleien en het brave meisje spelen. Als het bij mijn vader werkte, werkte het wellicht ook bij hem.

'Het spijt me dat ik uw tijd verdoe, meneer,' verontschuldigde ik me met een onnozele blik.

Hij scheen bij te trekken. 'Jaja, laat maar, zeg me maar wat je zo-al kunt.'

'Ik kan goed met mensen omgaan, meneer! En ik heb een goed gevoel voor mode. Ik heb iedere *Vogue*, *Cosmo*, *Marie Claire* en *Elle* die ooit verschenen zijn gelezen! Ik mag dan misschien geen diploma op modegebied hebben, maar de kennis heb ik zeker wel.'

Dit ging goed. Ik toonde me enthousiast, deskundig en bescheiden. Het werkte. Hij keek ineens heel anders naar me. Op de manier zoals het meisje van het uitzendbureau naar me had gekeken.

'Pardon?'

'Ik zou hier graag komen werken, meneer.'

'Heb je eerder iets in de verkoop gedaan?'

'Nee, meneer, om eerlijk te zijn niet. Maar ik leer snel, en de ervaring die ik mis zal ik snel inhalen, dat beloof ik u!'

'O, en hoe wil je dat gaan doen?' vroeg hij sceptisch.

Ik merkte dat hij me weer ontglipte. 'Ik zal extra hard werken, meneer!'

'Iedereen werkt hier extra hard.'

Verdomme!

'Ik zal overuren maken als ik niet op tijd klaar ben, meneer!'

Nu had ik zijn aandacht.

'Onbetaald?'

'Natuurlijk! Totdat ik genoeg ervaring heb.'

'En wanneer is dat?'

'Dat kunt u het beste beoordelen, meneer!'

Hij lachte smakelijk en deed me aan een kale kerstman denken. 'Nou, wijfie het ziet ernaar uit dat je een baan hebt. Ik wil het met je proberen. Morgenochtend beginnen, acht uur aanwezig.'

Niet te geloven! Wie zei dat referenties, ervaring en al dat soort vervelende dingen belangrijk waren? Je moest alleen leuk met mensen kunnen omgaan.

'Hartelijk dank, meneer. Ik zal u niet teleurstellen!'

'Jaja. En hou op met dat gemeneer, noem me maar gewoon Johnny.'

'Dan mag u mij Chloë noemen...'

Hij lachte weer. 'Mij best, wijfie... Mij best. En nu mijn kamer uit, ik heb wel wat beters te doen!'

Ik was weg voor hij van gedachten kon veranderen.

Zijn secretaresse keek op. Geen glimlach, slecht permanent, te veel vet, vooral om de heupen. Haar onvriendelijke gezicht was vol pukkels, en ze had duidelijk geen goede band met het daglicht. 'Leef je nog?'

'Waarom vraag je dat?'

Geen antwoord. Het leek erop dat ik een collega met gedragsproblemen kreeg.

'Ik leef niet alleen nog, ik heb ook de baan!' voegde ik er met geveinsde vriendelijkheid aan toe.

'Succes ermee!' Met een dodelijke mix aan gezichtsuitdrukkingen (verveling, kwaadaardigheid en domheid) ging ze weer aan het werk.

'Dank je... Dag!'

Geen woord terug.

Enigszins verward door de passieve agressieve houding van mijn nieuwe baas en collega verliet ik het gebouw.

Ze hadden me wel aan het schrikken gemaakt. Ze hadden me behandeld alsof ze me niet mochten, maar ik liet mijn stemming er niet door bederven, want ik had de positie toch gekregen. Alles liep op rolletjes...

De officiële goedkeuring van Frank

De terugweg naar huis door de spits nam ruim een uur van mijn dag in beslag. Omstreeks twee uur had ik Johnny's kantoor verlaten en ik zag geen kans aan de midlunchgekte te ontkomen. Meestal meed ik het spitsuur als de pest, maar nu, als werkende vrouw, kon ik niet anders dan mijn lot aanvaarden. Wat ik heel manmoedig heb gedaan, ook al zeg ik het zelf. Zonder zeuren of klagen benutte ik de verloren tijd zo efficiënt mogelijk, alsof ik niet anders gewend was. Terwijl mijn rechterhand het stuur vasthield, was de linkerhand bezig mijn make-up bij te werken, en vervolgens belde ik met mijn mobieltje iedereen die ik maar te pakken kon krijgen.

Ik begon met mijn moeder. Ik had haar eigenlijk meteen na mijn laatste bezoek willen bellen, maar dat was er niet van gekomen. Ik was me er nu pijnlijk van bewust hoe erg het was dat ik haar niet eerder had gebeld. De vrouw had me negen maanden gedragen, ik had haar de onmenselijke pijnen en een uitgerekt en -gezakt lichaam bezorgd – iets waar ze me voortdurend aan herinnert – en ik was er niet voor haar wanneer ze me nodig had. De voorgaande dagen had ik er wel aan gedacht om haar te bellen, maar bij nader inzien durfde ik steeds niet. Vandaag echter wel. Drie dagen te laat en een beetje zweterig weliswaar, maar met een flinke dosis moed.

In het begin deed ze alsof er niets aan de hand was.

'O, hallo lieverd. Hoe is het?'

'Goed, maar hoe is het met jou?'

'Prima, lieverd. Prima...'

Stilte.

'Heb je nog iets van papa gehoord?' vroeg ik dapper.

'Jazeker... zijn advocaat stuurde me een alleraardigste brief, bedankt voor het vragen.'

Een pure indicatie dat ze me met een gigantisch schuldgevoel zou gaan opzadelen. Als een sneeuwbal zag ik de ellende al op me afkomen, die met de seconde groter dreigde te worden. Ik moest het hoe dan ook zien tegen te houden.

'Het spijt me, mama. Het heeft me allemaal ontzettend aangegrepen, deze hele kwestie.'

'Kwestie, lieverd? Kwestie? Je moeder, die negenenvijftig uur lang weeën heeft moeten doorstaan om jou op de wereld te zetten, wordt door haar man verlaten en jij noemt dat een kwestie? Wat grappig!'

Het was duidelijk dat ze het allesbehalve grappig vond. Ten eerste klonk ze erg overstuur. Ten tweede sprak ze op haar zogenaamde Julius Caesar-manier, dat wil zeggen dat ze over zichzelf in de derde persoon sprak, en ten derde omdat het aantal uren dat de bevalling had geduurd ('er waren in mijn tijd nog geen ruggenprikken, lieverd!') aanzienlijk groter was dan anders.

'Het spijt me, mama,' zei ik met een klein stemmetje. Ik wist dat ik behoorlijk ver zou moeten gaan om het weer goed te maken. Opnieuw kreeg ik een geniale inval, en was ik weer uiterst creatief met de waarheid. 'Luister, mama. Ik heb er heel lang over nagedacht en ik ben zo geschokt door wat papa je heeft aangedaan dat ik niets meer met hem te maken wil hebben.'

'En dat toon je me door me niet te bellen. Grappig is dat.'

'Nee, mama, luister nou eens. Ik heb er echt serieus over nagedacht. Ik heb je niet gebeld omdat ik dag en nacht bezig ben geweest om een manier te bedenken om die klootzak niet meer te hoeven zien!' Ik zweeg even om haar de gelegenheid te geven me op mijn grove taalgebruik te wijzen, maar er kwam niets; een heel goed teken. 'Mama, ik heb een baan!'

'Een wát?'

'Een baan, mama. Ik heb een baan!'

'Waarom in vredesnaam? Ik heb je toch niet negen lange maanden in mijn buik gedragen om je een baan te laten krijgen! Wat bezielt iedereen toch?'

'Luister naar me! Ik sta zozeer aan jouw kant dat ik helemaal niets meer met papa te maken wil hebben. Zozeer dat ik zijn geld niet eens meer wil! Begrijp je dat? Ik doe het voor jou!' Ik probeerde zo gekwetst mogelijk te klinken.

Schuldgevoelens kunnen vanaf beide kanten geleverd worden.

'Je doet het voor mij?' Ze klonk verward en verschrikt, maar ook gevleid. 'Waarom heb je me dan niet gebeld?' zei ze, terwijl ze haar laatste restje weerstand aansprak.

'Ik heb het hier heel, heel erg druk mee gehad, mama. Voor jou!' Die laatste twee woorden legde ik er zo dik mogelijk bovenop.

'O lieverd! Het spijt me dat ik aan je getwijfeld heb...'

'Oké, mama. Het spijt me dat ik je niet eerder heb gebeld.'

‘Al goed, kind. Maar wil je alsjeblieft niet “oké” zeggen. Dat is niet damesachtig, weet je.’

Mijn moeder was weer helemaal de oude.

Cynthia reageerde dolenthousiast op mijn nieuws.

‘Wauw! Je allereerste poging en meteen succes! Te gek! Dat moeten we vieren, laat me je vanavond voor een etentje uitnodigen!’

‘Perfect, ik heb ontzettende zin je te zien!’

‘Ik jou ook, lieverd. Het is heerlijk om een nieuwe vriendin te hebben.’

‘Dat vind ik nou ook.’

‘O shit!’ riep Cynthia uit. ‘Ik denk er opeens aan dat ik vanavond met Tim heb afgesproken en als ik wéér afzeg, wil hij me nooit van zijn leven meer zien.’

‘Ah, nee!’

‘Wacht, ik heb een idee. Waarom ga je niet gewoon met ons mee?’

Wat een schat was ze toch!

‘Graag, maar ik wil niet het vijfde wiel aan de wagen zijn.’

‘Ach welnee, maar als je je er gemakkelijker bij voelt, neem dan iemand mee!’

‘Vind je dat niet vervelend?’

‘Tuurlijk niet! Ik vind het leuk als je meegaat!’

Cynthia’s vriend had de reservering veranderd in een tafel voor vier, en ik had Frank uitgenodigd. Het was niet bepaald een gewoonte van me om een man mee uit te vragen, maar het bleek makkelijker te zijn dan ik had verwacht. Per slot van rekening was het alleen maar beleefdheid van mijn kant om hem op de hoogte te houden van mijn activiteiten op de arbeidsmarkt en hem uit te nodigen om mijn succes te vieren. Hij feliciteerde me en nam de uitnodiging van harte aan. Het enige punt was dat hij me niet kon komen ophalen, hij had een vergadering die wel ingekort maar zeker niet afgezegd kon worden. Ik vond het vrij gênant om Cynthia en haar vriend in mijn eentje te moeten ontmoeten, maar was ook weer gevleid dat Frank een ongetwijfeld zeer belangrijke vergadering voor me zou inkorten.

Zodra ik het restaurant binnenkwam, zag ik Cynthia en haar vriend al aan tafel zitten, de beste in het restaurant, pal in het midden. Terwijl ik me van mijn jas ontdeed bedacht ik hoe fantastisch het was dat iedereen me zou kunnen zien, te midden van goed gezelschap, zichtbaar enthousiast over iets, met vrienden die me feliciteerden. Behoorlijk goed voor mijn image.

Ik liep naar Cynthia en omhelsde haar. Ze stelde me voor aan haar vriend.

'Tim, dit is Chloë,' zei ze met een brede grijns.

Ze had een goede reden om te lachen, want Tim was een waanzinnig lekker ding. Vrij lang haar, ongeschoren, geen stropdas, maar het geheel werkte. Cynthia zag er fantastisch uit en scheen zich ook zo te voelen, want ze praatte en lachte aan één stuk door. Haar stem met de haar zo eigen toon van 'het zal me aan m'n reet roesten wat mensen van me denken' klonk boven alles en iedereen uit. Dat was een van de redenen waarom ik haar zo leuk vond. Ze werkte aanstekelijk. Ik werd, net als zij, roekeloos, geestig en een beetje gestoord.

Tim bestelde voor iedereen wodka-ijs als aperitief en tegen de tijd dat Frank binnenkwam, waren we aan ons tweede rondje. Ze schudden elkaar de hand en Frank kuste me op de wang (yes!). Ik zweefde van geluk. Cynthia en ik waren aan het lachen en praten, in erg leuk gezelschap. Althans, dat dacht ik, want Frank moest erg om ons lachen. Hij was stil, maar glimlachte voortdurend. Toen de wijn op tafel werd gezet, hief hij zijn glas.

'Op Chloë en haar nieuwe baan,' zei hij, me recht in de ogen kijkend. 'Wat je wilt, dat kun je.'

Daar dronken we op, terwijl ik smolt van geluk.

Het werd een geweldige avond. Cynthia en ik waren door het dolle heen. Tim gedroeg zich erg cool, achterovergeleund in zijn stoel observeerde hij ons en trok alleen zijn mond open om terloops kritiek te leveren, hetgeen meer dan een beetje onbeleefd was, maar aangezien hij schrijver van beroep was en een gekwelde ziel behoorde te hebben, nam ik het hem niet kwalijk.

Frank was ook rustig, op zijn manier. Hij observeerde noch bekritiseerde ons, hij luisterde. Hij droeg bij aan de conversatie door af en toe een grappige opmerking te maken, maar hoofdzakelijk door ons van alles uit te leggen. Hij bleek een schat aan kennis te bezitten. Op een zeker moment werd het me bijna te veel, deed hij me iets te vaak denken aan de nerd die hij op school was geweest. Maar na al die jaren was zijn kennis een stuk aantrekkelijker geworden, vooral toen ik merkte dat Tim zijn mening een paar keer bijstelde om zich bij Franks standpunt aan te sluiten.

Toen Cynthia en ik naar het toilet gingen om onze make-up bij te werken en te roddelen, zei ze dat ze hem een leuke, aardige man vond en helemaal niet saai (ik weet nooit goed waar de grens ligt tussen saai en rustig). Ze vond hem een 'blijvertje'. Eigenlijk was ze hem zo aan het ophemelen dat mijn verliefdheid tegen de tijd dat we terug naar onze tafel gingen was veranderd in Liefde. Echte Liefde. Met een hoofdletter L.

Mijn taxiplan – ga nooit met je eigen auto naar een afspraak met een belangrijke date, omdat hij je dan niet naar huis kan brengen en je je kansen verspeelt – werkte, want Frank stelde voor me thuis af te zetten en bibberend van de zenuwen zei ik ja.

Het enige minpunt was dat ik (zoals ik altijd de verkeerde dingen zeg als ik nerveus ben) er flink op had gehamerd dat 'het al laat was' en 'dat ik hard mijn acht uur slaap nodig had om de volgende dag niet in een rothumeur te zijn en fit om te werken'. Grote fout. Zelfs al had ik hiermee eventuele stiltes doorbroken en een professionele indruk gemaakt, Frank had mijn woorden veel te letterlijk genomen en me bij mijn appartement afgezet zonder te hinten dat hij nog boven uitgenodigd wilde worden voor een drankje. Of misschien was hij wel een echte gentleman. Het was ook eigenlijk niet zo erg, want de volgende dag zou hij me vast en zeker bellen om te vragen hoe mijn eerste werkdag was verlopen, en dan zou hij me gelijk uit eten kunnen vragen.

Toen mijn hoofd het kussen raakte, had ik een brede glimlach op mijn gezicht.

Moeilijke tijden

'Dan vouw je de trui over het karton, kijk zo.'

'Oké.'

'Dan vouw je de mouwen eroverheen, kijk zo.'

'Oké.'

'Dan strijk je eroverheen om hem glad te maken, kijk zo.'

'Oké.'

'Dan leg je hem op de plank, kijk zo.'

'Oké.'

'En dan haal je het karton eruit, kijk zo.'

'Oké.'

Ik werd ingewerkt door een vrouw die Junita heette. Tot mijn teleurstelling was Johnny er niet toen ik aankwam. Ik nam aan dat hij op zijn kantoor was, waar alle belangrijke dingen werden geregeld, maar hij was zelfs niet even langsgekomen om me welkom te heten. Toen ik arriveerde, op tijd (ik had me stellig voorgenomen te proberen altijd op tijd komen), was de enige aanwezige de puisterige, dikke, chagrijnige secretaresse. Ik had haar heel beleefd naar meneer Johnny gevraagd (ik wist tenslotte niet of zij hem ook bij de voornaam mocht noemen), waarna ze me bijna schreeuwend gebood in de eerste kamer rechts te wachten.

Ik wachtte een tijdje, een lange tijd, totdat ik haar ervan verdacht me een streek te willen leveren. Misschien had ze me met opzet naar de verkeerde kamer gestuurd. Wanneer ik dan na een poos zou komen vragen wat er aan de hand was, zou blijken dat ze al die tijd op me hadden gewacht, met als gevolg dat ze me onprofessioneel en ongemotiveerd zouden vinden en me op staande voet zouden ontslaan. Ik stond net op het punt op haar af te stormen en haar ervan te beschuldigen dat ze op mijn ontslag uit was, zodat zij mijn baan kon inpikken (ook al wist ik niet precies wat die inhield, ze was waarschijnlijk beledigd dat ze hem zelf niet had gekregen. Hoewel, laten we eerlijk zijn, dat kon ze vergeten, want moeder Natuur had haar bij het uitdelen van representatieve kwaliteiten duidelijk overgeslagen) toen Junita binnenkwam. Met al haar honderdvijftig kilo. Ze was een reuzin en bezat evenveel gratie als de secretaresse charme. En net als de laatste scheen ze in het geheel geen poging te willen doen indruk op me te maken. Ze kwam het wachtkamertje binnen en gebood me met haar mee te gaan naar de andere kant van de straat, waar de winkel was. Zonder dat ze zich had voorgesteld, liepen we de winkel binnen waar ik zou komen te werken.

Het was er middelmatig groot, en het interieur was niet verfijnd genoeg om je tot een koopaanval te verleiden, maar aan de andere kant ook niet ontmoedigend. Kortom, het was een beetje niks.

Ze bracht me naar een keuken achterin, waar ze haar schrikbarend lelijke, verkleurde bruine handtas op de tafel zette, zichzelf een kop koffie inschonk en een sigaret opstak. 'Zo, dus jij bent de nieuwe.'

'Ja, dat ben ik. Hoi, ik ben Chloë Matthews,' zei ik, haar mijn hand toestekend.

Ze schudde hem niet.

'Na mijn koffie zal ik je rondleiden. Het koffiezetapparaat staat daar,' zei ze, met een hoofdbeweging naar de hoek van de keuken.

'Dank je.' Ik liep er gauw op af, niet omdat ik dorst had maar omdat ik nodig iets om handen moest hebben.

Ik pakte mijn koffie en zweeg totdat ze verklaarde dat het tijd was om met mij 'de ronde te gaan doen'.

'Let goed op, want ik leg het maar één keer uit.'

'Natuurlijk,' antwoordde ik, in een poging welwillend over te komen.

Ik deed mijn uiterste best me positief op te stellen, maar Junita bleek daar niet echt open voor te staan. Gedurende de hele 'ronde' glimlachte ze niet één keer tegen me. Geen spoor van een lach om haar mond, in haar ogen of in haar stem. Enkel een stalen gezicht en een monotone uitleg over hoe het er in de winkel aan toeging. De klanten komen binnen en het was de bedoeling hun zoveel mogelijk te verkopen. Als ze een trui mooi vinden, laat dan een broek zien die erbij past. Als ze een badpak mooi vinden, leg dan uit dat het verstandig is om er twee te kopen. De klanten hadden altijd gelijk en ik moest ervoor zorgen dat ze tevreden en met zakken vol kleren de winkel verlieten en bovendien graag nog eens terugkwamen.

Maar het belangrijkste van alles was het vouwen. Broeken, T-shirts en vooral truien, want dat was het moeilijkst. Alles wat de klanten hadden gepast moest vervolgens weer worden opgevouwen en dat zou in het begin mijn taak zijn. Dat zou mij de tijd geven om te zien hoe de mensen die hier al langer werkten met de klanten omgingen, zodat ik het ze later kon nadoen, legde ze uit. Daarna zou ze me met de kassa om leren gaan. Het klonk allemaal best goed. De vouwtechniek met het karton was geniaal, en voor iemand die nog nooit in haar leven iets had opgevouwen, pikte ik het volgens mij uitermate snel op.

We beëindigden mijn ronde om halfnegen, waarna ze me alleen liet om vertrouwd te raken met de koopwaar. Logisch natuurlijk, want om een goede vertegenwoordigster te worden moet je je producten door en door kennen. Ik ging er helemaal voor. Ik bekeek elke trui, shirt, rok, broek vanbinnen en -buiten. Ik leerde de materialen uit mijn hoofd (veel katoen en jeukerige wol, nauwelijks zijde, geen kasjmier), de maten en de leverbare kleuren, en probeerde me allerlei combinaties voor te stellen om volledige outfits te kunnen creëren. Het viel me op dat alles ongelofelijk goedkoop was.

Na wat slechts vijf minuten leek, begonnen de andere vertegenwoordigers binnen te druppelen. De eerste was Lucy, een broodmagere blondine. Onder de dikke lagen slechte foundation (te oranje en slecht opgebracht, waardoor er een zichtbare streep over haar jukbeen liep) kon ik nog net een heel mooi gezicht bespeuren. Toen ze me zag kwam ze onmiddellijk naar me toe.

'Hoi, jij bent vast de nieuwe,' zei ze terwijl ze me haar hand toestak om zich voor te stellen. 'Ik ben Lucy.'

'Aangenaam, ik ben Chloë.'

'Welkom, Chloë. Ik weet zeker dat je het hier naar je zin zult hebben. Als ik je ergens mee kan helpen, zeg je het maar.'

Ik kon haar wel omhelzen.

'Dank je.'

De bel, die aangaf dat er iemand de winkel binnenkwam, rinkelde en het volgende moment stapte er een andere collega binnen. Het fysieke tegenbeeld van Lucy. Donker kort haar, bleke huid (zowel huid als haar zonder glans), een klein, log postuur en grote zwarte kringen onder haar ogen. Maar de ogen waren geweldig. Groot en lichtblauw, met een twinkeling erin.

'Jij moet Chloë zijn!'

'Ja.'

'Ik ben Carol. Ik wil dolgraag even met je praten, maar ik moet eerst zeiken.'

En met die woorden verdween ze de keuken in.
'Tuurlijk,' mompelde ik enigszins geschokt.
Ze was echter weer snel terug.
'Junita is zeker al met je rond geweest?'
'Klopt.'
'Heeft ze je op het vouwen gezet?'
'Ja.'
'De trut! Maar maak je geen zorgen, het zal niet voor lang zijn.'
'O, het geeft niet, ik moet de rest toch nog leren. Het maakt mij niet uit.'
Ze grinnikte. 'Ik spreek je nog wel aan het einde van de dag.'

En gelijk had ze. Na het eerste halfuur had ik het vouwen al onder de knie en was het nieuwe eraf. Dat dacht ik althans. Tegen elven was er echter ineens een invasie van klanten. Het leek of geen van allen ook maar enige verbeelding had, want alles moest aan. Zonder enig beleid werden maten, kleuren en modellen gepast. Dikkerds probeerden zich in maatje zesendertig te persen, door cellulitis ontsierde achterwerken wrongen zich in badpakken met G-string (echt heel fout), alle regels van kleurencombinaties werden gebroken, en er leek geen einde aan te komen. Vervolgens kon ik alles wat uit de rekken en van de schappen was gehaald opnieuw opvouwen.
Ik deed wat ik kon, maar ze waren te snel. Ze waren met te veel. Tegen de tijd dat ze allemaal vertrokken (wonderbaarlijk genoeg even plotseling als ze verschenen waren), was het een puinhoop in de winkel. En niet alleen in de winkel. De wrong die ik die ochtend in mijn haar had gelegd leek nu meer op een vogelnestje, het zweet stond op mijn rug en emotioneel was ik een wrak. Daar stond ik dan, in al mijn wanhoop, beseffend dat de bluf waarmee ik deze baan bemachtigd had was afgestraft. Ik voelde me verschrikkelijk. Tranen begonnen op te wellen toen ik de stem van Albert, mijn derde collega, naast me hoorde. 'Maak je maar geen zorgen, de eerste dagen zijn altijd zo.'
Ik keek op en moest flink met mijn ogen knipperen om te voorkomen dat zijn beeld mistig werd.
'Ik help je wel...' bood hij aan.
Samen brachten we weer orde in de chaos. Het leek werkelijk of er een tornado had gewoed. Zwijgend werkten we gestaag een halfuur door. Terwijl ik de schappen tegenover die waaraan Albert werkte opruimde, stond ik mijzelf toe hem eens goed te bekijken. Hij had iets van een grote, vriendelijke reus. Zijn dunne, asblonde haar was

keurig geknipt en naar één kant gekamd, hij droeg een ontroerend brave beige spencer op een bruine corduroy broek, had degelijke schoenen aan zijn enorme voeten en bewoog zich uiterst traag. Hoewel hij alles heel goed deed, had hij iets onbeholpens over zich.

Op een gegeven moment ving hij mijn blik op en glimlachte bemoedigend naar me.

'Bijna klaar,' mompelde hij.

'Ontzettend bedankt voor je hulp. Dat was heel aardig van je.'

'O, niks te danken,' zei hij met lage stem. Hij had een grappig accent, dat ik niet kon thuisbrengen, maar dat wel precies bij zijn uiterlijk paste. Het had iets zangerigs en aan het einde van de zin had je het gevoel dat er nog meer kwam. Hij praatte al even langzaam als hij zich bewoog. Vreemd genoeg werkte het me niet op mijn zenuwen. Het had iets vertederends.

'Is het hier altijd zo druk?' vroeg ik, bang voor het antwoord.

'Soms wel, soms niet. Maar maak je maar niet ongerust, het went wel.'

'Denk je?' Ik zag de ravage die de klanten na hun vertrek hadden achtergelaten weer haarscherp voor me.

'Ja, heus,' mompelde Albert weer.

We gingen verder met opvouwen totdat alles perfect was opgeruimd, terwijl Albert tussendoor zo nu en dan een klant hielp.

Net toen ik de laatste kleren opvouwde, kwam Junita naar me toe en vroeg me haar naar de keuken te volgen. Ik wist niet of dat een goed of slecht teken was, aangezien ik niet wist of ze gezien had dat Albert mij te hulp was geschoten. Als ze het niet had gezien zou ik als een getalenteerde vouwster overkomen. Had ze het wel gezien, dan zou ik de baan misschien wel kunnen vergeten. Ik volgde haar met klamme handen naar de keuken en bereidde me voor op mijn promotie of ontslag. Er gebeurde echter niets. Het enige wat Junita te zeggen had was dat het tijd was voor de lunch. Het was pas twaalf uur – ik had mijn ontbijt nog niet eens verteerd – dus probeerde ik haar mijn eetgewoonten uit te leggen. Ver kwam ik niet.

'Het spijt me, maar ik heb nog geen honger.'

'Dan eet je niet.' Ze draaide zich om, rommelde in haar tas en haalde er een boterham en een slaatje uit, terwijl ze nog net verstaanbaar in zichzelf mompelde: 'Hoe is het mogelijk? Komt net binnen en begint gelijk eisen te stellen. Als iedereen maar zou eten wanneer hij maar wilde, werd het hier een zootje. Waar bleven we dan? Wie denkt ze in vredesnaam dat ze is?' Ze mompelde nog iets, maar daar kon ik geen wijs uit worden.

Mijn aanwezigheid scheen haar te ergeren, hoewel ik absoluut niet kon bedenken waar ik dat aan verdiend zou hebben. Om haar haar zin te geven gaf ik toe.

'Goed, dan lunch ik nu wel. Waar kan ik iets krijgen?'

Junita gooide haar armen in de lucht. 'Je gaat me toch niet vertellen dat je niets hebt meegenomen?'

'Nee, het spijt me, dat wist ik niet.'

'Er is een broodjeszaak aan de overkant van de straat. Maar schiet wel op, want je krijgt maar een halfuur.'

Ik ging en kwam terug onder het wakend oog van mijn nieuwe bazin. Carol zag het en zei dat ik me er niets van moest aantrekken, want Junita mocht niemand in het begin. Lucy zei dat ze haar ook doodeng had gevonden, maar dat ze niet zo erg was als ze overkwam. Dat gaf me hoop, maar niet voor lang. Er viel een nieuwe invasie klanten binnen, maar ditmaal had Albert lunchpauze, zodat hij me niet kon bijstaan. Het was opnieuw een ravage en het leek wel of ik mijn vouwtechniek tijdens de lunch was verleerd. Junita was er getuige van, gooide alsmaar weer haar armen in de lucht en bleef maar herhalen: 'Mijn god, wat moet ik toch met zoiets beginnen?'

Ik wist niet of ze op mij of de situatie doelde, maar hoe je het ook wendde of keerde, het was geen goed teken. Om zeven uur gingen de deuren dicht voor de klanten. De winkel was nog steeds niet helemaal aan kant, dus bood ik aan over te werken. Weer helemaal fout.

'Nu wil ze me ook nog hier houden!' Ze leek me werkelijk niet te mogen.

'Wie denk je dat hier moet blijven om af te sluiten?'

Dat moest zij dan wel zijn.

'Precies! En ik heb een man thuis voor wie ik moet koken. Kom morgen maar een uur eerder, dan ben ik toch met de kassa bezig.'

Zonder te weten of dit een bevel was of dat ik zelf maar moest weten hoe laat ik kwam, knikte ik.

'Zeven uur?' vroeg ik voor alle zekerheid, aangezien ik vanochtend om acht uur aanwezig diende te zijn.

Weer wierp ze haar armen in de lucht. 'Ze wil me dood hebben! Nee, acht uur!'

Ik zei gedag en vertrok.

Van deur tot deur was ik een uur en tien minuten kwijt geweest om thuis te komen. Het was halfnegen en ik was doodop. Mijn rug deed zeer, iedere spier in mijn lijf protesteerde en mijn voeten waren gezwollen. Ik liep van mijn voordeur meteen naar mijn slaapkamer, wierp mezelf op bed en viel met mijn kleren aan in slaap. Het enige verstandige waartoe ik nog in staat was voordat ik indoezelde, was de wekker zetten voor de volgende ochtend. Ik moest om acht uur op mijn werk zijn, dus moest ik om zeven uur de deur uit. Omdat ik een halfuur nodig had voor mijn ontbijt en een uur voor aankleden, make-up en mijn haar, moest ik de wekker om halfzes zetten. Ik bedacht me en maakte er kwart over vijf van. Ik kon beter het zekere voor het onzekere nemen.

Contact

Wat er dus werkelijk gebeurde was dat ik me gigantisch versliep. Ik was er zo aan gewend om op te staan wanneer het me uitkwam dat het een paar minuten duurde voordat tot me doordrong in welke rampzalige situatie ik me bevond. Maar ik raakte niet in paniek. Heel volwassen begon ik direct te zoeken naar oplossingen. Maar met nog slechts een halfuur de tijd om me klaar te maken en naar mijn werk te gaan, lagen die niet voor het oprapen. Toen pas raakte ik in paniek. Visioenen dat ik ontslagen zou worden schoten door mijn hoofd, en ik wilde niets liever dan de tijd terugdraaien. Maar dat was onmogelijk.

Ik werd echter niet ontslagen. Toen ik eindelijk op mijn werk aankwam (ongewassen en met de make-up van de vorige dag), was Junita woedend. Ik verontschuldigde me zo goed als menselijkerwijs mogelijk was en beloofde dat het niet meer zou gebeuren. Alles ging mis die dag. De klanten liepen in en uit en gooiden alles overhoop. Albert kon me niet helpen, omdat hij het te druk had met de klanten. Carol had zich namelijk ziek gemeld, zodat we een tekort aan mankracht hadden.

Ik sloeg mijn lunchpauze over, me ervan bewust dat het einde zoek zou zijn als ik de winkel een halfuur zonder vouwactiviteiten achterliet.

Nadat ik tien uur achter elkaar gewerkt bleek te hebben, sloot Junita de deuren en zei dat ik naar huis kon gaan. Ik was verbaasd dat de dag zo snel voorbij was gegaan.

Ik heb altijd geleerd dat de tijd vliegt als je plezier hebt, maar nu kwam ik erachter dat dat ook het geval is wanneer je werkt. Eigenaardig. Hoe kunnen plezier en werk nu in 's hemelsnaam hetzelfde effect op tijd hebben? Het was nou niet bepaald zo dat ik de tijd van mijn leven had gehad. Tien uur lang op pijnlijke, beblaarde voeten staan kun je niet op die manier omschrijven. Voortdurende angst om achter te raken op het vouwschema ook niet. En al helemaal niet om door Junita toegeschreeuwd te worden.

Toen ik om me heen keek, leken de anderen nauwelijks aangedaan door een dag van wat, volgens mij, angstwekkend veel op slavernij leek.

Lucy huppelde opgewonden rond omdat haar vriendje haar (zeer tot Junita's afkeuring) op het werk had gebeld om te zeggen dat hij haar kwam ophalen voor de film. Uit wat ik had begrepen uit niet opzettelijk afgeluisterde gesprekken hadden ze de laatste tijd nogal wat problemen gehad. Niet dat ik niets beters te doen had dan haar gesprekken af te luisteren, maar ze had het voortdurend over hem. Ze gingen al twee jaar met elkaar om, hij was ongelofelijk knap en lief, maar hij kon zich moeilijk binden. Maar hij hield wel veel van haar, dus bleef ze bij hem, en als hij onaardig was, kwam dat doordat hij bang was te veel van haar te houden. En ja, hij was haar een paar keer ontrouw geweest, maar toen was hij dronken en telkens had hij haar beloofd dat het niet meer zou gebeuren. Het was bewonderenswaardig met hoeveel begrip en hoop ze haar slechte relatie telkens weer verdedigde.

Albert was geïrriteerd dat ze weer met haar vriend uitging, maar behalve dat was hij nog net zo fit als 's ochtends. En verbazingwekkend genoeg was Junita nog steeds aan het rondrennen met haar handen in de lucht, zich hardop afvragend wat ze in vredesnaam met ons aan moest.

Toen we allemaal naar huis gingen, waarschuwde Junita me nogmaals dat ik de volgende dag op tijd moest komen. Maar toen we naast elkaar op straat liepen – zij naar de metro, ik naar mijn auto – zei ze wel dat ik er de slag van begon te krijgen.

'Mag ik iets vragen? Hebt u deze blouse misschien ook in beige?' vroeg een klant me op mijn derde dag.

Ik keek om me heen of een van de anderen haar kon helpen, me ervan bewust dat ik nog geen direct klantencontact mocht hebben, maar ze waren allemaal druk bezig, en omdat ik het antwoord op de vraag wist, dacht ik dat ik het haar wel kon geven.

'Nee, dat hebben we niet. Het spijt me.'

De vrouw draaide zich om en verliet de winkel. Shit! Als Junita zag dat ik contact met een klant had gehad en die direct daarna de zaak verliet, werd ik vast en zeker ontslagen.

'Wacht even!'

De vrouw draaide zich om.

'Ik heb wel een mooie kleur groen. Die zou heel goed bij uw teint staan.'

Tot mijn verbazing luisterde ze naar me, bekeek het groene kledingstuk, paste het, en zei niet dat ik niet wist waar ik het over had.

Ik keek naar haar in de groene blouse en stelde me haar voor in een van mijn favoriete jurken uit de winkel.

'Wat zit u me aan te staren?'

Ik kon mijn oren niet geloven. Deze vrouw zei precies datgene wat ik altijd al had willen zeggen tegen overaanwezige winkelbediendes. Waarom had ik nu weer de pech om geconfronteerd te worden met zo'n zeldzaam eerlijk type?

'O, pardon. Ik dacht alleen maar aan een jurk die u goed zou staan, die zou u eens moeten passen.'

Gelukkig had ik haar niet al te zeer op de kast gejaagd met mijn onverholen gestaar. Ze paste de jurk en was razend enthousiast. Vanaf dat moment was ik niet meer te stuiten. Ik kreeg haar zover dat ze niet alleen de blouse, maar ook de jurk, bijbehorende accessoires, een broek en een lading sokken kocht. Zelf was ik vooral onder de indruk van het feit dat ze zich al die sokken liet aanpraten, want vaak wordt het belang van een goede sok over het hoofd gezien. Maar toen ik haar uitlegde hoe heerlijk het was om thuis te komen, je schoenen uit te doen en een paar schone, zachte, warme, knusse sokken aan te trekken, was ze verkocht. Mijn sokken ook. Het enige wat ik niet durfde te doen, was de verkoop te bezegelen door de kassa zelf aan te slaan, ik was immers al mijn boekje te buiten gegaan. Dus ik begeleidde haar naar de toonbank en vroeg aan Lucy om haar verder te helpen. De vrouw keek even vreemd op, maar bedankte me voor mijn hulp. Toen ik terugliep naar mijn schappen, voelde ik me de gelukkigste vrouw van de wereld. Ik had mijn kans gegrepen en het was gelukt.

Terwijl ik stond te vouwen, kwam Junita naar me toe.

'Ik heb gezien hoe je die klant hielp. Dat deed je heel goed.'

'Het spijt me, ik heb haar niet met opzet geholpen, maar iedereen was bezig, dus...'

'Je deed het goed, je hoeft je niet te verontschuldigen.'

'Ze vroeg me namelijk iets, ik ben niet zelf op haar afgegaan. Maar ik wist het antwoord, dus gaf ik het haar. En toen kwam ik er niet meer van los. Het spijt me echt heel...'

'Laat maar. Het is goed zo.'

'Sorry...'

'Hou op! Ik wil je uitleg niet horen, je deed het prima. En als je tussen het vouwen door tijd over hebt, zou je dan klanten kunnen helpen?'

'Heel graag.'

Het was fantastisch! De rest van de dag mocht ik op drukke momenten klanten bedienen, helemaal geen gevouw. Als het rustig was, vouwde ik zo snel als ik kon, zodat ik daarna weer contact met de klanten kon hebben. Het had iets heel spannends. Het had allemaal met tactiek te maken. Terwijl ik op een klant afliep observeerde ik haar, probeerde in te schatten tot welke sociografische en lichaamsgroep ze behoorde, en tot in welke mate haar modegevoel al ontwikkeld was. Die eerste seconden zijn essentieel. Het was de enige tijd die ik had om me de klant, voordat ik haar nog gesproken had, voor te stellen in een outfit die waarde toevoegde aan ieder onsje kwaliteit dat ze dan ook maar bezat.

Natuurlijk zou ik iets meer tijd kunnen uittrekken voor het observeren, maar dan zouden ze door de anderen voor mijn neus worden weggekaapt.

De hele dag was ongelofelijk. Afgezien van enkele afhoudende klanten die niet geholpen wilden worden (waarom nemen ze dan de moeite om naar een winkel te gaan, in plaats van thuis gewoon door een catalogus te bladeren?), hadden alle mensen die ik had geassisteerd positief op me gereageerd en aanmerkelijk meer gekocht dan wanneer ik er niet was geweest. Het vouwen was compleet onder controle en tijdens de lunch raakte ik in een vertrouwelijk gesprek met Lucy.

Ik liep de keuken in om te gaan lunchen en daar zat ze, met rode, opgezwollen ogen. Toen ik haar vroeg wat er aan de hand was, barstte ze in huilen uit.

Ik voel me meestal niet op mijn gemak bij huilende mensen. Meestal zijn het knuffelsituaties (of ten minste een arm om de schouders) en daarbij voel ik me nooit zo op mijn gemak. De uitzondering van een aantrekkelijke man daargelaten natuurlijk, maar die huilen niet. Niet dat ze dat van mij niet mogen, integendeel, ik moedig ze juist aan om het in mijn bijzijn op een brullen te zetten, maar ze doen het nooit.

Lucy daarentegen wel. En hoe. Dikke tranen rolden over haar wangen, waardoor haar blauwe mascara uitliep en zich vermengde met haar afzichtelijke oranje foundation. Met haar bijna witte haren, roze neus, rode ogen en de uitgelopen blauwe en oranje make-up, zag ze eruit als een heel verdrietig regenboogje.

Dus legde ik wel een arm om haar schouder en, gechoqueerd hoe smal deze was, vroeg ik of ze wilde praten. Met horten en stoten vertelde ze me dat ze de vorige avond een uur buiten had staan wachten op Mickaël (haar vriend) en dat hij niet was komen opdagen. Ten slotte was ze maar naar huis gegaan, naar bed, en om drie uur 's nachts had hij plotseling voor de deur gestaan.

Opnieuw welden er tranen op. 'Ik zei dat ik op hem had gewacht en dat ik boos was omdat hij niet was gekomen. En toen werd hij kwaad. Hij begon tegen me uit te varen, te schreeuwen dat ik altijd op hem zat te vitten, dat hij nooit iets goeds kon doen. En toen begon hij de spullen in mijn flat omver te gooien,' zei ze snikkend. 'Ik weet niet hoe ik hem gelukkig moet maken, hij is altijd zo boos. Maar ik had toch wel het recht om er iets van te zeggen? Ik weet dat hij niet goed tegen mijn kritiek kan, maar ik kan toch ook niet over me heen laten lopen? Hij weet dat ik er een hekel aan heb om hier buiten voor de winkel in het donker te staan. Ik weet het niet... ik weet het niet...'

Ze begon weer te huilen.

Ik wist het ook niet. Het was duidelijk dat dit meisje deze relatie zo snel mogelijk moest beëindigen maar ze was zo overstuur dat ik het niet over mijn hart kon verkrijgen om haar te zeggen dat ze zichzelf bij de kladden moest grijpen.

We zaten daar maar een beetje, zij huilend en ik me afvragend wat ik in vredesnaam moest doen, tot ze eindelijk ophield. 'Ik ga maar weer eens aan de slag.' Ze veegde de tranen van haar gezicht. 'Bedankt voor het luisteren. Je bent een schat...'

Opnieuw wist ik niet wat ik moest zeggen en zei dus maar niets.

Junita kwam de keuken binnen om Lucy op te halen.

'Alweer?' reageerde ze agressief.

Ik kon mijn oren niet geloven. Ze was wreed.

'Was je gezicht en wees eens wat flinker.'

Lucy verdween. Ik probeerde haar nog een meelevende blik toe te werpen, maar ze keek niet meer. Maar ik ben wel voor haar in de bres gesprongen.

'Ze heeft relatieproblemen,' zei ik tegen Junita.

Niet dat ze hierdoor ook maar een beetje soepeler werd. Junita, met haar enorme dosis medemenselijkheid, keek me aan alsof ik er helemaal niets van begrepen had en zei me dat 'het meisje haar verdiende loon kreeg' en verzekerde me dat ik er over een week net zo over zou denken. Ik wist zeker van niet. Maar ook al had ik medelijden met Lucy om haar ploertige vriendje, op de een of andere manier was ik ook blij dat ze haar hart bij me had uitgestort. Het is heel gezond om af en toe flink uit te huilen. En bovendien had het een fantastische opening voor een nieuwe vriendschap gecreëerd...

Ik gooide de voordeur achter me in het slot, strompelde met mijn laatste krachten naar mijn slaapkamer en liet me op bed vallen. Toen mijn rug de zachtheid van het matras raakte sprongen de tranen me bijna in de ogen, zo moe was ik. Ik was pas een week aan het werk en kon me niet voorstellen hoe het merendeel van de bevolking dit een leven lang volhield. Mijn vermoeidheid ging veel verder dan alles wat ik ooit tevoren had meegemaakt, en ik had geen idee wat ik moest doen om me beter te gaan voelen. Het enige wat ik echt wilde was slapen, slapen en nog eens slapen. Maar dat kon niet, want ik moest uit eten met Frank. Hij had die week twee keer gebeld, had alles willen weten over mijn werk en had me beide keren mee uit gevraagd. We hadden voor zaterdagavond afgesproken, zodat ik het laat kon maken en niet steeds neurotisch de wegtikkende uren slaap hoefde te tellen.

Terwijl ik daar lag wenste ik bijna dat ik zijn uitnodiging niet geaccepteerd had. Ik voelde me fysiek niet in staat op te staan, laat staan me op te tutten. En ik moest er al helemaal niet aan denken dat ik bruisend, stralend en aangenaam gezelschap zou moeten zijn. Ik was ervan overtuigd dat ik zo ongelofelijk saai zou zijn dat Frank me nooit meer zou willen zien. Hulpeloos naar het plafond starend, evalueerde ik hoezeer die baan van mij mijn leven beïnvloedde.

Twee weken geleden waren de voordelen geweest dat ik:

– iedere uitnodiging kon aannemen

– de energie zou hebben om mezelf en anderen te vermaken als ik ervoor koos om te gaan

– uren kon spenderen om mijn haar, make-up en kleren in bijna perfecte staat te brengen

– die week zeker twee winkelaanvallen zou hebben gehad en mijn garderobe met nieuwe en spannende kleren gevoed zou zijn.

Het nadeel: ik zou nog steeds papa's kleine meisje zijn.

Nu waren de voordelen dat ik:

– een hoop nieuwe avonturen had beleefd om over te praten

– ook in discussies over werk mijn steentje kon bijdragen (zodat er weinig onderwerpen overbleven waarover ik geen opinie zou kunnen hebben).

De nadelen:

– ik zag er verschrikkelijk uit

– ik voelde me ook zo

– ik was te uitgeput om van de voordelen te kunnen genieten.

Zo was het allemaal niet bedoeld. Het had er allemaal zo aantrekkelijk uitgezien toen ik dat hele baanidee had gehad. Om een carrièrevrouw te zijn, een snel leven, goed gekleed, de wereld aan mijn voeten... En moest je me nu hier zien liggen, volledig uitgeteld. De hele week had ik alleen maar gewerkt, in doodgewone (en gekreukte) kleren rondgelopen, en de wereld was overal behalve aan mijn voeten. Ik had meer de indruk dat de hele wereld óp me lag.

Een baanloze beauty was veranderd in een werkend wrak. Ik zag Frank al helemaal voor me als hij me kwam ophalen, verwachtend om 'mij' aan te treffen. Energieke, grappige en bruisende 'mij'. En vanavond kon ik die persoon gewoon niet zijn. Ik was simpelweg te moe.

Ik overwoog enkele uitvluchten, zoals bellen om te zeggen dat ik ziek was of moest overwerken. Van het ziek zijn zag ik af omdat ik het bij nader inzien niet bijster origineel vond. Dat gold ook voor overwerken, want dat zei immers iedere man tegen zijn vrouw als hij naar zijn maîtresse ging. Wat me eraan deed denken dat ik nodig mijn vader moest bellen.

Maar ik had nog steeds een probleem. Frank was niet achterlijk, dus ik kon maar beter iets goeds verzinnen. Een sterfgeval in de familie? Wellicht wat radicaal. Mijn been gebroken? Nee, daar zou hij achter komen. Hoofdpijn? Daar joeg je elke man mee op de vlucht. En toen ging me ineens een licht op. De kat was doodgegaan!

Dat waren werkelijk twee vliegen (of katten, in dit geval) in één klap. Aangezien Frank dacht dat ik een kat had, moest die eerst dood voordat hij naar mijn appartement kon komen. Dus door de kat af te maken, kwam ik van het hinderende dier én de afspraak af, en met een beetje verbeeldingskracht kon ik het hem in tranen vertellen, zodat hij ook nog zou denken dat ik lief en gevoelig was. Wat ik natuurlijk ook ben.

Ik zette de telefoon op handsfree, begon zijn nummer in te tikken, dat ik al vanbuiten had geleerd – een gewoonte die ik van mijn tienertijd heb overgehouden – maar gooide de hoorn erop voordat ik het laatste cijfer had ingedrukt.

Waar was ik mee bezig? Wat was er in 's hemelsnaam mis met mij? Ik stond op het punt een afspraak af te zeggen met een man die ik écht leuk vond. Die mijn vrienden leuk vonden. En gezien mijn slechte geschiedenis met mannen, kon ik me dat niet veroorloven. Niet dat mijn romantische escapades zo rampzalig waren geweest, integendeel, ik had heel wat vriendjes versleten, maar ik hield het alleen nooit lang met ze uit. Ze schenen allemaal niet langer dan drie maanden houdbaar. En op de een of andere manier had ik het gevoel dat het met Frank anders zou gaan.

Stel dat Frank de Ware was. Niet zomaar een nieuwe, maar de Ware? En ik zou me hem door de vingers laten glippen omdat ik te moe was, er afgrijselijk uitzag en niet wilde dat hij me zo zou zien?

Het was een kansloze situatie. Of ik was papa's kleine meisje, of lelijk en saai, daar kwam het op neer. Ik wilde geen van beide zijn, maar jammer genoeg was ik ook niet als Supervrouw geboren.

Ik begon echt pisnijdig te worden toen ik aan de onrechtvaardigheid van de situatie dacht. Mannen kwamen er in de maatschappij veel gemakkelijker af. Ze hoefden tijdens een etentje niet bruisend of op en top gekleed te zijn. Ik kon me in ieder geval niet herinneren dat mijn moeder ooit tegen mijn vader tekeer was gegaan als hij moe thuiskwam. Persoonlijk had ik vermoeide vriendjes meermalen vergeven. En als ik dat niet deed, was dat omdat ik niet echt van hen hield. Trouwens, als Frank niet genoeg van me hield om door mijn vermoeidheid heen te kijken, wilde ik hem niet eens. Wij vrouwen hadden evenveel recht op oververmoeidheid als mannen!

Ik had Junita die ochtend toevallig over hetzelfde onderwerp horen klagen. 'Wat denkt hij wel,' had ze gemopperd, 'dat ik én de rekeningen betaal én het huishouden en het eten verzorg, en dan ook nog eens zijn voeten masseer?'

Hoewel ik besefte dat onze situaties van elkaar verschilden, waren er toch duidelijk parallellen te trekken. Haar rekeningen waren mijn onafhankelijkheid, haar huishouden was mijn plicht om er toonbaar uit te zien en haar massages kon je vergelijken met het feit dat ik leuk en flitsend moest zijn. Maar dat was verleden tijd.

We hadden recht op onze vermoeidheid!

Die belangrijke conclusie speelde door mijn hoofd toen ik in slaap viel. Toen ik echter de deurbel hoorde, dacht ik precies het tegenovergestelde. Het was een echte 'wakker worden!'-bel, lang en doordringend. Ik had André, de pestportier, gezegd dat hij Frank te allen tijde naar boven kon laten gaan en nu had hij verdorie bij uitzondering eens gedaan wat ik hem had gezegd.

Shit, shit en nog eens shit! Ik kon er niet onderuit dat Frank me zo zou zien, slaapdronken en met mijn make-up in ernstige staat van ontbinding.

Ik had alleen nog de tijd om snel mijn broek uit te trekken (de enige manier die ik zag om er nog een beetje sexy uit te zien, was met blote benen onder mijn oversized blouse) en met mijn vingers door mijn haar te woelen om het meer volume te geven. Tot mijn verbazing zag ik er niet eens zo gek uit.

Ik opende de deur en stak mijn hoofd om de hoek.

'O Frank, het spijt me. Ik was in slaap gevallen,' zei ik, in mijn ogen wrijvend om mezelf er slaperig, jong en vooral aantrekkelijk uit te laten zien. 'Kom binnen, neem een drankje, dan kleed ik me intussen aan. Ik ben zo klaar.'

De leugen van de eeuw. Nog nooit in mijn leven was ik 'zo klaar' geweest. Frank keek beschaamd weg toen hij mijn gebrek aan broek zag, en het leek even alsof hij wilde vluchten. 'Luister, als je wilt kunnen we ook wel een andere keer uit eten gaan...'

'Nee! Heus, ik ga mee,' geeuwde ik luchtig terwijl ik naar de keuken liep om wijn voor hem te halen. 'Ik was kapot toen ik thuiskwam, dus ben ik even gaan liggen, maar ik ben bang dat ik in slaap ben gevallen. Maar maak je niet ongerust, ik kom zo weer bij.' Ik geeuwde nog een keer. 'Sorry...'

'Echt, ik ga wel, dan kun je weer gaan slapen...'

'Nee, nee!' wierp ik gejaagd tegen. Nu hij hier was wilde ik hem niet meer laten gaan. 'Ik heb me er juist zo op verheugd. Ik wil je alles over mijn werk vertellen!'

'Zal ik anders ergens iets te eten gaan halen, zodat we hier kunnen eten? Dan kun je toch uitrusten, me alles over je werk vertellen en hoeft het niet te laat te worden.'

Klonk goed.

'Vind je dat niet vervelend?'

'Helemaal niet. Leuk, juist!'

En weg was hij. Ik had geen idee waar hij iets te eten zou kunnen halen, maar aangezien Frank steeds meer op een wandelend wonder ging lijken, wist ik zeker dat hij iets zou weten te regelen.

Hij had zichzelf overtroffen. Binnen een kwartier was hij terug, met zijn armen vol plastic zakken. Hij liep direct naar de keuken, zette de spullen op tafel en gaf me twee opdrachten: pak de broodrooster en ga daarna meteen terug naar de zitkamer om te relaxen.

Over dat relaxen maakte ik me geen zorgen, hoe dat moest wist ik wel, maar waar bewaarde Sumandra in godsnaam de broodrooster? Bezat ik eigenlijk wel zo'n ding? Waarschijnlijk wel, want ik had vaak genoeg toast bij mijn ontbijt gehad en ik kon me geen andere manier voorstellen om warm brood te maken dan in een broodrooster. Ineens kreeg ik een visioen van Sumandra, broedend op een snee brood, in de hoop dat het toast werd. Het was een oncomfortabel idee. Niet dat ik haar er werkelijk van verdacht zoiets te doen, want op die manier zou het nooit knapperig worden, maar echt zeker kun je nooit zijn. Daarvoor had ik te veel afgrijselijke dingen op televisie gezien. Obers die zo genoeg van een klant hebben dat ze een wraakplas in hun glas wijn doen, of in hun soep spugen. Daar kan een mens toch behoorlijk paranoïde van worden. Verbazingwekkend eigenlijk dat we ons leven elke dag weer in de handen van vreemden leggen. Wat wist ik eigenlijk van Sumandra toen ik haar had aangenomen? Helemaal niets toch? Maar hoe onvoorzichtig ik ook was geweest, ik had geluk gehad. Sumandra was, bij de gratie Gods, geen psychopate gebleken.

Maar waar borg ze die vervloekte broodrooster op?

Ik had alle laden al nagekeken en het begon gênant te worden.

'Wat zoek je?'

'De broodrooster.'

'In de la?'

'Normaal ligt-ie hier, maar de werkster wordt soms een beetje ambitieus. Dan begint ze de boel opnieuw in te delen,' loog ik.

'Heb jij je broodrooster in een la liggen?'

'Ja natuurlijk, waarom niet?'

'Nou, misschien wat aan de grote kant?'

'Wat, de la?'

'Nee gekkie, de broodrooster!'

Ik snapte er niets van. Frank kennelijk wel, en ik lachte mee. Geen idee waarover, maar als iemand denkt dat ik grappig ben, ga ik hem daar niet van afbrengen. Zeker niet wanneer die persoon Frank is.

Toen ik het onding uiteindelijk achter allerlei keukenapparatuur ontdekte, begreep ik het. Broodroosters passen niet in laden.

Frank installeerde me met een glas wijn op de bank, zette een muziekje op en verscheen even later met twee enorme dienbladen vol

blini's en kaviaar, gerookte zalm op toast, salade en vleespasteitjes.
'Tot uw dienst, mevrouw...'

Ik geloof dat dit het moment was dat ik wérkelijk verliefd op hem werd. Echte liefde, die veel verder ging dan de kalverliefde die ik hiervoor voor hem gevoeld had. Nooit eerder had een man eten voor mij klaargemaakt, of gezien dat ik te moe was om uit te gaan. Frank was op dat moment de liefste en vriendelijkste persoon in mijn bestaan.

Hij moest mijn man worden.

De problemen van een trendsetter

De volgende dag ging ik naar het park, nam plaats op een bankje en genoot van de zon, de frisse lucht en het leven in het algemeen. Elke minuut van de voorbije nacht was als een dierbare droom; de manier waarop Frank had gekeken, geglimlacht, gepraat en voor me had gezorgd...

Er was niets gebeurd, maar de spanning had in de lucht gehangen. Ik had echt heel veel respect voor hem omdat hij niets had geprobeerd. De meeste mannen zouden de kans hebben gegrepen, maar Frank was anders. Hij wilde dat het volmaakt zou zijn, en met zijn drukke agenda en het vroege uur waarop zijn wekkertelefoon hem zou bellen, zou hij niet staat zijn geweest om het hele ritueel van 'ontbijt op bed en de hele dag samenzijn' fatsoenlijk af te werken. En alleen het beste was goed genoeg voor ons.

Dus had hij zich als de perfecte gentleman gedragen en was hij vertrokken om mij mijn schoonheidsslaapje te laten doen. Maar hij had me wel een kus gegeven. Net voor hij wegging, op mijn wang en ietsje langer dan noodzakelijk. Het was fantastisch geweest, hij was fantastisch en de belofte van onze toekomst samen was nog fantastischer.

Ik weerstond de aandrang mijn mobieltje te pakken en hem te bedanken voor de avond en hem, misschien, terloops te zeggen dat ik van hem hield. Het was voor het eerst van mijn leven dat ik me een voorstelling van het huwelijk en aanverwante perikelen kon maken en tot mijn grote verrassing sloeg ik er niet van op tilt. Het was juist een vredige, serene, bijna logische gedachte. Een voorgevoel.

Het was te veel om helemaal in mijn eentje te verwerken en daarom besloot ik een paar van mijn oude vriendinnen te bellen. Schaamteloos had ik hun berichtjes onbeantwoord gelaten, maar nu dacht ik mijn leven genoeg op orde te hebben om een triomfantelijke comeback te kunnen maken. Niet dat ik mijn oude vriendinnen zo graag wilde terugzien, maar het hele idee dat ik een nieuw leven compleet met baan en aanstaande echtgenoot zou hebben zonder dat iemand er ooit achter zou komen vond ik zinloos.

Het werkte. Ik belde wat rond en organiseerde een etentje voor diezelfde avond. Ik nam mezelf voor zoiets niet te vaak te doen, al was het maar om mijn slaaptekort binnen de perken te houden. Maar van de andere kant moest ik natuurlijk ook gewoon léven.

We waren met z'n vijven. Marla, Monica, Caroline, Cynthia en ik. Ik genoot. Cynthia had de overige leden van de club zelfs nog langer niet gezien dan ik en samen zouden we ze een poepje laten ruiken.

Marla en Monica waren dik bevriend met Isabelle (het kreng). Ze waren heel wat minder angstaanjagend dan zij, maar hadden het wonderbaarlijke talent om telkens wanneer het kreng in de buurt was een complete karaktertransformatie te kunnen ondergaan. Maar als Isabelle er niet bij was, waren ze leuk. Grappig genoeg leken ze veel op hun beroemde naamgenoten; de een was een magere, koele, blonde schoonheid, de ander een donkerharig propje. Marla was nog nooit getrouwd geweest, maar ze had een langdurige relatie met een Italiaanse graaf gehad. Tot voor kort dan, want hij had haar gedumpt (haar eigen versie van het verhaal klinkt trouwens heel anders). Monica was een eeuwige vrijgezel. En Caroline was gewoon Caroline. Het soort meisje dat altijd probeert niemand in de weg te lopen, eeuwig door de meer bijdehante meiden op haar kop wordt gezeten, en tot op het bot onzeker. Ze was een vleesgeworden deurmat.

Soms had ik medelijden met haar. Ze was te lief en ze moest nodig naar de tandarts voor een nieuw gebit om eens flink van zich af te bijten.

We begroetten elkaar met de gebruikelijke ceremonie en persoonlijke observaties.

'Lieve help, dat is lang geleden!'

'Nou, inderdaad. Wat zit je haar leuk.'

'Vind je? Ik vind er zelf niets aan.'

'En hoe kom jij zo bruin?'

Totdat eindelijk de hamvraag werd gesteld.

'Vertel eens, wat is er allemaal gebeurd?'

'Ach, ik heb het nogal druk gehad,' zei ik in een poging bescheiden over te komen.

'Waarmee dan? We hebben je nergens gezien. Is er soms een man in het spel?'

‘Ach ja, ik heb mijn grote liefde ontmoet,’ zei ik op een toon alsof ik een nieuw paar schoenen had gekocht.

‘O, echt waar? Wat geweldig! Ik ben zo blij voor je!’ zei Caroline.

‘Weet je, het is waar wat ze zeggen. Als je er niet naar op zoek bent, loop je ineens de ware tegen het lijf.’

‘Mijn hemel, niet te geloven. Ik vroeg me al af wanneer je je nou eens ging settelen.’

Mijn glorieuze moment werd door Marla verstoord. ‘Maar hoe zit het dan met je vader?’

‘Hoe bedoel je?’ zei ik onverschillig, alsof haar openhartigheid me koud liet.

‘Nou, ik bedoel, hij en jeweetwel.’ Marla fluisterde de laatste woorden, alsof ze te vies waren om hardop uit te spreken.

Vroeger zou ik me vernederd hebben gevoeld, maar de nieuwe, sterke, onafhankelijke ik had nergens last van.

‘Nee, ik weet niet wie, ik weet niet wat, ik weet niet waar of waarom, en het kan me ook niks schelen. Ik concentreer me op mijn eigen leven en wat mijn vader doet, moet hij zelf weten.’

Mijn beheerste uitstraling verbaasde hen. Ik ging nog een stap verder en verklaarde met plechtige, kalme stem: ‘Ik ben dat soort dingen ontgroeid. Ik kan me niet langer bezighouden met onnozele problemen. Iedereen kiest zijn eigen weg in het leven, en wie ben ik om daarover te oordelen?’

Nu stonden ze helemaal perplex.

‘Maar iedereen praat erover!’ riep Marla uit.

‘Dat komt doordat het sukkels zijn die niets anders hebben om over te praten!’ zei Cynthia, die me iets venijniger dan ze waarschijnlijk bedoelde te hulp schoot.

‘Behalve jullie natuurlijk,’ zei ik, de scherpte van haar woorden iets afzwakkend. Dat hoopte ik althans, want er viel een buitengewoon pijnlijke stilte.

Marla voelde zich verplicht me op de hoogte te stellen. ‘We hebben natuurlijk allemaal gehoord wat er aan de hand is...’

‘De verhalen over je moeder,’ voegde Caroline eraan toe. ‘Het spijt me echt voor je, lieverd.’

‘Wat voor verhalen?’

‘Weet je het nog niet? O nee!’

‘Wat dan, wat dan, wat dan?’ riep Cynthia opgefokt.

Stilte.

‘Toe nou?’ drong Cynthia aan.

‘Ja, kom op. Zo erg kan het niet zijn,’ zei ik instemmend.

Weer was het Marla die het woord voerde. 'Iedereen praat over je moeder. Het schijnt dat ze bevriend is geraakt met Henry Buckleton. Heel erg bevriend, bedoel ik dan.'

Ik begon te lachen. Dit was te gek voor woorden. Henry was de zoon van een van mijn moeders beste vriendinnen, lady Buckleton, en ik wist niet precies hoe oud hij was, maar volgens mij was hij nog niet eens meerderjarig. De laatste keer dat ik hem had gezien, had hij nog geen zichtbare baardgroei en had hij verkering met een mooi, vijftienjarig meisje.

'Waar heb je het in vredesnaam over? Dit is het meest belachelijke wat ik ooit heb gehoord. Ze is vijf keer zo oud als hij!' zei ik, mijn ongeloof weglachend. 'Jullie geloven ook alles wat er wordt gezegd, hè?'

'Belachelijk!' Cynthia viel me bij.

'Het is waar...' Als het niet Caroline was geweest die dit zei, dan had ik gedacht dat het een grap was. 'Ze doen er heel openlijk over...'

Er volgde een gesprek tussen Cynthia en Caroline, waaruit ik een heleboel dingen over mijn moeder te weten kwam die ik niet alleen liever niet had geweten, maar die ook een heel nieuw licht wierpen op de redenen waarom mijn vader haar had verlaten.

'Wat bedoel je met openlijk?'

'Ze zijn een stel...'

'Je bedoelt een echt stel? Je bedoelt dat ze met elkaar neuken?' vroeg Cynthia, even voorbijgaand aan het feit dat ze het over mijn moeder had.

'Ik zou het niet zo willen zeggen,' antwoordde Caroline, terwijl ze me medelijdend aankeek. 'Maar zo is het wel, ja.'

Ik wist niet wat ik moest zeggen of doen. Wat doe je als je ontdekt dat je ouders heel andere mensen blijken te zijn dan je altijd had gedacht? En in welk opzicht zou mijn moeders gedrag ook mij worden aangerekend? Zou men nu denken dat ik automatisch haar voorbeeld zou volgen en dezelfde weerzinwekkende dingen zou doen? Het was een huiveringwekkende gedachte. Als ik op mannen viel die net zoveel jonger waren dan ikzelf als mijn moeder en haar kleine gigolo, zou ik de peuterspeelzalen moeten afstropen...

Alles viel ineens in duigen. Het enige waar ik dankbaar voor kon zijn, was het feit dat ik in een kledingzaak voor volwassenen werkte. Als het een kinderkledingzaak was geweest, was er geen hoop meer voor me. Dus, om mijn imago te redden, moest ik dit benadrukken.

'Ik werk in een winkel voor volwassenen!' barstte ik uit, duidelijk makend dat dit een volstrekt kinderloos terrein was.

'Pardon?' zei Marla, een beetje verwilderd.

'Puur boven de achttien!' Als ze al zouden denken dat ik pedofiele neigingen had, had ik nu de laatste restjes twijfel weggenomen. 'En ik doe het voor het geld.'

De verbaasde ogen van Marla en Monica werden nog groter en Caroline doorbrak al haar gewoonten door een enorme slok van Cynthia's wodka-cranberrysap te nemen.

'Je bedoelt dat je het voor je werk doet?'

'Juist ja.'

'Dat je... ervoor betaald krijgt?'

Waardig en zelfverzekerd knikte ik van ja.

'Maar waarom?' vroeg Caroline met een uiterst bezorgde uitdrukking op haar gezicht. Het arme kind zag eruit alsof ze op het punt stond te gaan huilen.

Over deze vraag wilde ik even nadenken en vervolgens beantwoordde ik hem met de waarheid. 'Om een aantal redenen. Ik wil een vrouw zijn, geen meisje meer. Ik wil mijn eigen inkomen hebben. En misschien doe ik het onbewust ook wel om mijn vader te straffen.'

Die laatste zin had ik van mijn psych gejat. Hij zat er altijd maar over te mekkeren dat ik mijn ouders wilde straffen. Maar in deze context klonk het wel goed.

'Weten ze het, je ouders?'

'Mijn moeder wel, mijn vader niet. Ik wacht nog op het juiste moment om het hem te vertellen.'

'Maar ben je niet bang dat mensen erachter zullen komen?'

Monica's vraag verraste me. 'Nee! Waarom zou ik? In mijn ogen doen zoveel mensen het.'

Stilte.

'Het enige verschil is dat ik eigenlijk geprogrammeerd was om mijn toekomstige echtgenoot ten dienste te staan om hem gelukkig en tevreden te houden, en nu word ik ervoor betaald om dat voor klanten te doen. Bovendien ben ik er goed in. Normaal gesproken mag je pas na drie weken klantencontact hebben. Eerst moet je kijken hoe de anderen het doen en de rommel achter hen opruimen. Maar op mijn derde dag werd ik al door een klant benaderd en die heb ik heel gelukkig en een heleboel geld lichter gemaakt.'

Marla en Monica waren sprakeloos. Caroline, het arme kind was duidelijk niet gewend aan vernieuwende ideeën, had tranen in haar ogen. 'Maar dit is toch niet wat je echt wilt? En hoe zit het met de hygiëne? Die kleine kamertjes?'

Typisch! Ze associeerde een baan met het moeten delen van een toilet.

Ik kon deze beledigende vraag alleen maar met de meeste minachting beantwoorden. 'Ja, we moeten ze gezamenlijk gebruiken. Maar wat vies is kan schoongemaakt worden, weet je.'

Hun reactie was niet wat ik me ervan had voorgesteld. Ze waren niet bepaald om informatie aan het smeken. Waarschijnlijk hadden ze gewoon nog wat meer tijd nodig om aan het idee te wennen, maar dan zouden ze toch vast en zeker gaan beseffen hoe briljant het was wat ik aan het doen was.

Desalniettemin mocht ik niet klagen. Mijn verhaal had de ramp die mijn moeder over me had afgeroepen volledig overschaduwd.

Daarna verliep de conversatie gespannen en het etentje was al snel ten einde. Geen koffie, geen dessert.

Maar ik begreep het wel. Ik had hen bewust gemaakt van hun lege bestaan. Maar daar hoefde ik me niet schuldig over te voelen. Misschien werd het tijd dat ze eens kritisch naar zichzelf keken. En als ik, als meer verlichte geest, dan degene moest zijn om hun de ogen te openen, dan moest dat maar zo zijn.

En misschien, heel misschien, werd het wel een trend.

Ah, dat zou mooi zijn. Niet een trend in de zin van roklengtes, maar een existentiële trend die betekenis zou geven aan lege levens.

Ik zou het de Chloë Beweging noemen.

Het enige wat ik niet begreep was waarom Cynthia gedurende het hele dineetje had zitten schateren van het lachen.

Kansen creëren

Ik had bijna de hele nacht wakker gelegen, mijn overactieve brein had ervoor gezorgd dat ik de slaap maar niet kon vatten. Er was gewoon zoveel om over na te denken. Om te beginnen wilde ik nog een beetje dromen over Frank.

Jammer genoeg had hij me nog niet gebeld, wat ik overigens volledig begreep en respecteerde, want anders zou hij te opdringerig zijn. Niet dat ik dat erg zou hebben gevonden, maar hij deed het volgens het boekje, en in het boekje staat dat er tijdens de hofmakerij een rustdag tussen het contact moet zitten. In theorie zou hij me dus morgen bellen.

Vervolgens moest ik mijn gedachten eens goed laten gaan over die hele paps-mamstoestand. Na het laatste nieuws keek ik ineens heel anders tegen de zaak aan, en ik was onzeker over mijn positie. Ik wist niet meer voor of tegen wie ik moest zijn, wie aan te vallen of te verdedigen, te haten of van te houden. Het was verwarrend. Ik wist wel dat ik het verhaal uit de eerste hand zou moeten horen om overtuigd te zijn dat het waar was van haar en Henry. Het leek me zo onwaarschijnlijk, van wiens kant je het ook bekeek. Waarom zou hij in vredesnaam iets met mams willen hebben? Ook al was mijn moeder een zeer aantrekkelijke vrouw, ze was wel een aantrekkelijke vrouw *voor haar leeftijd*. En oké, Henry was een schetig joch, maar daar lag nu juist het probleem. Schetig. Moeder zou iemand moeten zoeken die omschreven zou kunnen worden als knap, intelligent, charmant, interessant of succesvol. Niet met schetig. Allesbehalve met schetig.

Daarbij kwam de vraag: als mams inderdaad met hem aan het rollebollen was geslagen, hoe lang was dat dan al aan de gang? Had pap het geweten? Waren er nog anderen geweest?

Het lag allemaal nogal ingewikkeld. Ik had mijn vader niet meer gesproken sinds die dag dat hij had aangekondigd van ons weg te gaan. Hij had wel een paar keer gebeld, maar toen had ik gedaan alsof de lijn slecht was en ik hem niet kon horen. Ik weet niet zeker of hij erin was getrapt (hij bleef maar doorpraten en zeggen dat ik niet zo kinderachtig moest doen) maar het resultaat was hetzelfde. Geen contact.

Dan was er nog een punt waarover ik goed had willen nadenken. Werk. Nog maar een paar uur geleden was ik er officieel voor uitgekomen dat ik een baan had en dat had als een injectie van ambitie op me ingewerkt. Ik wilde mijn kwaliteiten ten volle benutten en dagdroomde ervan de snelste carrière uit de menselijke geschiedenis te maken.

Ik vond het een heerlijke gedachte. Als ik ongekend snel carrière zou maken, zou de wereld vast en zeker in me geïnteresseerd zijn. Mensen houden van succesverhalen, het geeft ze hoop.

'Als ik het kan, kun jij het ook,' moedigde ik in mijn fantasie miljoenen kijkers aan.

Mensen zouden bellen naar de shows waarin ik zou verschijnen en me om hulp vragen. Zeikerige stemmen zouden zeggen: 'Chloë, ik bewonder je zo dat ik je wil feliciteren. Ik wou dat ik net zo sterk was als jij.'

'Eh, mag ik vragen hoe je heet?'

'Sandra...'

'Hoi, Sandra... Zal ik je eens iets vertellen? Je bent zo sterk als je jezelf kunt inbeelden. Visualiseer het. Begrijp je wat ik bedoel?'

'Niet echt...'

Oprah, die naast me zat, begreep me echter wel. Instemmend met haar hoofd knikkend, vocht ze tegen haar tranen.

'Sandra, zeg eens: welke gebieden in je leven wil je veranderen?'

Sandra lachte. 'Alle gebieden wel!'

Het publiek lachte ook. Maar het was niet om te lachen.

'Oké, laten we ons op één ding tegelijk concentreren. Heb je op het moment een relatie?'

'Nee.'

'Waarom niet?'

'Weet ik niet...'

'Zou je het wel willen?'

'Ja,' klonk het ongemakkelijk.

'Wanneer had je voor het laatst een verhouding?'

'Drie jaar geleden.'

'Waarom ging het uit?'

'Weet ik niet...'

'En weet je wat voor man je zou willen ontmoeten, om samen een toekomst mee op te bouwen?'

'Nee, niet echt...'

'Sandra, luister goed naar wat ik nu ga zeggen,' sprak ik rechtstreeks tot de camera. 'Als je niet weet waarom je vorige relatie geen succes was en je niet weet wat je in een man zoekt, hoe kun je dan iemand vinden die bij je past? Hoe kun je er dan voor zorgen dat het een goede, opbouwende relatie wordt? Als we niet van onze fouten leren, zullen we altijd dezelfde fouten blijven maken...'

Oprah klapte en het publiek volgde haar voorbeeld.

Op een gegeven moment, tijdens mijn therapiesessie met Sandra, was ik in slaap gevallen...

Ik droomde de mooiste aller dromen. Ik was op televisie en werd overspoeld door liefde en bewondering. Ik hielp mensen hun leven te veranderen. En alsof dat al niet mooi genoeg was, had ik er ook nog geweldig uitgezien.

Toen ik wakker werd leek alles duidelijk. Ik moest mijn eigen adviezen opvolgen en voor mezelf uitmaken wat ik in het leven wilde en wie ik wou zijn. Ik sloot mijn ogen en zag een glimmend koperen naamplaat voor me, op een zware, mahoniehouten deur. *Chloë Matthews*, stond erop, *Directeur*.

Ik wíst gewoon dat het ging gebeuren. Ik zou extra hard gaan werken en dan zou mijn droom uitkomen. Ik had altijd al geweten dat ik een beetje helderziend was.

Die ochtend ging ik naar mijn werk, en voor de allereerste keer vond ik acht uur niet te vroeg om te beginnen. Ik barstte van de energie en de wereld lag aan mijn voeten.

Mijn gebed was verhoord. Junita was ziek en Johnny was er om een oogje in het zeil te houden. Ik was nog maar nauwelijks binnen – precies op tijd – toen Lucy me met een angstige blik aanschoot.

'Johnny is er!' fluisterde ze. 'Ik waarschuw je maar even.'

'Waarom?'

'Waarom? Heb je hem dan niet ontmoet?'

'Jawel, hij heeft me aangenomen.'

'Vind je hem geen engerd?'

'Nee,' antwoordde ik weifelend, omdat ik haar niet wilde afvallen, maar ook nog steeds geïnspireerd door mijn goede voornemens van de vorige avond.

'Waarom ben je bang voor hem? Hij doet toch zeker niets?'

'Daar kom je nog wel achter...'

Carol was de volgende die binnenkwam en ze liep in een rechte lijn op me af.

'Zeg nieuwe, kijk maar uit vandaag! Wat je ook doet, doe niets verkeerd!'

'Waarom niet?'

'Híj is er vandaag!'

'Ik neem aan dat je Johnny bedoelt?'

'Ja, verdomme!'

'En?'

'En?' Ze keek me ongelovig aan. 'Daar kom je nog wel achter...'

Albert was de volgende. Voordat hij zijn mond nog maar had opengetrokken, begreep ik al dat hij ook niet bepaald verzaligd was met de situatie. Met een frons op zijn anders zo uitdrukkingsloze gezicht keek hij om zich heen of hij Johnny zag, en toen die niet in de buurt bleek, kwam hij snel op me af. Daardoor viel hij door de mand. In normale omstandigheden leek Albert zich volslagen onbewust van zijn omgeving en veranderde hij zijn schildpadachtige manier van verplaatsen nooit ofte nimmer. Nu trok hij bijna een sprint.

'Chloë... Ik wil, eh, wil je niet bang maken maar...'

Gelukkig sprak hij nog hetzelfde als altijd, anders was ik me echt zorgen gaan maken. Langzaam – hij stopte halverwege de zin, om vervolgens even onverwachts als hij gestopt was de draad weer op te pakken – waarschuwde hij me voor het dreigende gevaar. 'Gewoon... wees extra voorzichtig... vandaag.'

Ik wilde duidelijkheid. 'Waarom zijn jullie toch allemaal zo bang voor Johnny?' vroeg ik, mijn baas verdedigend.

'Daar kom je nog wel achter...'

Ik begreep er helemaal niets van. Ze schenen allemaal doodsbang voor Johnny te zijn. Beseften ze dan niet dat daar helemaal geen reden voor was? We deden ons werk allemaal naar behoren en Johnny had ons er persoonlijk uitgepikt om voor hem te komen werken. Waarom zagen zij zijn aanwezigheid als een bedreiging in plaats van als een kans om hem te laten zien hoeveel kwaliteit we in huis hadden?

Tegelijkertijd was ik me – heel gemeen eigenlijk – ervan bewust dat het in mijn voordeel was dat mijn collega's het in hun broek deden voor hem. Het zou mij alleen maar beter bij hen doen afsteken. Het wipeffect: hoe dieper zij zakten, hoe hoger ze mij de lucht in werkten.

Dit was voor mij een gouden kans...

Johnny zat nog steeds in het kantoortje en uit fatsoen, overlegde ik bij mezelf, behoorde ik naar hem toe te gaan om hem te bedanken voor het feit dat hij in me geloofde en me de baan had gegeven. Ik schreef mezelf een mentaal memootje om *Cosmo* een bedankbriefje te sturen omdat ze lezers aanmoedigden vriendelijk met hun baas om te gaan, hem te prijzen (te veel mensen vergeten dat, en dat maakt het zo eenzaam aan de top) en een goede band te creëren. Dat wordt vaak verward met slijmen, maar dat is het helemaal niet. Het is gewoon verstandig.

Ik klopte op de keukendeur en daar zat hij: de man die me op de weg naar succes zou leiden. Of die me erop zou zetten, of er een voor me zou gaan bouwen of zo, ik kon me niet meer herinneren hoe je dat ook alweer zei. Afijn, het enige dat ik heel duidelijk voor me zag was een weg, succes en mezelf. En Johnny had de macht die drie samen te voegen.

Hij zat aan de keukentafel koffie te drinken en zag er nog net zo uit als de vorige keer: gedrongen, bezweet en kalend. Zijn kaalheid bevond zich alleen boven op zijn hoofd, de zogeheten hoefijzer-look. Zo noemden wij dat vroeger op school altijd en zo zag het er nog steeds uit. Als een harige afdruk van een paardenhoef.

Maar met of zonder excessief zweten en hoefijzer, hij was wel de man met de macht.

Hij keek op. 'Ja, wijfie, wat is er?'

Dat zinnetje deed me onmiddellijk van mening veranderen. De anderen hadden gelijk en Johnny wás eng. Maar ik liet me niet door hem intimideren.

'Hallo, eh, Johnny, ken je me nog?' Ik wilde het alleen maar even zeker weten, want hij gaf geen blijk van herkenning.

'Jazeker. Jij bent die tante die voor niks overwerkt!' antwoordde hij lachend.

Was dat zo?

'Eh, ja, nou, ik wilde je graag bedanken dat je me hebt aangenomen.'

Hij scheen iets te ontdooien.

'Ik vind het heel leuk hier,' vervolgde ik.

Mijn vriendelijkheid deed wonderen, hij glimlachte bijna.

Ik besloot direct terzake te komen.

'Je herinnert je zeker nog wel dat ik geen verkoopervaring had, maar ik ben verheugd je te melden dat het heel goed gaat.'

Mijn professionele aanpak scheen hem te verbazen.

'Ik neem aan dat Junita je op de hoogte heeft gesteld van mijn prestatiegehalte...'

'Je wat?'
'Mijn prestatiegehalte... Mijn percentage verkopen in relatie tot het aantal benaderde klanten,' hielp ik hem.
Als directeur kon hij natuurlijk niet alles bijhouden.
'Aha, je prestatiegehalte...' herinnerde hij het zich weer. 'Nou, ik ben blij dat te horen!'
'En ik ben blij dat ik voor jou en je bedrijf mag werken. Je bent heel inspirerend!'
Hij keek me met grote ogen aan. *Cosmo* bleek wederom gelijk te hebben. Ik communiceerde met mijn baas, ik had hem een eerlijk compliment gegeven en de uitdrukking op zijn gezicht was het bewijs dat hem dat niet vaak overkwam.
'Zo, dan ga ik nu maar weer aan het werk, want er zijn klanten die aangekleed moeten worden!'
En weg was ik...

De dag verliep heel aardig. Ik genoot sowieso al van mijn werk, maar de wetenschap dat iemand notie nam van mijn vorderingen maakte het extra spannend. Wanneer er een klant binnenkwam en ik nog niemand aan het helpen was, schoot ik op hem af en deed mijn uiterste best hem zoveel hij zich maar kon veroorloven aan te smeren. Het was nu niet de tijd om te gaan opvouwen.
Het ging allemaal prima en ik was met recht tevreden over mezelf. En ook al zei Johnny het niet hardop, ik was ervan overtuigd dat hij het ook was.
Ik begon wel te begrijpen waarom de anderen bang voor hem waren. Hij riep om de haverklap: 'Schiet op met je dikke reet!' tegen Albert, had Lucy twee keer aan het huilen gemaakt en Carol zo tegen zich in het harnas gejaagd dat ze hem ter plekke wilde opknopen. Maar tegen mij schreeuwde hij helemaal niet...
De volgende dag was hij er weer, en tijdens de lunch snakte Carol naar een flinke roddelsessie. Ik probeerde haar duidelijk te maken dat de man onder enorme druk moest staan, maar ze wilde niet luisteren en zei dat ik niet goed wijs was.
Ze vertrok, waarna ik het laatste kwartier van mijn lunch met Albert doorbracht. Hij kwam binnen, legde zijn rode lunchtrommeltje op tafel en begon aan zijn boterham met kaas. 'Je zult wel moe zijn...' zei hij ineens, zonder enige aanleiding.
'Helemaal niet!' antwoordde ik energiek.
Hij keek op en slikte zijn hap door.
'Mag ik iets zeggen?'

'Tuurlijk,' antwoordde ik, open voor nieuwe ideeën.

'Werp je alsjeblieft niet meer op alle klanten. Dan hebben wij niets meer te doen... Johnny klaagde er al over dat we met te veel zijn. Ik begrijp het wel, je bent nieuw en wilt een goede indruk maken, maar toch kun je het beter iets rustiger aan doen.'

Wat me zorgen baarde was dat hij heel kalm sprak, alsof hij precies wist waar hij het over had.

Vervolgens kwam Lucy binnen, die me aankeek op een manier die het best omschreven kon worden als nogal onvriendelijk. Ik had de boodschap ontvangen. Ik moest mijn superioriteit niet al te duidelijk laten blijken, want vergeleken bij mij staken de anderen magertjes af, en dat beangstigde hen.

Ik ging weer aan het werk en probeerde hun tempo aan te houden. Ze leken nog steeds wat gepikeerd. Het was niet eerlijk, voor de eerste keer in mijn leven deed ik iets naar beste kunnen en nu wilden zij dat ik me aan hen aanpaste. Ik wilde liever niet aan de druk van mijn collega's toegeven, maar ik herinnerde me een jongen uit mijn klas die ook altijd zijn eigen weg ging en hij was uiteindelijk met zijn hoofd in de toiletpot beland.

Dus ik maakte een afspraak met mezelf. Ik zou lui zijn wanneer de anderen keken, maar uiterst ijverig wanneer Johnny mij in de gaten hield. Ik verhief het bijna tot kunst. Ik hielp een heleboel klanten en zodra ik zag dat de anderen daar aanstoot aan namen, trok ik mij stilletjes terug in een hoekje (een hoekje dat Johnny goed kon zien) en dan begon ik op te vouwen zoals nog nooit tevoren iemand gevouwen had. Wanneer Johnny in de buurt was, was ik enthousiast over van alles en nog wat, maar zodra hij weer weg was breide ik dat recht door een extreem verveeld gezicht op te zetten.

Bovendien bleef ik met complimentjes strooien. Het was bijna ontroerend om te zien hoe nieuw dit voor hem was. Ik complimenteerde hem met alles wat er maar in mijn hoofd opkwam. Dat was niet bepaald eenvoudig, maar het lukte me. En ik vertelde zelfs een paar leugentjes om bestwil. Want de kleur van zijn overhemd, dat, naar mijn zeggen, hem zo perfect stond, deed hem er in de verste verte niet machtig, mannelijk of charmant uitzien, zoals ik beweerde. Dat kan helemaal niet met roze. En vooral niet met zweetvlekken onder de oksels.

Intussen hield ik de anderen ook goed in de gaten en ik besefte geschokt dat Lucy opmerkelijk actiever was dan gewoonlijk.

Typisch, het zijn altijd diegenen van wie je het het minst verwacht...

Ik kwam die week op vertrouwelijkere voet met mijn collega's te staan. Junita bleek gelijk te hebben gehad met haar opmerking dat Lucy's verhalen over haar vriendje buitengewoon irritant zouden worden. In het begin had ik nog graag met haar over haar problemen gepraat, maar nu er elke dag een nieuw snotterverhaal kwam, begon het een stuk minder zielig te worden. Werkelijk iedere dag was er een nieuw drama. Of hij had niet gebeld, of juist wel, maar dan had hij geen tijd om iets met haar te gaan doen, of ze zagen elkaar, maar dan liet hij haar alles betalen en hakte hij op haar in dat ze niet zoveel moest eten, omdat ze veel te dik werd. Als ik dan tegenwierp dat ze eerder te mager was, was ze het totaal niet met me eens. En geen geveinsd onzeker: 'Vind je? Moet je mijn bovenbenen zien!' om een wekelijkse dosis complimentjes uit te lokken; nee, ze meende het. Ik zei ook dat ze misschien beter eens een keer met iemand anders kon uitgaan. Ik weidde lyrisch uit over Frank, dat hij me als een koningin behandelde, dat hij om de dag belde en dat we heel dik met elkaar waren (hoewel we nog steeds niet hadden gezoend!) en ik moedigde haar aan mijn situatie als voorbeeld te nemen en ook iemand zoals hij te zoeken. Ze wilde er echter niets van weten. Ik bood zelfs aan een dubbel afspraakje te regelen met een vriend van Frank, maar ze was er niet voor te porren. Ik kwam op het punt dat ik net als Junita ging reageren, want ik kon het niet meer opbrengen om naar haar te luisteren. Ik wil iemand met problemen graag helpen, maar als ze geen énkel advies van me opvolgen, is het gewoon niet leuk meer...

Carol reageerde heel anders op haar verhalen. Altijd grof, maar wel op een manier die Lucy altijd aan het lachen maakte. Het was komisch. Lucy was dan weer één hoopje ellende en snikte erbarmelijk, terwijl ze ons met die grote blauwe kijkers van haar aankeek en met dat lieve kinderstemmetje vroeg wat ze moest doen. Carol was dan altijd de eerste die iets grofs riep, in de trant van: 'Snikkel afhakken!', of ze stak demonstratief haar middelvinger op en gebood: 'Klim hier maar op en verbeter het record paalzitten!'

Albert hield zich altijd stil tijdens dit soort gesprekken. Hij keek Lucy dan alleen maar met grote verlaten-puppy-ogen aan. Hij wist het, wij wisten het, alleen Lucy wist het niet. Hij zou haar honderd keer gelukkiger kunnen maken dan die Mickaël van haar.

We spraken die week veel over onszelf. Inmiddels wisten ze alles over Frank, over hoe we elkaar hadden ontmoet, hoe hij eruitzag, over zijn vader en dat hij mijn grote liefde was. Het enige wat niet optimaal was, was dat we met mijn en zijn werktijden nauwelijks de kans hadden om af te spreken. Tenminste niet op de manier zoals ik het wilde. Natuurlijk, ik kon met hem afspreken zoals de laatste keer, lekker ontspannen, maar daar zou het tussen ons niet echt beter van worden. We zouden weer vroeg op moeten de volgende ochtend, zodat de kans klein was dat er iets zou 'gebeuren'. En een relatie ontwikkelt zich of stagneert. Carol raadde me aan hem gewoon te bespringen en te 'tongen', zoals ze dat zo charmant kon zeggen. Lucy zei niet veel en keek alleen maar droevig, ernaar hunkerend dat Mickaël meer op Frank zou gaan lijken. Albert scheen blij voor me en Johnny was altijd veel te ver buiten gehoorsafstand om van dit alles iets mee te krijgen.

Albert was zonder twijfel verliefd op Lucy, maar hij deed zijn best het te verbergen, het was heel lief. Zodra hij de kans kreeg, knoopte hij een praatje met haar aan en ik had hem er al een paar keer op betrapt dat hij met een schaapachtige blik naar haar zat te staren. Anders schaapachtig dan normaal. Hij had het voornamelijk over zijn moeder, die hij drie keer per week bezocht. Ze was dement en zat in een verpleegtehuis, en het grootste deel van zijn verhalen zou om te gillen geweest zijn, als het niet zijn moeder was over wie hij het had. En zijn kat, hij had het vaak over zijn kat. Maar die verhalen waren doodsaai.

Carol liet niet veel over haar persoonlijke leven los. Ze scheen zo ongeveer iedere avond uit te gaan, wat haar bleke gezicht en de kringen onder haar ogen verklaarde. Ze had regelmatig een kater en strooide met wilde, maar onpersoonlijke verhalen.

Junita was aan het eind van de week weer terug en vertelde me dat Johnny tevreden over me was geweest. 'Ze is een goede meid,' waren zijn exacte woorden geweest. Ik had liever iets gehoord in de trant van 'laten we haar promotie geven', maar besefte dat dat over een week alsnog zou kunnen gebeuren, zodat hij en Junita het konden laten lijken alsof ze samen tot die beslissing waren gekomen.

Er ging weer een week voorbij en ze hadden nog steeds geen promotie aangekondigd. Lucy zat nog met dezelfde problemen, Albert was nog altijd verliefd op haar en zijn moeder was de kluts nog steeds kwijt, terwijl Carol drie achtereenvolgende ochtenden met een kater op het werk kwam en Junita nog onverstoorbaar afgaf op haar man en de goden aanriep.

En ik had Frank niet meer gezien sinds die keer dat hij voor me had gekookt. Het vorige weekend was hij voor zaken weg geweest – zijn carrière ging dus vóór mij, wat begrijpelijk maar toch een beetje teleurstellend was. Ik miste hem, ook al belden we elkaar regelmatig. Zoals altijd maakte ik hem veel aan het lachen zonder te weten waarom en vond ik het heerlijk naar hem te luisteren. Hij had zo'n vriendelijke stem en meestal wanneer de telefoon ging kon ik voorspellen wanneer hij het was. Maar dat kwam ook doordat hij praktisch de enige was die me 's avonds nog belde. Cynthia was altijd op stap, mijn vriendinnen hadden het opgegeven, mams had geen contact meer gezocht en was de confrontatie nog niet aangegaan met paps. Ik kon niet alles tegelijk.

Maar alles bij elkaar genomen ging het goed. Het enige wat me dwarszat was dat ik te weinig uitdagingen had. Ik doorbrak geen grenzen. Tenminste niet zoveel als ik had gehoopt.

Daarom besloot ik Frank uit te nodigen voor een dineetje voor twee. Met kaarsen. Ik wist dat ik me daarmee zou blootgeven, dus zou ik het vaag houden door hem te vragen 'een hapje te komen eten'.

Junita had me een van haar Mexicaanse recepten gegeven. Ik had nog nooit Mexicaans gegeten, maar het klonk heel exotisch en ze had me gezegd dat het lekker pittig was. Perfect. Het zou de culinaire belichaming zijn van hoe ik wilde dat Frank mij zag. Exotisch, lekker en pittig.

Hij houdt van me, hij houdt niet van me...

Ik belde Frank op vanaf mijn werk (alleen maar om even te kletsen... Ja, dat zal wel!) en voordat ik ophing kwam de grote vraag eruit.

'O, trouwens, heb je zin om morgen een hapje te komen eten?'

'Ja, gezellig.'

'Perfect!'

'Rond acht uur?'

'Perfect!'

'Tot morgen dan.'

'Perfect, ja, afgesproken! Dag.'

Ik hing op en kon mezelf wel voor mijn kop slaan dat ik zo ongeveer vijftig ziljoen keer 'perfect' had gezegd. Had ik mezelf nog iets meer kunnen verraden? Wat mankeerde me? Waarom was het toch dat ik me met andere mannen vrij normaal gedroeg, maar veranderde in een of andere raaskallende idioot zodra ik met Frank sprak? Het verbaasde me dat hij überhaupt nog met me wilde praten, met mijn domme gewauwel. Ik werd gewoon zo zenuwachtig iedere keer dat ik hem belde, en alle van tevoren gemaakte plannen over wat ik zou gaan zeggen en vragen en welke grapjes ik zou maken hielpen allemaal niets; ik werd meer en meer een rampenplan.

Het kostte Lucy en Albert heel wat tijd om mij ervan te overtuigen dat ik mezelf niet compleet belachelijk had gemaakt (dat was eigenlijk na vijftien minuten al gelukt, maar ze waren zo schattig samen en deden zo hun best dat ik ze nog maar even door had laten gaan). Volgens hen hoefde ik me geen zorgen te maken zolang Frank mijn telefoontjes beantwoordde. Daar zat wat in.

Ik zong tijdens de gehele rit naar huis en telde mijn zegeningen. Ik had nieuwe vrienden, een afspraakje met de man van mijn dromen en een dijk van een recept in mijn handtas.

De volgende ochtend stond ik extra vroeg op om alvast alle boodschappen in huis te halen die ik nodig had voor het etentje. Ik had Junita gevraagd of ik 's middags vrij kon nemen. Van haar mocht ik de hele dag wel vrij nemen, omdat ik drie hele zaterdagen achter elkaar had gewerkt, wat ik kennelijk helemaal niet had hoeven doen (ik herinner me dat ik me in het bijzijn van Johnny vrijwillig had opgegeven voor de 'zwarte lijst', een rooster met alle rotdagen waarop toch gewerkt moet worden, zoals zaterdagen en de kerstdagen). Maar een middagje vond ik wel genoeg, want ik wilde niet al te veel werk missen. Bovendien zou ik pas echt zenuwachtig worden als ik de hele dag thuis zou zitten en tegen de tijd dat Frank arriveerde zou ik volledig bezopen zijn.

De hele ochtend werd ik door Junita en Carol gepest. Ze konden maar niet geloven dat ik vóór het werk al boodschappen had gedaan en toen ik alsmaar giecheliger en zenuwachtiger begon te worden, verklaarden ze me eenstemmig voor gek. Lucy en Albert zeiden dat ze het juist lief vonden. Ik eigenlijk ook wel. Het was gewoon zo'n romantisch idee dat ik dingen deed voor een man. Het was de eerste keer in mijn leven dat ik zoiets ondernam, het was nooit eerder in mijn hoofd opgekomen, en ik merkte dat ik het leuk vond.

Toen ik tegen drieën thuiskwam, ging ik meteen aan de slag. Het koken van het gerecht bleek weinig om het lijf te hebben. Ik heb altijd het grootste respect gehad voor mensen die kunnen koken (het leek zo'n creatieve manier om met voedsel om te gaan), maar het bleek kinderwerk. Het enige wat ik moest doen was kruiden toevoegen aan de ingrediënten, waarna ik alles in de oven kon schuiven. Junita had haar gedetailleerde instructies op een papiertje geschreven en ik had Sumandra gevraagd iets langer te blijven zodat ze me kon laten zien hoe de oven werkte, dus ik kon niets fout doen.

Een halfuur later had ik de groenten en het gehakt zorgvuldig gewassen (ongelofelijk smerig, en ik besloot direct om de volgende keer alles voorgewassen te kopen). Sumandra was stomverbaasd om mij te zien koken en bleef maar vragen of ik niet liever wilde dat zij het overnam, maar ik wilde het juist zelf doen. Het braden van het gehakt was het enige lastige klusje. Eerst moest ik olie in de pan doen, vervolgens uien toevoegen en dan het vlees. Tot mijn verbazing bleek Junita iets met kleuren te hebben, want ze had er expliciet bij geschreven dat de olie niet bruin mocht worden, dat de uien er glazig (wat dat ook moge zijn) en goudbruin moesten uitzien voordat ik het vlees toevoegde, en het vlees zelf behoorde donkerbruin van kleur te worden. En ik dacht dat ík erg was!

Uiteindelijk werden alle ingrediënten min of meer dezelfde tint donkerbruin, maar dat had ook wel iets. Tenslotte zou ik er witte rijst, bonen en rode paprika's bij serveren, en dat zou alles weer ophalen.

Frank kwam precies op tijd, klokslag acht uur. Hij had bloemen voor me meegebracht (witte lelies, heel mooi, maar ook wat neutraal) en deed alsof er niets aan de hand was. Ik nodigde hem uit naar de woonkamer te gaan waar hij het zich gemakkelijk kon maken, maar in plaats daarvan volgde hij me naar de keuken, waar hij twee glazen wijn inschonk terwijl ik de bloemen in het water zette.

'Heel erg bedankt. Ze zijn prachtig.'

Hij zei niets, hij glimlachte alleen maar. Gelukkig maar, want niets is erger dan een man die eikelige opmerkingen maakt zoals: 'Voor mij ben jij de allermooiste bloem.' Dat heb ik allemaal al zo vaak gehoord en hoewel elke man die zo'n zin aflevert denkt dat hij verheugend romantisch en origineel is, zorgt het alleen maar voor weerzinwekkende schaamte.

Maar Frank was volmaakt en overhandigde me het boeket in stilte. We gingen naar de kamer, waar we naast elkaar op de bank gingen zitten en aan onze wijn nipten. Ik had overal kaarsen neergezet, Barry White klonk op de achtergrond (de ultieme hint), het eten stond in de oven en ik was tevreden over het sfeertje dat ik had gecreëerd.

Maar ik was ook heel erg nerveus. Je zou denken dat het prettig is om een halfuur voordat je date komt helemaal klaar te zijn, maar dat is het dus niet. Het is eerder een halfuur waarin je je afvraagt wat er allemaal mis kan gaan en waarin je jezelf tot nerveus wrak omtovert, en dat was precies wat ik gedaan had.

Toen we op de bank zaten werd ik opeens bang dat we geen gespreksstof zouden hebben, dus dat probleem smoorde ik in de kiem door hem talloze vragen over zichzelf te stellen. Dat was althans de bedoeling, maar algauw bleek dat ik alleen maar over mezelf zat te praten. Daar ben ik, geloof ik, erg goed in. Frank reageerde zoals altijd perfect.

'Sorry, ik heb het steeds maar over mezelf...'

'Ik wil graag alles over je weten.'

Ik bloosde, hoe onelegant.

'Is het werk een beetje wat je had verwacht?'

'Ik weet het eigenlijk niet. Het is niet zo spectaculair als de tijdschriften je willen doen geloven, maar ik vind het leuk. En ik heb aardige collega's...'

Zijn blik moedigde me aan om door te gaan.

'Allereerst heb je Junita, ze lijkt een kreng maar eigenlijk is ze best aardig, ze weet het alleen erg goed te verbergen. Dan heb je Carol, die is waanzinnig grof in de mond en heeft elke dag een kater. Lucy heeft anorexia en een vriend met losse handjes. Albert is verliefd op Lucy maar zij niet op hem, en hij woont samen met zijn kat en gaat vaak bij zijn moeder op bezoek, die opgenomen is in een verpleegtehuis omdat ze niet helemaal goed meer is. Iedereen heeft een hekel aan de baas, maar ik niet. Hij heeft een hoefijzer en hij zweet als een otter...' zei ik in één adem. 'En dat was het eigenlijk wel.'

'Het is heel wat,' zei Frank lachend.

'O, en dan is er nog zijn secretaresse, echt een trol, jakkes. Maar ik heb haar maar één keer ontmoet, toen ik kwam solliciteren.'

Frank begon weer te lachen. Ik wist niet of dat goed of slecht was. Natuurlijk was het leuk om hem aan het lachen te maken, maar ik wilde wel dat hij mijn carrière serieus nam.

'Wat is er zo grappig?' vroeg ik aarzelend.

'Jij.'

'Waarom?'

'Je bent gewoon het grappigste meisje dat ik ooit heb ontmoet...'

Dit had een van die momenten geweest kunnen zijn waarop hij zich naar me toe had kunnen buigen om me te kussen, maar ik kreeg het ineens op mijn heupen en holde naar de keuken om naar het eten te kijken.

Ik stond voor de oven, mezelf hatend dat ik was weggerend, dolblij met wat hij net gezegd had, en me afvragend hoe je in vredesnaam kunt zien of eten wel of niet gaar is. Ik opende de deur van de oven, pakte de schaal om deze van dichtbij te inspecteren en brandde subiet mijn vingers. Ik slaakte een kreet van pijn, het brandde vreselijk, en ik deed mijn best niet in huilen uit te barsten.

'Wat is er gebeurd, gaat het?'

'Jawel,' antwoordde ik. 'Het eten is warm.' Ik toonde hem mijn vingers, waar de blaren al op te zien waren.

'Maar lieverd, je hebt je verbrand!'

Dat had ik zelf ook al door.

'Hou je vingers onder de koude kraan.'

Hij nam mijn verbrande hand en draaide de kraan open.

Terwijl het water verkoeling gaf aan mijn hand, stond de rest van mijn lichaam in lichterlaaie. Frank was nog nooit zo dicht bij me geweest en ik had geen flauw idee wat ik moest doen...

En dus zoende ik hem. Ik weet nog niet wat me bezielde, maar ik zoende hem. Vol op zijn mond, met tong en al. Het was heerlijk. Met mijn ene hand onder de kraan en de andere in zijn haren stonden we daar, voor mijn gevoel, uren te zoenen. Zijn lippen streelden de mijne heel zachtjes, onze tongen liefkoosden elkaar uitdagend en toen ik mezelf dichter tegen hem aan drukte merkte ik dat hij, tenzij mijn zintuigen compleet de weg kwijt waren, net zo opgewonden was als ik. Alleen kon ik het beter verbergen.

Ik had nog nooit zo'n kus meegemaakt. Frank en ik waren de enigen die nog op de wereld bestonden, vlinders fladderden vrolijk in mijn buik, en het was een volmaakt moment. Totdat die verdomde ovenwekker afging.

'Het eten is klaar,' fluisterde ik verleidelijk. Nu was het de bedoeling dat we de oven zouden negeren, het etentje zouden vergeten en vervolgens vergetelheid zouden zoeken bij elkaar.

In plaats daarvan maakte Frank zich los uit onze omhelzing. 'Laat me die schaal er even uit halen. Eén brandwond is wel genoeg voor vanavond.'

Hoewel hij het vriendelijk zei, was het helemaal verkeerd. Hij had me in zijn armen moeten nemen en me naar de slaapkamer moeten dragen om vervolgens hartstochtelijk de liefde met me te bedrijven. Dit was niet te geloven, hij had meer belangstelling voor het eten dan voor mij. Ik wist niet wat ik moest doen. Ik stond daar een beetje onnozel te kijken, terwijl hij met een enorme erectie in zijn broek die stomme ovenschaal uit de oven haalde.

Misschien had ik me vergist. Misschien was ik helemaal niet verliefd. Of misschien had ik me in hem vergist en was hij helemaal niet verliefd op mij.

Ik liep richting kamer, compleet doelloos, maar alles was beter dan daar bij Frank in de keuken te zijn. Frank zette de schaal op de eettafel en het rook heerlijk. Alleen had ik geen honger meer.

'Chloë?' Hij stond vlak achter me.

'Hmm?' antwoordde ik quasi-onverschillig.

'Het ziet er lekker uit,' zei hij alsof er niets was gebeurd.

'Nou en of...' reageerde ik op dezelfde manier.

Het was een ramp. We wisten allebei niet wat we met de situatie aan moesten en het eten was ook al niet te pruimen.

Junita was vergeten te melden dat er ook iets met de bonen had moeten gebeuren. Ze waren keihard. Frank ving het goed op en zei dat we eromheen konden eten, maar ze waren niet zo makkelijk te vinden omdat het hele gerecht dezelfde tint bruin was geworden. Bovendien was het veel en veel te scherp. Na de eerste hap sprongen de tranen ons in de ogen, zo erg was het. Ik kon Junita wel vermoorden. En Frank trouwens ook. En daarna mezelf.

Ik probeerde uit alle macht sexy over te komen, maar dat mislukte jammerlijk. Er heet uitzien terwijl je een nog heter gerecht nuttigt, is zo goed als onmogelijk, vooral wanneer je je voedsel eerst moet doorspitten op kleine steentjes.

'Misschien kunnen we beter iets gaan halen. Dit is niet te eten,' zei ik eerlijk.

'Het is best lekker. Echt waar. Ik hou van pittig. Bovendien heb ik niet zo'n erge honger.'

Kennelijk was hij blij met deze kans om vroeger naar huis te kunnen gaan.

'Weet je het zeker?'

'Ja, heel zeker.'

Stilte. We probeerden allebei die prut die ik gecreëerd had door onze keel te krijgen, maar dat ging voor geen meter.

'Luister...' Frank keek me aan.

Dit was vreselijk, hij ging over 'ons' beginnen. En ik wilde helemaal niet over 'ons' praten, of over 'onze' kus of over waarom hij niet was doorgegaan.

'Je hoeft je bord niet leeg te eten,' zei ik in een poging hem af te leiden.

'Chloë, ik wil het niet over het eten hebben. Ik moet je iets zeggen. Ik heb net een relatie achter de rug. Ik heb drie jaar samengewoond met mijn ex en ik vind het eigenlijk niet zo gezond om van de ene verhouding in de andere te springen. Ik vind je echt heel erg leuk, Chloë, en ik wil ons een eerlijke kans geven. Als we nu iets beginnen, terwijl ik nog niet helemaal over Vanna heen ben, denk ik niet dat dat goed is voor jou of voor mij.'

Net iets meer eerlijkheid dan ik gehoopt had. En een slappere smoes ook. Als hij niet meer met haar was, kon hij toch gewoon met mij verder? En hoe zat het eigenlijk met de passie, de lust en al die andere zaken waar Jacky Collins me over had geleerd?

'Het spijt me echt heel erg. Ik hoop dat we wel vrienden kunnen blijven.'

Fout. Zoiets hoor je te zeggen aan het einde van een relatie, niet aan het begin. En zelfs dan was het nog fout.

'Natuurlijk. We zijn toch volwassen mensen?'

Volwassen, me reet! Ik had weer vijf willen zijn en een keel willen opzetten. Maar nooit van mijn leven zou hij me zien huilen.

'Misschien kan ik beter gaan...'

'Wat je wilt,' zei ik, iets diepvrieziger dan bedoeld.

'Chloë, wees alsjeblieft niet boos. Ik vind je echt heel erg leuk.'

'Natuurlijk...'

Hij had een vreemde manier om dat te laten blijken.

'Ik wil juist heel graag dat het tussen ons goed gaat.'

Ik knikte. Wat een gelul.

'Zal ik je morgen bellen?'

'Natuurlijk...'

Klootzak.

Toen hij wegging zag hij er net zo beroerd uit als ik me voelde. Hij kuste me op mijn wang. Ik was nog steeds van ijs.

'Denk er alsjeblieft nog eens over. Als we nu al een relatie zouden beginnen, zou het toch niet eerlijk zijn? Ook niet voor jou?'

'Maak je maar niet druk. Het was maar een zoen,' zei ik in een poging om mijn ego te redden. 'Het was niet mijn eerste en het zal ook niet mijn laatste zijn.'

Op het moment dat de deur dichtviel, liet ik mijn tranen de vrije loop. Ik huilde zo hard als ik kon en toen de tranen iets minder dringend stroomden zette ik Tracy Chapman op, en huilde ik nog wat meer.

Totdat de telefoon ging. Uit angst dat het Frank zou zijn, liet ik het antwoordapparaat opnemen. Toen ik Cynthia's stem erin hoorde schreeuwen, rende ik ernaartoe.

'Ja, hier ben ik...'

'Waarom hebt u dat ding dan aanstaan, jongedame?'

Ik kon niets uitbrengen.

'Is er iets, schat?'

Met horten en stoten kwam het verhaal eruit. Cynthia bood aan onmiddellijk langs te komen, en dankbaar stemde ik toe. Dit was geen moment om alleen te zijn.

Een halfuur later stapte ze binnen. 'Sorry dat het zo lang duurde, maar ik heb wat dingen gekocht om je op te beuren.'

Ze zette een plastic draagtas op de tafel, waaruit ze achtereenvolgens twee flessen wodka – een gewone en een met pepersmaak –, cranberrysap, grote zakken chips, een reep chocola, ijs en een doos Kleenex haalde.

'Dit werkt altijd,' beloofde ze.

Ze zette me in een stoel, schonk twee flinke peperwodka's in en beval me mijn glas in één teug leeg te drinken. Ze had gelijk. Ik voelde me al een stuk beter. De alcohol verzachtte de kloppende pijn in mijn keel en na enkele glazen leek de situatie bijna komisch.

'Niet te geloven! Het was zo stom. Die vent zegt me eerst hoe leuk hij me vindt en daarom moet hij niet met me zoenen! Dat is toch niet te begrijpen? *Misschien kan ik beter gaan. Ik wil juist heel graag dat het goed tussen ons gaat,*' imiteerde ik zijn stem.

Cynthia was het helemaal met me eens. 'Ik weet het. Mannen zijn gek. Ik haat ze.'

'Ik ook...'

Even dachten we na over deze uitspraak en we namen nog een paar borrels. Plotseling zag ik overal de humor van in.

'Als je ze haat, waarom heb je er dan altijd minstens vijf tegelijkertijd om je heen zwermen?' lachte ik om wat ik, op dat moment, een hilarische gedachte vond.

Cynthia dacht even na en antwoordde triomfantelijk: 'Omdat ik ze nodig heb om mee te neuken!'

Ik barstte in lachen uit. Cynthia had echt wat je noemt een vrije geest.

'Ik heb gelijk, hoor,' vervolgde ze. 'Mannen zijn geweldig als je niet verliefd op ze bent. Ik hou echt van Jonathan... Hij is lief, rijk, hij is van alles...'

'Maar?'

'Maar ik ben niet verlíéfd op hem. Daar is hij te saai voor.'

'Joh.'

'Ja, zo zit het. Daarom heb ik Tim. Hij zorgt voor evenwicht. Ik wou dat ik ze allebei kon trouwen.'

In mijn dronken toestand vond ik dit ook erg grappig.

'En wat ga je nu met Tim doen?'

Ze keek me met een ondeugende glimlach aan. 'Ik ga hem neuken!'

Het was nog niet zo'n slecht idee. We hadden het er uitgebreid over en onze mening over Frank veranderde met de minuut. De ene keer wilde ik hem iets aandoen (Cynthia zou hem vasthouden en ik zou 'hakken'), de andere keer vonden we hem toch misschien wel 'de moeite van het wachten waard'.

'Maar intussen,' zei Cynthia, 'hoef je niet alleen thuis te zitten. Ik ken massa's mannen die met je uit willen. Je hebt een Tim nodig!'

We bleven tot zes uur in de ochtend doorkletsen. We dronken samen anderhalve fles wodka en aten alle chips op. De ene minuut stond ik op het punt in huilen uit te barsten, de andere minuut was ik hysterisch aan het lachen.

Vlak voor Cynthia wegging, gaf ze me een dikke knuffel en drukte me op het hart niet verdrietig te zijn en ze beloofde me dat ze iemand voor me zou vinden zodat ik Frank kon vergeten.

Gezien de toestand waarin ik verkeerde, leek me dat de perfecte oplossing.

Chloë, de ellendige

Ik werd wakker met een godsgruwelijke kater. Niet dat het me echt iets kon schelen, want ik zou me toch al ellendig gaan voelen. Sumandra kwam nooit op zondag, dus moest ik mijn eigen koffie zetten. Uiteindelijk was ik de keuken in gelopen, had de rotzooi aanschouwd, me de vorige avond herinnerd en was vol zelfmedelijden terug in bed gekropen.

Het was allemaal heel triest. Hoewel ik in staat was geweest Frank te castreren, hield ik nog steeds van hem. En het besef dat hij ook van mij hield, maakte het des te frustrerender. Het was mij veel te Romeo en Julia. Waarom moest hij zich zo verstandig gedragen, verdomme? Wanneer had hij met haar gebroken? En Vanna, wat was dat trouwens voor een naam? Was ze mooi? Ik hoopte wel dat híj het met háár had uitgemaakt, anders zou het helemaal een zielige bedoening zijn. Dan was ik afgewezen door de afgewezene. Wat een ellende.

Ik begon opnieuw te huilen.

Ik stapte weer uit bed om de laatste Kleenex die Cynthia had meegebracht te pakken en tegelijk een aspirine te nemen. Van ellende stootte ik mijn knie tegen de salontafel en mijn heup tegen het aanrecht, te verdrietig om mijn bewegingen nog te kunnen coördineren. Nog meer tranen.

Ik overwoog Cynthia te bellen, maar ik was bang dat ze nog sliep of niet in de stemming was om nog meer theorieën over Frank aan te horen. Als ik haar te vriend wilde houden, kon ik haar maar beter niet te veel lastigvallen met mijn gezeur. Ze was de enige die ik nog had in mijn leven. Zij en mijn collega's. En mijn baan, maar daar hield het ook mee op. Geen ouders meer, geen andere vrienden. Ik had al het geld van de wereld, maar niemand om het mee te delen.

Ik begon weer te huilen. Toen ik voor de derde keer die ochtend in hysterisch gejammer dreigde uit te barsten, besefte ik dat dit zo niet verder kon, dus belde ik Caroline, de vriendin van Marla en Monica.

Toen ze opnam begon ik wéér te huilen.

‘Met wie spreek ik?’ klonk Carolines zachte stem, paniekerig bij het horen van zoveel menselijk leed.

‘Ik ben het, Chloë,’ wist ik tussen twee uithalen uit te brengen.

‘Chloë, wat is er gebeurd?’

‘Een man, Frank, ik wist niet...’ Ik huilde te hard om mijn zin af te kunnen maken.

‘Is alles wel goed met je?’

‘Nee,’ antwoordde ik eerlijk.

‘Ben je thuis?’

‘Ja.’

‘Heeft hij je pijn gedaan?’

‘Ja.’

‘Moet ik een ambulance bellen?’

‘Nee.’ Ik begreep haar vraag niet, maar waardeerde het dat ze me serieus nam.

‘Hou vol, ik kom eraan.’

Ik was ontroerd. Het is een heerlijk gevoel te merken dat mensen om je geven. Caroline arriveerde tien minuten later en het eerste wat ze deed was me een knuffel geven, wat niet zo gemakkelijk is als het klinkt, want ze is piepklein en zelfs als ze op haar tenen staat komt ze nog niet tot mijn schouders, maar het troostte me wel. Ik voelde me nog steeds in de steek gelaten, maar niet meer alleen.

‘Nou, vertel eens wat er is gebeurd,’ zei ze, nadat ze erop had aangedrongen kamillethee voor me te zetten.

Haar vraag bracht me onmiddellijk weer aan het huilen.

‘Frank kwam eten, we praatten wat en we zoenden, maar toen heeft hij... Ik...’ Ik kon het niet over mijn lippen krijgen.

‘Heeft hij je geslagen?’

‘Nee...’

‘Wat is er dan gebeurd?’

Ik wilde het wel vertellen, maar was te veel over mijn toeren om de juiste woorden te vinden. Caroline wiegde me in haar armen en sprak heel zachtjes.

‘Heeft hij je verkracht?’

‘Nee, natuurlijk niet!’ zei ik beledigd.

‘Wat is er dán gebeurd?’

‘Niets!’ gooide ik eruit.

‘Niets?’

‘Ja, helemaal niets. Nada, noppes, niks!’

‘Hoe bedoel je?’

'Hij stopte!'

Caroline keek me verward aan. 'En die Frank is een klant van je?'

'Nee, hij is geen klant, dit heeft niets met mijn werk te maken!'

'Is hij erachter gekomen wat voor werk je doet?'

Nu was het mijn beurt om verward te zijn. 'Hij heeft me aan de baan geholpen, maar dat heeft er niets mee te maken. Hij bleef maar zeggen hoezeer het hem speet dat hij mij gekust had, dat hij dat niet had moeten doen.'

'Chloë, je moet het me niet kwalijk nemen,' onderbrak Caroline me voorzichtig, 'maar een man die zijn vriendin voor zichzelf laat prostitueren, houdt niet echt van haar.'

Dit begon irritant te worden. 'Kom op, zeg hé! Niemand had verwacht dat ik zou gaan werken, maar ik ben geen hoer of zo! Ik ben alleen maar een trainee-dinges in een winkel. Om dat prostitutie te noemen gaat toch wel een beetje ver!'

Caroline was een moment stil en barstte toen in lachen uit. 'Je bedoelt dat je geen prostituee bent?'

'Hoe bedoel je, of ik geen prostituee ben? Natuurlijk ben ik geen prostituee!'

'Wie is Frank dan?'

'Frank is mijn grote liefde! Waar heb je het over?'

Caroline verborg haar gezicht in haar handen. 'Weet je wat wij hadden begrepen? Je had het over "boven de achttien", en dat je het voor het geld deed en zo...' Ze schoot weer in de lach. 'We dachten dat je een hoer was geworden!'

'Nee!'

'Ja!'

Ik herinnerde me het gesprek. 'Boven de achttien... geld... kleine kamertjes...'

'O nee!'

'O ja...'

Shit, shit, shit!

'Heb je het nog aan iemand anders verteld?'

'Ik heb het aan Frederic verteld, maar die kun je vertrouwen. Van de anderen weet ik het niet zo zeker. Het spijt me, lieverd.'

Jezusnogantoe. Dat betekende dat Marla en Monica het waarschijnlijk aan eenieder hadden verteld die het maar wilde horen. Ik zakte zo diep in de shit dat ik een helikopter nodig had om me eruit te halen.

'Oké, laat me nadenken. Inmiddels weet dus zo ongeveer iedereen...'

Ineens ging me een licht op. Mijn vader had me al een tijdje niet meer gebeld, kennelijk was hij het niet eens met mijn vermeende nieuwe levensstijl. En mijn moeder had ook geen contact meer gezocht, dus het zat er dik in dat ze mijn telefoontjes niet meer zou opnemen, tenzij iemand haar duidelijk zou maken dat de verhalen over mij niet waar waren...

'Stel dat Frank het gehoord heeft?' vroeg ik me ineens in paniek af.

Ik begon naar tekenen te zoeken, dingen die hij had gezegd, verandering in gedrag, misschien dat hij daarom niet had willen...

'Heeft hij iets raars gezegd? Je weet wel, iets wat onlogisch klonk?'

'Ja! Hij zei dat hij gek op me was, maar dat het net uit was met zijn vriendin!'

'Denk je dat het gelogen is?'

'Ik weet het niet... Nee.'

'Wat heeft hij nog meer gezegd?'

'Dat het nu niet het juiste moment voor ons was om een relatie te beginnen.'

Na een kort stilzwijgen keek ze me aan. 'Maar waarom huil je dan?'

'Hij stopte met zoenen!'

'Maar hij vindt je echt leuk! Het is gewoon een gevoelige man die niet van de ene relatie naar de andere wil springen, dat is alles.'

'Zoiets zei hij ook. Dat van dat springen.'

'Dat is juist een goed teken!'

'Nee, helemaal niet.'

'Jawel! Jij houdt van hem, hij houdt van jou, dat is juist romantisch!'

'Denk je?' Op die manier had ik het nog niet bekeken.

'Ja, dat klinkt heel goed. Heel lief en gevoelig.'

'En saai!'

Ze begon te lachen. 'Misschien, maar wat wil je dan? Nog zo'n klootzak als Mark? Die zegt dat hij van je houdt maar erbij vergeet te zeggen dat hij getrouwd is? Of zo een als Arnold, die je besteelt? En die ook nog, sorry dat ik het zeg, de grootste narcist is die er op aarde rondloopt? Of zo'n leuke Theodore, die je alleen ziet staan als het even uit is met zijn vriendin? Of...'

'Ja, nu weet ik het wel. Je vindt dat het tijd wordt om met een ander type man uit te gaan.'

'Ja... Je moet het niet als kritiek zien,' voegde ze er voorzichtig aan toe.

'Ach nee, ik snap wat je bedoelt.'

Ik dacht er even over na en kwam tot de conclusie dat het niet eens zo'n gek idee was om haar en Cynthia's adviezen ter harte te nemen, gezien het rotzooitje dat ik ervan gemaakt had.

'Dus je vindt dat ik gewoon met Frank verder moet gaan?'

'Als je wilt wel, ja.'

'En kan ik dan tegelijkertijd ook met anderen uitgaan?'

Ze aarzelde. 'Je kent hem nog niet echt lang...'

'Ik ken hem nog van school!'

'Ja, maar toen praatte je niet met hem.'

'Ik ken hem nu een halfjaar! En we bellen elkaar voortdurend,' verdraaide ik de waarheid. Het was maar twee maanden, en dat was te kort om zoveel pijn en leed te kunnen rechtvaardigen.

'Dat stelt niets voor! Frederic en ik gingen al een jaar met elkaar om voordat we elkaar zelfs maar de eerste zoen gaven!'

Ja, in Caroline Land. In Chloës Wereld sliep je gelijk de eerste avond met elkaar. Anders was er geen hartstocht. En kon het dus niets worden.

Ik begon weer te huilen. Caroline was heel lief. 'Maak je geen zorgen, meid! Ik zal tegen iedereen zeggen dat je geen prostituee bent en je wacht gewoon af hoe het met Frank gaat lopen.'

Ik knikte van ja, bedoelde nee en wachtte tot ze vertrok om opnieuw in paniek te raken. Iedereen op wie ik ooit indruk had willen maken dacht dat ik een hoer was. Mijn ouders belden me niet en Frank wilde me niet. Ik was helemaal alleen...

Toen ik de volgende dag op mijn werk verscheen, zag ik er ellendig uit. Mijn ogen waren rood en opgezwollen, en tot overmaat van ramp had ik mijn mascara vergeten, waardoor ik wel een pitbull leek. Bovendien had ik de energie niet kunnen opbrengen om mijn haren te wassen en had ik mijn kleren van de vorige dag aangetrokken. Van dat laatste schrok *ík* zelfs.

Iedereen vroeg hoe mijn afspraakje verlopen was en ik loog dat het heel leuk was geweest.

Carol had geroepen: 'Meid, volgens mij heb jij het hele weekend flink liggen rampetampen. Je ziet er behoorlijk verneukt uit!'

Ik sprak haar niet tegen. Junita vroeg hoe hij het eten had gevonden. Me ervan bewust dat ze mijn baas was, zei ik dat het heerlijk was geweest.

'Zo zie je maar weer, de liefde van een man gaat door de maag!' had ze blij geroepen. 'Zo heb ik ook mijn Juan weten te strikken!'

Ik had foto's van Juan in haar portemonnee gezien en ik geloofde haar meteen. Juan was geen hoofdprijs.

'Ik zei toch dat je hem daarmee voor je zou winnen?' zei ze, nog steeds grinnikend.

Tot aan de lunchpauze kon ik me goed houden.

Albert kwam binnen.

'Hoi!'

'Hoi...'

Eén blik was voldoende.

'Wil je erover praten?'

'Weet niet...'

'Nou, als je wilt, kun je altijd bij me terecht.'

Hij was zo'n schat.

'Ging het niet zoals je had gehoopt?'

Tijd om zijn neus uit mijn zaken te halen.

'Nee, het was heerlijk. Gewoon wat familieproblemen.'

Ik weet niet waarom ik niet gewoon kon toegeven dat het een fiasco was geworden.

'Mijn ouders gaan scheiden,' verklaarde ik mijn verdriet.

Lucy, die net binnenkwam, hoorde het. 'O nee, wat erg! Hoe gaat het met je?'

Ik begon weer te huilen.

'Weet je wat,' zei ze. 'Praat er maar eens goed met Albert over. Ik heb toch geen honger, dus neem jij mijn lunchpauze maar.'

Het was zo fijn omringd te zijn door mensen die om me gaven. Ze waren als familie voor me.

Ik had een verhaal verzonnen over Frank die op zakenreis was, dus nu kon ik de ellende over mijn nieuwe liefde met hen delen zonder mezelf belachelijk te maken. Het werkte prima, ze zeiden dat ik heel lief en gevoelig was en ze beloofden me dat hij terug zou zijn voor ik het wist. Het was precies wat ik wilde horen.

Een week later belde Frank. Het was vreselijk, we voelden ons beiden ongemakkelijk. Ik wist niet wat ik moest zeggen, na alles wat er was gebeurd, en ik voelde me nog steeds vernederd. Ik wilde hem dolgraag vragen waarom hij die zondag niet had gebeld, zoals hij had beloofd, maar ik durfde het niet aan.

Toen hij vroeg of we iets konden afspreken, antwoordde ik kortaf dat ik het druk had. Het was niet eens gelogen, ik had een afspraakje. Cynthia was haar belofte om iemand voor mij te regelen nagekomen en had me uitgenodigd voor een etentje met haar, Tim en een vriend van hem. De avond ging wel en John, een bekende filmregisseur, had me nogal zien zitten en om mijn telefoonnummer gevraagd. Ik had het hem gegeven, meer om Cynthia een plezier te doen dan mezelf. Hij had gebeld en vanavond zouden we samen uit eten gaan.

Twee dagen later belde Frank weer.

'Hoi, met mij.' Ik herkende zijn stem meteen.

'Met wie?'

'Frank.'

'O, Frank. Hoi, hoe is het met je?'

'Goed. Heb je vanavond iets te doen?'

'Ja, ik ga uit eten.'

'O... Oké. Nou, misschien een andere keer dan...'

'Goed.'

'Dag.'

'Dag.'

Ik hing op en huilde. Hij had niet eens geprobeerd me om te praten.

De volgende dag op mijn werk vertelde ik de anderen over het telefoontje.

'Hoe gaat het met Frank?'

'Goed.'

'Weet je het zeker? Je kijkt niet echt gelukkig.'

Die vervloekte Carol zat ook altijd overal bovenop. Ik besloot eerlijk te zijn.

'Ik had hem gisteren aan de telefoon. Hij deed niet echt aardig.'

'Hoe bedoel je?'

'Hij was nogal kortaf en koel.'

Junita schudde haar hoofd. 'Wat hebben die mannen tegenwoordig toch? In mijn tijd waren ze heel anders. In mijn tijd hadden ze nog respect voor je. Een jongen en een meisje mochten niet zonder chaperonne in dezelfde kamer komen, want dat was niet netjes. Maar tegenwoordig? Ze duiken direct met elkaar het bed in, en wat gebeurt er? Kijk naar Lucy, kijk naar jezelf. Het is triest, intriest. En waarom doen ze het?' vroeg ze dramatisch, om zich ten slotte weer tot de goden te wenden. 'Waarom doen ze het?'

Op de een of andere manier had ik nog steeds gehoopt dat Frank van gedachten zou veranderen, maar na zijn korte telefoontje was die hoop vervlogen. Ik wilde het trouwens ook niet meer, niet op die manier. Er was iets kapotgemaakt, het pure en idyllische was weg. Wat zou ik mijn kleinkinderen moeten vertellen? 'Ja, na lang zeuren wilde je opa eindelijk met mij uit'? Er was geen hoop meer.

Ik begreep ook niet waarom hij nog belde. Misschien wilde hij alleen maar aardig zijn en kijken of het wel goed met mij ging. Maar ik wilde zijn medelijden niet.

Het is interessant te merken dat je na een tijdje gaat lijken op de mensen met wie je omgaat.

Ik had een ellendig liefdesleven, net als Lucy.

Ik werd omringd door mannen die ik niet goed kende, allemaal via (en net als) Cynthia.

Ik kwam steeds vaker met een kater op het werk, net als Carol.

En ik begon echt te geloven dat er iets goed mis was met de mannen van tegenwoordig, net als Junita.

Ik was echter niet op Albert gaan lijken. Maar ik nam aan dat dat normaal was, want hij was een man.

Dus ik begon op de anderen te lijken en ik wist niet zeker of dat wel een verandering ten goede was. Niet dat ik op hen neerkeek, absoluut niet, maar ze hadden allemaal zoiets treurigs...

Lekker vies

Inmiddels was ik een soort mannenverslindster geworden. Dat Frank tijd nodig had was allemaal best, maar dat betekende niet dat ik thuis op hem ging zitten wachten. Dus ging ik uit. En niet zo zuinig oók. Ik leerde overal nieuwe mannen kennen, via Cynthia of Tim, of op feestjes. Met de veronderstelling dat je een hoop kikkers moet kussen voor je je prins vindt, gaf ik mijn telefoonnummer aan iedereen die het maar wilde hebben.

Cynthia had Tim-problemen. Kennelijk begon hij te veeleisend te worden, wilde steeds meer tijd met haar doorbrengen en drong er bij haar op aan om Jonathan te verlaten. Ook al vond ze het wel leuk dat hij een beetje jaloers was (vooral omdat hij altijd zo'n koele kikker was geweest), hij werd nu toch wel erg vervelend. We begonnen met z'n tweetjes uit te gaan, ver weg van alle bekende mannen in ons leven. Op zoek naar verse buit, zoals we dat noemden.

We hadden een strategie ontwikkeld. Omdat we zoveel mogelijk evenementen wilden bezoeken, gingen we in principe met iedereen mee die ons ergens voor uitnodigde, tenzij de man in kwestie wel erg saai of lelijk was. Meestal probeerden we een dubbele afspraak te maken en als dat niet lukte en mijn avond dreigde een fiasco te worden, belde ik Cynthia op vanaf het toilet. Vervolgens belde zij het restaurant met het bericht dat ik vanwege een spoedgeval onmiddellijk naar huis moest. Een beproefd middel, maar dat kon ons niets schelen. Waarom zouden we ons een hele avond lang moeten vervelen?

Maar meestal gingen we samen en dan hadden we altijd veel plezier. We hadden een spel verzonnen dat lekker-vies heette. Als we onze begeleider leuk vonden, lieten we dat weten via commentaar op het eten.

'Mmm, dit is echt lekker,' zei een van ons dan.

'Dat van mij ook...'

Dit was uiteraard een code. Als allebei onze mannen 'lekker' waren, bleven we de hele avond doorfeesten. Als we ze allebei 'vies' vonden, werd de avond vroegtijdig beëindigd en gingen we naar haar of mijn huis om erover na te praten. In geval van een combinatie (een lekker én een vies) hadden we een probleem. Meestal woog Cynthia's oordeel het zwaarst, maar als ik een man écht lekker vond, was ze sportief genoeg om voor mij te blijven.

Ik genoot met volle teugen van die periode. Het eindigde toen Cynthia iemand tegenkwam die ze 'té lekker om te laten lopen' vond. Persoonlijk vond ik hem (Karl, de naam alleen al) behoorlijk vies. Hij was niet bepaald aantrekkelijk, nam veel te veel coke en had mij al een paar keer geprobeerd te versieren. Maar als Cynthia hem lekker vond, vond ik het allemaal best. Toch ging ik niet vaak met Cynthia en Karl mee uit. Ze gedroegen zich als tortelduifjes en daarom was een dubbele afspraak met hen een beetje gênant, alsof mijn begeleider en ik ons net als zij zouden moeten gedragen. Maar ik had tijdens de lekker-viesperiode zoveel nieuwe mensen ontmoet dat ik nou niet bepaald alleen thuiszat.

De hele dag door werd ik door mannen gebeld en bij hun tweede telefoontje nam ik de uitnodiging voor een etentje meestal aan. Dan haalden ze me op in een mooie auto en namen me mee naar een chic restaurant. We praatten wat, we lachten wat. Vervolgens brachten ze me thuis. Bedankten me voor mijn gezelschap. Daarna belden ze me de volgende dag op om te zeggen hoe leuk ze het gevonden hadden. Ik antwoordde dat ik ook erg had genoten. Diezelfde week sprak ik nog een keer met ze af. Dan kusten ze me, durfden nog niet te vragen of ze een afzakkertje bij me mochten drinken, maar belden me om me welterusten te wensen zodra ze thuis waren. Op een gegeven moment werd het allemaal zo déjà vu dat ik de telefoon niet eens meer opnam.

Sommigen die ik bij de eerste ontmoeting lekker had gevonden, bleken regelrecht vies te zijn.

Leonard bijvoorbeeld. Hij was best leuk, maar hij kon alleen maar over zichzelf praten. Oervervelend, vooral gezien het feit dat hij een fanatiek Formule-1-fan was. Telkens wanneer ik het over iets anders probeerde te hebben, verslapte zijn aandacht en probeerde hij het gesprek zo snel mogelijk terug te sturen in de richting van zijn dierbare autoracen. Dat was dus over voor het begonnen was.

Toen kwam Philip, die me bijna gesmeekt had om met hem uit te gaan. Ik was geïnspireerd door zijn enthousiasme en besloot dat er potentieel in hem zat. We hadden een geweldige avond samen. Na afloop stelde hij voor dat we de rekening zouden delen. Ik heb het hele onding afgerekend en sindsdien nooit meer een woord met hem gewisseld.

Ik had nog een andere Philip ontmoet die echt lekker was. Hij kwam me ophalen in zijn Jaguar, opende alle deuren, nam me mee naar een heerlijk restaurant en bracht verandering in de regelmaat door me meteen na de eerste avond al te zoenen en zichzelf voor een afzakkertje uit te nodigen. Zijn originaliteit was verfrissend, en de seks geweldig. Hij zei me hoe fantastisch hij me vond en de volgende avond gingen we weer samen eten.

'Ik wil alles van je weten, Chloë. Begin maar,' had hij gezegd.

'Nou, ik werk in de modebranche.'

'Wat geweldig!'

'Weet je er iets van? Het is echt een fascinerende wereld,' voegde ik eraan toe, trots dat ik deze conversatie sowieso kon voeren.

'O ja, mijn vrouw is werkzaam in de mode, misschien ken je haar wel...'

Ik heb haar naam niet meer gehoord, ik was al vertrokken.

En dan George. Hij leek zo aardig, zo grappig, zo... nou ja. We gingen samen uit. Hij was een redelijk bekende schilder uit een goede familie. Hij genoot van mijn verhalen over mijn werk en mijn theorieën over het leven. Ik vond het leuk om met hem op feesten gezien te worden. Hij was een rebel, net als ik. We hadden veel gemeen. Hij was eigenlijk voorbestemd om voorzitter van de raad van bestuur te worden van een zeer respectabel bedrijf, maar hij had voor de kunst gekozen. Hij had lange haren en was in principe overal tegen. Een gepassioneerde man.

Het ging allemaal goed, totdat hij ook tegen mij in opstand kwam.

Op een dag hadden we het over ons werk. Hij was net zo intens over zijn schilderijen als ik over mijn carrière.

'Ik wil de hypocrisie van de mensen aan de kaak stellen,' verklaarde hij, dramatisch met zijn armen gebarend.

Daar was ik het helemaal mee eens en ik zei dat ik precies hetzelfde wilde.

'Ik wil de mensen choqueren, hun de schellen van de ogen rukken!'

'Dat wil ik ook!'

'Ik wil de liefde bedrijven met iedereen die mijn werk ziet via mijn schilderijen!' raakte hij helemaal op dreef.

'Ik ook!'

Toen bleef hij ineens roerloos staan. 'Waar heb je het in godsnaam over, Chloë, je werkt in een winkel!'

Toen was het afgelopen met George. Een man die mijn carrière niet serieus kon nemen, was geen echte man. Hij was alleen maar bang voor mijn macht en ik kon niet toelaten dat mijn leven beheerst werd door angst.

Frank belde me nog af en toe. Hij had een paar berichten voor me achtergelaten waarin hij zei dat hij me miste en dat hij me graag wilde zien. Uiteraard belde ik hem niet terug.

Het meeste plezier beleefde ik met Cynthia. We zagen elkaar niet zo heel vaak, omdat zowel Karl als haar verloofde de nodige tijd opeiste. Maar als we dan eens een avondje samen waren, raakten we steevast dronken en hadden we urenlang de slappe lach.

Ik kon ook erg goed met Caroline overweg. Ze hing aan mijn lippen als ik haar over mijn afspraakjes vertelde (ze kreeg zo ongeveer eenderde van me te horen), zei dat ze net zo vrijgevochten als ik wilde zijn en was er trots op dat mijn carrière opbloeide.

En het ging ook goed. Ik had een ietsepietsie promotie gemaakt. Ik mocht nu ook de kassa doen, hetgeen een hele eer was. Een verantwoordelijke taak, waartoe de anderen pas na heel lange tijd in staat werden geacht. Ook vroeg Junita me om af en toe de winkel 's ochtends te openen. Dat vervulde me helemaal met trots, want geen van de anderen had dat ooit mogen doen. Ze gaf me een setje sleutels, zodat ik degene was die iedereen kon binnenlaten. Het nadeel was dat ik nu wel een halfuur eerder op mijn werk moest zijn dan alle anderen. Maar het was de moeite waard.

Ik had ook weer contact gehad met mijn moeder. Helaas kwamen de belangrijke onderwerpen zoals de scheiding of Henry niet ter sprake. Ik had wel geprobeerd erover te beginnen, maar als mams dan vervolgens iets over mij vroeg vergat ik het weer. We hadden het over al die dingen waar we het meestal over hebben. Ze was naar Parijs geweest om de laatste collecties te zien en ze was vooral onder de indruk van Dior. Ze zei ook dat Hernando nog naar me had gevraagd.

'Bij wie sport je nu, lieverd?'

'Eigenlijk train ik mezelf meer de laatste tijd,' zei ik.

De betekenis daarvan ontging haar.

‘Laat me je dit op het hart drukken, lieverd: op jouw leeftijd denk je misschien dat het niet nodig is, maar elk uur dat je voor je dertigste met Hernando doorbrengt telt dubbel. Je wil toch wel een keer aan de man raken, of niet soms?’

‘Ja.’

‘Zal ik Hernando dan maar zeggen dat hij je opbelt?’

‘Dat zou fijn zijn, mam,’ loog ik.

‘Goed dan, en wanneer gaan we eens lunchen?’

‘Zaterdag?’

‘O lieverd, komend weekend ben ik er niet. Ik bel je wel als ik terug ben. Kusjes!’

‘Kusjes...’

Op de een of andere manier begreep ik al die onzin over ‘Hernando’, ‘lunchen’ en ‘kusjes’ niet meer. Het was al lang geleden dat ik met iemand ‘geluncht’ had of het met iemand over een spannende middag in de sportclub had gehad.

Ik was gegroeid...

Maar ik was blij dat ik weer contact met mijn moeder had. Ik had me de laatste tijd een beetje eenzaam gevoeld.

Johnny houdt me aan het lijntje

Trager dan ooit kropen de dagen voorbij. Ik ging met heel wat mannen uit en wachtte op degene die mijn hart in vuur en vlam zou zetten. Ik had mijn vrienden op het werk en twee echt goede vriendinnen, Cynthia en Caroline. Mijn carrière verliep goed. Maar toch, alles kabbelde maar een beetje voort.

Alleen wanneer er nieuws over Frank was, kwam er weer een beetje spanning in mijn leven. Hoewel hij me al in geen drie weken had gebeld, had ik Cynthia en Caroline opdracht gegeven hun oren en ogen wijdopen te houden waar het hem aanging. Maar dat leverde weinig op. Frank liet zich niet in de Country Club zien en kwam niet in dezelfde nachtclubs als Cynthia. Met als gevolg dat ik door gebrek aan nieuwe informatie de herinneringen aan ons samenzijn uitentreuren en tot in de details analyseerde.

Toen Caroline een keer opperde dat ik hem wellicht eens moest bellen, had ik haar bijna een klap verkocht.

Cynthia was Frank een keer op een feest tegengekomen. Ze had net op het punt gestaan te vertrekken toen ze hem tegen het lijf liep. Hij had haar gevraagd of ik ook zou komen, waarop ze ja had gezegd en hij was gebleven. Vervolgens had ze mij snel opgebeld en gezegd dat ik me extra mooi moest maken, maar toen durfde ik niet meer te gaan.

Frank had gewacht en scheen bijzonder teleurgesteld te zijn geweest dat ik niet was komen opdagen. Meer details kreeg ik niet te horen, want Cynthia had constant op Karl moeten letten, die stijf van de coke had gestaan. Dus vanwege Karl en zijn drugsverslaving kon ik naar nieuws over Frank fluiten.

Behalve door Frank kwam er ook wat meer leven in de brouwerij wanneer Johnny op het werk verscheen. Iedereen plaagde me ermee dat hij smoorverliefd op me was, ze wilden maar niet inzien dat het een puur professionele zaak was. Ik wist dat hij mijn vorderingen in de gaten hield. Waar ik was, was hij ook en hij hield mij goed in het oog.

Carol was het ergste. 'Jezus, moet je toch zien, hij loopt weer te kwijlen! Ga eropaf, Chloë, ik wil vanmiddag vrij! Of nee, ik wil opslag! Vraag hem om opslag!'

'Doe niet zo raar,' zei ik dan alsmaar.

In het begin vond ik die aandacht wel leuk, maar op een gegeven moment werd het vervelend. Ik begon het een beetje zielig voor ze te vinden. Het was duidelijk dat er voor hen geen promotie in zat. Lucy was niet assertief genoeg, Albert was te traag en Carol zou nooit goed met het personeel om kunnen gaan, ze zou iedereen stijf vloeken en om de week een rechtszaak aan haar broek hebben hangen.

Ik had gehoord dat Johnny ergens een nieuwe winkel wilde beginnen en ik had het donkerbruine vermoeden dat hij mij zou vragen de zaak te leiden. *Chloë Matthews, directeur* zou er op de mahoniehouten deur van mijn kantoor staan, precies zoals ik wilde, en ik zou ook visitekaartjes krijgen. Dat zou geweldig zijn. Telkens wanneer een man mij mijn nummer zou vragen, hoefde ik alleen maar mijn kaartje te trekken en zou ik à la minute respect krijgen. Heerlijk.

'Chloë, kun je even in mijn kantoor komen?' Wanneer Johnny in de winkel was noemde hij de keuken altijd zijn kantoor.

'Natuurlijk. Mooie trui heb je aan!' zei ik opgewekt terwijl we samen naar de keuken liepen, om alvast aan mijn quotum complimentjes voor die dag te beginnen.

Ik was steevast doorgegaan met de complimentenstrategie, en Johnny bleek daar buitengewoon gevoelig voor te zijn. In het begin had ik het nog moeilijk gevonden complimentjes te verzinnen, maar hij vond werkelijk alles geweldig. Eén simpele opmerking over zijn uiterlijk of over de positieve manier waarop hij met zijn werknemers omging, en hij was als een kind zo blij. Het was aandoenlijk. De man was een succes, maar iedereen was doodsbang voor hem. Ik was de enige die hem de goedkeuring gaf waaraan hij zo'n behoefte had.

'Chloë, zou je... Ik bedoel, wil je...' Hij was op van de zenuwen, de ziel.

'Wat is er?' vroeg ik liefjes, hem op zijn gemak stellend, want hij kon niet zo goed met mensen omgaan (hij deed echter zijn best, schreeuwde niet meer zo vaak als vroeger, maar soms vergat hij zichzelf en maakte hij Lucy weer aan het huilen, en dan had iedereen weer een hekel aan hem).

'Ik, eh, nou, eh, wilde je vragen...'

Ik wilde dat hij opschoot en gewoon vroeg of ik de nieuwe winkel wilde gaan beheren.

'Eh... Heb je zin om vanavond uit eten te gaan?'

Ineens begreep ik waarom de anderen zo lacherig hadden gedaan toen ze mij met Johnny naar de keuken hadden zien lopen. Ze wisten er al van en hadden als verrassing gezamenlijk een promotiefeest voor mij georganiseerd. Wat een schatten waren het toch!

Ik zag het al helemaal voor me... Ik zou het restaurant binnenkomen en iedereen zou op me staan te wachten, in het donker, en het enige licht in de zaal zou van de kaarsjes op de grote taart komen, waarop in marsepeinen letters geschreven stond: 'Voor onze nieuwe baas! Gefeliciteerd!'

Ik nam Johnny's uitnodiging vriendelijk aan en deed alsof ik niets van hun plan vermoedde.

Johnny kwam me ophalen. 'Wie is die man?' vroeg hij.

'André. Een spion.'

Hij keek verward, dus besloot ik hem op zijn gemak te stellen.

'Zo, waar gaan we naartoe?'

'Naar Mario's, het restaurant van mijn broer.'

'Wat leuk... Ga je daar vaak eten?'

'Ja.'

Hij was niet erg spraakzaam. Toen we in het kleine, goedkoop ingerichte restaurant kwamen, waren de anderen er nog niet. Nadat we plaats hadden genomen, werd ik aan zijn broer voorgesteld. De mannen leken als twee druppels water op elkaar. Ze waren beiden klein van stuk en hadden nietszeggende, grove gezichten. Het grootste verschil was dat Mario nog haar had waar Johnny kaal was. Jammer genoeg had hij het in een glorieuze mat laten groeien: kort bovenop, lang van achteren. Onvergeeflijk.

Mario bleek dezelfde moeite met mensen te hebben als zijn broer. In plaats van mijn aangeboden hand te schudden, begon hij zijn broer bulderend van de lach op zijn rug te slaan. 'Hahaha... Eén voor de familie, huh! Haha!'

Verwachtingsvol begon ik aan het diner. Bij elke nieuwe gang verwachtte ik dat de anderen plotseling zouden opduiken, maar er verscheen niemand. Behalve Mario, die twee keer naast me kwam zitten. De eerste keer zei hij helemaal niets. De tweede keer sloeg hij zijn arm om me heen en schudde me door elkaar terwijl hij Johnny stevig bij zijn arm pakte. 'Eén voor de familie, één voor de familie!' zei hij weer lachend.

Vreemd, maar wel hartelijk.

Ondertussen brak ik me het hoofd over de vraag waar de anderen toch bleven en ik kwam tot de enig mogelijke conclusie: een van hen was te laat. Dus werkte ik me geduldig door het diner. Het eten was vrij smerig en het gesprek vlotte als een roeiboot op volle zee. Maar met veel moeite wist ik hem een beetje aan de praat te krijgen. Niet dat hij verlegen was, hij kon gewoon niet communiceren. Zoals me op het werk al was opgevallen, was hij meer gewend aan schreeuwen dan praten. Het lukte me hem één keer te laten glimlachen. Dat was een kleine persoonlijke overwinning.

Er kwam echter geen taart, noch kaarsen. Alleen koffie, maar zelfs toen kwam er niemand tevoorschijn. Er moest iets gebeurd zijn. Iemand had roet in het eten gegooid. Ik vroeg me af wie...

De volgende dag deed iedereen alsof er niets was gebeurd. Zelfs Johnny zei niets, het was niet te geloven. Ik liep een promotie mis omdat een van mijn collega's te laat was gekomen. Het was niet eerlijk.

Een paar dagen later vroeg Johnny me opnieuw uit. Maar net als de vorige keer was er niemand om mij met de taart te verwelkomen. Ik begon me af te vragen of ik me had vergist. Misschien had hij de beslissing nog niet genomen. Misschien stelde hij me nog steeds op de proef.

Dit was kwalijk. Ik was in de val gelopen. Dat hele uit eten gaan was voor mij zo normaal dat ik in mijn oude patroon was vervallen. Ik was vergeten om de assertieve, ondernemende vrouw te zijn die de zaken onder controle had; in plaats daarvan had ik blind een stap terug gezet en was gewoon een meisje geweest dat met een man uitging.

Ik zag mijn fout in en begon de schade meteen te herstellen. De volgende keer zou de rekening voor mij zijn.

In het begin wilde hij er niets van weten, maar ik bleef aandringen totdat hij uiteindelijk instemde. Verbijsterd keek hij toe hoe ik mijn Gucci-portemonnee openklapte en er een van mijn vele creditcards uit haalde, die ik met opzet in het zicht had gestoken. Eén-nul voor mij. Hij bracht me thuis en ik nam mezelf voor om hem geen twee afscheidszoenen meer te geven. Vanaf nu zou ik één brok professionaliteit zijn en hem een stevige handdruk geven.

Het plan werkte zoals verwacht, en toen Johnny me dan ook opnieuw voor een evaluatiedineetje uitnodigde, accepteerde ik het, alleen onder voorwaarde dat we in mijn auto zouden gaan. Johnny keek verbaasd maar maakte geen bezwaar.

Toen ik voor zijn woonblok parkeerde, vroeg ik me vertwijfeld af of ik wel of niet uit mijn auto moest stappen om bij hem aan te bellen. De straat zag er niet al te veilig uit. Het was donker, zeker de helft van de straatlantaarns was kapot en het enige licht kwam van een vuurtje dat in een vuilnisbak brandde, waar een groepje jongens met verfspuitbussen een grijze betonnen muur bewerkte. Als zij er niet geweest waren, had ik waarschijnlijk alleen maar geclaxonneerd om mijn aanwezigheid kenbaar te maken. Maar aangezien zij daar toch stonden, nam ik aan dat niemand mijn auto zou durven vernielen.

Ik drukte op de zoemer en hoorde Johnny zeggen dat hij naar beneden kwam. Ik wachtte buiten op hem en zag de jongens naar mijn auto slenteren.

'Bedankt jongens!' riep ik, blij dat ze hem voor mij in de gaten hielden.

'Is dat jouw auto?'

'Natuurlijk! Hou je van auto's?'

'Van welk jaar is-ie?'

'Ik geloof van '66, maar dat weet ik niet zeker.'

'Mooi...' siste een ander.

'Mag ik erin rijden?' vroeg de vreemdste van het stel met een grijns. Hij zag er echt raar uit. Hij miste een tand, was zo mager dat zijn broek bijna van zijn kont zakte, zijn ogen waren bloeddoorlopen en met zijn hoofd maakte hij spastische bewegingen. Arme jongen.

'Het spijt me, lieverd, maar ik moet naar mijn werk...'

Er werd goedkeurend gefloten.

Johnny kwam naar buiten en kreeg bijna een hartaanval toen hij mijn auto zag.

Mario stond buiten de vuilnisbak te legen toen we voor zijn restaurant stopten. Hij floot luid.

'Godallemachtig!' zei hij met een blik op mijn auto.

'Zeg dat wel...' antwoordde Johnny.

Hier ontging mij iets.

Ditmaal zei Mario wel gedag. Een heel klein, verlegen 'hoi'.

Pas toen we binnen aan een tafeltje zaten vond Johnny zijn stem terug. Het kostte me moeite me op mijn zakelijke houding te concentreren nu iedereen vanavond zo vreemd deed. Zelfs Johnny scheen helemaal beduusd.

'Chloë, hoe kom je aan die auto?'

'Ik geloof dat ik die een keer voor mijn verjaardag heb gekregen of zoiets...'

'Heb je die auto van iemand gekrégen?'

Ik had bijna ja gezegd, maar besefte net op tijd dat als ik zou zeggen dat het een cadeautje van mijn vader was, ik nogal onprofessioneel, afhankelijk en verwend over zou komen.

'Natuurlijk niet, ik maakte maar een grapje.'

'Hoe kom je er dan aan?'

Goede vraag.

'Daar praat ik liever niet over, als je het niet erg vindt.'

We hadden het er niet meer over. Maar ik moet een diepe indruk op hem gemaakt hebben, want de rest van de avond was hij opvallend stil. En toch, nog steeds geen woord over mijn promotie.

Ik wou dat ik Frank had kunnen bellen om te vragen hoe je het best naar een promotie kunt vragen.

Ik miste hem.

Cynthia zei dat ik hem idealiseerde omdat ik op het moment niemand anders had om mijn aandacht op te richten.

Lucy had het er helemaal niet over.

Carol zei dat ik wel een ander zou vinden.

Junita herinnerde me eraan dat er 'geen handvol maar een landvol' was.

Albert mompelde dat het voor een mooi meisje zoals ik toch geen probleem kon zijn om een vriendje te vinden. De schat.

Ik probeerde tegen mijn collega's in te gaan.

'En wat nu als Frank dood was, in plaats van uit mijn leven verdwenen, zou je dan nog zeggen dat er geen handvol maar een landvol is?'

'Frank is niet dood.'

'Maar zo voelt het wel.'

Ik had de discussie gewonnen.

Caroline opperde heel voorzichtig dat ik hem misschien eens moest bellen.

'Stel dat hij écht de ware blijkt te zijn?' redeneerde ze. 'Heus, ik weet dat je het vervelend vindt als ik dit zeg, maar wat heb je te verliezen?'

Mijn trots.

Maar toch, haar reactie was beter dan die van al die anderen. Desondanks belde ik hem niet. Stel dat hij een nieuwe vriendin had? Stel dat hij me niet meer wilde zien?

Maar ik beloofde mezelf wel dat ik hem uit eten zou vragen wanneer hij nog eens zou bellen.

Tegenpolen

Het leek me een goed idee om de sleur van alledag te doorbreken door een feestje te geven. Ik nodigde al mijn collega's uit en Cynthia en Caroline, maar twijfelde nog of ik Marla en Monica wel zou vragen. Ergens vond ik het niet zo'n goed idee, aangezien ze zo anders waren dan de anderen, maar daar stond tegenover dat het geen kwaad kon om het aantal mensen op te krikken. Het zou anders wel een beetje triest overkomen; iedereen van mijn werk zou denken dat ik maar twee vriendinnen had. Het volgende probleem was het aantal mannen. Twee mannen op acht vrouwen was een beetje uit balans. Maar ik kon Lucy vragen of ze haar vriend wilde meenemen, Junita haar man en Cynthia Karl.

Ik kreeg er steeds meer zin in.

Het was al een tijdje geleden dat ik gasten ontvangen had en ik zag ernaar uit om iets te organiseren, alleen nu in de nieuwe Chloëstijl. Ik wilde het eenvoudig houden, geen kledingvoorschriften of voorgeschreven zitplaatsen. Ik zou de koe bij de hoorns vatten en een buffet geven. Ik wist dat dat eigenlijk niet kon, maar buffetten hadden me altijd aangetrokken. Het was zo'n liberaal idee dat mensen gewoon vrij konden rondlopen, praten en eten tegelijk.

Het enige probleem was om nog drie mannen te vinden. Dolgraag had ik Frank uitgenodigd, maar dat kon nu eenmaal niet. Ik overwoog George. Hij had zich weliswaar niet al te positief over mijn werk uitgelaten, maar dat wilde ik hem wel vergeven. Hij was lekker vreemd en zijn artistieke uitbarstingen zouden kunnen bijdragen aan mijn hippe imago. Maar ik kwam er nog steeds twee tekort. Moeilijk. Van alle mannen met wie ik de afgelopen paar maanden was uit geweest, waren er slechts een paar die ik nog wel een keer wilde zien én met wie ik voor den dag kon komen. Ik maakte een lijst met hun namen en deed iene-miene-mutte. Jean-Marc werd de uitverkorene. Hij was de liefste man van de hele wereld en tegelijkertijd een grote kanshebber om de allersaaiste te zijn, maar daar kon hij ook niets aan doen. Het was een verstandige keuze. Hij zou Georges aanwezigheid neutraliseren. Nu had ik nog maar één man nodig. Het was een moeilijke keuze, maar uiteindelijk besloot ik dat werk voor plezier ging, en ik zou Johnny vragen zijn broer mee te nemen.

Ik besloot helemaal informeel te gaan en iedereen zijn uitnodiging persoonlijk te overhandigen, in plaats van ze op te sturen. Zaterdagavond zou het gaan gebeuren. Alles was geregeld. Ik had een wijze les uit mijn eerdere culinaire fiasco's getrokken, en was tot het besluit gekomen dat ik (voor de rest van mijn leven) alles wat met koken te maken had voortaan aan de ervaren Sumandra zou overlaten, die de catering zou organiseren.

De ochtend voor het grote festijn werd ik door een huilende Cynthia gebeld. Het duurde even voordat ik besefte wat er aan de hand was. Ze belde me vanuit haar auto en vroeg me of ze mocht komen.

'Tuurlijk,' zei ik, mijn status als beste vriendin niet licht opnemend. Het was vijf uur 's ochtends.

Ik schrok toen ik haar zag. Ik had haar ongeveer twee weken niet gezien en ze was enorm afgevallen. Haar ogen puilden uit hun kassen en ze zag zo wit als een doek.

'Jeetje, wat ben je afgevallen!' groette ik haar.

Ik kon niet geloven dat ik zoiets stoms had gezegd. Maar jarenlang heb ik iedere willekeurige vrouw die ik tegenkwam met deze zin begroet, en oude gewoonten ram je er nu eenmaal niet zo gemakkelijk uit.

Maar Cynthia was echt éng dun geworden, ze zag eruit alsof ze door het eerste het beste briesje meegenomen kon worden. Gejaagd door de wind. Ze hield zich vast aan de deurpost. Als ik me niet vergiste, was ze als een balletje.

Ze liep naar binnen, ging zitten en begon – heel gek – van het ene op het andere moment te huilen.

'Wil je erover praten?' opperde ik.

Dat was de spijker op zijn kop, want ze hield onmiddellijk op met huilen.

'Hij is zo'n ongelofelijke klootzak! Ik haat hem, ik haat hem, ik kan hem wel vermoorden!'

Ze had weinig aanmoediging nodig om zichzelf te uiten.

'Wat is er gebeurd?'

'Wat er gebeurd is, is dat Karl de grootste klootzak is die er op aarde rondloopt! Fucking Karl heeft godverdomme mijn hele leven overhoopgehaald!'

Cynthia ging rechtop zitten, legde haar hoofd in haar handen en zuchtte diep.

'Ik ging onverwachts bij hem langs,' begon ze uit te leggen.

O jee... Klonk slecht. Ik zag het al helemaal voor me: ze was zijn huis binnengelopen, en had hem op heterdaad betrapt met een andere man...

'Het is verdomme zo banaal! Ik bel aan, na een halfuur doet hij pas open en hij wil me niet binnenlaten. Ik blijf aandringen en aandringen, maar hij houdt voet bij stuk. Toen zei ik dat ik alleen maar wilde zien wie de verdomde trut is, maar nog steeds liet hij me er niet in...'

'Wat heb je toen gedaan?'

'Ik schreeuwde tegen dat rotwijf dat ze tevoorschijn moest komen.'

'Kwam ze?'

'Ja.'

'En? Was het een man?' vroeg ik, waarschijnlijk een beetje te enthousiast.

'Nee. Zijn vrouw.'

'Zijn wat?'

'Zijn vrouw...'

'Verdomme!'

Ik vond het zo rot voor haar. Dit was veel erger dan wanneer je hem betrapte met iemand die er niet hoorde te zijn. Dan had je tenminste nog een soort eigendomsrecht, een reden om kwaad te zijn.

'Heb je nooit iets in de gaten gehad?'

'Natuurlijk wel. Ik laat me niet zomaar voor de gek houden.'

'O...'

Ik wist niet goed wat ik moest zeggen. Als ze had geweten dat hij getrouwd was, dan... dan wist ze het toch?

'Maar hij zei dat hij van me hield!'

Ze had gelijk, dat had hij niet moeten zeggen. Karl was een klootzak.

'Hij dreigde ermee dat hij Jonathan alles zou vertellen,' zei ze met een klein stemmetje.

'Wát?'

'Ja... Als ik het aan zijn vrouw zou vertellen, zou hij alles aan mijn verloofde vertellen.'

'Shit...'

'Zeg dat wel...'

'Denk je dat hij dat echt zal gaan doen?'

'Ik weet het niet.'
'Shit...'
'Zeg dat wel...'

Gedurende anderhalf uur bespraken we de situatie. Volgens Cynthia had ze voorlopig niets te vrezen, omdat Jonathan in Afrika aan het jagen was. Tegen de tijd dat hij terugkwam, was Karl hopelijk een beetje gekalmeerd.

Inmiddels was het voor mij tijd geworden om naar mijn werk te gaan.

'Ga alsjeblieft niet weg,' smeekte Cynthia. 'Ik heb je nodig.'

Maar de plicht riep.

Ze smeekte en smeekte en smeekte, zei dat ik al drie maanden aan één stuk had gewerkt en dat ik best een keer kon spijbelen, maar mijn plichtsgevoel won.

Omdat ik haar niet graag alleen liet, vroeg ik of ze mee wilde komen naar mijn werk. Eerst pruilde ze nog wat, maar algauw begreep ze dat dit het enige alternatief was. Ze ging mee.

Dat bleek een goede zet te zijn geweest. Iedereen vond het leuk een nieuw gezicht te zien en Cynthia maakte makkelijk contact. En Junita, die woedend was dat ik zomaar een vriendin had meegebracht, maakte ik wijs dat Cynthia zelfmoordneigingen had en daarom niet alleen gelaten kon worden.

'Kun je haar dan wel in de keuken laten? Ik bedoel vanwege het gas,' zei ze, het woord 'gas' sissend uitsprekend alsof er nodig wat demonen bij haar verdreven moesten worden.

Ik verzekerde haar ervan dat dat geen kwaad kon.

Haastig bracht ik Cynthia op de hoogte van haar zogenaamde labiele geestesgesteldheid en moedigde haar aan mijn verhaal zo geloofwaardig mogelijk te maken. Het werd een van de leukste dagen uit mijn leven.

Cynthia trok alle registers open. Johnny kwam langs om te zien wat er in de winkel aan de hand was, en dat was voor mij een mooie kans om me in de rol van verzorgster te laten zien. Hij trapte erin en vond me een engel. Ik putte me uit in verontschuldigingen, maar legde uit dat ik geen keuze gehad had, want 'wie weet wat ze zichzelf zou kunnen aandoen'. Hij was het helemaal met me eens, wat voor de anderen weer genoeg reden was om hem belachelijk te maken.

Ik wou dat ik Cynthia elke dag mee naar mijn werk kon nemen. Ze was fantastisch. Met Carol wisselde ze schuine moppen uit, en ook met Lucy kon ze het goed vinden. Ze had zelfs het lef om haar te zeggen dat ze meer moest eten. En met Albert zat ze open en bloot te flirten. Die arme Albert had geen idee hoe hij hierop moest reageren, maar het leek hem wel plezier te doen.

Telkens wanneer Junita en Johnny in de buurt waren, speelde ze eersteklas toneel. Op een bepaald moment kwam ik de keuken in en lag ze praktisch op de keukentafel terwijl ze het tafelblad met haar vuisten bewerkte. Een overbezorgde Johnny probeerde haar te troosten. Op een soortgelijk moment was Junita binnengekomen en had daarna in mijn oor gefluisterd dat ik maar extra goed voor haar moest zorgen.

Allebei waren ze onder de indruk van mijn verantwoordelijkheidsgevoel.

De anderen zaten in het complot en deden hun uiterste best elke traumatische uitbarsting nog erger te doen lijken.

Cynthia had de dag van haar leven. Op weg naar huis zei ze tegen me dat ze het zeer 'bevrijdend' had gevonden en vroeg of ze de volgende dag weer mee mocht.

Eerst moest er echter nog een feestje worden gevierd. We zaten met twee problemen in onze maag. Om te beginnen werd Cynthia verondersteld ziek te zijn, en dat kon ze onmogelijk de hele avond volhouden. We bespraken het probleem grondig en besloten uiteindelijk dat ik Junita en Johnny stiekem zou toefluisteren dat Cynthia een van haar roze pilletjes had genomen.

Het tweede probleem was dat ik opnieuw een man tekortkwam nu Karl van het toneel was verdwenen.

De voorbereidingen voor de avond verliepen uitstekend. Sumandra had zichzelf overtroffen. Het eten zag er verrukkelijk uit en ze had naast de uitgestalde schalen een soort bar gemaakt.

De eerste gast was Caroline. Zoals altijd was ze allerliefst en wilde ze heel, heel erg graag helpen. 'O, ik ben zo zenuwachtig, ik ken helemaal niemand vanavond! Beloof me alsjeblieft dat je me komt redden als ik niemand heb om mee te praten.'

Cynthia zei dat ze zich geen zorgen hoefde te maken, dat het allemaal erg aardige mensen waren.

'Ben je mee geweest naar haar werk? Wat geweldig!'

Dat vond ik nou zo leuk aan Caroline. Ze was altijd zo enthousiast over alles zonder een spoor van jaloezie.

'Waarmee kan ik helpen?' vroeg ze.

'Met helemaal niets, alles is geregeld. Wat wil je drinken?'
'O, dat weet ik niet, wat drinken jullie?'
'Wijn.'
'O, wijn,' klonk het bijna teleurgesteld. 'Misschien kan ik beter eerst iets zonder alcohol nemen.'
'Wat je wilt.'
'Ja goed, dat doe ik,' zei ze, uiteindelijk voor drank in non-alcoholische versie kiezend, maar nog niet erg specifiek.
'En wat zal het zijn?'
'O... eh... jus d'orange?'
Ik ging het voor haar inschenken.
Caroline ging in een van mijn grote fauteuils zitten, waarin ze bijna leek te verdwijnen.
'En?' zei ze, zich tot Cynthia richtend. 'Hoe was het om Chloë aan het werk te zien?'
'Best leuk...'
Het understatement van het jaar. Ze had ervan gesmuld.
'Ik ben even weg.' Cynthia stond op en verdween naar het toilet.
'Wat heb je allemaal gedaan de laatste tijd?' vroeg ik in een poging Caroline op haar gemak te stellen.
'Ik? Ach, niet veel... Je weet wel, een paar lunches. Altijd hetzelfde eigenlijk... O ja, dat wilde ik je nog zeggen!' Van opwinding ging haar stem een paar octaven omhoog. 'Je moet naar Elections gaan. Er is een gigantische uitverkoop! Alleen voor vaste klanten!'
Het was vreemd om weer over winkelen te praten. Ik had er zelf in geen tijden aan gedacht en ik besefte dat ik het miste.
'Zullen we samen gaan?'
'Maar je bent toch al geweest?'
Ze draaide zich naar me toe en wierp me haar beste ondeugendeschoolmeisjesblik toe. 'Heeft dat me ooit weerhouden?'
Kennelijk niet. En ik moest toegeven dat Caroline de laatste tijd absoluut beter gekleed ging dan ik.

Maar ik had geen tijd om me daarover druk te maken, want Marla en Monica kwamen binnen. Het was grappig om met z'n vijven bij mij thuis te zijn. Ik vond het erg belangrijk, alsof mijn oude leven mijn nieuwe welkom heette.
Cynthia kwam terug van het toilet en was algauw zo druk aan het praten dat niemand er meer een woord tussen kreeg. Gelukkig vertelde ze dit keer iets enthousiaster over haar ervaringen op mijn werk. Ze lag dubbel toen ze uitlegde hoe ze Junita en Johnny had la-

ten geloven dat ze een beetje gestoord was en beloofde haar act vanavond voort te zetten. Ik vond het allemaal best. Johnny, die toch al niet zo'n sociaal type was, werd op deze manier lekker beziggehouden en hij zou het zeker waarderen.

De volgende gasten waren Lucy en Mickaël. Ik heette ze persoonlijk welkom. Eén blik op Mickaël was voldoende om Lucy's dilemma's in perspectief te zien. Hij was bloedmooi. Groot, leren jas (hoewel het zomer was), een fantastisch lichaam en elke porie ademde gevaar uit. Ook was van zijn gezicht, in grote letters, KLOOTZAK te lezen.

Lucy leek zich niet helemaal op haar gemak te voelen en was blij toen Caroline een gesprek met haar aanknoopte. Ze vormden een mooi plaatje samen. Allebei tenger, Lucy blond, Caroline donker.

'Dus jij bent Lucy! Wat leuk je eens te ontmoeten. Ik heb al veel aardige dingen over je gehoord.'

'Dank je...'

'Ik vind het zo spannend om de mensen met wie Chloë werkt te ontmoeten. Vind je je werk net zo leuk als zij?'

Lucy was bescheiden als altijd. 'Ach, gaat wel. Kon erger.'

Caroline bleef doorpraten en probeerde haar wat meer op haar gemak te stellen, en ik vond haar een schat dat ze dat deed. Mickaël besloot zijn reputatie eer aan te doen, en wás een klootzak. Hij stevende rechtstreeks op Marla en Monica af zonder de andere gasten een blik waardig te keuren. Klaarblijkelijk viel hij erg op blond, en hij kon zijn ogen pas van Marla's decolleté afhouden toen de hors d'oeuvres werden geserveerd, waaraan hij zich onbeschaamd te goed deed. Lucy schaamde zich dood, maar probeerde niets te laten merken.

Toch kon Mickaël niet echt werk maken van Marla, want Cynthia was aan één stuk door aan het praten, en het was onmogelijk voor de anderen om er een woord tussen te krijgen.

Ik vond het heel lief van haar dat ze Lucy in bescherming nam door Mickaël het versieren te beletten. We waren zo langzamerhand als zussen van elkaar geworden, die voor elkaar in de bres sprongen.

De komst van Johnny en Mario zorgde voor een lichte opschudding. Cynthia wilde weer manisch-depressief gaan doen en viel Johnny bijna aan. Hij kreeg amper de kans me te begroeten en toen hij iets over mijn flat wilde zeggen, kon hij zijn zin niet afmaken. Hij werd totaal door mijn vriendin in beslag genomen.

Helaas had Mario zijn tong nog steeds niet gevonden. Hij kwam binnen, keek rond, zei op luide toon 'oké', stootte zijn broer met zijn elleboog aan en begon weer te lachen, net als hij gedaan had toen ik hem voor de eerste keer ontmoette. Iedereen keek naar hem en hoewel het een informeel feestje was, had hij wel wat meer aandacht aan zijn kleding kunnen besteden. Klaarblijkelijk had hij niet eens de moeite genomen zich te verkleden na het sporten. Hij droeg nog steeds zijn felblauw glimmend trainingspak met sportschoenen eronder, hetgeen in combinatie met zijn vreselijke kort-van-boven-en-lang-van-achterkapsel en inwitte gelaatskleur niet bepaald een aantrekkelijk gezicht was.

Toen hij Marla en Monica in het oog kreeg, rende hij zo ongeveer naar de lege plek tussen hen in, die ontstaan was nadat Cynthia was opgestaan. Hij ging zitten, gaf beide dames een goede kneep in hun schouders, wierp een onverholen blik in de decolletés, waarna hij hen van top tot teen opnam. Vervolgens barstte hij weer in lachen uit, alsof hij iets geweldigs had gepresteerd.

Op dat moment begon ik te beseffen dat hij niet alleen maar een beetje moeite had om met mensen om te gaan, zoals Johnny. Hij was niet helemaal honderd procent. In de verste verte niet.

Ineens voelde ik me rot om de manier waarop Cynthia en ik ze hadden laten geloven dat ze een beetje 'raar' was. Dat was niet respectvol. En daarom was het van groot belang dat ze niet uit haar rol viel, zodat Johnny niet achter ons complot kwam.

Nu Cynthia ergens anders was gaan zitten, kreeg Marla wel erg veel aandacht van Mickaël. Mario daarentegen had zich helemaal op Monica gestort.

Jean-Marc kwam even later met een boeket zonnebloemen binnen. Hij was een stuk beter in sociale vaardigheden dan Mario, en stelde zich keurig aan iedereen voor.

Hij kende Cynthia, Marla en Monica al, maar ging niet bij hen zitten, omdat ze alle drie diep in gesprek waren.

Ik zette hem op een stoel bij Caroline en Lucy en binnen enkele minuten waren ze zo geanimeerd aan het praten en lachen dat Lucy geen aandacht meer had voor het walgelijke gedrag van Mickaël.

Junita, Juan en Albert kwamen tegelijk aan. Junita wilde meteen helpen (wat ik haar verbood), en Juan en Albert hadden elkaar helemaal gevonden sinds ze hun gedeelde passie voor vissen hadden ontdekt.

Alles liep op rolletjes terwijl we wachtten op de laatste twee gasten. Helaas kon Mario zich niet meer beheersen en wierp zich op het buffet. De anderen aarzelden geen moment en volgden zijn voorbeeld.

Op een gegeven moment zag ik Monica naar het toilet gaan.

'Monica, ik moet je iets vertellen. Het spijt me dat ik er nu pas mee kom, maar Mario is niet helemaal 'zoals wij', als je begrijpt wat ik bedoel.'

'Bedoel je...'

'Ja.'

'O...'

De opgewonden uitdrukking op haar gezicht maakte plaats voor oprechte bezorgdheid. 'Bedoel je dat hij achterlijk is?'

'Ja, ik ben bang van wel.'

'O, wat zielig, ik had geen idee...'

'Hij is de broer van mijn baas en het is leuk voor hem om naar een feestje te gaan.'

'Natuurlijk, natuurlijk. Wat goed van je dat je hem hebt uitgenodigd.'

'Ik geloof dat hij je wel mag.'

'Ja, ik ook,' antwoordde Monica met enige trots.

Monica ging naar het toilet en toen ze terugkwam, week ze de hele avond niet meer van Mario's zijde.

Carol en George waren waanzinnig laat. Ze waren tegelijk gearriveerd en samen met de lift naar boven gekomen. George fluisterde in mijn oor dat ze ruzie met André had staan maken, die haar niet had willen binnenlaten omdat ze mijn achternaam niet wist. Kennelijk had ze hem beledigd en tegen hem geschreeuwd dat 'het niet haar schuld was dat hij een kleine snikkel had'. Om de een of andere reden had Carol de gewoonte om bij een conflict steeds de dichtstbijzijnde penis af te kraken of te bedreigen. George vond dit staaltje van wangedrag uiteraard geweldig en zodra hij in de gaten had gekregen dat ze naar mijn feestje ging, had hij haar onder zijn hoede genomen. Eenmaal binnen liep hij, zoals altijd, meteen naar de bar.

'Chloë, wat ís dit, verdomme?' vroeg Carol me, na één stap mijn woonkamer binnen te zijn gelopen. 'Jezus, wat is dit?'

'Gewoon, mijn appartement,' antwoordde ik. Geen idee waarom ze zo grof deed.

Ze keek me een ogenblik aan en haar grote ogen rolden bijna uit hun kassen. 'Gewóón je appartement, verdomme? Is dit verdomme gewóón je appartement?'

'Ja...'

'Oké, ik begrijp hier geen reet meer van. Dit is jouw appartement?'

'Ja!'

'Je bedoelt dat je dit hebt gekocht?'

Lastig.

'Daar praat ik liever niet over...' zei ik, dezelfde ontsnappingsroute nemend als ik bij Johnny had gedaan.

'Goed dan,' gaf ze snel toe. 'Maar vertel me dan wel wie dat onwijs lekkere ding is dat me naar boven heeft gebracht!'

Ik had geen tijd om antwoord te geven, want George was alweer terug met zijn onafscheidelijke wodka in zijn handen. Drie glazen. Voor elk van ons een. We proostten en sloegen ze achterover. Zij gingen met z'n tweeën terug naar de bar voor meer en ik ging me met de andere gasten bezighouden.

Ik hoefde eigenlijk niet veel te doen om het ze naar de zin te maken. Iedereen was diep in gesprek en ze leken allemaal goed met elkaar overweg te kunnen. Tussen Junita en Caroline klikte het vooral goed en Caroline vroeg haar van alles en nog wat over haar land van herkomst. Ik kon me niet echt in het gesprek mengen, omdat ik tot mijn grote schaamte geen idee had waar ze vandaan kwam. En daarbij heb ik nooit zoveel met aardrijkskunde gehad.

Met Monica en Mario ging alles prima. Hij keek nog steeds in haar blouse, maar daar had ze nu gelukkig begrip voor. Ze had erg veel geduld met hem, praatte extra langzaam en lachte om al zijn grappen. Hij leek het fantastisch naar zijn zin te hebben.

Marla was echter een beetje té. Ze zat openlijk met Mickaël te flirten en duwde haar borsten bijna in zijn gezicht. Het was ongelofelijk onbeleefd, ze had hem zien binnenkomen met Lucy. Ik probeerde dat haar discreet duidelijk te maken, maar ze zei dat Mickaël en Lucy niets met elkaar hadden, dat ze het gewoon af en toe met elkaar deden. Dat was in ieder geval wat Mickaël tegen haar had gezegd.

Gelukkig zat Lucy met haar rug naar hen toe, dus had ze niet zoveel in de gaten. Bovendien was ze druk in gesprek met Jean-Marc. Ze hadden het over films en telkens wanneer een van hen een titel noemde, begon de ander steevast hysterisch te gillen. Kennelijk hielden ze allebei van oude films, want ze kenden de namen van alle regisseurs en acteurs uit hun hoofd. Ik niet, dus ik ging weer verder.

Ik vroeg Albert en Juan of alles naar wens was. De beide mannen knikten hevig.

'Hebben jullie zin om met mij mee te komen naar de anderen?' vroeg ik in de hoop ze een beetje te helpen, want de twee stakkers zaten al de hele avond naast elkaar en hadden nog niemand anders gesproken.

'Alsjeblieft niet!' antwoordde Juan, duidelijk een beetje aangeschoten. 'Zij,' en hij wees naar Junita, 'kan me daarvandaan lekker niet zien, en ik zit hier een heerlijk glaasje whisky te drinken!' Hij gaf me een allerliefste knipoog. Eén oog dicht, het andere ondeugend twinkelend. Als ik Junita was, zou ik hem elke dag whisky laten drinken. Albert complimenteerde me met mijn feestje, waarna de beide heren verdergingen met het uitwisselen van visavonturen.

George en Carol waren inmiddels flink bezopen, hadden veel onderonsjes en waren heel stout. Vooral Marla moest het ontgelden, maar aangezien zij die avond niet zo hoog bij me aangeschreven stond, vond ik het zalig. Het was komisch, zij stonden een gesprek tussen Marla en Mickaël af te luisteren, en ik dat van hen.

'Weet je, het is zo moeilijk om serieus genomen te worden als een mooie, rijke vrouw. Soms zou ik bijna lelijk willen zijn... Het is als een vloek,' hoorden we Marla klagen. 'Echt waar! Ik weet nooit of een man me wil om wie ik ben of om mijn lichaam. Of om mijn geld...'

Dat had ze niet moeten zeggen.

George begon te lachen en Carol stikte er bijna in.

'Het spijt me,' onderbrak George hen. 'Toevallig hoorde ik wat je daarnet zei. Als je dat allemaal zo dwarszit, moet je er misschien eens over nadenken om die siliconentieten van je eruit te halen. En daarna kun je wellicht ophouden met naar die sportschool te gaan, beginnen met eten en die belachelijke make-up van je gezicht af halen!'

Haar make-up was helemaal niet belachelijk, maar George hield nu eenmaal van puur natuur. Voor de rest had hij geen ongelijk.

Marla en Mickaël waren sprakeloos.

Carol moest natuurlijk ook nog even een duit in het zakje doen. 'En als je het echt gehad hebt met al dat geld, wil ik het graag voor je uitgeven. En trouwens, natuurlijk zijn mannen ofwel op je lichaam ofwel op je geld uit! Wat zouden ze anders willen?'

Intussen had iedereen in de gaten wat er aan de hand was en de meeste aanezigen smulden ervan.

Marla had geen idee hoe ze hierop moest reageren. Mickaël wilde meteen op de vuist, maar George bleef te rustig en neutraal om mee te vechten en hij kon moeilijk Carol een knal verkopen, alhoewel zij het grofst was geweest. Maar hij liet het niet op zich zitten.

'Nou, kom dan! Als je het wilt, kun je het krijgen!' Hij bracht zijn gezicht tot op een haar na bij dat van George.

George wendde zich tot Carol. 'Waar hééft hij het over? Wat wil ik?'

'Ik weet het niet, maar het ziet ernaar uit dat hij je vol op de bek wil pakken. Kijk maar uit!'

'Denk je?'

'Hij staat wel heel dichtbij,' antwoordde ze, Mickaëls territoriumdrift expres verkeerd uitleggend.

Dit was een te grove inbreuk op zijn gevoel van mannelijkheid en hij begon zijn shirt los te knopen.

Wat er toen gebeurde, was te mooi voor woorden. Marla begon Mickaël te smeken het niet te doen. 'Het is het niet waard!'

Het was zo'n volmaakt cliché.

'Ik moet, ik moet!' siste hij, rood van woede.

'Wát moet hij?' George deed nog steeds alsof hij het niet begreep.

'Ik weet het niet, maar er is iets wat je kunt krijgen en hij is zich aan het uitkleden, dus...'

Enkelen begonnen te lachen. Carol was grof als altijd, maar het was een prachtig spektakel.

'Monica, ik ga!' beval Marla.

Onmiddellijk stond Monica op om haar vriendin te steunen. Ze nam met een innige omhelzing afscheid van Mario. Hij was in de zevende hemel.

'Lucy, wij gaan ook!' bulderde Mickaël.

Lucy deed net of ze hem niet hoorde.

'Lucy, we gaan!'

Lucy werd rood tot achter haar oren. 'Ik blijf,' zei ze vastbesloten.

'Wat?'

'Ik blijf! Ik heb het helemaal gehad met jou.'

En zo bliezen ze de aftocht. Diepbeledigd, hoewel ze hun best deden dat niet te tonen. Niemand, behalve Mario, vond het erg dat ze weggingen. Hij wilde een gesprek beginnen met Caroline en Junita, maar had bij hen veel minder succes dan bij Monica. Nadat hij een tijdje had staan mokken, zei hij tegen Johnny dat hij naar huis wilde.

Johnny had daar wel oren naar, want Cynthia had hem onafgebroken zitten pesten. Toen hij met zijn broer de deur uit was, bleef er een harde kern over in plaats van allemaal losse groepjes.

Ik zei tegen Lucy hoe geweldig ik het vond dat ze eindelijk eens voor zichzelf was opgekomen. Ze twijfelde er al aan of ze wel de juiste beslissing had genomen en ze was bang dat hij haar voor haar deur zou opwachten wanneer ze naar huis zou gaan.

'Blijf hier dan logeren!' bood ik aan. 'Ik heb twee logeerkamers.'

Jean-Marc was het roerend met me eens. Het leek erop dat hij als een blok voor haar was gevallen en niet wilde dat ze weer met haar vriendje herenigd zou worden. Een beetje jaloers was ik wel, want hij had mij het eerst leuk gevonden, maar toen ik zag hoe ze naar hem keek vond ik het niet erg meer.

Carol en George gingen samen weg, zwaar onder de alcohol en gierend van de lach.

Junita en Caroline wisselden telefoonnummers uit.

Cynthia had, nadat Johnny was weggegaan, een verdwijntruc uitgehaald en niemand had haar zien vertrekken.

Ik liet Lucy haar kamer zien en zei nogmaals dat ik trots op haar was dat ze voor zichzelf was opgekomen.

Ik ging naar bed, dacht nog wat na over de avond en was uitermate tevreden met mezelf. Het was een origineel feest geweest en een groot succes. Het enige wat eraan had ontbroken, was...

Ik dwong mezelf te stoppen, zo moest ik niet denken. Ik was over Frank heen.

Napret

Ik was net opgestaan en bezig met koffiezetten toen Lucy haar slaperige hoofd om de hoek van de deur stak.

'Goeiemorgen.'

'Morgen! Lekker geslapen?' Gezien het vroege uur was ik voor mijn doen erg opgewekt.

'Heerlijk.'

'Koffie?'

'Ja, graag.'

'Wat wil je voor je ontbijt?'

'O, niets.'

'Je moet iets eten.'

Sumandra maakte altijd van alles voor mijn ontbijt klaar, omdat ik nooit van tevoren wist wat ik de volgende ochtend wilde eten. Er waren flensjes, brood met zelfgemaakte jam, cornflakes en jammer genoeg maar één glas verse jus d'orange, dat ik in een gulle bui aan Lucy gaf.

We gingen zitten en aten in stilte, terwijl we beiden aan de gebeurtenissen van de vorige avond dachten. Even los van het Marla-incident was ik tevreden over de manier waarop alles verlopen was. Natuurlijk werd er door Marla nu al flink geroddeld; mijn oren deden alleen al bij het idee pijn. Maar het was ook goed geweest. Het had Lucy gedwongen zich eindelijk tegen Mickaël af te zetten.

'Gaat het een beetje na al die toestanden van vannacht?'

Ze dacht even na. 'Ja, eigenlijk best wel. Hij gedroeg zich belachelijk, en ik maar doen alsof ik niet in de gaten had dat hij de hele avond met die Marla stond te flirten. En toen zat ik met Jean-Marc te praten, die echt naar me luisterde, en ik weet niet... Ineens werd alles duidelijk.'

'Hartstikke goed van je!'

'Weet je, ik schaam me zo dat ik die rotzooi zo lang gepikt heb. Deze keer neem ik hem echt niet meer terug!'

O, o. Als ze hem al eerder terug had genomen, zou ze dat nu waarschijnlijk ook wel weer doen...

We hoorden iets in de andere slaapkamer. Er werd een raam geopend en er klonken voetstappen. Even dacht ik dat het Mickaël was, die mijn appartement was binnengedrongen om zijn vriendin terug te eisen, maar voordat we in paniek naar de keukenmessen konden rennen en de politie bellen, kwam Cynthia tevoorschijn. Ik had er niets van gemerkt dat ze bij mij geslapen had en ze zag er allerbelabberdst uit. Niet dat ik haar dat kwalijk kon nemen, ze had de nacht ervoor immers niet geslapen en had door die toestand met Karl een flinke emotionele opdonder gehad.

'Môgge,' begroette ze ons met het laatste restje energie dat ze kon opbrengen.

Ze ging zitten en begroef haar gezicht in haar handen. 'Ughhh!' kreunde ze. 'Ik heb het gevoel dat ik onder een trein gelegen heb.'

'Moe?' vroeg Lucy, een verklaring zoekend.

'Uitgeteld,' geeuwde ze.

'Dat is niet meer dan normaal. Je hebt een nacht niet geslapen en een hoop meegemaakt. Koffie?'

'Graag.'

Het arme kind zag er echt niet goed uit.

'Maar verder alles goed, niet te depri?'

'Beetje.'

'Je bent moe, da's alles.'

'Weet ik, dat is altijd zo. Ik ga thuis douchen.'

Ze stond op en vertrok.

Lucy en ik praatten nog urenlang door. Het was zo'n gesprek dat meisjes meestal hebben na een paar flessen wijn, niet bij de koffie. Het hele verhaal kwam eruit. Ze had beseft (eindelijk!) dat ze een probleem had met eten en was naar een of andere groepstherapie gegaan. Alleen al bij het idee dat ik geholpen zou moeten worden door mensen die net zo in de ellende zaten als ikzelf kreeg ik de kriebels, maar dat hield ik maar voor me, want wat ze vertelde klonk goed.

'Weet je, doordat ik die mensen over hun problemen heb horen praten ben ik anders tegen die van mij aan gaan kijken. Na twee bijeenkomsten zag ik een patroon. Bijna iedereen had een dominante partner of dominante ouders. Of allebei, zoals in mijn geval. Weet je, mijn ouders lieten me nooit zelf iets uitzoeken, het moest altijd op hun manier. Ze bepaalden hoe ik me moest kleden, met wie ik moest omgaan en vooral met wie niet, wat te zeggen, denken, alles.

Het enige waar ik nog controle over had was mijn eigen lijf. En Mickaël was precies mijn vader. Hij wilde dat ik zijn perfecte poppetje was, mooi en gehoorzaam en superslank, en hij kraakte me altijd af als ik een paar ons was aangekomen. En dan reageerde ik alles af op eten. En ik ben heel goed in niet-eten...' grapte ze.

Na dit verhaal was ik er niet meer zo zeker van dat ze naar hem terug zou gaan. Dit meisje was sterker dan ik had gedacht, ook al huilde ze en bekende ze dat ze bang was.

De volgende dag belde iedereen om me te bedanken en te vragen hoe het met Lucy ging. Ik genoot. Ik had het gevoel dat ik aan iets belangrijks had bijgedragen.

Het was geweldig om weer naar mijn werk te gaan. Iedereen maakte complimentjes over mijn feest, ze zeiden dat ze zich prima hadden geamuseerd en dat ze het eten heerlijk hadden gevonden.

Vooral Carol was die dag in een opperbeste stemming. Ik hoorde haar niet één keer vloeken, wat zelden voorkwam. Ze wenste de klanten zelfs een prettige dag, zonder er iets in de trant van 'trut', 'zeikwijf' of 'kuttenkop' aan toe te voegen zodra ze buiten gehoorsafstand waren.

Junita had van haar weekend genoten. Juan en Albert waren de dag na het feest gaan vissen, zodat ze het huis voor haarzelf had gehad. Dat was het einde geweest, zei ze. Ik kon me voorstellen dat het voor iemand die vijf zoons heeft grootgebracht een grote opluchting moest zijn om eens een dag niet tegen iemand van het andere geslacht te hoeven aankijken. Waarschijnlijk stond zo'n dag rust voor Junita gelijk aan twee weken thalassotherapie voor mijn moeder. Eng.

Ze complimenteerde me ook over het eten. Ze zei dat het verrukkelijk was geweest en dat het bijna niet beter had gekund.

'Behalve misschien de...' En daarop volgde een reeks eindeloze adviezen over hoe ik mijn guacamole kon verbeteren.

Dat die van de beste catering in de stad kwam, hield ik wijselijk voor me.

Johnny wipte binnen met de smoes dat hij nog even iets moest regelen. Hij gedroeg zich nogal vreemd tegenover me, maar dat begreep ik wel, want hij wilde de anderen niet laten merken dat ik zijn favoriet was. Hij vroeg me, op Mario's verzoek, naar Monica's telefoonnummer. Aangezien ze hem zo aandoenlijk had gevonden, gaf ik het hem. Ik had het gevoel dat hij me nog iets wilde vragen, maar zoals altijd wanneer hij in mijn nabijheid was, klapte hij dicht en kwam de grote vraag niet over zijn lippen. Het werd tijd dat hij zich daar eens overheen zette.

'Chloë, wil je mijn filiaalmanager worden?'

'Ja, Johnny, met heel mijn hart.'

Makkelijk toch?

Ik had geen zin om direct van werk naar huis te gaan, dus vroeg ik Carol of ze plannen had. 'George komt me ophalen...' zei ze met een brede grijns.

'Wat?'

'Ja... luister, ik hoorde van hem dat jullie wat hebben gehad. Dus als je het vervelend vindt...'

Niet als je van mening bent dat mijn ex afpakken en mij links laten liggen...

'Nee, natuurlijk niet!'

Trut.

'Hé, te gek, dank je.'

Voordat ze ervandoor ging gaf ze me een dikke zoen op mijn wang. Misschien was het toch wel 'te gek'.

Daarna vroeg ik Lucy en Albert. Albert moest linea recta naar zijn moeder. En Lucy had alleen tijd om even iets met me te gaan drinken.

'En, heb je nog iets van Mickaël gehoord?'

'Zeker.'

'En?'

'Die nacht dat ik bij jou was heeft-ie de hele nacht naar mijn huis gebeld. Hij is ervan overtuigd dat ik bij Jean-Marc heb geslapen.'

'O nee...'

'Hoezo, "o nee"?'

Daar zei ze zoiets. 'Geen idee, eigenlijk.'

'Laat 'm in zijn eigen sop gaarkoken!' zei Lucy opstandig.

'Was hij kwaad?'

'Woedend!'

Shit. Niet dat het shit was omdat ik vond dat ze het bij zouden moeten leggen, maar shit omdat hij zo eng was.

'Heb je gezegd dat je bij mij overnacht hebt?'

'Nee, ik heb gewoon gezegd dat ik het helemaal gehad heb, dat ik hem niet meer wil spreken en dat hij me ook niet meer mag bellen.'

'En?'

'Hij ging op de slijmtoer, zo van: "Maar schatje, wij horen bij elkaar", en meer van dat soort onzin. En ik zei dat hij in de gevangenis thuishoorde, dat ik geen respect voor hem had en niet meer van hem hield. Hij was helemaal van de kaart,' voegde ze er met een wraakzuchtige glans in haar ogen aan toe.

Ik vond het leuk om Lucy zo opstandig te zien. Het stond haar goed. Het liefst wilde ik haar mee naar huis nemen, haar gezicht schoonboenen, haar haren ontkrullen en haar helemaal transformeren. Ik stelde het voor, maar ze sloeg het af. Ze zei dat ze graag blond was, dat ze haar haar steil vreselijk vond, een te bleke huid had en dat blauwe mascara het blauw van haar ogen accentueerde. Ik had ertegen in kunnen gaan, haar wat tijdschriften en het licht kunnen laten zien. Maar ze was net weer een beetje haar zelfvertrouwen aan het opbouwen en ik wilde haar niet ontmoedigen. Dus liet ik haar rondparaderen als de trotse kleurige papegaai die ze het liefste was. Mijn tijd kwam nog wel.

Mij kwam ter ore dat Monica en Mario nog contact met elkaar hadden. Caroline had Monica in de club over hem horen opscheppen. Kennelijk had ze beweerd dat er een 'ongelofelijk mooie en onschuldige liefde' was opgebloeid tussen haar en 'de reinste ziel die ze ooit had ontmoet'. Toen iemand haar naar zijn geestvermogens had gevraagd, had ze geantwoord dat het als dat van een vijfjarige was. Er waren nogal wat 'o's' en 'ah's' gevolgd en iedereen bleek er vervolgens ook wel een te kennen, de een nog liever dan de ander. Ze waren het er unaniem over eens dat het de engeltjes waren die God voor zichzelf had gehouden, maar die uitdrukking heb ik nooit begrepen. Als God ze voor zichzelf had gehouden, dan waren ze toch nooit geboren? Maar goed, ik heb religie nooit begrepen.

'Maar weet je?' vroeg Caroline met een frons. 'Hij lijkt helemaal niet op een mongooltje.'

'Pardon?'

'Vroeger woonden wij naast een jongetje met het syndroom van Down, en ik weet er genoeg van om te weten dat Mario het niet heeft.'

'Wat?'

'Ik zweer het je, hij heeft het echt niet!'

'Jawel, ik weet het zeker!'

'Hoe kun je dat zo zeker weten, heeft zijn broer je dat verteld?'

'Ja, natuurlijk!' loog ik.

Ik was gedwongen te liegen, want als ik dat niet deed, kon het vreselijk uit de hand lopen. Toch? O... ja, zeker weten. O shit en nog eens shit! Monica was hartstikke lief voor hem geweest, ze had hem haar benen laten aanraken en had schuchter gelachen toen hij haar per ongeluk bij haar borsten had gepakt. En nu ze iedereen over hem had verteld, leek het erop dat ze hem in haar leven had geaccepteerd. Ze zou zich echt teleurgesteld en verraden voelen wanneer...

Ik voelde me moreel verplicht om haar te laten geloven dat alles goed was.

Maar dat was nog lang niet alles. Johnny belde. Kennelijk had Monica geweigerd alleen met Mario op pad te gaan. Ze zei dat ze zijn dagelijkse routine nog niet zo goed kende en dat ze niet verantwoordelijk wilde zijn als er iets met hem gebeurde. Ze had erop gestaan dat Johnny meeging.

'Jullie zijn een paar bijzondere meiden,' had hij gezegd.

'Dank je! Waar gaan jullie heen?'

'Ze wilde per se naar de dierentuin,' zei hij op een toon alsof hij dacht dat het een belachelijk idee was. 'Wat dacht je van zondag?'

'Prima.'

'Tot zondag dan.'

En hij hing op.

Wat had dat te betekenen? Vroeg hij me mee te gaan naar de dierentuin? Ik wilde helemaal niet naar de dierentuin, dierentuinen waren verschrikkelijk! Al die arme dieren in kooien. Luipaarden zonder ruimte om te rennen, ijsberen die zich tevreden moeten stellen met van die zielige nepijsbergjes, vogels die nooit vrij rond kunnen vliegen. Het was gruwelijk. Wat had het voor zin een vogel te zijn als je niet mocht vliegen?

Wat leuke, sappige verhalen betreft kwam ik die week op mijn werk wel aan mijn trekken. Carol leek te zweven, en hoewel ze niets losliet en elke vraag naar George met een vriendelijk 'flikker op' afdeed, waren de tekenen duidelijk. Ze was tot over haar oren verliefd.

Ook in Lucy's leven was er een nieuwe man. Jean-Marc was een schat en na alle toestanden met Mickaël dacht ik dat ze wel aan iets rustigers toe was. Hoewel ook zij weinig losliet, nam ze me de dag na ons gezamenlijke borreltje apart en vertelde ze me dat Jean-Marc haar een enorme bos bloemen had gestuurd.

'Echt heel mooi...' had ze blozend gezegd.

Zo schattig!

'Heb je hem nog gesproken?'

Ze keek me ondeugend aan. 'Ik ben gisteren toch eerder weggegaan?'

'Ja.'
'Ik ben met Jean-Marc uit eten gegaan,' zei ze met een glimlach die bij elk woord breder werd.

Ongelofelijk! Wat was ik, een contactbemiddelingsbureau of zo? Dit liep volledig uit de hand! Lucy en Jean-Marc, Carol en George, Monica en Mario (hoewel dat anders was) en Albert en Juan (nóg anders, maar toch kon je zeggen dat ze elkaar 'gevonden' hadden).

'Wat fantastisch!' riep ik, naar behoren enthousiast.

'Ja, best wel, hij is heel aardig...' Ze reageerde heel wat kalmer dan ik. 'En de bloemen zijn zo mooi, je zou ze moeten zien!'

'Dus jullie zien elkaar nog?'

'Ja, hij komt me morgen ophalen...'

'Geweldig!'

'Ja, best wel...'

Zodra ik thuis was belde ik Jean-Marc. Ik kon niet bepaald direct naar informatie vragen, dus ik hengelde wat, maar dat leverde niets op. Ik moest me erbij neerleggen dat ik niet te horen zou krijgen wat hij voor haar voelde, ook al werd ik daar helemaal gek van.

Ze waren de volgende dag uit eten gegaan. Jean-Marc was haar van haar werk komen ophalen, had haar meegenomen naar een heel goed restaurant en haar vreselijk in de watten gelegd, tenminste, zoiets zei ze.

Ik zag aan Lucy's gezicht dat ze helemaal opbloeide. Ze vond het heerlijk verwend te worden, en ik genoot. Het arme kind had een lijdensweg achter de rug met die pad van een vriend van haar, en nu had ze via mij haar prins gevonden.

De enige voor wie ik het heel zielig vond was Albert. Hij was zich terdege bewust van de romance die tussen Lucy en mijn vriend opbloeide en ik verontschuldigde me bij hem dat ik haar aan Jean-Marc had voorgesteld.

'Doe niet zo gek. Ik heb nooit gedacht dat het iets zou worden tussen ons.'

Het klonk zo triest, maar toch hoorde ik in zijn lage, zangerige stem geen zelfmedelijden. Enkel aanvaarding.

'Weet je, Albert, je vindt wel iemand,' troostte ik hem.

'Dat betwijfel ik...'

'Natuurlijk wel! Zoiets moet je niet zeggen!'

Maar misschien had hij wel gelijk. Misschien vinden sommige mensen nooit iemand. Misschien zat er voor Albert niet meer in het vat dan zijn demente moeder en zijn kat.

'Het geeft niet. Ik ben niet alleen... Ik heb mijn vrienden, mijn kat en mijn moeder.'

Nou geweldig! Zijn kat en moeder waren al oud en zouden spoedig vanaf hun wolkje op ons neerkijken, de een herkende hem heel af en toe en de ander was half kreupel.

'Eh, ja, ik weet zeker dat ze heel veel van je houden, dat moet je heel gelukkig maken,' zei ik, in een poging er een positieve draai aan te geven.

'Nee, zo bedoel ik het niet. Ik hou heel veel van hén. Dat maakt me zo tevreden.'

Tevreden? Hoe kon hij in 's hemelsnaam tevreden zijn? Ik was het in ieder geval niet en ik was van plan er alles aan te gaan doen om Albert aan de vrouw te krijgen. Het zou een hele uitdaging zijn, maar ook al zou ik het complete telefoonboek moeten afwerken en de vrouwen moeten smeken om met hem uit te gaan, lukken zou het me!

Onverwachte ontmoetingen

Op een dag vroeg ik Albert of hij na het werk meeging voor een drankje in een van mijn favoriete hotels. Ik had lekker gewerkt, karrenvrachten verkocht en nul komma nul fouten gemaakt met de kassa, dus ik was in een feeststemming en nodigde Albert uit om een cocktail te gaan drinken in de Ritz. Eerst stribbelde hij nog wat tegen, maar al snel bleek ik een stuk overtuigender dan hij.

'Weet je wel hoeveel dat daar kost?'

'Weet je wel hoeveel me dat niks kan schelen?' zei ik, zijn vergeefse argument in de kiem smorend. 'Luister, Albert, je hebt twee mogelijkheden: óf je gaat met me mee en je accepteert mijn uitnodiging, óf, en ik zweer het je, ik zorg er persoonlijk voor dat de rest van je leven een hel zal zijn!'

'O ja?' Hij lachte uitdagend. 'Hoe ga je dat doen dan?'

Er bleef me niets anders over dan mijn geheime wapen in de strijd te gooien en hem te kietelen. Het was om te gillen. Albert bleek uitermate gevoelig. Hij schreeuwde het uit en smeekte om genade, maar ik wist van geen ophouden.

'Wat is hier in vredesnaam aan de hand?' zei Junita, die kwam binnenstormen. 'Wat moeten de klanten wel niet denken?'

Albert en ik bleven stokstijf staan.

'Sorry, Junita. Ik wilde alleen maar dat hij iets met me ging drinken.'

Junita bleef streng en richtte haar blik strak op Albert. 'Nou? Waar wacht je dan nog op?'

Ik genoot. Hij had geen enkele keus.

Het was geweldig. Ik vroeg de ober om een tafel voor twee en in een oogwenk werden we aan een tafeltje geïnstalleerd. Jee, wat een fantastische tent was dit toch. Het was altijd al een van mijn favoriete gelegenheden geweest, maar ik was er in geen tijden meer geweest. Het was zo mooi. Het café naast de winkel waar ik met Lucy was geweest, was vies tegengevallen. Ik had op een soort van *Cheers* gehoopt, maar het bleek luidruchtig en vies, met onbeleefde barmannen. De Ritz was precies het tegenovergestelde. Het was rustig, de fluwelen gordijnen en het zijdeachtige behang straalden luxe uit, het personeel kende me nog en bovenal was het er heel erg schoon.

'Heel chic,' merkte Albert op, die zich kennelijk op dezelfde golflengte als ik bevond.

'Ben je hier nog nooit geweest?'

'Nee,' antwoordde hij zonder trots of schaamte.

'Waarom niet?'

'Weet ik niet. Te duur, neem ik aan.'

'Kom op, je kunt je altijd wel een kop koffie permitteren.'

Albert nam de menukaart en bestudeerde hem zorgvuldig. 'Weet jij wel hoeveel je verdient?'

Ik had geen idee, maar zag het verband niet tussen mijn salaris en een kop koffie.

Albert legde het me uit. Monotoon en zonder enige uitdrukking, maar hij drong wel direct tot de kern door.

'Voor twee koffie moet je een uur werken.'

Wat?

'Maar je krijgt er ook koekjes bij,' zei ik in een poging de zaak recht te trekken. 'En die zijn gratis...'

'Nou, laten we dan eens kijken wat ze nog meer hebben.' Hij staarde naar de menukaart. 'Ah, een biefstukje! Heb je hier wel eens een biefstukje gegeten?'

Ik knikte bevestigend.

'Dat komt neer op... een halve dag kleren opvouwen, besluiteloze klanten helpen bij het kiezen van kleding, of ze die nu nodig hebben of niet...'

'Maar dat vind ik allemaal leuk om te doen!' zei ik, hem onderbrekend.

'En ik vind biefstuk heel lekker, maar niet voor die prijs...'

Albert was onkarakteristiek razendmakend, zelfs een beetje brutaal.

'Albert, laten we iets afspreken. Jij bestelt hier een biefstuk en pas dan beoordeel je of je waar voor je geld krijgt of niet!'

'Nee echt, ik...'

Opnieuw hield ik mijn handen omhoog in de kietelstand, weigerend hem te laten ontsnappen. Albert was als de dood dat ik gek genoeg zou zijn om het te doen. Hij waarschuwde me streng om het niet te wagen, wat als een rode lap op een stier werkte.

Zo'n uitdaging laat ik niet zomaar links liggen. De situatie was inmiddels nogal hilarisch geworden en ons gegiechel begon de aandacht te trekken, toen ik een bekende stem achter me hoorde.

'Hallo Chloë...'

Mijn vrolijke bui was terstond verdwenen. Ik durfde niet op te kijken. Het enige wat ik kon doen was hopen dat ik het mis had.

Uit alle macht probeerde ik mijn trillende stem in bedwang te houden.

'Hallo paps...'

Albert redde de situatie. Toen noch mijn vader noch ik enig initiatief toonde, stond hij op en stelde zichzelf voor.

'Dag meneer Matthews, ik ben Albert Peterson. Wilt u misschien bij ons komen zitten?'

Pap keek me aan alsof hij mijn toestemming zocht.

Als een raar soort wraakactie maakte ik hetzelfde handgebaar waarmee hij mij altijd uitnodigde te gaan zitten.

'Hoe is het met je?' vroeg hij naar mijn welzijn. Voor alles is er een eerste keer.

'Goed...'

'Het is lang geleden...'

'Ja, dat is zo...'

Ik besefte dat ik hem op mijn beurt moest vragen hoe het met hem ging, maar hoe? Hoe staat het leven? Hoe gaan de zaken? Ga je terug naar mams? Of, belangrijker nog: mis je me? Het werd me ineens te veel.

Albert brak het ijs. 'Wilt u soms iets drinken, meneer?' vroeg hij.

'Daar ben ik wel aan toe, ja. Whisky-ijs.'

Geen alsjeblieft of dank je wel. Typisch.

Albert liep naar de bar om te bestellen, aandoenlijk onbewust van het feit dat hij alleen maar zijn vinger had hoeven opsteken. Hij kwam terug met de whisky en voor mij – de engel – een gin-tonic.

'Zal ik jullie dan maar alleen laten?'

'Nee!' antwoordde ik, iets te gretig.

'Blijf gerust zitten,' voegde vader eraan toe.

Albert keek wat ongemakkelijk, maar hij gehoorzaamde. Het was moeilijk mijn vader niet te gehoorzamen.

'Waar kennen jullie elkaar van?' vroeg mijn vader, de vraag niet specifiek aan een van ons gericht.

Ik besloot Albert te laten antwoorden. Mijn gedachten waren een zootje, ik wilde paps laten weten dat ik een baan had en iets zinnigs met mijn leven deed, maar ik had ook zin om hem te slaan. Of om mijn armen om hem heen slaan, ik wist niet meer wat. Maar beide gevallen hielden lichamelijk contact in, en dat kon niet.

'Van het werk.'

'Waarvan?'

'Van het werk. Chloë en ik zijn collega's,' verklaarde Albert kalm.

Paps reageerde geweldig. Hij was gewoonweg perplex.

'Werk?' vroeg hij uiteindelijk.

Ik lachte nerveus.

In één teug dronk hij zijn glas leeg. 'Nou, op je gezondheid. Wat een geweldig nieuws, Chloë. Vertel me er alles over. Sinds wanneer werk je? Waar? En wat doe je?'

'Albert en ik werken in de kledingbranche. We proberen zoveel mogelijk mensen onze kleren te laten dragen en, je weet wel, te laten kopen. Van ons. Zo verdienen wij ons geld, en zij krijgen kleren.'

Paps glimlachte. 'Wat fantastisch, lieverd.'

'Ik ben er heel goed in!'

'Dat geloof ik best.'

'Ik ben goed, hè Albert?'

'Heel goed,' beaamde hij.

'Daar twijfel ik geen moment aan, Chloë. Je hebt altijd al gedaan wat je in je hoofd had. Al vanaf dat je een klein meisje was wist ik dat je wat je maar wilde met je leven zou gaan doen. Je kon nog maar nauwelijks praten en je wilde al pertinent een halfuur te vroeg bij de kleuterschool afgezet worden, zodat niemand vóór jou dat kleine rode fietsje waar je zo dol op was kon pakken. Je hield de hele ochtend je plas op omdat je bang was dat een ander kind erop ging fietsen! En weet je nog dat je altijd wasknijpers in je haar wilde toen je klein was? Je vond ze prachtig staan! Je had de driftbuien moeten zien die je kreeg als iemand het in zijn hoofd kreeg ze eruit te halen! Ja hoor, het was vanaf het begin al duidelijk dat je een eigen willetje had.'

Wat moest ik hier nu van denken?

'Sorry,' zei ik, en stond op. 'Ik moet even naar het toilet.'

Ik had me snel uit de voeten moeten maken om te voorkomen dat ze de tranen over mijn wangen zouden zien biggelen.

Ik bleef heel lang op het toilet. Allereerst moest ik huilen. Vervolgens deed ik alsof het boeketje bloemen op de wastafel mijn vader was, en ik vertelde het precies wat ik allemaal dacht om mezelf te uiten (de enige veilige manier om dingen van je af te praten), en beleefde een vrij gênant moment toen ik iemand hoorde doortrekken en besefte dat ik niet de enige op het toilet was. Toen ik eenmaal was uitgehuild, had ik een klein eeuwtje nodig om mijn gezicht te restaureren. Mezelf vervloekend dat ik niet alle nodige middelen bij me had om dit goed voor elkaar te krijgen ging ik terug naar de tafel, met nog steeds opgezwollen ogen en een rood gezicht.

Aarzelend stond paps op.

'Zullen we een keer samen gaan eten, Chloë? Morgen misschien?'

'Ik weet niet of ik kan.'

Ik wist niet of ik wel wilde. Zelfs al was ik op een rare manier blij dat ik hem tegen het lijf gelopen was, ik voelde me er niet beter door.

'Overmorgen dan?'

'Dan moet ik toch even in mijn agenda kijken.'

Ik voelde dat hij teleurgesteld was en ik wilde het liefst mijn woorden terugnemen.

'Bel je me als je een keer een avond vrij bent?'

'Zal ik doen,' beloofde ik, allang opgelucht dat hij niet zoiets als 'nou ja, laat dan maar' had gezegd.

Hij boog zich naar me toe en gaf me een kus op mijn wang.

'Ik mis je,' fluisterde hij in mijn oor, net voor hij zich omdraaide.

Niets kon mijn tranen toen nog tegenhouden. Terwijl ik hem nakeek, wasten grote, zoute druppels de kus van mijn wang.

Albert was geweldig. Hij zei niet dat ik moest stoppen met huilen, maar overhandigde me een grote katoenen zakdoek. 'Hij is schoon,' zei hij vriendelijk terwijl hij bemoedigend in mijn hand kneep en me verzekerde dat alles weer goed zou komen.

Toen ik thuiskwam stond er een bericht van mijn vader op mijn antwoordapparaat. Hij zei dat hij graag wilde dat ik een keer langskwam, dat hij me wilde zien en of ik alsjeblieft wilde bellen wanneer ik er klaar voor was. Hij zei ook nog dat hij heel blij was dat hij me weer had gezien na zo'n lange tijd. Ik dankte God op mijn blote knieën – plotseling bereid te geloven in zijn bestaan en dat Hij voor me zorgde.

De volgende dag ontdekte ik al snel dat Albert niet bepaald discreet was geweest. Zodra ik de winkel binnen kwam lopen, haastte Junita zich naar me toe en zei me dat ze het hele verhaal over mijn vader had gehoord. De hele dag prees ze het belang van een goede familieband, vertelde me dat ze zelf nooit de kans had gehad om afscheid te nemen van haar ouders, dat ze achtergebleven waren in haar geboorteland en ten slotte zonder haar waren overleden. Dit ging, uiteraard, gepaard met veel kruisjes slaan en opfrissertjes aan God om vooral niet te vergeten zich over hen te ontfermen, maar ik voelde aan wat ze bedoelde. Familie is echt belangrijk. En God ook.

Lucy en Carol herinnerden me eraan hoe verdrietig ik was geweest toen ik had gehoord dat mijn ouders gingen scheiden en vonden dat ik het verdiende om met hen allebei een goed contact te hebben. Met enige wroeging besefte ik dat ik die scheiding alleen maar gebruikt had om mijn verdriet over Frank te maskeren.

'Dus jullie vinden niet dat ik mijn moeder verraad als ik bij hem op bezoek ga?'

'Natuurlijk niet,' zei Lucy, me aanmoedigend. 'Als je niet naar hem toe gaat, verraad je jezelf alleen maar...'

Wauw! Jean-Marc had een goede invloed op haar.

'Maar ik weet niet wat ik tegen hem moet zeggen...'

'Zeg gewoon wat je voelt, dat deed ik ook toen mijn ouders in scheiding lagen,' opperde Carol.

'Ja, maar jij was acht!'

'Nou, als een achtjarige het kan, kun jij het ook. Bel hem nu maar!'

Ze leken allemaal zo goed te weten wat ik moest doen en waren met z'n allen tegen mij.

'Maar hij is weggegaan!'

'Ja, maar hij is nog steeds je vader, en hij houdt van je en jij houdt van hem,' mompelde Albert.

'Hoe kun jij dat nou weten?'

'Dat kon ik zien.'

'Hoe bedoel je?'

'Ik kon het zien aan de manier waarop hij naar je keek.'

'Echt waar?'

'Ja, echt waar. En toen jij naar het toilet was gegaan vroeg hij me hoe het met je ging, of je gelukkig was. En hij kijkt naar je alsof je het mooiste meisje op de hele wereld bent.'

'Hoe is dat?' vroeg Lucy, niet helemaal serieus.

Albert deed acute pogingen mijn vader te imiteren, hetgeen me aan het lachen maakte, in weerwil van het dramatische moment.

'Dus jullie vinden dat ik hem moet bellen?'

'Ja!' was het eenstemmig antwoord.

'Oké, ik zal het vanavond doen...'

'Nee, nu meteen!'

'Nu?'

'Ja!' dramde Albert, heel on-Albertachtig, door.

'Maar wat nou als hij me vraagt om langs te komen?'
'Gaan, misschien?'
'Wil je dan met me meekomen?'
'Daar heb ik toch niets te zoeken?'
'Maar als hij daar nou met die stomme vriendin van hem is, dan zijn zij met z'n tweeën en ik in m'n eentje.'
Albert slaakte een zucht.
'Oké dan, als zijn vriendin er is, dan kom ik.'
'Maar hoe weet ik of zij er is?'
'Vragen, misschien?' antwoordde Carol, op dezelfde manier als Albert eerder had gedaan.
Het klonk allemaal heel verstandig, maar ik deed het nog steeds in mijn broek.
Ik wist echt niet wat ik moest doen.
'Bel hem nu maar...'

En dat deed ik dus. Zijn secretaresse vroeg me hoe het met me ging en zei dat ze blij was mijn stem weer te horen.
Mijn vader reageerde ook al zo lief.
'Pap, je zei toch dat je een keer met me wilde gaan eten?'
'Ja?'
'Nou, ik wil wel.'
'Fantastisch! Wanneer je maar wilt...'
Shit, ik wist niet wanneer ik wilde. Ik legde mijn hand over het spreekgedeelte en vroeg Albert wanneer.
'Vanavond,' zei hij.
De anderen knikten instemmend.
'Maar...'
'Geen gemaar. Vanavond!'
Ik had geen keuze.
'Zou vanavond misschien kunnen?'
'Ja, prima!'
Grote verrassing, want mijn vader is een drukbezet man.
'Wil je bij mij thuis eten of zullen we naar een restaurant gaan?' vroeg paps.
'Bij jou?'
'Goed...'
'En, eh... paps? Als je vriendin er ook bij is, mag ik Albert dan meenemen?'
'Natuurlijk mag je Albert meenemen. Maar wil je dan dat zij erbij is? Moeten we niet eerst eens praten? Met z'n tweeën?'

'Ja, misschien wel. Dus je vriendin is er dan niet bij?'
'Nee. Tenzij je graag wilt dat ze komt?'
'Nee, dank je. Zal ik dan maar in m'n eentje komen?'
'Oké.'
'Oké.'
'Tot vanavond!'
'Tot vanavond...'

Paps etentje

Het was echt heel vreemd om het nieuwe appartement van mijn vader binnen te stappen. Tot mijn grote verrassing woonde hij vrij dicht bij me in de buurt.

Het ging allemaal veel gemakkelijker dan ik had verwacht. Ik had me op het ergste voorbereid. Ik had het etentje al honderden keren in gedachten beleefd, had me alle vreselijke dingen die zouden kunnen gebeuren voor de geest gehaald, en was zelfs zover gegaan om een lijst met zorgvuldig uitgedachte oplossingen op lastige vragen en opmerkingen te maken. Maar zodra ik een voet binnen had gezet (de lijst veilig opgeborgen in mijn tas) bleek dat absoluut zinloos, want paps deed alsof er niets aan de hand was. In het begin althans. Hij had de deur met een stralende glimlach opengedaan en me hartelijk welkom geheten.

'Wat wil je drinken?'

'Een glas wijn?' vroeg ik.

'Dat moet je mij niet vragen, het is jouw drankje,' lachte hij.

'Wijn dan maar.'

'Een ogenblikje,' zei hij, en hij liep naar de bar om voor mij een glas in te schenken.

Het was vreemd om mijn vader dat zelf te zien doen. Misschien was hij bang dat ik een scène zou schoppen, maar er was geen butler te bekennen.

'Kijk eens aan...'

'Dank je...'

In stilte vervloekte ik mezelf dat ik wijn had gevraagd, want ik had een stevige wodka nodig.

'Dat was een aardige jongen die je bij je had,' zei vader.

'Vond je?'

'Ja, ik vond hem erg aardig.'

'Ik werk met hem...' rebelleerde ik, om hem duidelijk te maken dat Albert en ik geen 'stel' waren.

'Ja, dat zei je al...'
Geen negatieve opmerkingen. Hij deed duidelijk zijn best.
'Vertel eens. In welke winkel werk je?'
'Hardens...'
'Hmm, ken ik niet. Vind je het leuk?'
'Ja. Ik heb er veel geleerd!'
'Dat is mooi.'
'Ja... En jij, hoe gaat het met jou?'
'Met mij gaat het goed...'
'O, mooi.'
'Ja.'
Stilte.
'Zullen we gaan eten?'

Wonder boven wonder was het eten heerlijk. Bij ons thuis werd het hele eetgebeuren altijd door mijn moeder georganiseerd (begrijp me goed, zij gaf de orders aan de chef-kok door, dus stel je haar niet achter het fornuis voor) maar pap kon er blijkbaar ook wat van. Als voorafje had hij melone con prosciutto, waar ik dol op ben.

'Hmm, dit vind ik altijd zo lekker!'

'Weet ik.'

'O ja?' vroeg ik ongelovig.

'Natuurlijk!' zei hij, alsof het de gewoonste zaak van de wereld was.

Paps moest gedachten kunnen lezen.

'Ik weet dat ik veel van je jeugd heb gemist, maar van wat ik heb meegemaakt heb ik genoten,' merkte hij ernstig op.

Dit zou me gelukkig moeten maken, maar om de een of andere reden was dat niet zo.

'O...'

'Chloë, ik ben veel dingen gaan inzien.'

'Ik ook...'

'Zoals?'

Lastig... Ik dacht na over mijn antwoord, iets wat ik gewoonlijk niet doe, maar nu was het belangrijk. Ik dacht aan Albert, Lucy, Junita en Carol. Ik herinnerde mij mijn eerste ontmoeting met Johnny en hoe bang ik voor hem was geweest. In feite was ik voor ieder van hen bang geweest, behalve misschien voor Lucy. Frank kwam even in mijn gedachten, maar ik verdreef hem onmiddellijk.

Ik dacht aan de keren dat ik 's ochtends geen zin had om mijn nest uit te komen om naar mijn werk te gaan, of om op te vouwen, maar ook aan de pauzes in de keuken, wanneer er gezellig werd gekletst, en wat alles de moeite waard maakte. Toen wist ik het antwoord.

'Dingen over liefde...'

Jongensnogantoe, wat geweldig om dat uit mijn mond te horen. Het was voor het eerst dat ik echt had nagedacht over hetgeen ik had geleerd, en ik had de spijker op zijn kop geslagen.

Paps knikte instemmend.

'Ben je verliefd?'

Weer nam ik de tijd.

'Ja. Op mijn werk en op de mensen die daar werken.'

'Dat is prachtig! Ik kom graag eens een keer langs.'

Shit. Ik vond het fijn dat hij interesse toonde, maar de gedachte dat mijn vader Johnny zou ontmoeten bracht me nou niet bepaald in verrukking.

'Het hoeft natuurlijk niet meteen...'

Godzijdank! Maar lullig tegelijkertijd, want ik wilde niet dat hij dacht dat ik hem niet in mijn leven wilde toelaten. Daarom besloot ik hem iets heel persoonlijks te vertellen om het goed te maken.

'Ik ben ook echt verliefd geweest, weet je.'

'O ja?'

'Ja.'

'Ken ik hem?'

'Ik denk het niet.'

'Probeer eens,' zei hij met een glimlach.

'Frank.'

'O, Frank?' zei hij, alsof hij hem kende. 'En heeft Frank ook een achternaam?'

Ik moest lachen. 'Ja, maar die is vreselijk! Duffdorp!'

'Dat valt toch wel mee?' zei hij beleefd.

'Geloof me, niet als je twaalf bent! Ik zat met hem op school.'

Hij lachte en keek me aan. 'Je ziet er goed uit, Chloë.'

'Dank je... Jij ook.'

Verder dan dit kwamen we niet wat het tonen van onze gevoelens betrof. Maar het voelde goed.

'Vertel eens iets over Frank.'

'Hij is ontzettend slim, en aardig, en een beetje mollig, maar wel leuk. Het is wel gek, hij is niet echt superopwindend of geestig, maar ik vond het gewoon fijn om bij hem te zijn...'

'Vond? Wat is er dan gebeurd?'

'Ik weet het niet...'

'Nou ja, ik hoop in ieder geval dat het niet misgegaan is omdat hij geen rasechte komiek is. Wat moet je anders, met een stripfiguur trouwen?'

Ik wilde hem dolgraag zeggen dat ik het met hem eens was, en dat er van een huwelijk helaas geen sprake was geweest, maar ik wilde ook dat mijn vader een hoge dunk van me had, en wou niet toegeven dat ik aan de kant was gezet.

Stilte.

'De prosciutto is echt zalig!' zei ik nog maar eens.

'Dank je.'

Even later ging hij het hoofdgerecht halen en ik werd bijna misselijk van de aanblik van de eend die voor me werd neergezet. Jammer genoeg wist vader mijn grote liefde voor eenden zich niet meer te herinneren. In de vijver, welteverstaan, niet op mijn bord.

'Het spijt me,' fluisterde ik naar het arme dode dier dat ik zo zou consumeren. 'Het spijt me echt heel, heel erg.'

'Dank je, Chloë... Mij spijt het ook... Wil je me misschien iets vragen? Over de scheiding bijvoorbeeld?'

Jezus!

'Straks misschien...'

'Oké...'

We koeiden en kalverden onszelf door de rest van de avond heen. Pas op het laatst had ik voldoende moed om de belangrijke vragen op te werpen: 'Denk je dat mams en jij weer bij elkaar komen? Ben je nog steeds bij haar? Was het mijn schuld?'

Hij antwoordde respectievelijk: 'Nee. Ja. Chloë, je bent achtentwintig, natuurlijk niet!'

Van de eerste twee antwoorden wist ik het niet, maar zijn laatste antwoord was voor mij een pak van mijn hart.

'Heb je nog iets van mams gehoord?' viste ik, benieuwd of hem de roddels over haar en Henry al ter ore waren gekomen.

'Alleen via haar advocaat.'

Ik hoopte dat mijn moeder niet van plan was hem financieel uit te kleden. Ik gaf echt om mijn vader en wilde hem behoeden voor alle narigheid die een scheiding met zich mee kon brengen.

'Je kunt beter bij mams blijven, weet je.'

'Chloë, dat kan niet.'

'Toch zou het beter zijn.'

'Waarom?'

'Omdat je dan thuis zou kunnen blijven wonen en je geen alimentatie zou hoeven te betalen.'

‘Het gaat me niet om het huis, en je moeder betaal ik gewoon.’

‘Maar stel,’ zei ik voorzichtig, ‘dat je nieuwe vriendin ook geld wil en je niet meer leuk vindt als je geen cent meer hebt.’

‘Ik denk niet dat dat het geval zou zijn.’ toonde hij zich een echte man. ‘En als het wel zo is, ben ik beter af zonder haar.’

Dom, dom, dom. Ik had duidelijk meer *Cosmo*’s gelezen dan hij.

‘Maar ik meen het serieus. Stel dat je alimentatie na alimentatie moet betalen, en ze wil niet dat je met mij omgaat, en je komt erachter dat ze niet kan koken, en...’

‘Chloë, lieverd... Dat is onzin.’

‘Helemaal niet! Je moet me alleen even laten uitpraten!’

‘Chloë, schatje, ontmoet haar eerst eens. En besluit daarna wat je van haar vindt.’

Jakkes!

‘Je vindt haar vast aardig.’

Beelden van sletterige, op geld beluste blondines dansten voor me.

‘Ik weet het niet, ik denk het niet.’

‘Hoe kun je dat nu weten? Je hebt haar nog niet eens ontmoet!’

Interessant, wat hij daar zei. Inderdaad, ik had het rotwijf nog nooit ontmoet, maar toch was ik ervan overtuigd dat ze een rotwijf was. En ik wist ook wel dat dat nergens op sloeg, maar daar kon ik niet mee zitten.

‘Je hoeft toch niet te kiezen?’

‘Waartussen?’

‘Tussen je moeder en mij? Ontmoet Sadie nu maar, en als je haar niet mag, dan mag je haar niet.’

‘En dan?’ vroeg ik, in de hoop te horen dat hij haar dan zou verlaten.

‘Als je haar niet mag, dan zorg je dat je haar niet meer ontmoet.’

Fout antwoord.

Ik had er zo’n weekje over nagedacht toen ik tot de conclusie kwam dat ik mijn vader beter van zijn Boze Heks zou kunnen weglokken wanneer ik haar in levenden lijve zou ontmoeten. Als ik haar kende zou ik haar veel effectiever kunnen bekritiseren, en zou mijn vader tenminste echt naar mij luisteren.

Ik dankte God voor de ervaring die ik op mijn werk had kunnen opdoen om mensen in enkele seconden te doorgronden, en stelde me voor dat me dat ook bij ‘Sadie’ zou lukken. Ik had nooit eerder een ‘Sadie’ ontmoet... De enige die ik kende was Sadie van *The Bold and the Beautiful* en dat was ook een gemeen kreng.

Hmm... Stomme Sadie, Sadie de Slet, Sadie de Sloerie... Afijn, wat haar bijnaam ook zou worden, ik was er klaar voor.

Ik had er met Cynthia over gesproken. Ze kende geen Sadie van de club, dus de kans dat we deze vrouw onder de secretaresses of koffiejuffrouwen van mijn vader moesten zoeken was groot.

Cynthia was niet lang na het etentje met mijn vader bij me aangewipt. Het liep al tegen middernacht toen ze aanbelde, maar omdat ik haar al in geen tijden had gezien, vond ik het niet erg om de volgende dag moe op mijn werk te moeten komen.

'Ik ben zo blij dat je thuis bent! Iedereen was opeens weg, en ik kan nog niet slapen!'

Dat was duidelijk, ze stuiterde bijna tegen het plafond.

Het duurde even voor ik met mijn aandacht bij het gesprek was, want ik had al in bed gelegen en was slaperig, maar gelukkig kletste Cynthia voor twee.

'... en dan zie ik hem ineens met een andere meid! Dus ik liep naar hem toe en zei hoi, maar hij keerde mij de rug toe! Het was verschrikkelijk!'

Ik had het begin van haar verbale tornado niet meegekregen, maar nam aan dat het onderwerp van conversatie Tim, Jonathan of Karl was.

'En ik sta met Terry en Wift, en die zagen het ook! Toen wilden zij naar huis en niet feesten vanavond, maar ik wel, en Wift liet me daar gewoon achter!'

'Wie is Wift?'

Ze wierp me een waarschuwende blik toe om me bij de les te houden. 'Mijn nieuwe vlam.'

'Heet hij echt zo?'

'Jezus, weet ik veel, ik neem aan van niet.'

'Hoe lang ga je al met hem om?'

'Vijf dagen, maar het is heel heftig, we zien elkaar elke minuut van de dag, dus het is eigenlijk alsof we elkaar veel langer kennen. Hij is al bij me ingetrokken... Het is helemaal te gek.'

'Hij is bij je ingetrokken?'

'Ja. Het is geweldig!'

'Wat doet hij?'

'Hij is model. Je zou hem moeten zien, hij is waanzinnig. Hij heeft zo'n lekker stevig kontje, blauwe ogen en kuiltjes in zijn wangen, en...'

Cynthia ging helemaal op in haar beschrijving van 'Wift'. Ieder sproetje, iedere krul, elke spier werd beschreven, hoe ze elkaar hadden ontmoet, hoe intelligent hij was, alles moest ik tot in de details aanhoren, tot ze ineens begon te huilen omdat ze hem miste.

'Waar is hij nu dan?' vroeg ik. Als ze samenwoonden, hoefde ze alleen maar naar huis te gaan en tegen hem aan te kruipen.

'Weet ik niet.'

'Is hij dan niet bij jou thuis?'

'Nee.'

'Hoe weet je dat?'

'Daar ben ik net geweest.'

'Maar waarom is hij dan zonder jou weggegaan?'

Dat had ik niet moeten vragen. Ze wierp me een woedende blik toe, en ik begreep waarom. Die vraag zou ik ook niet op prijs gesteld hebben.

Lichtelijk gênant.

'Sorry...'

Ze gooide het over een andere boeg.

'Maar hoe is het met jou?'

'Goed! Ik heb het goedgemaakt met mijn vader, ik had hem al in geen vier maanden gesproken, dus dat werd wel tijd. Maar nu moet ik wel z'n vriendin ontmoeten.'

'Hoezo, móéten?'

'Nou ja, hij wil me aan haar voorstellen.'

'Luister, beste meid, híj is vertrokken, hij kan je tot niks dwingen! Ik heb mijn vaders vriendin ook ontmoet en ik wou dat het nooit zover was gekomen. We zijn praktisch leeftijdgenoten en ze wilde dat ik haar moeder noemde! Nou, die kon dus echt de boom in. Ik zou het niet nog eens doen, als ik jou was.'

'Jij zou het niet nog eens doen?'

'Als ik jou niet was, nee.'

Haar zinsvorming was niet helemaal wat het zou kunnen zijn, maar het was al laat en ik verdacht Cynthia ervan dat ze er een paar te veel op had. Vreemd genoeg gedroeg ze zich wel anders dan wanneer ze normaal gesproken dronken was. Maar wellicht leek dat maar zo omdat ik nu nuchter was.

Haar mobieltje ging, ze wisselde enkele woorden, zei toen dat ze weg moest, maar dat het leuk was me weer te hebben gezien. En na het wijze advies dat ik 'me door die trut niet op m'n kop moest laten zitten' vertrok ze.

Gezien haar haast ging ik ervan uit dat alles weer prima in orde was met Wift.

Hoewel we niet lang over paps' maîtresse hadden gesproken, nam ik haar advies ter harte. Ik zou Sadie niet toestaan de plaats van mijn moeder in te nemen en ik was zeker niet van zins me door haar de les te laten lezen. De volgende dag belde ik mijn vader om een afspraak te maken. Hij vond het geweldig.

Ik, daarentegen, werd overrompeld door zijn mededeling dat ze zojuist op zakenreis naar Tokio was gegaan. Sadie op zakenreis klopte niet. Afijn, misschien was ze de secretaresse van iemand anders...

Hij zei me dat ze over een week terug zou zijn en dat hij het fijn vond als we elkaar zouden ontmoeten. Ik zei dat ik er net zo over dacht.

Dat had hij gedroomd.

Iedereen had heel aardig gereageerd op de manier waarop het etentje met paps was gegaan, en de woorden 'dat had ik je toch al gezegd' werden niet gesproken.

Alleen Junita zei poeslief: 'Zie je nou wel dat je nergens bang voor hoeft te zijn. Niemand bijt!'

Misschien moest ik haar eens aan mijn moeder voorstellen.

Ik stond net op het punt over Sadie te gaan vertellen toen, tot mijn grote verbazing, Cynthia binnenviel. Ze zag er belabberd uit. Haar haren zaten helemaal in de war, haar mascara was uitgelopen en haar wangen leken nog meer ingevallen.

'Hé, schat!' riep ze luidkeels.

Junita en ik keken elkaar aan. Wat was dít in vredesnaam?

'Kom, loop maar even met me mee,' zei Junita tegen Cynthia, in een poging haar bij de klanten weg te krijgen.

'Maar ik wil met Chloë praten!' Ze barstte in een onbedaarlijke lachbui uit.

Ik stond versteld. Misschien voerde ze opnieuw haar manisch-depressieve act van de laatste keer op, maar als dat zo was, dan kon ze nu beter stoppen.

Junita keek me met ingehouden woede aan. 'Neem haar onmiddellijk mee naar de keuken. Nu!'

Ik trok Cynthia de keuken in, waar ze zichzelf bijna op de schoot van een geschokte Albert liet vallen.

'Cynthia, wat is er aan de hand? Speel je nog steeds voor gek?'

'Ja, ik ben gek, hartstikke gek!' lachte ze. 'Ik hou van je, Chloë. Ik hou zoveel van je! Je bent mijn beste, allerbeste vriendin!' Ze probeerde me te knuffelen maar verloor haar evenwicht.

'Hoe lang is ze al aan de drugs?' fluisterde Albert in mijn oor.

'Doe niet zo raar, ze heeft ruzie met haar vriend gehad!' fluisterde ik terug.

'Nee, ze is onder invloed...'

'Helemaal niet, hou je mond!' verdedigde ik mijn vriendin.

Ik wendde me tot Cynthia.

'Liefje?'

'Ja!' Ze keek me met een grijns van oor tot oor aan. 'Wat?'

'Gaat alles wel goed?'

'Ja, hoezo? Zie ik er zo gek uit dan? Zeg op! Zie ik er gek uit?'

'Alleen een beetje gespannen, dat is alles. Heb je zin in thee?'

'Ja, lekker,' zei ze ineens weer poeslief.

Ik zag Albert vol afkeuring kijken.

'Hoe is het gisteren met Wift afgelopen?' vroeg ik, meer om haar gedrag te verklaren dan om een antwoord te krijgen.

'O, weet ik veel...'

Ik keek naar Albert, alsof ik wilde zeggen: 'Zie je wel? Ze heeft gewoon verdriet!', maar hij reageerde niet. Hij liep enkel naar Junita en stelde voor dat ik Cynthia naar huis zou brengen en haar een slaappil zou geven. Althans, ik dacht dat ik ze daarover hoorde smoezen.

Carol kwam de keuken binnen.

'Hoi! Haha!' groette Cynthia.

Carol groette terug, nam mijn vriendin een moment aandachtig op en verliet toen meteen weer de keuken.

'Helemaal naar de klote!' hoorde ik haar zeggen.

Junita riep me apart en beval me Cynthia naar huis te brengen. En ze mekkerde maar door dat ik haar ouders dingen over drugs moest vertellen. Ik kon maar niet geloven dat ze zo bevooroordeeld waren en afstandelijk deden. Er was toch zeker wel een andere verklaring dan drugs? Schijn bedriegt...

Ik deed echter wat ze me had gevraagd. Ik bracht Cynthia naar huis, ook al was het onder luid protest. Hier had iemand een nieuwe werkster nodig, dat was duidelijk. Haar appartement was vervuild en een complete puinhoop. Halfvolle glazen, overal kleren op de vloer en de glazen salontafel was zo stoffig dat ik er op sommige plekken niet eens doorheen kon kijken. Bovendien hing er een muf luchtje in de kamer. Kennelijk eiste Wift al haar aandacht op.

Het was nog een hele toer haar in bed te krijgen. Ze liet me steeds beloven dat ik zou blijven en haar niet alleen zou laten. Op een gegeven moment smeekte ze zo erbarmelijk dat zelfs ik begon te geloven dat ze aan de drugs was. Ik vermoedde dat iemand iets in haar glas had gedaan. En daarna was ze vast naar mij gekomen voor hulp.

'Weet je wie het in je glas heeft gedaan? Of waar?' probeerde ik.

Maar het enige antwoord dat ik kreeg was gesnurk. Ze was compleet uitgeteld.

Op de nostalgische toer

Monica en ik stonden voor het apenverblijf. We waren al een halfuur in de dierentuin en ik zat in de penarie.

Het probleem was dat Mario zich uitermate normaal gedroeg en Monica begon te twijfelen aan zijn geestelijke vermogens. Of liever gezegd, onvermogen. Hij had nog niet gesproken of gelachen op die eigenaardige manier van hem, waardoor hij ineens angstwekkend doorsnee leek. De enige meevaller was dat zijn haar belabberder dan ooit zat, zó erg dat zelfs Johnny er iets van had gezegd.

Grootmoedig had Monica het voor hem opgenomen. 'Maak je geen zorgen, iedereen weet toch dat mensen zoals hij moeilijk haar hebben,' fluisterde ze in Johnny's oor.

Gelukkig reageerde hij er niet op.

Ook stond ze erop dat ze alles voor ons betaalde, met de overduidelijke bedoeling Mario vreselijk te verwennen. Toen liep het pas goed mis, want Mario had geen gepaste reacties op ijsco's en lolly's. In het geheel niet. Hij zei dat hij al een gigantische lolly had en bood haar aan om, zoals hij dat stelde, aan zijn hoorntje te likken. Dat was allemaal nog niet eens zo erg, zij het dat hij er erg dubbelzinnig over deed. Monica had alle begrip voor het feit dat hij, net als andere mensen, zijn seksualiteit aan het ontwikkelen was, maar voelde zich toch wat ongemakkelijk toen hij zijn lusten op haar begon bot te vieren. Op een bepaald moment werd het zo erg dat ze mij ermee confronteerde.

'Weet je wel zeker dat hij eh... niet goed is?'

'Nou, Monica! Alleen omdat hij niet zo snel van begrip is als wij, wil dat nog niet zeggen dat hij niet goed is!'

'Nee natuurlijk, ik bedoelde niet...'

Maar Mario zelf kwam met het beste verweer. Monica had nog maar net haar zin afgemaakt toen Johnny en Mario van het toilet terugkwamen. Mario sloop tot vlak achter haar en joeg haar de stuipen op het lijf door keihard in haar oor te brullen. Toen kreeg hij de apen in de gaten en begon hij, zichzelf onder zijn oksels krabbend, als een kleuter heen en weer te springen om hun aandacht te trekken.

Monica's twijfels over zijn handicap waren op slag verdwenen.

Ik was er helemaal zeker van toen een toezichthouder naar ons toe kwam om Mario te vragen zich een beetje in te houden en de apen niet op stang te jagen (waarvan de een hem het liefst leek te willen vermoorden en de ander hem te willen bespringen). Monica nam de toezichthouder even apart en bracht hem op de hoogte van Mario's toestand. De man bedaarde, maar drukte ons nogmaals op het hart hem zoveel mogelijk in bedwang te houden. We verlieten het apenverblijf, maar alleen nadat Mario een paar obscene gebaren achter de rug van de toezichthouder om had gemaakt, naar hem had gespuugd en een paar halfslachtige bewegingen naar de apen had gemaakt, waardoor de opgewonden aap zichtbaar verhit werd.

'Kijk, mama, die aap heeft vijf poten!' hoorde ik een kinderstemmetje zeggen toen we op het punt stonden te vertrekken.

'O ja, inderdaad. Nou, laten we maar gaan, lieverd.'

'Hij kan er niets aan doen, hoor,' mimede Monica naar de geschokte omstanders.

Onze volgende halte was het reptielenverblijf. Persoonlijk vind ik dieren zonder poten altijd heel griezelig, maar mijn angst was niets vergeleken met die van Mario. Hij durfde het gebouw niet eens te naderen. Toen Monica zag hoe bang hij was, ging ze naar hem toe om hem gerust te stellen. Ze zei dat hij niet naar binnen hoefde als hij niet wilde en gaf hem een stevige, troostende knuffel. Helaas vatte Mario dit als een uitnodiging op om in haar billen te knijpen. Monica trok zich los en draaide zich met het schaamrood op de kaken van hem af, maar de blik die ze me toewierp stelde me gerust. In haar ogen was hij absoluut compleet 'anders dan anderen'.

Johnny en ik maakten een snel rondje door het griezelkabinet. Alle reptielen en slangen waren ontzettend smerig en spannend tegelijk. Johnny lachte om mijn angst, maar nog steeds had ik het gevoel dat hij me constant aan het observeren was. Ik begreep niet waarom hij zoveel tijd nodig had. Hoe lang duurde het gewoonlijk om tot een promotie te besluiten?

Over één ding maakte ik me echter zorgen. Misschien had hij ontdekt dat ik uit een welgestelde familie kwam en wilde hij me geen promotie geven omdat ik geen opslag nodig had.

Ik wist dat ik een gesprek met hem moest hebben om uit te leggen dat, af en toe, de behoefte aan een uitdaging belangrijker is dan de behoefte aan geld. Vlak voordat we het slangenparadijs verlieten, verzamelde ik al mijn moed en vroeg hem of ik hem spoedig een keer alleen kon spreken.

Hij waardeerde mijn initiatief en ging stralend akkoord.

Toen we naar buiten stapten, regende het. Monica en Mario stonden te schuilen onder een grote parasol en Monica leek compleet over haar toeren.

'Kan ik je even spreken?' zei ze, nadat ze me haastig tegemoet was gekomen.

'Tuurlijk. Wat is er?'

We gingen een eindje van Johnny af staan.

'Het spijt me heel erg... en ik weet niet hoe ik dit moet zeggen... maar Mario blijft me maar in mijn billen knijpen! Ik weet dat hij er niks aan kan doen, en ik vind hem zo lief en ik hou echt van hem, maar dit gaat gewoon niet.'

Perfect! Geen twijfel meer mogelijk, Mario was over en uit, Monica had haar goede daad gedaan en nu moesten we snel maken dat we uit die ellendige dierentuin wegkwamen.

Monica kreeg een spontane migraineaanval, ik stond erop haar veilig en wel naar huis te brengen en Mario was meer dan tevreden met de afscheidsknuffel die hij van haar kreeg, vooral toen ze geen bezwaar maakte dat hij voor een allerlaatste keer aan haar billen zat...

De rest van de dag bracht ik met Monica door. Het was gezellig. We gingen naar haar huis, ze kon het nog niet aan om alleen te zijn.

'Weet je, ergens voel ik me zó schuldig. Ik had er zo graag voor hem willen zijn. Hij zocht contact met me... Bij mij vond hij iets waar hij behoefte aan had.'

Inderdaad...

Ik liet haar een tijdje doorratelen. Ze had dit moment van eigenwaarde nodig. Ik vond het zielig voor haar dat ze vriendinnen als Isabelle en Marla had, en verder waarschijnlijk niet veel inhoud in haar leven.

'Ben je gelukkig, Monica?' vroeg ik in een poging onze band hechter te maken.

'Natuurlijk, hoezo?'

'Laat maar... Hoe is het met Marla?'

Hier werd ze een stuk enthousiaster van. 'O kind, hou op! Herinner je je die jongen nog met wie ze jouw partijtje verliet?'

Mijn partijtje? Pardon?
'Ja...'
'Ze heeft met hem gedingest! Diezelfde avond nog!'
'Nee!'
'Jawel!'
'O, schei uit! Hoe kon ze?'
'Ik begrijp het ook niet. Toen ik haar ernaar vroeg, vertelde ze dat hij een heel groot ding heeft!'
'Dat meen je niet!'
'Jawel, echt waar!'
'Wat walgelijk!'
'Zeg dat wel!'
'En gaat ze nog steeds met hem om?'
'Ik denk het.'
'Neemt ze hem mee naar de club?'
'Doe niet zo mal... Wat is er trouwens van dat vriendinnetje van hem geworden?'
'Lucy? O, die maakt het goed! Ze gaat nu met Jean-Marc,' zei ik trots.
'Dat meen je niet!'
'Jawel, ik heb ze samen gezien en ze zijn heel schattig met elkaar. Ik ben heel blij voor hem, trouwens, hij was zo verliefd op mij...'
'En heb jij hem nooit leuk gevonden?'
'Nee, te saai.' Ik boog me naar haar toe. 'Wil je nog een nieuwtje horen?' paaide ik.
'O, ja!'
'Oké dan... George en Carol,' fluisterde ik, alsof ik een staatsgeheim verklapte.
'Wát?'
'Mmm.'
'O, hou op! Ik geloof het niet! Cárol?'
'Jazeker.'
'Weet je het zeker? Hoe ben je erachter gekomen?'
'Ze heeft het me zelf verteld.'
'Nee! Heeft ze het je zelf verteld? Ik kan me niet voorstellen dat ze zóiets heeft gedaan,' zei ze, met *zoiets* George bedoelend, duidelijk kenbaar makend dat *zoiets* heel vies was, terwijl ze heel goed wist dat ikzelf *zoiets* ook had gedaan.
'Hoe bedoel je?'
'Niks, laat maar. Ik kan het gewoon niet geloven,' zei ze, nu iets voorzichtiger, en terecht.

'Je weet toch dat ik ook wat met hem heb gehad?'

'Ja maar schat, dat bedoelde ik niet!' zei ze vlug, zich er terdege van bewust dat ze zich op gevaarlijk terrein bevond. 'En trouwens, ik heb nooit begrepen waarom je met hem omging, je had gemakkelijk iets beters kunnen krijgen...' Excuses aanvaard. 'Bovendien was jij niet getrouwd!'

'Maar zij ook niet!'

'Frederic?' hielp ze me herinneren.

Ik begon te lachen. 'Dommerd, ik bedoel Carol, mijn zakenpartner!'

'O kind, hou op! Mijn hemeltje!'

'Zeg dat wel.'

'Kun je je voorstellen dat ik aan Caroline dacht?'

'O hou op, schei uit!'

Ik wist dat ik mezelf had voorgenomen om dit deel van mijn leven achter me te laten. Het was dom en oppervlakkig, maar o, o, o wat amuseerde ik me. Het kostte me geen enkele moeite om weer te vervallen in het lege geklets, het voelde zo vertrouwd! We bleven maar doorbabbelen over iedereen die we kenden, en ik had veel in te halen. Gedurende de hele roddelpartij was ik in de zevende hemel en gilde het uit alsof de dag van morgen niet bestond. Ik werd pas bang toen Monica voorstelde iets te gaan eten. Mijn hart maakte een sprongetje toen ze de Ritz noemde, maar ik wist dat ik moest weigeren. Als ik mijn voornemen om mijn oude leventje los te laten trouw wilde blijven, moest ik verstandig zijn. Met Monica naar de Ritz gaan, vooral na de roddelpartij die we achter de rug hadden, was de duivel verzoeken. En ik wist dat ik de verleiding niet zou kunnen weerstaan.

Blijf je vrienden trouw

's Maandags na het weekend wilde iedereen alles over Cynthia weten. Wat gebruikte ze? Hoe lang deed ze het al? Hoe kwam ze aan het geld? Mijn pogingen om hen ervan te overtuigen dat iemand iets in haar drankje had gedaan waren vergeefs.

'O, kom nou toch,' hield Albert vol. 'Zie je niet hoe ze steeds met haar tong doet!' Hij imiteerde de manier waarop ze over haar tandvlees wreef. 'En had ze niet de hele tijd een druipneus? Dat is geen drankje waarmee geknoeid is, en dat weet je zelf ook wel.'

Hij had zijn mening duidelijk gemaakt en ergens wist ik het ook wel. Maar ik wilde het niet weten. Cynthia was zo'n goede vriendin voor me, en de laatste maanden was vriendschap heel belangrijk voor me geworden. Dankzij mijn vrienden was ik nu min of meer over Frank heen. En toen Frank alleen nog maar een vriend was geweest, was hij degene die me het fijne over werk had geleerd. En als ik geen werk had gehad, zou ik mijn collega's niet hebben leren kennen, die er op hun beurt weer voor hadden gezorgd dat ik opnieuw met mijn vader in contact was gekomen. Het was één grote cirkel, en wie wist wat voor kettingreactie een ontbrekende schakel daarin zou kunnen veroorzaken? Het was van groot belang dat Cynthia bleef.

Carol dacht daar anders over. 'Ze is niet echt een vriendin van je, weet je... Oké, sorry dat ik je dit moet vertellen, maar ik heb George naar die drugstoestand gevraagd en hij zei dat ze een onwijze stofzuiger is. Hij zei ook dat ze voor geen cent deugt. Sorry...'

'Hoe kan hij dat nou weten?'

Carol aarzelde.

'Nou, zeg op!'

'Oké...' Ze gaf zich gewonnen. Maar ik vertel het je omdat je aardig bent. Zo gek als een deur, dat wel, maar aardig. George vertelde me dat ze hem probeerde te versieren toen jij met hem was.'

'Wát?' Ik was oprecht verbaasd.

'En die keer dat ze hier in het keukentje was, zei ze niet zulke aardige dingen over je,' zei Albert meelevend, hoewel de opmerking er niet minder pijnlijk door werd.

Cynthia? Mijn bondgenote, mijn beste vriendin? Ik dacht terug aan de keer dat dat 'George versieren' zou moeten zijn gebeurd. Ze had Karl net ontmoet en was helemaal weg van hem geweest. Absoluut onmogelijk dat ze George zou hebben proberen te versieren. Dat mocht hij willen!

Ik ging er diplomatiek tegen in. 'Dat moet een misverstand geweest zijn.'

'Misschien,' antwoordde ze onverstoorbaar. 'Ik wou het alleen maar even zeggen.'

Nou, het was gezegd. Zij mochten haar niet, ik wel. Cynthia was altijd heel behulpzaam geweest en ik wilde haar vriendschap niet verliezen. Ik kwam achter iets belangrijks, die dag. Dat als Cynthia wél een probleem met cocaïne had, ik haar niet zou laten vallen. Het was niet zo dat mensen vergeten moesten worden als ze onvolmaakt bleken te zijn. Ik kon ze helpen. Het was voor het eerst in mijn leven dat ik hier écht achter stond.

Ook nu weer dankzij mijn vrienden...

Erop gebrand om deze kersverse wijsheid met de wereld te delen, nam ik mezelf voor het hier eens met mijn vader over te hebben.

Ik wipte na mijn werk bij Cynthia langs om te zien of alles goed met haar was. Pas na een paar keer bellen deed ze open om me, met tegenzin, binnen te laten.

'Luister, Wift is er, dus als je het niet erg vindt...'

'Wat leuk! Dan kan ik me even voorstellen. Ik ben zo weer weg...' Ik worstelde me naar binnen, omdat ik er zeker van wilde zijn dat alles goed met haar was. Bovendien had ik nog nooit een mannelijk model ontmoet.

Halleluja! Hij lag op de bank en wat ik zag mocht er zijn. Het was duidelijk dat hij zich thuis voelde. Afstandsbediening in de ene hand, de andere stevig in zijn kruis. Hij bleek niet erg beleefd, stond niet op om zich voor te stellen en mompelde alleen maar 'hoi'.

'Ik ben Chloë.' Het leek me slimmer hem geen hand toe te steken, gezien de verblijfplaats van zijn rechterhand.

Onverstoord door mijn aanwezigheid bleef hij naar *Beverly Hills 90210* kijken.

'Ik ben Cynthia's beste vriendin,' probeerde ik.

'Vet.'

'Ik heb veel over je gehoord...'

Voor het eerst keek hij op. Weliswaar eentiende van een seconde – een ruime schatting – maar het was een begin.

Ik bestudeerde hem nauwlettend. Het was werkelijk een plaatje. Zijn huid was olijfkleurig, ogen lichtblauw en hij had de donkerste wimpers en wenkbrauwen die ik ooit bij een man had gezien. Zijn gespierde borst was in een T-shirt gewurmd (God bestaat toch!) dat enkele maten te klein voor hem was. De aanblik van zijn torso hield de belofte in van een chocoladereep, stevige borstspieren, misschien een beetje borsthaar, en... O shit, zo mocht ik niet denken! Dit was de vriend van mijn beste vriendin.

'Nou, leuk je te ontmoeten...'

'Ja, jou ook. Hé, wil je een keer met z'n allen uit?'

'Goed. Lijkt me leuk!' Ik nam zijn aanbod aan en voelde me direct schuldig dat ik hem een paar seconden geleden nog onbeleefd had gevonden.

Zijn aandacht was alweer volledig op het scherm gericht.

'Tot kijk!'

'Ja...'

Ik trof Cynthia in de badkamer aan. Wift en zij gingen uit en ze deed onmenselijke pogingen er goed uit te zien.

'Ik heb hem gezien. Wat een stuk!'

'Vind je?' zei ze, terwijl ze een dikke laag eyeliner opbracht.

'Zeker weten...' Ik wist niet wat ik moest doen, ze gaf me niet echt het gevoel dat ik welkom was.

'Wat doe je vanavond aan?'

'Nieuwe jurk...'

'Mooi... Zeg, ik zal je alleen laten, dan kun je je optutten. Alles goed verder?'

'Ja, waarom zou het niet goed met me zijn?'

'Ik wou het alleen maar even weten. Je scheen gisteren een beetje de kluts kwijt.'

Ze draaide zich verbaasd om. 'Gisteren?'

'Ja, gisteren. Op het werk!'

Ze staarde me even nietszeggend aan en barstte toen in lachen uit. 'Ach natuurlijk, gisteren! Dacht je soms dat ik dement aan het worden was?'

Daar had ik even niet van terug.

Hoewel ik een moment twijfelde of ik het moest aansnijden, deed ik het toch. 'Ik maakte me ongerust. Je kwam een beetje, eh, vreemd over...'

'Ja, ik voelde me niet zo lekker.'

Ik probeerde het met een grapje. 'Het leek wel of je aan de drugs was!'

'Echt waar?'

'Geintje...' Ik wilde haar niet kwetsen. 'Maar als er iets is, vertel je het me toch, hè?'

'Vanzelfsprekend!'

Ik vertrok met een gerust hart.

Ik probeerde mijn collega's er nogmaals van te overtuigen dat Cynthia prima in orde was, maar tevergeefs.

'Het zal wel,' was het enige wat Carol erop te zeggen had.

Albert zei helemaal niets en Junita bleef bij haar standpunt dat Cynthia niet meer in de winkel mocht komen.

Ik begreep niet waarom ze zo koppig moesten zijn. Met name Junita. Als ik een leidende positie zou hebben, zou ik er alles aan doen om mijn personeel tevreden te houden. Van mij zou iedereen langs mogen komen om mijn personeel gezelschap te houden, zolang het werk er maar niet onder leed. Tijdens de lunchpauze, bijvoorbeeld. Maar in plaats daarvan zaten wij met elkaar opgescheept in die vreselijke keuken. Ik mocht de anderen, dat was het niet, maar een beetje frisse wind zo nu en dan zou geen kwaad kunnen. Hetzelfde gold voor de keuken zelf. Als ik het voor het zeggen had, zou ik hem onmiddellijk opnieuw gaan inrichten. De ruimte straalde werkelijk niets uit. Hoe konden wij versterkt uit onze pauze komen als we door plastic meubilair werden omringd? Als ik hier de baas was, zou ik een warme, rustige omgeving scheppen. Een goede baas had hart voor haar mensen.

Op dat moment viel bij mij het kwartje. Al die tijd had ik lijdzaam op mijn promotie gewacht. Maar hoe kon Johnny mij een hogere functie geven als ik niet duidelijk maakte wat ik voor het bedrijf kon betekenen? Ik moest actie ondernemen...

Wie zijn billen niet wil branden, moet uit de keuken blijven

Ik was goed voorbereid. Ik had foto's van modelkeukens uit tijdschriften als *At Home* en *Country Mansion Magazine* geknipt, van onze keuken foto's genomen en uitvergroot, en ik ging mijn collega's een complete presentatie geven.

De avond ervoor had ik Johnny gebeld om hem op de hoogte te stellen van mijn plannen voor een vergadering. Die ochtend riep ik iedereen bij elkaar en vroeg hun om na het werk nog even te blijven. Het was interessant te zien hoe verschillend ze reageerden. Johnny was verrukt over mijn initiatief, Junita was beledigd omdat ik aan haar gezag voorbijging, en de anderen vroegen zich alleen maar af waarom ik in vredesnaam een vergadering wilde beleggen en deden geen enkele moeite hun ergernis over het feit dat ze langer moesten blijven te verbergen, vooral Lucy, die haar afspraak met Jean-Marc om naar de bios te gaan niet wilde afzeggen.

Gelukkig was ik door Johnny gemachtigd de vergadering verplicht te stellen, anders zouden we nooit iets voor elkaar krijgen in die tent.

Voordat ik hen binnenliet had ik de keuken geprepareerd en had hem doen lijken op een stafvergaderingkamer, zoals die die Melanie Griffith had gehad in *Working Girl*. Ik had de tafel tot vlak bij de muur gemanoeuvreerd en net genoeg plaats overgelaten zodat ik er nog achter kon staan. Met alle stoelen naast elkaar voor de tafel en vier uitvergrote, ingelijste en onder lakens verborgen foto's op piëdestals naast me, was het de volmaakte opstelling.

Toen ik ze binnenliet, leken ze behoorlijk onder de indruk. Ik had mijn haren nog snel in een knot gedraaid, de aanwijsstok op tafel gelegd en sprak met gezag.

'Ik heb jullie vandaag allemaal bijeengeroepen om de kwaliteit van onze werkomgeving ter discussie te stellen. We weten allemaal dat we in de huidige situatie voldoen aan de minimale eisen van de vakbond. Maar mijn vraag aan jullie, mijn kameraden, is: willen wij minimaal zijn? Nemen we genoegen met middelmatigheid? Ik vraag jullie, zijn we tevreden met wat we hier om ons heen zien?' Ik verhief mijn stem zoals ik mensen op televisie had zien doen, terwijl ik op de kale, beschimmelde muren wees.

'Hier, beste mensen, brengen we elke dag een halfuur door. Dat is drie uur per week. Twaalf uur per maand! En dat is maar liefst honderdvierenveertig uur per jaar! Beseffen jullie dat dat gelijkstaat aan achttien werkdagen?' Ik haalde diep adem. 'En waar brengen we die door?' Ik draaide me om, trok het laken van een van de piëdestals af en onthulde de foto van de keuken 'nu'. Ik had de zaak een beetje genept en expres een heel slechte foto genomen, rommelig en met alle tl-buizen op volle sterkte. 'Híér!' verklaarde ik met minachting. 'Híér zitten we dus honderdvierenveertig uur per jaar! Vinden jullie dit een uitnodigende omgeving? Willen we hier eigenlijk wel zijn? Ik denk van niet...'

Weer een pauze, om mijn woorden te laten inwerken en het dramatisch effect op te voeren.

'Maar ik heb een droom! Ik droom van werken in een comfortabele omgeving! Dames en heren... ik presenteer u... mijn droom!' Theatraal trok ik de lakens van de drie laatste piëdestals zodat de ene schitterende foto na de andere zichtbaar werd.

Trots stond ik daar, omringd door foto's. Het contrast tussen de tl-buizen, plastic meubels en kale muren enerzijds en het luxueuze eiken, kandelaars en bloemen anderzijds kon niet scherper. Iedereen met een greintje verstand in zijn hoofd zou het met me eens moeten zijn.

Ik was erg tevreden over mezelf. Van de speech die ik had voorbereid, was ik halverwege de draad kwijtgeraakt, maar ik had me door passie laten leiden. Ik had geen idee waar mijn woorden vandaan waren gekomen, maar ze leken vanzelf uit mijn mond te rollen. Terwijl de adrenaline nog door mijn bloed pompte, probeerde ik mijn blik opnieuw scherp te stellen.

Onbewogen zaten ze daar naar me te kijken. Behalve Junita, die nogal zuur keek. Maar dat was te verwachten, want ze had dit onderwerp zelf lang geleden aan de orde moeten stellen.

'Nog vragen?' vroeg ik om ze tot actie te manen.

Carol kwam als eerste met een reactie. 'Hoe kom je aan die prachtige foto's?' vroeg ze met een brede grijns.

Ik vertelde waar ik ze vandaan had gehaald en legde uit dat ze slechts dienden als voorbeeld voor wat wijzelf zouden kunnen maken.

'En wie gaat dat betalen?' vroeg Johnny cynisch.

Maar ik was voorbereid. 'Nou, dat is nu het mooie van mijn plan. Het hoeft allemaal niet veel geld te kosten. Neem die bloemen hier bijvoorbeeld...' Ik wees met mijn stok op de foto met het enorme boeket. 'Wie zegt dat dit levende bloemen moeten zijn? We kunnen net zo goed een bos bloemen kopen, ze laten drogen en ze inspuiten met een bloesemgeurtje, zodat we er voor eeuwig plezier van kunnen hebben.'

'En de rest?'

'Van hetzelfde laken een pak! Albert, jij bent toch goed in timmeren? In plaats van dat we mensen inhuren om een keuken te plaatsen, kan Albert het zelf doen! En als wij hem allemaal helpen, is het zo gebeurd.'

'En waar haal je die keuken vandaan?' vroeg Lucy.

'Ik heb thuis nog een oude,' loog ik, mezelf voorhoudend dat het een investering zou zijn. 'Nog meer vragen of opmerkingen?'

Johnny verleende alle medewerking. 'Zolang het mij niets kost en de werkzaamheden na sluitingstijd plaatsvinden, vind ik het allemaal best.'

Het was me gelukt! Met Johnny aan mijn kant kon Junita me onmogelijk nog tegenhouden.

'Lucy?'

'Ik vind het best zoals het is, maar als het voor jou zo belangrijk is...'

Teleurstellend. Een klein beetje meer enthousiasme had haar gesierd. Carol had nog steeds een grijns van oor tot oor op haar gezicht. 'Fantastisch! Werkelijk een fantastisch idee! Albert, timmer er maar op los jongen!' Ze klopte hem op zijn knie.

Dit ging richting de reactie waar ik op had gehoopt.

'Albert?'

'Eh... Ik weet eigenlijk niet, eh...'

'Wat, je weet eigenlijk niet wat?' flapte ik er onbedoeld vinnig uit.

'Nou, ik ga op zondag altijd naar mijn moeder...'

'Daar vinden we wel een oplossing voor,' zei ik sussend.

En die zouden we ook vinden. Het was aardig van hem dat hij zijn moeder zo vaak bezocht, maar welbeschouwd herkende zijn moeder hem bijna nooit. Dus eigenlijk zou praktisch iedereen bij haar op bezoek kunnen gaan en doen alsof ze haar zoon of dochter waren. En ik wist dat dat hard was, maar dat was de beslissing van de natuur geweest, niet de mijne. Zelfs ík zou kunnen gaan. Zou het nu werkelijk enig verschil maken? Ze zou het niet merken, Albert zou eens uit de sleur komen en ik zou extra aardig zijn en bloemen, chocola en wat al niet meer voor haar meenemen. Het had alleen maar voordelen.

'Junita?'

Ze keek me nauwelijks aan.

'Nog vragen?'

Het bleef stil. Dat was een misselijke streek van haar, want toen ze weggingen, hoorde ik haar tegen Carol zeggen: 'Ach, nu schiet me opeens een vraag te binnen. Van welke planeet komt ze eigenlijk?'

Jaloezie...

Johnny ging als laatste weg en ik vroeg hem nog heel eventjes te blijven. Hij zei dat hij onder de indruk was van mijn presentatie. Gelukkig had hij niet dezelfde onzekerheidsproblemen als Junita. Voor het geval dát (hetgeen ik eigenlijk ook bij Junita had moeten doen), complimenteerde ik hem, zodat hij zich niet overschaduwd zou voelen. 'Wat ben je toch een geweldige baas dat je me dit hebt laten doen,' zei ik smachtend.

De arme man wist niet hoe hij het had. Een klein complimentje en hij bloosde al.

'Dus je vond de presentatie goed?'

'Ik vond het erg goed.'

'Fijn, daar ben ik blij om! Gaan we nog eten samen?'

Hoe eerder ik om promotie vroeg, des te beter.

'Jazeker!'

Perfect.

Althans, dat dacht ik. De volgende dag zei Junita recht in mijn gezicht dat ze mijn idee belachelijk vond en dat ik naar een psychiater moest gaan.

'Johnny was dolenthousiast,' wierp ik tegen.

'Niet zozeer over je idee, maar meer...'

'Pardon?'

Ik had nooit met Johnny geflirt of iets anders gedaan wat niet door de beugel kon en ik kon deze insinuatie niet op prijs stellen. Tenzij een bezoekje aan de dierentuin met zijn arme, achterlijke broer niet door de beugel kon.

Junita sloeg haar ogen ten hemel.

'De anderen vonden het ook goed.'

Weer sloeg ze haar ogen ten hemel. 'Ze willen niet ontslagen worden. Zoals je misschien wel eens gehoord hebt, meisje, hebben sommige mensen een maandelijks inkomen nodig.'

Nou ja! Eerst beschuldigt ze me ervan dat ik een verhouding met Johnny heb en vervolgens verwijt ze me dat ik rijk ben! Ik heb er echt niet om gevraagd om in een welgestelde familie geboren te worden, dus dit was pure discriminatie.

Ik draaide me om en stapte hooghartig op de eerste persoon af die ik zag. 'Carol, zeg eerlijk, wat vond je van mijn plan gisteren?'

De anderen waren om me heen komen staan, behalve Lucy, die een klant hielp.

'Fantastisch! Ik wou dat we er eerder aan gedacht hadden!'

Ik wierp Junita een snelle, veelbetekenende blik toe.

'Ik persoonlijk verheug me er in elk geval op om mijn geld uit te geven aan plastic bloemen, mooie kopjes en borden! Zullen we een blauw servies nemen? O, trouwens, ik zag pas een kristallen glazenset... Als we nu allemaal ongeveer een weeksalaris bijdragen, kunnen we de helft ervan aanschaffen.'

Weer dat gezeur over salaris! Bovendien klonk ze me iets té opgewonden. Maar ik wist een probleem ongedaan te maken.

'Ik heb thuis nog een set glazen over. Die kunnen we ook nemen. Niemand hoeft geld uit te geven.'

'Oké, goed dan... En Albert, jij vindt het niet erg om hier een paar weekends door te brengen?'

'Nee, maar ik moet natuurlijk wel mijn huishouden doen en mijn moeder bezoeken...'

'Wacht eens, ik kan mijn werkster naar jouw huis sturen, dus dan hoef je je daar geen zorgen over te maken. En wat je moeder betreft...'

Ik probeerde mijn plan uit te leggen, maar nadat ik had gezegd dat zijn moeder toch het verschil niet zou zien tussen hem, mij of de koningin van Engeland, werd hij echt boos. Zijn gezicht werd vuurrood en hij begon te trillen. Die arme Albert leed duidelijk aan een moedercomplex.

'Maar ík zie het verschil wel,' antwoordde hij, terwijl hij zijn uiterste best deed zich te beheersen.

Even was ik bang dat hij zou exploderen, of me zou gaan slaan, dus probeerde ik het goed te maken. 'Natuurlijk weet jij het verschil wel. Ik zeg toch ook niet dat je het niet weet. Laat mij het toch eens van je overnemen, ik zal echt goed voor haar zorgen.'

'Ik wil niet dat je zo over mijn moeder praat!'

'Ik zeg toch niet dat ze gek is of zo!'

'Ik moet nu naar buiten...'

Dat leek me een goed idee; het leek erop dat er een paar schroefjes in zijn hersens werden losgerammeld. Maar nog steeds begreep ik niet wat ik verkeerd had gezegd. Wat was nou zo vreselijk geweest?

Junita maakte gretig gebruik van de situatie door demonstratief met haar hoofd te schudden, alsof ze de hele wereld wilde vertellen wat een vreselijk mens ik was.

Zelfs Carol, die toch eerder zo enthousiast over mijn plan was geweest, keerde zich tegen me. 'Een beetje meer respect zeg!' zei ze, zonder enig respect voor mij, terwijl ze wegliep.

'Maar...' Ik snapte er niks van en ik wilde het haar uitleggen, maar ze was al verdwenen.

Ik liep naar Lucy toe, die net klaar was met haar klant.

'Heeft ze veel gekocht?'

'Twee vestjes,' antwoordde ze toonloos.

Dat was nu precies het verschil tussen hen en mij. Ik had meer hart voor de zaak, ik zou alles in de strijd gegooid hebben voor die verkoop.

'Is dat alles?'

'Ze kwam alleen maar even binnen om te kijken...'

Ik liet het maar zo. Ik wilde niet ook bij haar in een slecht blaadje komen.

'Gaat het wel goed met je?' vroeg ik.

'Ja, hoor. Hoezo?'

'Ik weet het niet, je lijkt een beetje somber...'

Ze slaakte een diepe zucht. 'Ja, zo voel ik me ook. Tussen Jean-Marc en mij gaat het niet zo goed.'

'Wat? Is hij niet lief voor je?'

'O jawel. Het is een lieverd, maar dan belt Mickaël weer en...'

'Je gaat toch niet weer naar hem terug, hoop ik?'

'Nee, dat niet,' zei ze weinig overtuigend.

'Wat is er dan?'

'Ik weet het niet, het is zo snel gegaan met Jean-Marc... Ik was eigenlijk nog niet klaar voor een nieuwe relatie. Het is niet goed om van de ene boot in de andere te springen, je moet eerst wat rondzwemmen, weet je wel?'

Nee, dat wist ik niet.

'Ik was in mijn gedachten nog zo met Mickaël bezig dat Jean-Marc eigenlijk geen eerlijke kans heeft gekregen. Ik blijf steeds maar vergelijken en dat is niet goed.'

'Wat ben je nu van plan?'
'Ik ga het uitmaken, denk ik...'
'Met wie?'
'Met Jean-Marc.'
'O nee!'
'Ik weet het, hij is ontzettend lief. Maar ook wel een beetje saai.'
'Ach ja, je moet je gevoel volgen...' zei ik toepasselijk.
'Dat is aardig van je. Bedankt.' Ze gaf me een kneepje in mijn hand.
Ik was opgelucht dat in ieder geval Lucy zich niet tegen me had gekeerd.

Dat dacht ik althans, want na de lunch kwam ze briesend van woede op me afstuiven.
'Wat heb jij tegen Albert gezegd?'
'Niets...'
'Wel waar! Vooruit, zeg op.'
'Niets. Ik wilde hem alleen maar helpen met zijn moeder en hij heeft mijn voorstel helemaal verkeerd geïnterpreteerd.'
'Je kunt maar beter met hem gaan praten, hij is in de keuken,' zei ze koeltjes.
'Maar echt! Hij liep van me weg voordat ik de kans kreeg het uit te leggen. Je kent me toch? Ik zal nooit iemand met opzet pijn doen!'
'Ga dat maar tegen hém zeggen.'

Ik schraapte al mijn moed bij elkaar en liep naar de keuken. Carol zat naast Albert met haar arm om hem heen geslagen. Toen ik binnenkwam, wendde hij zijn hoofd af. Geen van beiden zei iets. Het was doodeng.
'Het spijt me heel erg, Albert, dat ik je pijn gedaan heb...'
Geen reactie.
'Ik heb er dingen uit geflapt... Ik bedoelde het niet zo... Ik wilde alleen zo graag iets aan de keuken doen en...'
'Dat is het nou precies, Chloë! Jij wilt iets en daar moet alles en iedereen voor wijken, je moet in alles je zin krijgen. Hoe durf je me te vragen in de weekends te werken en mijn moeder alleen te laten?'
'Maar ik...'
'Ja, dat weet ik allemaal wel. Jij kunt ook langsgaan, of je werkster, of je portier kan het doen. Ze ziet het verschil toch niet, hè? Dat bedoelde je toch? Besef je wel dat we het over mijn moeder hebben? Heb je enig idee hoe het is om te moeten toezien hoe ze wegkwijnt,

iedere dag een beetje meer? Om te zien dat ze in haar bed plast? Om haar uit kleuterboekjes voor te lezen en te beseffen dat ze ze niet meer begrijpt? En toe te moeten zien dat ze, maar heel af en toe, een heldere bui heeft, en dan zo boos en beschaamd is over wat ze is geworden dat ze haar hoofd tegen de muur bonkt totdat ze bloedt?'

Hij had gelijk. Ik wist allemaal niet hoe dat was.

Hij was ontroerend terwijl hij huilde en zijn hart uitstortte. Maar toch was het niet eerlijk om mij er de schuld van te geven.

'Maar...'

Albert hief zijn hand op om me het zwijgen op te leggen.

'Ik weet dat het niet jouw schuld is,' aapte hij me na. 'Maar het zou fijn zijn als je iets meer rekening met anderen hield.'

'Het spijt me...'

'Het is al goed...'

'Ik was zo enthousiast en...'

'Weet ik.'

'Maar vertel nou alsjeblieft waarom jullie het hier eigenlijk niet gezellig willen maken? Het is in het belang van ons allemaal, niet alleen van mij...'

'Nou, dat zit zo. Ten eerste kan die hele keuken ons geen ene reet schelen,' sprak Carol voor haar beurt. 'Ten tweede ben ik niet van plan mijn goeie geld of vrije tijd te besteden aan klussen. Dat doe ik thuis niet en hier al helemaal niet.'

'Maar waarom heb je dat dan niet meteen gezegd?'

'Omdat mijn baas helemaal idolaat van je is en ik niet weer een jaar lang door hem aan het vouwen gezet wil worden.'

'Maar waarom?'

'Omdat hij gek op je is, uilskuiken!'

'Neeee...'

'Jaaaa...' zeiden Albert en Carol in koor.

Ik was er niet zeker van of dit het werk was van Junita of hun eigen verbeeldingskracht, en het kon me ook eigenlijk niet schelen. Ik was alleen maar blij dat ze niet meer boos op me waren. Ik verontschuldigde me nogmaals, en Albert accepteerde het. Maar hij zei er wel bij dat ik voortaan eerst tot tien moest tellen voor ik iets zei. Ik was het met hem eens. De anderen eveneens.

Maar in alle eerlijkheid vond ik nog steeds dat ik niets verkeerd had gedaan.

Schoon schip maken

Van het keukenincident had ik veel geleerd. Voornamelijk dat ik er in mijn eentje voor zou staan als ik iets wilde bereiken. Het was een harde les geweest.

De sfeer op het werk was bekoeld. Niet dat ze gemeen tegen me waren, ze stelden zich gewoon afstandelijker op. Behalve Lucy, die bejegende me nog altijd op dezelfde manier.

Ze praatte nog steeds over Jean-Marc en nam het zichzelf kwalijk dat het niets geworden was. Misschien was het het lot dat ze hem op het verkeerde moment had leren kennen.

'Weet je, misschien komt jouw tijd nog wel,' zei ik, in een poging haar op te beuren. 'Misschien komen jullie elkaar over een halfjaar weer tegen, of over een jaar, en dan ben je er misschien klaar voor.'

'Maar stel dat hij iemand anders ontmoet? Of dat hij me niet meer terug wil?'

'O kom op, die jongen is gek op je!'

'Weet ik... Maar ik ben bang dat ik het voorgoed bij hem verbruid heb.'

'Neem hem dan terug!'

'Dat kan ik niet.'

'Maar waarom niet?'

'Weet ik niet.'

Dit gesprek hadden we gemiddeld drie keer per dag, wat me uren gespreksstof over precies hetzelfde onderwerp opleverde, dag in dag uit. Het was ongelofelijk saai. Ik probeerde mijn eigen problemen met haar te delen, maar Lucy was niet goed in het geven van raad als het om ongewenste stiefmoeders ging. Ze herinnerde me er voortdurend aan dat ik de dingen op zijn beloop moest laten en geduld moest hebben, en dat ik moest afwachten hoe het zou gaan. Ik wilde haar dolgraag vertellen dat hetzelfde voor haar gold, maar hield mijn commentaar voor me, aangezien ik Alberts advies van nadenken voordat je iets zegt wilde nastreven. Ik werd steeds stiller.

Hoewel ik mijn uiterste best deed, gaven ze me geen kans. Ze bleven anders dan voorheen, hoe aardig ik ook was of hoeveel kopjes thee ik ook voor ze zette. Het werd zo erg dat ik er serieus over na begon te denken om mijn carrière op te geven.

Totdat ik op de perfecte oplossing kwam. De enige manier om het iedereen naar de zin te maken.

Ik zou de perfecte keuken installeren. In mijn eentje, zonder de anderen lastig te vallen. Een cadeautje van mij aan hen. Voor ons allemaal. En iedereen zou een persoonlijke verrassing krijgen. Voor Junita, die het moeilijkst terug te winnen zou zijn, zou ik een voetenbubbelbad laten installeren, zodat ze tijdens haar lunch de pijn in haar voeten zou kunnen verlichten. Voor Lucy zou ik een make-uphoek maken, met kammen en borstels, parfum, een weegschaal, alles waar een meisje van droomt. En om het nog magischer te maken besloot ik dat het een toverwand zou worden, zodat je op een knopje kon drukken en het meubilair de kamer in zou komen draaien. Carol zou zo'n hoofdmassageapparaat krijgen, hoewel ik moest toegeven dat ze praktisch nooit meer met een kater op het werk verscheen sinds ze met George omging. En dan was er Albert. Albert was moeilijk. Het enige redelijke waar ik op kon komen was een automatische schoenenpoetser, ook al vond ik dat wat slapjes. Ik had wel aan originelere dingen gedacht, zoals een constructie voor zijn kat maken, zodat hij hem mee naar het werk zou kunnen nemen zonder dat hij door de winkel zou kunnen rennen, maar dat idee had ik maar laten vallen, bang dat hij me ervan zou verdenken dat ik het voor zijn moeder had laten maken. Die scheen nogal klein te zijn.

Mijn plan zou in ieders voordeel werken. Zelfs in het voordeel van de winkel, want met zo'n keuken zou de waarde van het pand aanzienlijk stijgen. En natuurlijk ook voor mezelf. Ik zou ieders beste vriendin zijn en Johnny zou zien wat ik in huis had. En ik zou het helemaal zelf geregeld hebben.

Johnny had me nog een paar keer uitgenodigd voor een dineetje, gretig om eindelijk eens de formaliteiten van mijn promotie uit de weg te ruimen. Maar ik wilde dat het volmaakt zou zijn. Ik sloeg de uitnodiging af en legde hem uit dat ik met een speciale verrassing voor hem bezig was en dat dat dineetje tot daarna zou moeten wachten. Hij leek teleurgesteld, maar zag de verrassing helemaal zitten. Hij gaf me ook de vrije hand bij de inrichting van de keuken.

Ik had voor een afspraak gebeld met de architect die mij ook met de verbouwing van mijn appartement had geholpen. Hij stond verbaasd over de vele ideeën die ik voor zo'n kleine ruimte had, maar als geld geen rol speelde was alles mogelijk, zei hij. Ik berekende dat ik, nu ik werkte, wel iets extra's kon uitgeven. Hij nam de opdracht met genoegen aan, totdat ik hem vertelde dat alles tussen zaterdagmiddag zes uur en maandagochtend gedaan moest worden. Hij maakte bezwaar, maar ik hield voet bij stuk. Ik zei hem dat het móést gebeuren, ook al zou hij met twintig man aan de slag moeten.

Hij kwam die zaterdag toen ik de zaak sloot en bestudeerde de ruimte urenlang. Hij mat alles op, maakte tekeningen en kwam tot de conclusie dat mijn plannen onuitvoerbaar waren. Precies zoals het was gegaan toen ik hem had opgedragen een paar extra ramen in mijn appartement te plaatsen, dus daarover maakte ik me niet echt zorgen. Het was hem toen gelukt en het zou hem nu ook lukken.

Nu het hele keukenproject in de deskundige handen van Mr. Marcus lag, hoefde ik me geen zorgen meer te maken. Mijn vrienden zouden weer even gezellig worden als voorheen en mijn tree hoger op de ladder was verzekerd.

Het enige wat me nog restte was de ontmoeting met Sadie.

Kort voor de gevreesde ontmoeting was ik zo bang en onzeker over wat ik moest doen dat ik Cynthia belde voor hulp, maar ze was niet thuis.

Toen probeerde ik Caroline.

'O lieverd, dat lijkt me doodeng!' zei ze, nadat ik haar de situatie had uitgelegd.

Zover was ik ook al.

'En heb je haar nooit eerder ontmoet?'

'Nee, nooit...'

'Ken je iemand die haar kent?'

'Ik geloof het niet. Daar heb ik eigenlijk niet naar gevraagd.' Ik kon mezelf wel voor mijn hoofd slaan. Napoleon was toch zeker ook niet onvoorbereid ten strijde getrokken?

'Nou, het zal allemaal wel meevallen.'

Ik herken een loze belofte als ik er een hoor.

'Het zal in het begin wel vreemd zijn om je vader met een ander te zien, maar daar zul je wel aan wennen.'

Ze deed haar best me moed in te praten, maar het was tevergeefs.

Net voordat ik zou vertrekken, probeerde ik Cynthia nog een keer. Ditmaal nam ze wel op.

'Hoi, ik heb je al eerder geprobeerd te bereiken.'
'O ja? Ik kom net binnen.'
'Luister, ik moet zo weg, maar zeg me alsjeblieft wat ik moet doen. Het is bozestiefmoederdag!'
'Kun je niet afbellen? Dan kunnen we samen gaan lunchen!'
'Nee, ik moet haar ontmoeten. Op bevel van mijn vader.'
'Shit! Nou, in dat geval zou ik haar maar eens goed de waarheid vertellen! Dat is het enige advies dat ik je kan geven.'
Ik had mazzel dat ik een vriendin had die hetzelfde had doorgemaakt. En ik was niet van zins me te laten dwingen om 'mama' tegen haar te zeggen. Ik had al een moeder en één was meer dan genoeg.

Paps deed met een stralend gezicht open.
'Hoi, lieverd, hoe is het?'
'Goed, en met jou?'
'Prima! Ben je er klaar voor om haar te ontmoeten?'
'Jazeker!' antwoordde ik met optimistische hypocrisie.
Ik liep de zitkamer in en was onthutst. Op de bank zat geen twintigjarige, zoals ik had verwacht, maar een vrouw van in de veertig. De verwachte nepblondine had lang, donkerbruin haar, wild krullend, en was al een beetje grijzend. En ze had ongelofelijk sprankelende, grote groene ogen. Geen tijgerprint-catsuit of lakleer, maar een eenvoudige lange broek en mooie zwarte trui, waarvan ik meteen zag dat het een mix van kasjmier en zijde was. Eerlijk gezegd zag ze er buitengewoon aantrekkelijk uit. Bovendien scheen ze helemaal in paps' appartement te 'passen', wat me nog het meest verontrustte. Maar zo gemakkelijk liet ik me niet om de tuin leiden. Iedereen kon zich wel in leuke kleren steken, maar daarmee was je nog niet automatisch geldwolf-af.
Ik had gelezen over mensen die workshops volgden in hoe je een miljonair aan de haak kon slaan. Het schijnt dat je in een paar goede outfits moet investeren, je jezelf een goed accent moet aanleren en een paar titels voor je naam moet verzinnen, om je vervolgens naar de plekken te begeven waar je je tussen de rijken en machtigen der aarde kunt mengen. En dat kan iedere gegadigde.
'Chloë, dit is Sadie... Sadie... Chloë.'
'Hallo, leuk je eindelijk eens te ontmoeten.'
Nul punten voor originaliteit.
'Hoi.'
We gaven elkaar een hand en gingen zitten.
'Chloë, koffie of thee?' vroeg paps.

‘Alleen een glaasje water, alsjeblieft.’

Ik kon nu geen cafeïne gebruiken. Ik had het gevoel dat Sadie wist wat ze deed, dus ik moest mijn hoofd erbij houden om haar spel te kunnen doorzien.

‘Zo, waar heb je paps ontmoet?’

‘Op J.F.K. Airport, in de lounge van de Concorde.’

Bingo! Je mengen tussen de rijken en machtigen der aarde, daar had je het al! De lounge van de Concorde, dé plek natuurlijk om een rijke man tegen het lijf te lopen.

‘Ik schonk mezelf een kop koffie in en knoeide per ongeluk op je vaders pak. We raakten aan de praat en kwamen toevallig in het vliegtuig naast elkaar te zitten...’

Paps was niet blind, hij was oerdom. Liepen er nog steeds mensen rond die geloven dat iemand per ongeluk koffie morst? En ‘toevallig’ naast je komt te zitten ook nog?

‘... en toen bleek ook nog dat we allebei in het Carlyle overnachtten.’

Bewaar me!

‘Daarom stelde hij voor samen een taxi van het vliegveld te nemen...’

Hou op, alsjeblieft, hou op...

Mijn vader kwam terug met een dienblad met thee, water en koekjes.

‘Zo, dat heb je snel voor elkaar gekregen,’ zei ik tegen Sadie. ‘Zo braaf heb ik hem nog nooit gezien!’

Sadie glimlachte, stond op en excuseerde zich.

Mijn vader wendde zich tot mij. ‘Kijk je een beetje uit wat je zegt? Je bedoelt het vast als grapje, maar dat soort opmerkingen kunnen gemakkelijk verkeerd geïnterpreteerd worden. En ze wil graag dat je haar mag, dus wees een beetje voorzichtig.’

Bingo! Mijn vader had me niet beter op haar zwakke plek kunnen wijzen. Ik wist wat me te doen stond.

‘Tuurlijk zal ik voorzichtig zijn, paps.’

Sadie kwam de kamer weer binnen.

‘En Chloë, wat doe jij zoal in het dagelijks leven?’

‘O, heeft mijn vader je dat niet verteld?’

Weer een gegeneerde glimlach. ‘Eh, jawel, hij vertelde dat je in een winkel werkte...’

‘En nu wil je graag weten of hij je niet wat voorgelogen heeft? Dat is een goed begin,’ zei ik sarcastisch.

'Ik...'

'Grapje! Kijk, ik werk voor de kost...'

Sadie slikte wat ze ook had willen zeggen in en griste een koekje van het schaaltje. Nog even en ze zou exploderen, vermoedde ik.

'Wat fantastisch dat je op jouw leeftijd nog aan de koekjes bent!'

'Chloë!' waarschuwde een geërgerde paps

'Wat? O, dat bedoel ik als compliment! Het is fantastisch dat een oudere vrouw niet bang is om zichzelf te laten gaan. De meeste vriendinnen van mijn moeder letten op hun uiterlijk... Terwijl jij gewoon accepteert dat je, laat ik eens raden... vijftig bent?' overschatte ik haar leeftijd ruimschoots.

Paps wilde iets zeggen, maar zij legde hem het zwijgen op.

'Robert, ik denk dat Chloë en ik elkaar even onder vier ogen moeten spreken,' zei ze op bevelende toon.

'Weet je het...'

'Alsjeblieft.'

Zodra hij de kamer uit was, sloot ze de deur achter hem en leunde ertegenaan, mij aanstarend. Het was eigenlijk behoorlijk eng, zoals ze naar me keek. Was ik te ver gegaan?

Ze sprak nog steeds niet. Ik nam aan dat het mijn beurt was om iets te zeggen.

Ik besloot dat het geen kwaad kon als ik een beetje aardig tegen haar zou zijn.

'Luister...'

'Nee, jij luistert naar mij, kreng!'

'Pardón?'

'En kijk niet zo naar me. Wie denk je godverdomme wel dat je bent!'

Mijn hoofd tolde, mijn mond viel open.

'Je kunt niet zo'n toon tegen me aanslaan!'

'O nee?' Ze stond roerloos met haar handen in haar zij. 'En waarom niet?'

'Ik ben zijn dochter!'

'Is dat zo? Dat moet je me dan maar eens uitleggen, want ik heb je hier nog nooit gezien. Zoals ik het zie, heeft je vader alleen zijn sperma afgestaan en had hij daarna het idiote fatsoen om bij jou en die moeder van je te blijven, maar ik zie hier geen dóchter in deze kamer. Heb je ook maar íéts gedaan voor hem de laatste tijd?'

In mijn paniek kon ik niets bedenken.

'Hij heeft ook niets voor mij gedaan, dus...'

'Nee, natuurlijk niet, waarom zou hij? Dat zou ik ook niet doen. Ik kijk je aan en ik zie nou niet bepaald iemand die het waard is iets voor te doen. Sterker nog, ik zie niets. *Je bent niets!*'

Wat wás dit in godsnaam?

'Nou ja zeg, wat heb jíj dan ooit voor hem gedaan?' Ik ging in de tegenaanval, ervan overtuigd dat zij daar ook niets op te zeggen had.

'Ik bezorg hem elke dag een orgasme. En jij?'

'Mens, je hebt het over mijn váder!' schreeuwde ik.

'Ik heb het over géven. En jij en die trut van een moeder van je hebben altijd alleen maar genomen. Toen ik je vader ontmoette was hij zo dood als een pier, en ik ben degene geweest die hem weer leven heeft ingeblazen. Dankzij mij is hij weer terug in het land der levenden. Maar zoiets zie jij niet, hè? En dan heb je ook nog het lef om hier te komen, in míjn huis, en zo'n neerbuigend toontje tegen mij aan te slaan? Laat ik je één ding vertellen: ik ben met niks begonnen en nu heb ik honderd mensen voor me werken. Dat betekent dat ík verantwoordelijk ben voor het levensonderhoud van honderd gezinnen. *Ik* heb dat bedrijf gecreëerd. En dan durf jij me aan te spreken over "werken voor de kost"?'

'Maar dat doe ik.'

'Doe me een lol, dat stelt niets voor! Net zomin als jij, trouwens.' Ze keek me vol minachting aan. 'En doe je vader en mij een plezier, en kom pas terug als je in staat bent iets te geven...'

Ik was zo van de kaart dat ik niet meer helder kon denken.

'Zal ik je vader dan maar weer roepen?' Ze draaide zich om om de deur te openen.

Enkele ogenblikken later kwam paps de kamer weer binnen en sprak me verontwaardigd toe.

'Je hebt het recht niet zo tegen haar te spreken! Ik zal je je egoïstische gedrag vergeven, maar dit is dan ook echt de laatste keer. Ik hoop dat ze van zich afgebeten heeft...'

Hij hoopte dat ze van zich afgebeten had? Jezus christus...

Later hoorde ik meer over Sadie. Het bleek dat ze werkelijk vanuit het niets was opgeklommen. Ze kwam uit een gebroken gezin en werd later door haar echtgenoot mishandeld. Toen ze hem uiteindelijk had verlaten, had ze niets, helemaal niets. Ze was begonnen met het maken en verkopen van soep vanuit het keukentje van het opvangcentrum waarin ze terecht was gekomen. Met de hulp van de andere vrouwen had ze er een goedlopend bedrijf van gemaakt, dat ze Home Soups noemden. Ik kende Home Soups. Niet alleen vond ik hun wildepaddestoelensoep heerlijk, ik had ook over het bedrijf gelezen. Ze namen mensen in dienst die elders weinig kans maakten en bouwden blijf-van-mijn-lijfhuizen. Ze schonken liters soep aan kerken om onder de daklozen te verdelen.

Ik snapte er niets van. Het was het ultieme Assepoester-verhaal.

Maar nooit, zelfs in mijn stoutste dromen niet, had ik verwacht dat Assepoester zo'n trut zou zijn...

Op zoek naar mijn gat

Ze had echt iets in mijn leven veranderd. Het duurde een hele poos voordat ik over de eerste schok heen was – haar scherpe woorden echoden nog lang na in mijn hoofd – en ik zou er iets liefs voor over gehad hebben om het hele incident uit mijn herinnering te kunnen wissen. Maar dat lukte niet. Niet alleen omdat mijn vader zelden van haar zijde week, maar ook vanwege het hele Assepoester-gedoe. Want trut of geen trut, je kon niet anders dan de trut respecteren.

De tweede keer dat ik hun een bezoek bracht, met knikkende knieën en een bibberstemmetje, was ik vastbesloten de realiteit van 'haar' te accepteren.

Ze was, godzijdank, niet zo erg als de eerste keer. Ze negeerde me eigenlijk gewoon. Bij mijn derde bezoek, twee weken later, durfde ik zo ongeveer vaagjes te vragen wat ik kon doen om niet 'niets' meer te zijn. Ze antwoordde niet direct, maar mompelde iets in de trant van: 'Iedereen kan iets met zijn leven doen als ze maar van hun luie reet af komen.'

Ook al refereerde ik niet graag aan mijn achterwerk in die term, ik was wel opgelucht. Want 'iedereen' was inclusief mijzelf. Daar stond tegenover dat mijn frustratie alleen maar groter werd, want ik wás van mijn 'luie reet' af gekomen, ik wás opgehouden met nietsdoen, ik hád een baan.

In een vlaag van overmoed (en nadat ze voor de eerste keer naar me had geglimlacht – het was onze vijfde ontmoeting!) besloot ik het risico te nemen dat ze me nogmaals met de grond gelijk zou maken, en vroeg ik haar om advies.

'Tja, wat wil je doen met je leven?' vroeg ze me.

'Ik wil een geweldige carrière hebben.'

'Waarom?'

'Ik wil rijk worden.'

'Dat ben je al.'

'Dan wil ik nog rijker worden.'
'Waarom? Je zult het nooit allemaal kunnen uitgeven.'
'Maar dan kan ik het aan mijn kinderen nalaten,' hield ik vol.
'Die heb je niet.'
Een rake opmerking. Die maakte ze wel vaker, maar deze keer vond ik het niet zo erg. Instinctief wist ik dat ze het niet zei om me te krenken.
Dus zocht ik naar een andere invalshoek.
'Om een succes te zijn?'
'Geef een definitie van succes,' zei ze op bevelende toon. Vooral over succes was ze uitermate onbuigzaam.
'Dat je personeel onder je hebt?' Het was het enige wat ik kon verzinnen.
'Werkverschaffing, inderdaad, dat is een goeie... Maar heb je zelf een tijdje geleden niet iedereen die voor je werkte ontslagen?'
Even was ik bang dat ze ging zeggen dat ik iedereen weer in dienst moest nemen, maar gelukkig gebeurde dat niet.
'Er komt meer kijken bij succes. Mag ik je een goed advies geven?'
Ja, alsjeblieft.
'Weet wat je wilt in je leven. Ik bedoel, weet écht wat belangrijk voor je is. Anders kun je werken wat je wilt, maar als je niet weet waarvoor je het doet, wat je doel is, zul je nooit dat gevoel van voldoening hebben. Om gelukkig te zijn, geloof ik werkelijk dat je een zekere hoeveelheid kennis moet hebben van jezelf, je essentie, je dromen. En dán pas kun je je doelen gaan stellen. Nou ja, misschien niet iedereen. Sommige mensen zijn gewoon tevreden met wat ze hebben. Maar jij, mijn lieve Chloë, ik ben bang dat jij niet tot die categorie behoort.'
'Waarom niet?'
'Maak je geen zorgen, de meesten van ons behoren daar niet toe, en ik trouwens ook niet. Ik denk dat het veel te maken heeft met je jeugd. Sommige mensen zijn gewoon tevreden met hun leven en hebben al die idiote ambities niet. Misschien verheerlijk ik het verleden nu een beetje, maar ik denk bijvoorbeeld aan de mensen die zo'n honderd jaar geleden op het platteland woonden. Als hun vader bakker of boer was, werden zij dat automatisch ook. Niet erg opwindend natuurlijk, maar weinig druk. En daar bedoel ik niet mee dat geen keuze beter is dan een hele hoop, absoluut niet, maar het is ook vrij gemakkelijk om jezelf in al die keuzes te verliezen als je niet weet wat jouw reden om te leven is.'
'Maar ik wil niet zoals mijn moeder worden!'

'En dat is waarschijnlijk heel goed. Je hebt een bewust besluit genomen over je leven,' complimenteerde ze me. 'Maar dat betekent niet per se dat je gelukkiger wordt.'

Ik probeerde iets zinnigs te bedenken dat ik aan haar woorden kon toevoegen, maar ook al klonk iedere zin heel logisch, het geheel ontsnapte me.

'Sorry, hoor, ik zit half tegen mezelf te praten... Maar ik denk echt dat het iets heel belangrijks in het leven is. Ik zie zoveel mensen die op de automatische piloot staan, die gewoon dag in dag uit doorleven, gewoon omdat "het nu eenmaal zo is". Terwijl het leven zoveel meer te bieden heeft, zoveel leuker zou kunnen zijn! Als mensen zich maar op één doel zouden kunnen richten, op iets wat ze werkelijk die voldoening zou geven, en dan zouden werken om dat te bereiken.'

Ik was in de war, maar was het met haar eens. Ik besefte dat ik wist wat ik wilde, maar niet waarom.

'Ik geloof dat ik het andersom heb.'

'Hoe bedoel je?'

'Ik weet wel wat ik wil, maar niet waarom, in plaats van dat ik weet wat ik wil zonder te weten hoe. Of zoiets. Jeetje, ik weet het niet...'

Even dacht ze na.

'Je bedoelt zoiets als... dat je medicijnen inneemt zonder te weten welke ziekte je hebt?'

Het klonk goed, maar niet helemaal.

'Het is geen echte ziekte. Het is meer iets wat ontbreekt. Ja, het gevoel dat er iets ontbreekt. Een soort gat.'

'En je weet waar dat gat zich bevindt?'

'Nee...'

'Maar je weet wel waarmee je het wilt opvullen?'

'Ja!'

'Zou het dan niet logischer zijn om eerst meer te weten te komen over dat gat?'

Ja.

'Moet ik dan eerst de vulling eruit halen?' vroeg ik, bang om te ontdekken dat al het werk dat ik de afgelopen maanden had gedaan zinloos was geweest en dat ik helemaal opnieuw zou moeten beginnen.

'Dat hoeft niet per se. Het kan ook zijn dat de vulling die je al hebt precies de juiste blijkt te zijn. Of niet natuurlijk...'

Ik vroeg haar om nadere uitleg.

'Stel nou dat dat gat van jou als... een zwembad is! Dat zou je natuurlijk kunnen vullen met water. Geen enkel probleem. Maar als jouw gat zich in de aarde blijkt te bevinden, midden in een bos bijvoorbeeld, wat dan? Dan kun je het vullen met hetzelfde water, maar dat zal in de grond wegzakken en dan zit je nog steeds met een gat. Hoeveel water je er ook in gooit.'

Dit werd behoorlijk intens.

'Dus je bedoelt dat ik mijn gat moet vinden en ervoor moet zorgen dat de vulling ook werkelijk mijn gat vult.'

'Ja, zo zie ik het.'

Een paar minuten zaten we zwijgend over het leven na te denken. Ik geloofde in haar theorie, maar ik probeerde uit te vinden waar mijn gat zich bevond. Ik kwam er niet achter. Misschien zat ik helemaal fout.

'En wat nou als er iets gebroken is, in plaats van dat er iets ontbreekt?'

Ze wierp me – voor het eerst – een tedere glimlach toe. Het was geweldig. 'Je hoeft niet zo zorgelijk te kijken. Het zijn maar metaforen, het is niet alsof jij gebroken bent, of ontbreekt...'

Maar ik wist wel beter. In dat paar minuten durende gesprek was ik meer over mezelf te weten gekomen dan tijdens alle sessies die ik bij mijn psychiater had gehad. Ik wist niet hoe, ik wist niet waarom. Maar wat ik wel wist, was dat ik er alles aan zou doen om mijn gat te vinden.

De waarheid gebiedt me te zeggen dat ik nogal geobsedeerd raakte door die gat-theorie. Ik kon geen mens tegenkomen of ik vroeg me af of hij niet misschien de sleutel van mijn gat in handen had. Ik moest ook veel aan Sadie denken, waardoor ik me weer schuldig voelde ten opzichte van mijn eigen moeder. Ik had haar niet vaak meer gezien, en de weinige keren dat we elkaar hadden ontmoet, had ik me gefrustreerd gevoeld. Het leek alsof we alleen maar met elkaar praatten om het praten. En elke lunch kostte me zeker twee uur voorbereiding, want moeder zou ter plekke instorten als ik niet keurig gekleed, gekapt en opgemaakt ten tonele verscheen. In mijn gesprekken met Sadie, daarentegen, kwamen noch de sportschool en de club, noch het feit dat ik nog niet getrouwd was ooit ter sprake. Maar daar stond tegenover dat zij mijn moeder ook niet was. Over mijn moeder gesproken, zij was daar nog steeds erg goed in.

'Chloë, lieverd, ik hoor van Hernando dat je niet bent geweest?'

'Nee mams, dat klopt. Maar ik heb er wel aan gedacht,' voegde ik eraan toe om de klap te verzachten.

Ze keek beledigd. 'Dus ik neem aan dat je nog steeds die báán hebt?' Ze spuugde het woord uit alsof het iets buitengewoon smerigs was.

'Ja, nog steeds.'

'Nou, dat hadden we nooit verwacht...' Ze wendde haar blik af. Ik wist dat er moeilijkheden op til waren, want de gevreesde Julius Caesar-stijl was ingeslopen. Als mams kritiek ging spuien, kon je maar beter toegeven en je er verder niets van aantrekken. Mams had iets van een goed afgerichte pitbull wanneer ze haar zin niet kreeg. Vermomd als een keurig getrimd poedeltje, uiteraard.

'Zo hebben we je niet opgevoed.' Weer klonk het alsof ik in de goot was beland.

'Mama, het is gewoon iets wat ik wil proberen.'

'Nou, denk maar niet dat alleen jouw reputatie eronder lijdt! Iedereen weet het. En wie krijgt het steeds op haar bordje? Juist! Ik!'

'Mams, er komt nooit iemand van de club in de winkel, dus niemand kan het weten.'

'Nou, iemand heeft het toch doorverteld... Dat soort geruchten komen altijd ergens vandaan, toch?'

'Maar, mams, ik doe toch niets verkeerds? Als je wilt, kun je zelf eens komen kijken.'

Op het moment dat ik dat zei, had ik er al spijt van. Ik durfde er niet eens aan te denken hoe zo'n bezoek zou verlopen.

'En je haren...' vervolgde mams. 'En wanneer kom je weer eens naar de club? Iedereen vraagt zich af waar je bent, en er is een limiet aan de hoeveelheid smoesjes die een moeder kan bedenken.'

'Mams? Heb je paps wel eens een orgasme bezorgd?'

'Wát?' Ze greep haar tasje en haalde er een zakdoek uit om te voorkomen dat denkbeeldige tranen haar make-up bedierven. 'Ik moet nu echt gaan, Chloë. Dit kan ik niet accepteren. Blijkbaar ben ik mijn dochter kwijt!'

Waar had ze het nu weer over?

'Maar mams...'

'Nee, ik kan dit niet langer accepteren!'

'Maar...'

En weg was ze.

Ik deed mijn best haar te begrijpen, maar uiteindelijk had ik alleen maar medelijden met haar. Het leek me allesbehalve een pretje om helemaal alleen in dat huis met al die kamers te zitten. Maar ook al voelde ik me schuldig dat ik niet vaker bij haar langsging en geen betere band met haar had, ik kon niet beter doen dan ik deed. Mams wilde altijd alleen maar lunchafspraken met me maken en ik had maar twee middagen per week vrij. En de trieste waarheid was dat ik gewoon niet graag in haar gezelschap verkeerde.

Toen ik thuiskwam, ging ik op bed liggen en probeerde me voor te stellen hoe haar leven eruitzag. Zinloos, was het eerste woord dat in me opkwam. Ik vroeg me af wat ze leuk vond in haar leven. En ik wenste dat ik op een antwoord kon komen.

Eenmaal had ik met paps, heel kort, over de scheiding gesproken.

'Natuurlijk voel ik me schuldig,' had hij gezegd. 'Maar toen ik Sadie had ontmoet, wist ik... Ach, eigenlijk moet ik hier niet met jou over praten...'

Maar ik begreep wat hij bedoelde. Hij had zijn kans gegrepen. Hij had voor het geluk gekozen. Een manier om zijn gat te vullen was liefde en hij had geprobeerd dat te doen met mams. Een slechte keuze, maar het is nooit te laat om te veranderen.

'Ik begrijp het wel...'

Hij kneep in mijn hand. 'Dank je, lieverd.'

Ik begon te vermoeden dat ik misschien hetzelfde probleem had als mijn vader. Per slot van rekening was ik zijn dochter en vullingen voor gaten zouden erfelijk kunnen zijn. Dus toen ik Cynthia die avond belde en Wift aan de lijn kreeg, nam ik zijn uitnodiging voor een dubbele afspraak aan. Misschien was het tijd om nieuwe mannen te ontmoeten, thuis op de bank zou ik geen liefde vinden. We maakten een afspraak voor het weekend.

Ik voelde me een vrouw met een missie. Ik zou mijn gat opsporen, zelfs al zou ik erbij neervallen. Dagenlang kon ik aan niets anders denken. De enige onderbreking werd veroorzaakt door de installering van de keuken, die spoedig zou gaan plaatsvinden.

Mr. Marcus, de architect, had me ontelbare keren gebeld met vragen die een stuk minder interessant waren dan de existentiële kwesties die door mijn hoofd speelden.

'Wilt u liever een kunststoffen of een marmeren aanrecht, mevrouw?'

'Het beste.'

‘Oké, marmer dan... dat zal ik even noteren. En de kranen? Staal of goud?’

‘Het beste.’

‘Goud dus, een moment...’

Terwijl ik naar het gekrabbel van zijn pen luisterde, raakte ik geïrriteerd. De man deed er uren over. Wat was hij aan het doen, de bijbel aan het overschrijven?

‘Een normale of een design-kraan?’

‘Kan me niet schelen. Luister, doe maar wat u het beste lijkt en zorg dat het heel mooi wordt.’

‘Goed.’ Hij klonk beledigd. ‘Misschien een gouden kraan in de vorm van een zwaan...’ Krabbel, krabbel. ‘En hoe zit het met het budget?’

‘Doet u nu maar gewoon uw werk, Mr...’

Ik was zijn naam vergeten.

‘Mr, eh... Mr...’

‘Marcus.’

‘Juist, Marcus. Dag dan.’

‘En hoe zit het...’

‘Dag!’

Ik hing op. Het kwam zelden voor dat ik me zo onbeschoft gedroeg, maar Mr. Marcus haalde het bloed onder mijn nagels vandaan met al zijn vragen. De man nam zijn werk serieus, prima, maar daarom hoefde hij mij nog niet elke vijf seconden lastig te vallen! En hoe kon ik nu weten wat ik wilde? Ik wist het verschil niet tussen een stalen en een gouden kraan, behalve dan dat goud misschien mooier was. En als dat het enige verschil was, dan kon hij zelf wel kiezen.

Bij mijn volgend architectonisch avontuur zou hij niet meer van de partij zijn.

Mooie Pete

Ik had extra mijn best gedaan voor mijn afspraakje met Cynthia, Wift en zijn vriend, met wie ik geacht werd goed te kunnen opschieten. We hadden bij haar thuis afgesproken, om van daaruit naar Reds te gaan. Dat vond ik niet echt geslaagd, maar aangezien zij er erg veel zin in hadden, paste ik me aan. Bij Reds kwam voornamelijk 'cool' volk. Een hoop acteurs, zangers, rijke cocaïneverslaafden en fotomodellen. Vooral die laatste groep baarde me zorgen. Je in een ruimte bevinden vol beeldschone meiden die ook nog eens tien jaar jonger zijn dan jijzelf is niet echt bevorderlijk voor je ego.

Ik had mijn best gedaan een look te creëren waarmee ik niet uit de toon zou vallen. Maar hoeveel outfits ik ook had, ze leken me allemaal te chic en te netjes. Uiteindelijk koos ik voor een Donna Karan-jurk, de favoriet van het jaar ervoor. Hij was strak, kort, had een transparante rug en was als Jurk voor de Jacht gedoopt tijdens mijn lekker-viesperiode.

Mijn zelfvertrouwen was in volle bloei toen ik bij Cynthia aanbelde. Ik had mijn meest sexy jurk aan, was flink overstag gegaan wat make-up betrof en droeg mijn hoogste naaldhakken. Het was allemaal een beetje te, maar ja, het kwam dan ook niet elke dag voor dat een meisje met een mannelijk model uitging.

Cynthia had me verteld dat hij een of andere ondergoedreclame deed, waarna ik daadwerkelijk naar een warenhuis was gegaan om hem alvast eens goed te bekijken. Het was allemaal nogal onwerkelijk. Ik had Cynthia gebeld zodra ik op de herenondergoedafdeling was aangekomen en liet haar hem in detail beschrijven.

Toen ik hem uiteindelijk ontdekte (goddank, want als ik nog één verkoper had moeten zeggen dat ik alleen maar 'even keek', was ik door de grond gezakt), was ik ervan overtuigd dat het personeel dacht dat ik een vrouwelijke Vieze Man was, vooral toen ik opgewonden in de telefoon begon te gillen toen ik hem ten slotte in het oog kreeg. Hij zag er geweldig uit. Hij had een heel mooi gezicht met scherpe trekken, een krachtige kaak en lichtblauwe ogen. Gewoonlijk had ik niet zoveel met blond, maar deze was perfect. De foto liet weinig aan de verbeelding over. Met uitzondering van het deel dat bedekt werd door de slip die hij promootte, was hij geheel ongekleed. Schitterend. Mocht het gerucht kloppen dat modellen dom waren, dan vond ik dat niet erg. Deze jongeman had bicepsen die er zo strak uitzagen dat ieder gebrek aan intelligentie bij voorbaat al vergeven was. Ik keek nog eens goed en besefte dat hij wel een beetje jong voor me was. Maar toen zag ik die bicepsen weer en besloot dat leeftijd er niet toe deed.

Wift en zijn vriend zaten op de bank. In levenden lijve was hij nog aantrekkelijker. De aanblik benam me letterlijk de adem. Wift bleef zitten, maar 'hij' stond op.

'Pete... leuk je te ontmoeten,' zei hij, zich met een charmante glimlach voorstellend.

'Chloë.' Ik durfde hem nauwelijks aan te kijken. Hij was zo fantastisch dat ik bang was dat ik zou gaan blozen, of stotteren, en ik deed mijn best niet in zijn ogen te kijken. Mijn god, die ogen! Ze waren van het helderste blauw dat ik ooit had gezien. Pete was bovendien een stuk beter opgevoed dan Wift, die bleef zitten en mijn aanwezigheid enkel erkende met een minuscuul knikje. Zo onbeleefd. Cynthia moest hem echt eens een beetje opvoeden.

'Kan ik wat te drinken voor je inschenken?' gaf Pete het juiste voorbeeld.

'Nee, dank je.'

'Weet je het zeker?'

'Misschien een wodka...'

'Dat klinkt al beter! Wift?'

'Ja, doe mij er nog maar een,' zei hij, wijzend op zijn bier.

Pete liep naar de keuken en ik ging in het hoekje van de bank zitten, ongemakkelijk en opgewonden tegelijk. Pete was niet alleen onvoorstelbaar aantrekkelijk, hij leek nog aardig ook. En ik had genoten van de manier waarop hij naar me keek.

'Kijk eens hier, schoonheid,' zei hij terwijl hij me mijn glas aanreikte.

Ik bloosde.

'Zo, Chloë, ik hoorde dat je in de mode werkt?'

'Ja, dat klopt.'

'Wat doe je precies?'

'Ik adviseer mensen voornamelijk hoe ze zich het beste kunnen kleden.'

'Dat klinkt interessant!'

'En jij bent model?'

'Ja, inderdaad.'

'Dat lijkt me mooi werk!'

'Best wel,' antwoordde hij, heel wat minder enthousiast dan je zou verwachten.

'Wat vind je er dan niet zo leuk aan?'

'O, nee, ik vind het wel leuk hoor. Het reizen is gaaf en het verdient heel wat beter dan de meeste banen. Maar soms vliegt het me aan. Ik zou liever een gewoon leventje leiden, denk ik. Je weet wel, beetje settelen... Normale dingen!'

Ik dacht dat ik flauw zou vallen. Ik wilde opspringen, hem omhelzen en zeggen dat ik daar wel voor zou kunnen zorgen, dat we konden trouwen en baby's konden krijgen (heel normale), maar goddank wist ik me te beheersen. In plaats daarvan stond ik hem onnozel aan te staren.

Was dit wat mannen voelden wanneer ze een mooie vrouw ontmoetten?

'Ik ga even kijken hoever Cynthia is...'

Ik vluchtte de gang in, richting de badkamer, waar Cynthia vast en zeker haar laatste beetje make-up aan het aanbrengen zou zijn, en probeerde mezelf weer enigszins onder controle te krijgen. Gelukkig was de gang heel lang, dus slaagde ik er redelijk in. Ik viel de badkamer binnen en trof Cynthia met haar hoofd boven de wastafel aan.

'Ik zoek mijn contactlens!' riep ze paniekerig. 'Ach, wat kan het ook schelen... Hoi! Heb je Pete al ontmoet?'

'Ja!'

'En?'

'En? Hoezo "en"? Halleluja, heilige Maria, moeder Gods!'

'Hij is leuk, hè?'

'Leuk? Hij is goddelijk! Waar ter wereld hebben jullie hem gevonden?'

'Alle vrienden van Wift zien er zo uit.'

'Wat? Nee, dat meen je niet!'

'Echt wel, het zijn allemaal modellen. Ze kennen elkaar van het reizen. Ik zei je toch, het is zo geweldig met Wift, iedereen met wie hij omgaat is zó cool!'

'En kende je Pete al?'

'Ja...'

'Hij heeft zeker altijd een vriendin bij zich, neem ik aan?'

'Ik heb hem nog nooit met iemand gezien. Hij is hier een paar keer geweest, maar hij was altijd alleen. De meeste van die jongens trouwens. Ze komen hier om voetbal te kijken en dat soort dingen, en dan zit ik tussen zes van die binken. Waarom denk je dat ik zei dat je een baaldag moest nemen en hierheen moest komen? Het is fantastisch! En je zou ze eens moeten zien eten, dat is helemaal waanzinnig! Ze sporten elke dag hier om de hoek en daarna komen ze hierheen. Dus soms maak ik dan iets te eten klaar, en ik zweer het je, ik heb een hekel aan koken, maar het is het dubbel en dwars waard!'

'Maar hebben ze het dan niet vreselijk druk met hun werk?'

'Nee, niet zo. Ze moeten vooral naar castings om hun boek te laten zien.'

'Hun wat? Ach, laat maar. Vertel me over Pete. Hij is aardig, niet?'

'Heel aardig! Wift had hem kennelijk over jou verteld en hij wilde je graag ontmoeten!'

Ik moest mezelf in mijn arm knijpen. Dit was te mooi om waar te zijn.

Pete was de hele avond heel aardig en attent tegen me.

'Ik ben zo blij dat ik je heb leren kennen,' bekende hij verlegen toen we in de Reds zaten. 'Je bent net een klein zonnestraaltje, en ik snakte naar wat licht in mijn leven.'

'Wat?'

Het was geen grapje. 'Je bent mooi.'

Wauw! Ik zat hier naast een Überbink, en hij was gek op me.

Ook begon ik Cynthia ervan te verdenken dat ze het aantal keren dat ze naar de Reds was geweest schromelijk had onderschat, want ze werd er als de koningin van Sheba behandeld. Al het personeel, van de portiers tot de obers toe, waren zwaar aan het hielen likken. Vreemd, maar handig; geen rij, de beste tafel en talloze flessen alcohol en drankjes om te mixen werden voor ons neergezet, zonder dat we er maar naar hoefden te vragen.

Al snel begreep ik hoe zij en Wift zo snel door alle drank heen kwamen. Ze dronken zelf stevig, maar het grootste deel werd genuttigd door mensen die even kwamen kletsen en zichzelf overvloedig met alcohol bijtankten. Zoals gevreesd, was het merendeel model.

Pete deed me de hele avond versteld staan. Zelfs met alle meisjes die om hem heen dartelden, bleef zijn volle aandacht op mij gericht. Ik had geen idee waarom, aangezien de meesten van hen bloedmooi waren en schaamteloos met hem flirtten, maar hij scheen niet erg onder de indruk van ze te zijn. Hij noemde mij zijn prinses, zei me dat ik heel bijzonder was, en ik genoot met volle teugen van zijn aandacht. Hij was perfect.

Die nacht sliep hij bij mij. Het voelde een beetje vreemd, slapen met iemand die knapper was dan ik, maar hij bleef maar zeggen hoe mooi ik was, zodat ik ten slotte ontspande.

Wel deed ik een paar vreemde ontdekkingen. Zijn borst was prikkelig alsof hij zich geschoren had, en als mijn zintuigen me niet in de steek lieten, zou ik zweren dat hij niet blond was van zichzelf. Hij legde me uit dat hij soms zijn borst moest scheren wanneer hij model moest staan voor ondergoed of badkleding, maar over de authenticiteit van zijn blond-zijn liet hij zich niet uit. Het kon me ook niet echt schelen. Toen ik de volgende ochtend wakker werd (met een rood en jeukerig gezicht, want ik had me tegen hem aan genesteld en mijn wang was geraspt door zijn weerbarstige kleine borststoppels) beloofde hij me dat hij ze zou laten harsen zodra ze daar lang genoeg voor waren. Wat, mijns inziens, het equivalent is van een mannelijk model aan de pil; een belofte dat we elkaar zouden blijven zien.

In feite trok Pete datzelfde weekend bij me in. We wilden toch bij elkaar zijn, dus dat maakte het alleen maar eenvoudiger. We brachten het hele weekend samen door en ik baalde dat ik maandagochtend weer naar mijn werk moest. Ik vervloekte het dat ik zo godvergeten vroeg op moest. Ik kleedde me zachtjes aan om Pete niet te wekken en moest mezelf geweld aandoen om niet terug in bed te kruipen en me tegen hem aan te nestelen.

In de auto op weg naar mijn werk telde ik mijn zegeningen. Wat een geweldige man was dit! Hij was zorgzaam, knap, en hij ging zijn borst voor me harsen. Ik kwam tot de conclusie dat hij wel eens datgene kon zijn wat ik al die tijd had gezocht. Liefde... Dit keer ging ik het goed aanpakken. Ik zou niet alleen maar nemen, nemen, nemen, zoals mijn moeder bij mijn vader had gedaan. Daar was het leven te kort voor. Ik zou Sadies wijze raad opvolgen en voor de verandering eens gaan geven. Ik zou Pete elke avond op een pijpsessie trakteren.

Toen ik in de winkel kwam liep ik linea recta door naar de keuken, waar ik Petes setcard (een foto met zijn naam en maten) aan de muur plakte. Ik wilde elke minuut van de dag naar zijn mooie gezicht kunnen kijken en daarbij ook opscheppen. Carol ging al een eeuwigheid met George om en Lucy had het nog altijd over Jean-Marc en Mickaël, en ik had me een beetje buitengesloten gevoeld. Maar nu zou ik ze een poepje laten ruiken. Iedereen zag de foto onmiddellijk.

'Wat doet die lekkere bink daar?' vroeg Carol.

'O, dat is mijn nieuwe vriendje...'

'Jezus, nee!'

'Jezus ja!' lachte ik trots.

Ze pakte zijn foto en bekeek hem aandachtig. 'Jezus!'

Ik vatte het als een compliment op.

Lucy en Albert waren al evenzeer onder de indruk. Lucy's ogen rolden bijna uit haar kassen en ze vroeg lacherig of hij nog broers had.

'Broers, geen idee, maar er zijn er nog heel wat meer waar hij vandaan komt. Dat klit allemaal bij elkaar, dus als ik je moet introduceren...'

Tot mijn verbazing sloeg ze mijn aanbod af.

Albert deed alleen maar gek. Hij hield Petes foto naast zijn gezicht en tuitte zijn lippen. 'Wat denk je, zou ik ook model kunnen worden?'

Ik bad tot God dat hij het niet serieus meende. Bovendien vond ik het flauw van hem dat hij Pete voor de gek hield. Kon hij er soms wat aan doen dat hij zo mooi geboren was?

Ze gingen de hele dag door.

'Kan hij tellen?' vroeg Carol op een gegeven moment.

'Hoe bedoel je?'

'Ik bedoel, is het een dom blondje?'

'Nee, hij is niet dom! Waarom denk je dat?'

'De meeste mannelijke modellen die ik ken waren zo dom als het achtereind van een varken!'

'Ach wat, hoeveel modellen ken jij helemaal?'

'Ik heb eens voor een reclamebureau gewerkt, en die casten al die modellen. Lieve help, wat waren ze knap, maar dom! Echt verschrikkelijk.'

'Nou, Pete in elk geval niet.'

'Weet je dat de meesten financieel aan de grond zitten omdat ze nauwelijks werk kunnen krijgen?'

Ik werd pissig. 'Onzin! Een mens wordt echt niet óf met hersens óf met een goed uiterlijk geboren, je kunt van allebei hebben. Je bent gewoon jaloers!'

Junita kwam de keuken binnen. 'Wat is hier aan de hand?'

'O, we kijken naar Chloës nieuwe vriendje,' kakelde Carol. 'Hij is model!'

Met de foto in haar hand ratelde ze door, zonder in de gaten te hebben dat Johnny in Junita's kielzog binnenkwam.

'Ze heeft hem nog maar net ontmoet en hij is nu al bij haar ingetrokken! Drie keer raden waarom.'

Johnny bleef als aan de grond genageld staan en keek me recht in de ogen. Zonder een woord te zeggen draaide hij zich om en verliet de keuken. Hij had niet eens hallo gezegd.

'O, kut! Het spijt me, het spijt me!' Carol leek doodsbang.

'Wat spijt je? En wat heeft hij ineens?'

Junita keek Carol pinnig aan. 'Dat had je niet moeten doen. Nu hebben we de poppen aan het dansen!'

Albert slaakte een diepe zucht en Lucy mompelde zo'n duizend keer: 'O shit, o shit, o shit.'

Toen ik om uitleg vroeg, beweerden ze dat Johnny verliefd op me was en nu helemaal niet meer te genieten zou zijn. Ik was verbijsterd. Zoiets hadden ze al eerder gezegd, maar ik had aangenomen dat ze me gewoon een beetje voor de gek hadden gehouden, of jaloers waren.

'Ach kom, we hebben een puur zakelijke relatie!'

Ze keken me allemaal aan.

'O ja? Hoe vaak is een van ons met hem uit eten geweest?'

Ik werd vuurrood. Kennelijk waren ze allemaal op de hoogte. En dan te bedenken dat ze nooit met die taart waren komen opdagen omdat ze het zo romantisch vonden!

'O god, dachten jullie werkelijk dat Johnny en ik...'

Junita onderbrak me. 'Chloë, je mag uitgaan met wie je maar wilt, maar als je je baas de bons geeft, komen er problemen. Vooral als hij ook mijn baas is...'

'Maar ik heb nooit op die manier naar hem gekeken! Hij is niet eens mijn type!'

'Maar hij heeft wel naar jou zitten kijken,' zei Albert kalm, 'en ik kan je verzekeren dat jij zíjn type bent.'

'Ik kan me bijna niet voorstellen dat je het niet gemerkt hebt,' voegde Lucy eraan toe.

'Maar nee, helemaal niet! Waarom hebben jullie me dan niet gewaarschuwd als het er zo dik bovenop lag?'

'O kom nou, we hebben het je zo vaak duidelijk proberen te maken.'

Hoe had ik mezelf nou weer in deze ellende gebracht? En hoe ging ik dit uitleggen? Junita zou op tilt slaan als ze hoorde dat ik alleen met hem uitging voor mijn promotie.

'Nee, eerlijk waar...'

'Nou, we zullen het wel aan hem merken vandaag, nietwaar?' zei Junita.

Niet dus. Johnny had de winkel verlaten en liet zich de hele dag niet meer zien. Dat was een hele opluchting voor me. Kennelijk had hij iets belangrijks te doen, en wat het ook was, het was kennelijk ook belangrijker dan zijn zogenaamde verliefdheid op mij.

Ik word een spelbreekster

Toen het weekend aanbrak waarin de keuken geïnstalleerd zou worden, was mijn enthousiasme behoorlijk gezakt. Normaal gesproken vond ik het enig om andere mensen te verrassen, en van het idee dat ik een positieve bijdrage leverde aan mijn carrière zou ik helemaal opgetogen zijn geraakt. Maar op de een of andere manier vond ik er niets meer aan. Vroeger was het veel gezelliger op het werk geweest en waren mijn collega's veel leuker. Ik kon hun gebrek aan enthousiasme over mijn plan om de keuken op te knappen niet vergeten. En ook hun stomme opmerkingen over Pete en Johnny niet.

Ik besprak het met Caroline en zij bekeek de kwestie van een heel andere kant.

'Kom op, verplaats je eens in hun positie! Zij doen daar al jaren hetzelfde werk en zien jou de ene na de andere promotie maken in – wat, een halfjaar? En dan kom je ook nog eens met een fantastische man op de proppen, die helemaal gek van je is. Natuurlijk gaan ze dan van alles verzinnen over jou en je baas. Het is de enige manier waarop ze ermee om kunnen gaan. Wat moeten ze dan zeggen? Dat je beter bent dan zij?'

Caroline was een wijze vrouw.

Maar haar woorden deden me ook twijfelen of ik hen nog wel wilde verrassen. Met uitzondering van Lucy, die nog steeds aardig was.

'Je moet het zo zien: je hebt iets aardigs voor ze willen doen en dat kan niet meer worden teruggedraaid. Misschien is het een lesje voor ze om voortaan niet meer zo gemeen te doen tegen iemand die alleen maar aardig wil zijn.'

Daar was ik het mee eens. Als ze niet in staat waren te zien dat ik heel aardig was, als ze zo verblind waren door jaloezie, dan konden ze de boom in!

Het was pas een week geleden dat Pete bij me ingetrokken was en ik moet zeggen dat ik versteld stond van mezelf. Ik gaf met hart en ziel, en afgezien van oververmoeide kaakspieren was mijn enige zorg of ik het wel goed deed. Hoe weet een vrouw of ze 'de daad' daar beneden wel goed verricht? Natuurlijk is iedere daad beter dan geen daad, maar zoals altijd wilde ik uitblinken. Ik controleerde de resultaten van mijn inspanningen, maar kon er maar niet uit komen of kwantiteit ook kwaliteit betekende. Ik vroeg Pete om opheldering. Kan een man ook een slecht orgasme hebben, of maar een kleintje, of zelfs een orgasme faken? Hij lachte mijn vragen weg. Had hij soms gefaked? Kon dat? Het bleef een raadsel voor me. Er restte me niets anders dan maar door te blijven proberen en te bidden dat ik alles goed deed.

Behalve van mijn toenemende kaakpijn werd ik ook erg moe van het vele uitgaan. Pete en Wift stonden voortdurend te springen om naar de Reds te gaan en drongen erop aan dat Cynthia en ik meegingen. Zonder ons vonden ze er niets aan. Het was onweerstaanbaar, heerlijk en uitputtend tegelijk.

Op een zaterdag wilde Pete weer uitgaan.

'Sorry, schat, maar ik ben moe...'

Hij keek teleurgesteld.

'Maar jij kunt wel gaan. Je hoeft voor mij niet thuis te blijven.'

'Nee, nee, dan vind ik er niets aan.'

Lief, lief, lief!

'Je kunt toch met Cynthia en Wift gaan?'

'Nee, die gaan niet. Ze zijn de stad uit, geloof ik. Maar het geeft niet hoor. Ik vind het niet erg om een zaterdagavond thuis te zitten...' Hij probeerde me ervan te overtuigen dat hij een avondje thuis op de bank best aankon, maar zijn sombere gezicht sprak boekdelen.

'Als je gewoon naar de Reds gaat, kom je vanzelf bekenden tegen.'

'Zonder jou is het gewoon heel anders...' zei hij nogmaals, een aanbiddelijk mislukte poging om zich flink te houden.

Uiteindelijk gingen we toch. Ik kon hem gewoonweg niets weigeren. We werden naar onze vaste tafel geleid en de avond verliep min of meer hetzelfde als altijd. Mensen die ik amper kende kwamen naar onze tafel om zich bij te schenken en ik probeerde iedereen – mezelf, Pete, de vreemdelingen aan onze tafel tot aan de obers en barkeepers toe – ervan te overtuigen dat ik me prima vermaakte.

Maar in werkelijkheid deed ik dat helemaal niet. Ik weet niet waarom, maar zo ging het meestal. Ik voelde me allesbehalve op mijn gemak.

Ik moest nog tot vijf uur 's ochtends wachten voordat hij besefte dat ik bijna omlazerde van vermoeidheid.

'Zullen we naar huis gaan, schat? Je ziet er moe uit.'

'Ja, alsjeblieft,' gaapte ik.

'Of,' – hij keek me met zijn onweerstaanbare jongehondenblik aan – 'zullen we nog een halfuurtje blijven?'

'Goed, maar dan gaan we echt.'

Ik sleepte me door het laatste halfuur heen, wilde dat ik net zoveel energie als hij had en was jaloers op de mensen die tot zes, zeven uur in de ochtend doorgingen en zich prima amuseerden. Ik wou dat ik kon zeggen dat ze het volhielden omdat zij 's ochtends niet naar hun werk hoefden, maar zelfs toen ik nog geen baan had, hield ik het niet zo lang vol.

Toen Pete eindelijk bereid was te vertrekken, na richting dansvloer te zijn verdwenen met een meisje met wie hij gewerkt had, moest hij me bijna naar buiten dragen.

'Sorry, jullie hebben nog niet betaald!' riep een ober, die achter ons aan kwam gerend en kennelijk dacht dat wij er zonder te betalen vandoor wilden gaan.

Ik keek Pete aan in de veronderstelling dat hij het erom deed, om langer te kunnen blijven. Pete keek mij aan. En de ober keek ons allebei aan.

'Nou?' vroeg hij ongeduldig.

Pete maakte geen enkele aanstalten om zijn creditcard tevoorschijn te halen.

'Nou?' drong ik aan.

Hij zocht in zijn zakken. 'Ik kan mijn geld niet vinden. Misschien ben ik het verloren toen ik daarnet aan het dansen was.'

'Het spijt me, maar de rekening moet betaald worden voor u weggaat,' zei de ober op verontschuldigende toon.

Pete stond daar maar, en intussen werden we door vertrekkende mensen van top tot teen bekeken. Het werd een beetje pijnlijk en ik pakte mijn eigen creditcard uit mijn tas. 'Is Visa goed?'

'Prima, volgt u mij maar.'

Ik liep achter hem aan naar de kassa en terwijl ik amper mijn ogen kon openhouden, tekende ik het bonnetje en voegde me weer bij Pete, die inmiddels een taxi had geroepen.

Toen we in de taxi zaten, bleef hij alsmaar zijn zakken doorzoeken. 'Ik kan gewoon niet geloven dat ik mijn geld kwijt ben...'

Ik evenmin.

De volgende dag moest ik, hoewel het zondag was, naar de zaak om te zien of Mr. Marcus was opgeschoten. Ik was meer dan een beetje gechoqueerd toen ik binnenkwam. Het was nog niet klaar, dus ik had nog geen volledig beeld, maar het zag er wel heel anders uit dan wat ik in gedachten had. Wat ik wilde was iets relaxeds, huiselijks, landelijks... en nu had ik de indruk dat ik in een scène van *Goldfinger* was beland. Alles was uitgevoerd in glimmend goud en brons. Het joeg me de stuipen op het lijf.

'Eh... nog even over dat goud,' zei ik, omdat ik alleen maar even zeker wilde zijn dat dit een soort basisuitvoering was.

'Het is nog niet klaar.' Hij snoerde me de mond. 'En deze mensen hebben sinds gisteravond acht uur aan één stuk door gewerkt, dus ik denk niet dat ze zin hebben om kritiek aan te horen.'

Ik besloot dat ik ze maar het beste alleen kon laten om de klus te klaren. De volgende ochtend zou ik extra vroeg komen voor een laatste inspectie.

Ik wist niet wat ik moest doen. Ik was zo moe dat ik dubbel zag, maar naar huis wilde ik niet want daar zaten al Petes vrienden televisie te kijken. Het waren allemaal stoners en hoewel ik niets tegen een jointje had zo af en toe, was ik er zelf mee opgehouden toen ik ging werken (ik was bang dat ik een drugstest zou moeten ondergaan) en ik wilde mezelf niet in verleiding brengen, zeker niet met mijn promotie voor de deur. In plaats daarvan ging ik bij paps en Sadie op bezoek.

In de hoop dat ze thuis waren belde ik aan.

'O, wat ben ik blij dat je toch gekomen bent!' riep Sadie uit toen ze me zag.

'Ik hoop dat ik jullie niet stoor? Ik had misschien beter eerst even kunnen bellen...'

'Storen? Waar heb je het over? Heb je onze boodschap niet gekregen?'

'Nee.'

'Niet? Dat is vreemd. Ik had je twee dagen geleden gebeld om je op de thee te vragen en toen kreeg ik... eh... een jongeman aan de lijn,' zei ze op samenzweerderige toon. 'Hij zei dat hij de boodschap zou doorgeven.'

Klaarblijkelijk was Pete dat vergeten. Hij had het toch ten minste op een briefje kunnen schrijven... Ik moest hem toch eens op het hart drukken het wat rustiger aan te doen met de hasj.

'Geeft niet, je bent er nu,' vervolgde Sadie, nog steeds opgewonden. 'Mijn zonen zijn er en daarom wilde ik zo graag dat je ook zou komen, om met ze kennis te maken! Ik weet zeker dat je ze leuk zult vinden!' Ze nam me bij de arm en leidde me naar de woonkamer.

Haar twee oudste zonen zaten op de bank en stelden zich voor als Hugo en Victor. Ze waren aardig en onderhoudend en deden hun best me te leren kennen, maar ik kon mijn ogen niet meer openhouden. Niet lang nadat ik was binnengekomen, gleed ik weg in een diepe slaap.

Drie uur later maakte Sadie me wakker in een van de logeerkamers.

'Goeiemorgen, Doornroosje... Daar was je wel aan toe, geloof ik,' zei ze, terwijl ze een kopje thee naast mijn bed zette.

'Hoe laat is het?' vroeg ik. Ik had geen idee waar ik was.

'Ik wilde je niet langer laten slapen, anders doe je vannacht geen oog dicht. Het is zes uur.'

Shit! Maar ik voelde me wel een stuk beter.

'Blijf je eten?'

Ik twijfelde, want ik wilde Pete niet in zijn eentje laten zitten. Maar om nu naar huis te moeten rijden trok me ook niet aan.

'Ach, blijf toch. Dat is gezellig. En dan weten Hugo en Victor tenminste ook hoe je bent als je niet slaapt.'

Ik belde snel naar huis om Pete te zeggen dat ik later thuis zou komen.

'Da's goed,' zei hij lijzig. 'Maar er is niets meer te eten in huis.'

Ja... en?

'Er is vast nog wel wat pasta te vinden in de kast. Sumandra zorgt altijd voor een flinke voorraad.'

'Maar dan heb ik nog geen saus...'

Zijn gezeur begon een beetje op mijn zenuwen te werken. Mensen die roken zijn prima, maar alleen als je zelf meedoet. Anders is het onmogelijk om hun onvermogen om iets te doen, behalve dan het draaien of doorgeven van een joint, te begrijpen.

'Ga dan naar de winkel!'

Sadie kwam in de hal voorbijgelopen. 'Als je wilt mag je hem wel uitnodigen...' zei ze vriendelijk.

Dat leek me niet zo'n slim plan, aangezien hij zich schijnbaar helemaal van de wereld had gerookt, maar toch vond ik dat ik hem moest uitnodigen.

'Wil je hier komen eten?'

'Bij je ouders?'

Ik hoorde zijn vrienden op de achtergrond gedempt grinniken.
'Nee, dank je. De jongens zijn nog hier.'
'Wat je wilt. Tot straks dan. Kus.'

'Sorry, hoor. Het was niet mijn bedoeling je af te luisteren,' verontschuldigde Sadie zich.
'Geeft niet.'
'Hoe lang zijn jullie al bij elkaar? Je hebt ons nooit iets over een vriendje verteld,' zei ze bijna beschuldigend. 'Waarom heb je het nog nooit over hem gehad?'
'Maak je geen zorgen, ik ken hem pas een week,' zei ik glimlachend, blij dat ze teleurgesteld leek te zijn omdat ik haar niet van de belangrijke dingen in mijn leven op de hoogte had gesteld.
'En hij neemt nu al de telefoon op in jouw huis? Dat moet wel echte liefde zijn!'
Ik lachte schaapachtig.
Het verbaasde me dat ik het heerlijk vond om mijn vrienden dat 'we zijn meteen gaan samenwonen'-verhaal te vertellen, maar aan Sadie niet. Ik vroeg me af waarom...
'Vertel eens wat over hem.'
'Nou, hij is heel aardig...' Ik twijfelde over wat ik zou moeten zeggen. 'En heel erg knap.'
Dat van dat knappe kwam er een stuk vuriger uit.
'Is dat alles? Hoe heet hij? Waar hebben jullie elkaar ontmoet? Wat is er zo leuk aan hem? Kom op, vertel!'
'Nou, hij heet Pete, hij is bevriend met het vriendje van Cynthia en via hen heb ik hem ontmoet.'
'O, goed dat hij bevriend is met jouw vrienden. Zien jullie elkaar vaak?'
'Eh... hij heeft...'
Bijna had ik 'geen eigen huis en daarom is hij bij mij ingetrokken' gezegd, maar ik slikte het op tijd in. Paps is altijd zo paranoïde als het om mijn relaties met mannen gaat.
'Wat heeft-ie?'
'Hij had... nog nooit iemand als ik ontmoet en hij wilde meteen met me samenwonen.'
Het is maar hoe je het bekijkt...
'Zo, dan is het dus dik aan! Wil je het je vader vertellen?'
Nou, nee! Maar hoe vertel je aan je vaders vriendin dat je vader zo op het eerste gezicht een heel aardige man lijkt, maar dat hij eigenlijk nog steeds in de anale fase zit?

'Toe, vertrouw hem toch. Hij vindt het vast leuk om te horen.'
Ik had zo mijn twijfels.
'Vertel het hem...'
'Ik weet het niet.'
'Probeer het! Als hij het niet leuk vindt, is er niks aan te doen. Maar je wilt toch wel dat je vader je leert kennen, of niet dan?'

Grote, enorm grote fout. Zijn reactie klonk aanvankelijk hoopgevend, totdat de eeuwenoude vaderlijke vraag werd gesteld.
'En wat doet deze jongeman voor de kost?' vroeg hij op zeer eigenaardige toon.
'Eh... eh...'
'Hij heeft toch wel een baan, hoop ik?'
'Kom nou, Robert, wat kan het schelen wat hij doet als ze van hem houdt.'
Ik was blij te merken dat Sadie haar strengheid niet exclusief voor mij bewaarde.
'Als het dan toch niemand iets kan schelen, vertel het me dan maar.'
Ik waagde het erop, haalde diep adem, en sprak de waarheid. 'Oké dan... Hij is fotomodel.'
Ook nu gold weer dat ik dit prachtig had gevonden om aan mijn vrienden te vertellen, maar aan mijn vader... nee, dat was een heel ander verhaal.
Ze keken me allemaal verrast aan.
'Een wát?' zei vader, zijn goede opvoeding verloochenend door met volle mond te spreken.
'Een model.'
'Toen je zei dat hij knap was, was dat dus niet gelogen!' lachte Sadie.
'Hij is beeldschoon.'
Sadie en haar zonen leken er geen moeite mee te hebben. Paps wel.
'Wat is dat voor baan voor een man? Model!'
'Doe niet zo seksistisch, Robert.' Sadie schoot me te hulp.
Maar hij ging er niet op in. 'En hoe zit het met zijn opleiding? Wat voor achtergrond heeft hij?'
Ik moest toegeven dat ik dat niet wist.
'En heeft hij ooit nog iets anders gedaan?'
Ik wist dat dat niet zo was, hetgeen volstrekt normaal was gezien het feit dat hij pas vierentwintig was, maar ik dacht niet dat het zo'n

slimme zet zou zijn om die informatie met paps te delen.

'Weet ik niet.'

'Dat weet ze niet!' Paps wierp Sadie een wanhopige blik toe.

'Zie je nu wel?' Ook ik keek haar aan. 'Ik zei toch dat hij het niet zou begrijpen!'

'Ik wil mijn dochter alleen maar beschermen!' flapte paps eruit, zonder twijfel om zijn prehistorische gedrag te verklaren.

'Zo is hij altijd geweest, weet je!'

'Jij hebt nooit gezien met wat voor types ze uitgaat!' Hij schreeuwde bijna en de ader op zijn voorhoofd verraadde hoe woedend hij was. 'Daar zat geen normale jongen tussen.'

'Wat hij "normaal" vindt, is een man die rechten gestudeerd heeft, alleen maar Ralph Lauren draagt, precies vijf jaar ouder is dan ik en praktisch in de club wóónt!' brulde ik in mijn wanhoop terug.

Stilte. Het ongemakkelijke soort.

'Tjee, als ik een vrouw was geweest, zou ik dat nummer wel willen!' zei Hugo droog.

Ik begon een beetje te lachen.

'Ik weet zeker dat het een aardige jongen is. Stel hem maar aan je vader voor zodat hij het met eigen ogen kan zien,' zei Sadie. En tegen mijn vader voegde ze eraan toe: 'En jij! Jij moet niet zo...' Ze zocht naar een woord.

'Wat moet ik niet?'

'Lieve Robert, soms lijkt het wel of je een beetje...'

Het floepte eruit voordat ik het wist. 'In de anale fase zit?'

Ik verwachtte dat ik onmiddellijk naar mijn kamer gestuurd zou worden, maar tot mijn grote verrassing (en vreugde) begon iedereen te lachen. Paps eveneens.

Toen ik thuiskwam, wachtte me een minder aangename verrassing. André had al een beetje vreemd gereageerd toen ik hem begroette en hij had iets gemompeld, maar zoals gewoonlijk luisterde ik niet. Maar op weg naar boven in de lift hoorde ik vreselijke muziek, die steeds harder klonk naarmate ik omhoogging. Zelfs voordat ik mijn voordeur open had gedaan, wist ik dat er iets aan de hand was.

Pete had een feestje georganiseerd in míjn appartement, zonder mij ook maar in te lichten of uit te nodigen. De muziek stond loeihard en een of andere kaalgeschoren vent met ontblote borst (waarop een groot aantal piercings op pijnlijk uitziende plekken te zien was) en een zonnebril met gele glazen speelde diskjockey. Door het hele huis waren mensen aan het dansen. Allemaal heel mooie mensen, inclusief schaars geklede meisjes, en op het moment dat ik binnenkwam, zag ik dat Pete tegen een van hen in de maat van de muziek stond aan te rijden.

Allereerst liep ik naar de stereo om het volume van asociaal op gewoon hard te zetten.

'Wat doe je?' vroeg de kale vent.

'Ik probeer te voorkomen dat de buren gaan klagen!'

Hij keek me minachtend aan. 'Wie ben jij eigenlijk, man?'

Sukkel...

'Als je nou eens eerst die belachelijke bril van je afzet, dan zou je zien dat ik een meisje ben. Bovendien ben ik het meisje van wie dit appartement is. Dus als je je niet kunt gedragen, mag je met je hele ijzerwinkel vertrekken!'

Omdat de muziek zachter stond, had iedereen me gehoord, maar ik was zo kwaad dat me dat niets kon schelen.

'En jij,' zei ik, terwijl ik op Pete wees en hem een teken gaf dat hij naar de slaapkamer moest gaan, 'jij hebt heel wat uit te leggen!'

Pete gaf geen krimp. Ik ook niet. Pas toen kreeg ik een vervelend gevoel. Iedereen vond me nu een spelbreekster, daar was ik van overtuigd. Maar ik was echt moe en wilde gewoon naar bed toe en ik vond de hele situatie ronduit onbeschoft.

'Kunnen we er niet even over praten?' vroeg Pete kalm. 'Je wilt er toch niet een of andere huiselijke ruzie over maken, hoop ik? Ik kan het je allemaal rustig uitleggen op de bank zonder een scène te maken.'

Daar zat wat in.

'Oké, leg uit!'

Hij leidde me weg van de boxen. 'Laten we daar even gaan zitten...'

We gingen zitten en hij begon uit te leggen hoe hij en zijn vrienden naar de winkel waren gegaan om saus voor de pasta te kopen, en uiteindelijk toch maar drank hadden gekocht. Toen had een van de jongens een telefoontje gekregen van een meisje dat hij heel erg leuk vond en hij had gevraagd of ze zin had om te komen. Dat wilde ze wel, op voorwaarde dat ze een vriendin mocht meenemen. Dat bleken er twee te zijn, van wie de tweede in een modellenhuis woonde waar ze het gerucht had verspreid dat er een feestje was. Er waren veel meer mensen komen opdagen dan verwacht, terwijl Pete zelf niemand had uitgenodigd. Maar iedereen die er was, was wel een vriend of een vriend van een vriend, en die kon ik er toch zeker niet uitgooien?

Zijn verhaal was logisch, misschien had ik overdreven gereageerd. Intussen waren de feestelijkheden om me heen opnieuw opgelaaid. De muziek stond weer op volle sterkte en overal stonden stelletjes te dansen.

'Maar als ik thuiskom en allemaal mensen aantref die ik niet ken,' zei ik in een poging mijn eerdere uitbarsting te verklaren, want ik wilde niet dat hij boos op me was. 'En dan geeft die vent die de muziek zo hard zet me een grote mond, dat vind ik niet leuk...'

Pete was verbijsterd. 'Wie gaf je een grote mond?'

'Hij daar! Die kale met die piercings! En waarom draagt hij geen shirt?'

Pete lachte. 'Wat ben je toch snoezig! Ik zal direct met hem gaan praten en ervoor zorgen dat hij zijn excuses aanbiedt. Niemand is onaardig tegen mijn meisje!'

Toen hij op de bank ging staan om het glas te heffen op 'Chloë, het mooierste meisje van de wereld', had ik hem totaal vergeven. Hoewel hij enigszins dubieuze taal bezigde, had hij veel PTA gedaan (Publiekelijk Tonen van Affectie) en me 'zijn meisje' genoemd. Ik vergaf hem ter plekke en zei dat hij kon doorgaan met het feestje. Het enige wat ik echt wilde, was de hele toestand vergeten en naar bed gaan.

Beleefdheidshalve bleef ik nog een halfuur, daarna vertrok ik naar mijn slaapkamer, en was, alweer, een stuk minder gecharmeerd toen ik mensen rollebollend in mijn bed aantrof. Toegegeven, ze waren niet helemaal naakt, maar ook niet geheel gekleed. Ik stuurde ze weg en ging naar bed.

Enigszins walgend van het idee dat ik op hetzelfde laken lag waarop vreemden zojuist hadden gevoosd viel ik in slaap.

De volgende dag moest ik vroeg op om het werk van Mr. Marcus goed te inspecteren en mijn collega's te verwelkomen in de nieuwe keuken. Morgen zou een mooie dag worden...

Wie zijn billen niet wil branden, moet uit de keuken blijven, deel II

Zodra ik wakker werd wist ik dat er iets was. Ik probeerde mijn ogen dicht te houden en te doen alsof het niet waar was, maar al snel kwam ik tot de verstandige conclusie dat zoiets moeilijk voor de rest van mijn leven vol te houden was.

Ik keek op mijn wekker en zag tot mijn verbazing dat het EE: 0I was. Toen herinnerde ik me mijn laatste trucje om de wekker op z'n kop te zetten (10:L0 is een stuk minder deprimerend dan 07:01, ook al slaat het nergens op), draaide hem weer om en zag dat het inderdaad allesbehalve EE:01 was. Het was 10.33 uur. En daar viel niets aan te veranderen.

Shit, shit en nog eens shit.

Ik probeerde Pete te wekken, zodat hij Junita voor me kon bellen om te zeggen dat ik dood was, of in ieder geval ernstig ziek – wat dan ook om dit recht te breien – maar hij was met geen mogelijkheid wakker te krijgen. Ik schudde hem door elkaar, trok aan zijn arm, maar hij gaf geen teken van leven, totdat ik hem ten slotte beet. Dat hielp.

'Godsamme!' riep hij uit, over zijn pijnlijke arm wrijvend. 'Heb je me gebeten?'

'Nee, natuurlijk niet! Maar je moet me helpen, want ik heb me verslapen.'

Hij ging rechtop zitten en zijn gezicht vertrok in een grimas. Het leek erop dat hij de moeder der katers had en hij stond niet bepaald te springen om mij uit de problemen te helpen.

'Wat moet ik dan doen?' vroeg hij.

'Kun je niet naar mijn werk bellen en zeggen dat ik ziek ben of zo?'

Hij wou het wel doen, maar het ging niet van harte. 'Oké, wat moet ik zeggen?'

Niets, maar dan ook helemaal niets schoot me te binnen. Het beste wat ik kon bedenken was een hartaanval, maar dat was onmogelijk want dan zouden ze me allemaal in het ziekenhuis komen bezoeken, hetgeen uiteraard een probleem zou zijn. Ik bedacht me dat ik dus iets nodig had met óf een zeer korte ziekenhuisopname (er schoot me niets te binnen), óf iets dat zeer besmettelijk was (er schoot me wederom niets te binnen).

'Verzin eens een ziekte die zo besmettelijk is dat je zelfs niet bij je beste vriend in het ziekenhuis op bezoek zou gaan,' probeerde ik Pete te verleiden tot gezamenlijk brainstormen.

Hij keek echter alleen maar verward. En geïrriteerd.

'Jezus, weet ik veel, de builenpest?'

'Nee, dat kan niet, die bestaat niet meer!'

'Syfilis?' was zijn volgende voorstel.

Ik zag het al helemaal voor me. Pete die Junita belt: 'Het spijt me, maar Chloë kan niet haar werk komen vandaag, want ze heeft een buitengewoon heftige syfilisaanval. En ze wilde zelf wel bellen, maar ze kon niet aan de telefoon komen...'

Nee, dat werd 'm zeker niet.

'Nou, dan zoek je het zelf maar uit!' mopperde hij, waarna hij zich omdraaide om verder te slapen.

Het viel me ontzettend tegen dat hij zo onbehulpzaam was. Ik begon alle passende ziektes af te gaan die ik kende. De waterpokken waren verleidelijk, maar ik kon me herinneren dat daar iets listigs mee was voor mensen die het al gehad hadden. Ik had iets sterkers nodig... Ik overwoog ebola in alle ernst, dat zou mensen zonder twijfel op afstand houden. Maar ik verwierp het uiteindelijk te link. Als dat verhaal de ronde zou gaan doen, zouden mensen zich zorgen gaan maken, en als de pers er lucht van kreeg, zouden ze me snel doorhebben.

'Lieverd?'

'Ja?' mompelde Pete vanonder zijn kussen.

'Lieverd?'

'Ja, wat is er?'

'Ik weet nog steeds geen ziekte.'

'Jezus, zeg gewoon dat je griep hebt of zoiets! Dat je me daarvoor wakker maakt, het is pas halfelf, ik kan geen...'

Ik luisterde al niet meer naar hem. Griep. Het was briljant. Het was perfect besmettelijk, veelvoorkomend en je hoefde niet met het halve leger de koffer in te duiken om het op te lopen.

Ik drukte een kus op zijn hoofd en duwde hem de hoorn in de hand.

'Alsjeblieft?' vroeg ik poeslief.
'Wat, moet ik zeggen dat je griep hebt?'
'Ja.'
Ik draaide het nummer voor hem en hield mijn adem in.
'Ik hoor helemaal niets...' Hij keek me beschuldigend aan.
Iemand moest vannacht de stekker eruit hebben getrokken. Vloekend liep ik naar de zitkamer en stak de stekker in het stopcontact. De telefoon ging meteen over.
'Hallo?' snauwde ik in de hoorn, in de veronderstelling dat het een van Petes gasten was die ons voor het feest wilde bedanken.
Fout.
'Wijfie?' hoorde ik Johnny aan de andere kant van de lijn zeggen, dreigend en eng als de eerste keer dat ik hem ontmoette. 'Kom van je luie kont af en maak als de donderse bliksem dat je hier komt...'

Toen ik de keuken binnenkwam zag ik meteen dat Mr. Marcus en ik op ietwat verschillende golflengte hadden gezeten. Hij had duidelijk zijn best gedaan de ruimte een luxueuze uitstraling te geven, maar ik was bang dat hij zich daarin toch iets te ijverig had getoond. Het marmer en het goud waren toch niet als basismateriaal gebruikt om later het hout tegenaan te plakken. Op de muren na was er weinig dat niet glom. Eigenlijk best wel indrukwekkend, besloot ik. Het had iets koninklijks.
Minder prettig was dat ik van alles zag bewegen. Vooral Lucy's make-uphoekje. Het mechanisme was klaarblijkelijk op hol geslagen, wat de verrassing helemaal tenietdeed. Het draaide zo hard in het rond dat ze het risico moest nemen een arm te verliezen voor een pot crème. Een goede huid is belangrijk, maar je arm ook.
Wat ook niet helemaal naar behoren werkte was Carols hoofdmassageapparaat. Het kwam wel uit de muur, zoals ik me had voorgesteld, maar het wilde er niet meer in terug, en de twee glimmende gouden handen maakten onophoudelijke vingerbewegingen, alsof ze alles wat binnen bereik kwam wilden grijpen (wat misschien niet eens zo'n probleem was geweest als het niet op hoofdhoogte van een zittend persoon gemonteerd was, maar dat was het wel, en dat maakte het kruishoogte voor een staand iemand).
Maar dat waren technische kwesties.
'En, wat vinden jullie ervan?' Ik wendde me tot mijn collega's.
Ze staarden me allemaal gebiologeerd aan.
'Ik wacht al de hele ochtend op u.' Mr. Marcus deed als eerste zijn mond open. 'Ik zou graag even de betaling met u regelen.'

Hoe kon iemand op zo'n spannend moment nou over geld beginnen?

'Mr. Marcus, alstublieft,' zei ik, hem tot stilte manend, waarna ik me weer tot de anderen wendde.

'Kijk, ik zie ook wel dat er hier en daar iets veranderd moet worden, sommige dingen moeten even stilgezet worden, maar afgezien daarvan is het toch een hele verbetering, vinden jullie ook niet?'

Nog steeds geen lof.

Er hing een loodzware stilte. Ik begreep er niets van.

'Wat? Vinden jullie het niks?'

'Wat ík niks vind,' siste Junita, 'is dit!' Ze hield iets omhoog dat veel weg had van een nat T-shirt.

'Ja...?' Ik wachtte op een verklaring.

Het bleek dat Junita, die als eerste was gearriveerd, Mr. Marcus had gevraagd waar het voetenbad voor diende. Hij had haar uitgenodigd het uit te proberen, maar in plaats van ontspannen te bubbelen, had het water alle kanten uit gespoten, en vooral op haar. Ze was woedend. 'Ik ben in mijn leven nog nooit zo vernederd! Als... als...'

Ik begreep wat ze wilde zeggen. Ze had er niet op gerekend dat ze op haar werk in een natte-T-shirtwedstrijd terecht zou komen, en ze had nog wit gedragen ook. Het was normaal dat ze zich een tikje geneerde.

'Maak je geen zorgen,' verzekerde ik haar, nadat ik mijn excuses had aangeboden, 'meneer is wel iets gewend.'

'Wát?' riep Mr. Marcus uit.

'Mr. Marcus, het heeft er alle schijn van dat een paar dingen hier, vooral het massageapparaat, niet helemaal naar behoren werken. Zullen we even de aanpassingen doornemen?' opperde ik, meer om de anderen ervan te overtuigen dat ik ze voor de lunchpauze geen viezevingerverrassing aan had willen bieden. 'O, en Lucy, wacht maar tot je make-uphoekje niet meer zo tolt, dan ben je er vast weg van!'

Lucy staarde me nog steeds met open mond aan. Net als Albert. Carol bulderde van de lach.

'Wat is er?' vroeg ik.

Mr. Marcus onderbrak me weer. 'Ik pas helemaal niets meer aan. Ik heb precies gedaan wat u hebt gezegd. Ik wil gewoon de betaling regelen!'

Ik haalde diep adem om mijn geduld niet te verliezen. 'Mr. Marcus, alles is goud. Ik moet zeggen dat het best iets heeft, dus daar zal ik niet over klagen, maar daar had ik niet om gevraagd.'

‘U zei dat ik moest doen “wat mij het beste leek”,’ zei hij, mijn stem imiterend, alleen dan met een arrogante toon.

‘Mr. Marcus, ik heb “landelijk” gezegd, “natuur”!’

‘En wat is dat dan?’ Hij wees naar de gouden kranen in de vorm van een zwaan. ‘Als dat geen natuur meer is!’

Daar viel weinig tegen in te brengen.

‘Maar dat,’ zei ik, en ik wees naar Lucy’s hoekje. ‘Dat werkt niet goed.’

‘Ik geef toe dat het een beetje hard ronddraait,’ zei hij onwillig.

‘Er is geen houden aan!’

‘Dat is een technisch mankementje, dat is zo hersteld.’

‘Mooi. En uit het voetenbad spuit te veel water.’

‘Een kwestie van smaak, maar ook dat kan veranderd worden...’

We begonnen te onderhandelen om tot enigerlei vorm van overeenstemming te komen, toen Johnny binnen kwam vallen.

‘Wie denk je wel niet dat je bent, wijfie?’

‘Ik...’

‘Zei ik dat je iets mocht zeggen?’

‘Nee...’

‘Hou je mond dan!’ Zijn ogen schoten vuur. ‘Ik heb jou wel door, wijfie. Ik weet nu wat voor vlees ik in de kuip heb, mij hou je niet meer voor de gek.’

‘Maar je zei...’

‘Mond houden! Wat moet dit voorstellen, een schoonheidssalon? Een bordeel? Wat?’

Dat was gemeen, hij had mijn discussie met Mr. Marcus gehoord en hij wist dat ik mijn best had gedaan. En dat was heel moeilijk uitleggen, als ik steeds mijn mond moest houden.

‘Het spijt me,’ zei ik vlug voor hij me weer het zwijgen oplegde. Het zou een beleefd gebaar zijn geweest als hij mijn excuses had aangenomen, maar nee.

‘Ik ben de baas hier, wijfie. Knoop dat goed in je oren, met die bekakte manieren van je!’

Hij wist van geen ophouden. Nog nooit had iemand me op die manier toegesproken, en hij bond pas in toen ik begon te huilen. Toen hij eindelijk was uitgeraasd, zat er voor mij niets anders op dan hem te smeken me niet te ontslaan en hem te beloven de keuken in de oude staat te herstellen.

Ik zuchtte diep. Het zou me een lieve duit kosten, maar in ieder geval was ik niet ontslagen. Dat zou pas echt beschamend zijn geweest.

Carol bedankte me. Niet voor de keuken, maar voor het feit dat ik haar 'de dag van haar leven had bezorgd'. Lucy zei helemaal niets. Junita deed haar beklag niet bij mij maar bij de goden. Ik baalde zo dat het niet veel had gescheeld of ik was naar huis gegaan. Gelukkig deed Albert nog aardig.

'Je hebt je best gedaan...' zei hij meelevend.

Het was de aardigste reactie die ik kreeg, maar zelfs dat schoot me in het verkeerde keelgat. Ik hoorde medelijden in zijn stem.

Wat konden mensen toch veeleisend zijn.

'Ben je niet ontslagen?' vroeg Lucy aan het eind van de dag verbaasd.

'Nee, dan zou ik hier niet meer zijn, wel?'

'Zeg, je hoeft het niet op mij af te reageren!'

Het was allemaal zo oneerlijk.

Ik wilde graag met iemand praten, maar toen ik thuiskwam was Pete er niet. Ik belde Cynthia, die me aanraadde niet meer terug naar mijn werk te gaan. Volgens haar was het een complot en ze waarschuwde me in alle ernst dat Johnny er alles aan zou doen om mij zowel lichamelijk als geestelijk te breken. Waarschijnlijk had ze een paar films te veel gezien.

Ook Caroline adviseerde me te stoppen. Het was duidelijk dat ze geen verstand van werk had, wat ze ook ronduit toegaf, maar ze begreep niet waarom ik bij een bedrijf zou blijven werken dat me als zondebok gebruikte. Daar zat iets in.

'Waarom ga je niet voor de concurrent werken?' opperde ze.

Ik wilde echter niet weer van voren af aan beginnen.

'Weet je wat, misschien ga ik wel op vakantie of zoiets...'

'Goed idee! Wij zijn net terug van de Bahama's, en dat heeft Frederic ontzettend goed gedaan! En toen we terugkwamen gingen de zaken uitstekend.'

Ik ging echter wel terug naar mijn werk. Godzijdank liet Johnny zich nauwelijks zien, maar die ene keer dat ik hem trof was hij vreeswekkend, en leek Cynthia's voorspelling dat hij me zou willen 'breken' bewaarheid te worden. Dat was nog zwak uitgedrukt zelfs. Hij groette niet, keek me de hele dag vuil aan, vernederde me in het bijzijn van de klanten en maakte me drie keer aan het huilen. Maar wel op het toilet. *No way* dat ik hem zou laten zien hoezeer het me aangreep. Ik beklaagde me bij Carol. 'Het is zo'n lul. Hij doet opzettelijk gemeen tegen me.'

'Daar heb ik je in het begin voor gewaarschuwd, weet je nog? Maar trek het je niet aan, zo doet hij tegen iedereen.'

'Denk je dat ik nu ooit nog promotie zal maken?' verzuchtte ik.

Ik begreep de uitdrukking op haar gezicht niet.

'Hoe denk je hier hogerop te kunnen komen?'

'Ik weet het niet... ik zou Junita's functie kunnen krijgen.'

'Ja, ik ook, maar Junita heeft die al.'

'Maar die zal toch ook niet voor eeuwig hier blijven?'

'Waar zou ze dan heen moeten?'

'Met pensioen?'

Carol lachte alleen maar.

'Wat valt er te lachen? Wil jij niet vooruit in het leven?'

'Natuurlijk wel! En ik wil ook een miljoen winnen en in maatje achtendertig passen, maar zal ik je eens iets vertellen?'

'Ja...'

'Dat kan ik op mijn buik schrijven...'

Dat was waar ze de mist in ging. Als je op je eten lette en regelmatig bewoog, kon het wel.

Of misschien niet iedereen, maar ík wel.

'Maar wil je dan geen carrière maken? Ik bedoel, wil je je niet in je werk ontwikkelen?'

'Chloë, schat, ik werk om de ontwikkeling van mijn huur te kunnen betalen en om niet elke avond pasta met enkel boter en zout te hoeven eten, voor dat soort dingen.'

'Maar vind je dat dan niet saai?'

'Ja, dodelijk saai, en om eerlijk te zijn vind ik werk ook saai.'

'Maar waarom ga je dan niet iets anders doen?'

'Kun je een geheim bewaren?'

Niet echt.

'Natuurlijk.'

Ze straalde. 'Ik ga ontslag nemen.'

'Geweldig! Wat fijn voor je! Maar hoe moet dat dan met die saaie huur en zo?'

'Vraag dan waarom ik ontslag neem!'

'Oké: waarom neem je ontslag?'

'Je kijkt naar een aanstaande moeder.'

'Wat? Hoe heeft dat nou kunnen gebeuren?'

'Chloë, heb je wel eens van een spelletje gehoord dat bananenverstoppertje heet?'

'Je bedoelt dat jij en George...?'

'Ja, George en ik! Wat dacht je dan, ik en de melkboer?'

'Wauw!'

'Ja, te gek hè?' glunderde ze.

'Was het gepland?'

'Niet echt, maar wat maakt het uit?'

'Niets! Gefeliciteerd! Weten al veel mensen het?'

'Junita natuurlijk. En sommige vrienden. Ik bedoel, ze vroegen zich af waarom ik ineens niet meer uitging en me als de Heilige Maagd gedroeg. En Albert weet het...'

Ik was blij voor haar, werkelijk waar, maar ik voelde me tegelijkertijd buitengesloten. Waarom wisten Albert en Junita het eerder dan ik? Ik was immers degene die hen aan elkaar had voorgesteld.

Bovendien zat me nog iets anders dwars. Ik wist dat het dom en egoïstisch gedacht was, maar ik vond het niet leuk dat George wel een baby van Carol wilde en niet van mij, toen wij met elkaar omgingen. Niet dat ik het gewild had als hij het had gevraagd, daar was hij emotioneel veel te labiel voor, maar toch... Hij had het me op z'n minst kunnen vragen.

'Gaan jullie trouwen?'

'Dat is wel de bedoeling...'

'Heeft hij je gevraagd?'

Brede grijns. 'Jazeker!'

'Op zijn knieën?'

'Uiteraard.'

'O, ik ben zo blij voor je! En als ik je met de organisatie mag helpen, graag!'

In plaats van antwoord te geven glimlachte ze. Ik nam aan dat ze daar ja mee bedoelde. Ik hoopte dat ik een speech mocht afsteken, dat had me altijd al zo leuk geleken... Of misschien toch maar beter van niet. Misschien was datgene wat ik van de bruidegom wist niet geschikt voor een huwelijkstoespraak. Althans niet wanneer ik de standaardopeningszin 'Toen ik de bruidegom ontmoette...' eerlijk zou beantwoorden. Nou ja... Ook al zou ik geen deel uitmaken van de organisatie, ik was blij dat ik van haar geheim op de hoogte was.

Ik had het gevoel er weer bij te horen.

Is Pete een lul?

Carols aanstaande bruiloft had sluimerende verlangens in me wakker gemaakt. Als zij met George ging trouwen, konden Pete en ik dat toch zeker ook? Niet meteen natuurlijk, maar een verloving leek me heel fijn. Ik zou een feest kunnen geven om de verloving officieel aan te kondigen en vervolgens zouden we, als de tijd rijp was, trouwen, een paar kinderen krijgen, ergens buiten gaan wonen en nog lang en gelukkig leven. Of iets van gelijke strekking.

Het probleem was echter dat Pete me begon te vervelen. Of misschien was ik niet eens verveeld, maar gewoon een beetje ontevreden. Hoewel hij nog steeds even knap was, begon dat hele werkgedoe me nu te ergeren. Hij werkte echt helemaal nooit. Ook had ik ontdekt dat ik voor alles betaalde. Dat was behoorlijk traumatisch geweest.

Op een avond waren Pete en ik uitgegaan. Naar Reds, zoals gewoonlijk. We liepen naar binnen en de eerste die ik zag was Wift, met drie meisjes op zijn schoot. Gezien het feit dat hij maar twee benen heeft, was dit een hele prestatie. Ik wilde naar hem toe gaan om te vragen waar Cynthia was, maar Pete hield me tegen.

'Schatje, mannen zullen mannen blijven,' zei hij in een poging diepzinnig te klinken.

Toen knapte er iets in me.

Ik moest terugdenken aan een van de vele gesprekken die ik met Sadie had gehad. Op een dag hadden we het over mijn liefdesleven (pas nadat ik haar had laten zweren alle informatie strikt vertrouwelijk te behandelen) en had ik het onderwerp 'mannen kiezen' te berde gebracht, omdat in de loop der jaren wel was gebleken dat ik op dat gebied niet erg getalenteerd was. Voordat ze haar reactie gaf, liet ze mij op haar beurt beloven dat ik haar woorden niet tegen mijn vader zou herhalen.

'Wat ik wil zeggen, is niet erg ladylike,' zei ze, 'maar wel toepasselijk...'

'Zeg op dan!'

'Oké...' Ze haalde diep adem. 'Als het *eruitziet* als een lul, *aanvoelt* als een lul en *ruikt* als een lul, dan is de kans groot dat het ook een lul *is.*' Ze begon te grinniken. 'Dat heb ik eens op de radio gehoord!'

'En weet jij zeker dat je in de vijftig bent?'

'Wat heeft dat er nou mee te maken?'

'Niets, sorry! Je hebt gelijk, het is niet erg ladylike. Maar wel grappig.'

'Ja, het is grappig, maar er zit ook een kern van waarheid in. 'Vat je 'm?'

'Ik geloof het wel,' zei ik tot mijn eigen verbazing. 'Zoiets als dat je moet accepteren wat er is en niet moet doen alsof het niet zo is, of zoiets?'

'Exact! Want weet je?' Ze keek me in alle ernst aan.

'Nee.'

'Je zult er nooit een arm of been van kunnen maken, want hij zal voor altijd en eeuwig een...'

We lagen krom van het lachen en hadden samen een heerlijke middag.

Dus toen Pete met zijn onzinnige 'mannen zullen mannen blijven'-theorie kwam aanzetten terwijl Wift Cynthia schaamteloos zat te belazeren, ging er een klein lampje bij me branden.

'En zijn alle mannen "mannen"?' zei ik zo cynisch mogelijk.

'Ze zijn zeker geen vrouwen,' antwoordde hij knipogend, in een poging ad rem te zijn.

Fout antwoord.

Ik weet nu nog steeds niet of het juist was wat ik daarna deed. Ik zei tegen Pete dat ik even naar het toilet ging, maar ging naar buiten en belde Cynthia.

'Hoi, met mij.'

'Hoi!'

'Weet je dat Wift hier is?'

'Waar is hier?'

'Reds.'

'Ja, hij zei dat hij met een stel maten van hem had afgesproken.'

'Tja, ik weet niet hoe ik je dit moet zeggen, maar misschien is het verstandig als je even komt kijken wie die maten zijn.'

'Wat bedoel je daarmee?'

Ik besloot er niet omheen te draaien.

'Ik vind het rot dat ik je dit moet zeggen, schat, maar zijn maten zijn van het vrouwelijk geslacht. Het zijn er drie en ze zitten op zijn schoot.'

'Dat kan niet!'

'Toch is het zo...'

Ze reageerde verbazingwekkend nuchter. Geen tranen, geen hysterie, waartoe ik meteen mijn toevlucht zou hebben genomen.

'Zeg niks tegen hem. Ik kom eraan!'

Cynthia was stoerder dan stoer. Nog voor ik aan Pete had uitgelegd waarom ik zo lang op het toilet was gebleven, kwam ze binnen. Ze zag ons direct. Pete kreeg haar in het oog en boog zich naar Wift toe om hem een waarschuwend tikje te geven op een van de weinige plekken op zijn lichaam die niet met vrouwelijk schoon waren bedekt, maar ik was sneller en duwde zijn arm weg alsof ik een drankje wilde pakken.

Cynthia bleef voor onze tafel staan, schijnbaar ongegeneerd dat ze totaal niet opgemaakt was. Roerloos en waardig sloeg ze Wifts smakeloze gedrag gade. Toen ze genoeg gezien had, trok ze hem aan zijn haar, waardoor hij de hartstochtelijke kus met de roodharige moest onderbreken.

Ik heb niet gehoord wat ze tegen hem zei, maar het was binnen tien seconden geklaard. Hij protesteerde nog wat, wilde zijn gedrag kennelijk uitleggen, maar ze draaide zich om en liep weg. Ik rende achter haar aan.

'Zal ik je naar huis rijden?'

'Klootzak!' Er lag nog steeds een vastberaden uitdrukking op haar gezicht.

'Het spijt me voor je...'

'Dat hoeft niet. Wij kunnen best zonder die klootzakken. Laat ze maar eens voelen hoe het is om zonder ons te moeten leven!'

'Wat heb je tegen hem gezegd?'

'Dat hij zijn rotzooi binnen een uur moet komen ophalen. Zelfs in mijn buurt zijn spullen op straat niet veilig.'

Het werd een dolle boel. We gingen naar haar appartement, schonken onszelf een flink glas wodka in en gingen aan het werk. Al zijn eigendommen gingen het raam uit. Toen we zowel de woon- als de slaapkamer hadden gezuiverd van elk spoor van het bestaan van een zekere persoon met de naam Wift, begonnen we aan de badkamer.

Cynthia ging helemaal uit haar dak. 'Moet je dit zien!'

'Wat?'

'Kijk dan!'

Ze gaf me een tube. WIMPERVERF stond er in grote, roze letters op.

'O ja, dat heb ik ook wel eens gebruikt. Het werkt best goed, maar niet zo goed als mascara, want je wimpers worden er niet voller van...'

'Nee, ik niet! En moet je dit zien!' Ze overhandigde me een paar harspleisters alsof het om iets heel belangrijks ging.

Ik begreep er niets van.

'Ik niet – Wift!' legde ze uit. 'Of misschien moet ik hem bij zijn echte naam noemen... Dicky!'

'Wat?'

'Dicky!'

'Jasses, wat erg!'

Dicky... Dat kon ik me in bed al helemaal voorstellen... O ja... Dicky, ja! Wat nou als hij zo'n type was die zijn edele delen een naam gaf, zoals Angus die zijn lid 'kleine Angus' had genoemd, wat zou dat dan voor Dicky worden? Getsie!

Cynthia las mijn gedachten. 'En dat is nog niet alles,' zei ze, wijzend op de wimperverf en harspleisters. 'De eerste is voor wimpers en wenkbrauwen en de tweede voor het hele lichaam.'

'Toch niet helemaal?'

'Als een baby!'

'Au!'

'Zeg dat wel. Maar nu, als pièce de résistance' – ze overhandigde me iets in de vorm van een, eh... laat ik het een 'intieme masseur' noemen, en presenteerde het met een groot gevoel voor drama – 'een levensechte en effectieve doch ontoereikende... penisvergroter!'

'Dat meen je niet!'

'Jawel, en geloof mij maar, als iemand je probeert wijs te maken dat de grootte er niet toe doet... Gelul!'

Cynthia had haar portier opdracht gegeven Wift niet binnen te laten, maar hem naar de achterkant van het gebouw te verwijzen, waar hij het merendeel van zijn bezittingen zou kunnen vinden. Zijn 'hoogstpersoonlijke' eigendommen zou ze bij zijn modellenbureau afgeven.

Het was de volmaakte wraakoefening. Een paspoort met een briefje VAN DICKY erop geplakt, en een kleine penisvergroter.

'En weet je wat het mooiste is?' zei ze. 'Ik hoef niet eens iets te doen om hem terug te pakken. Alles wat hij had kwam van mij. Een huis, geld, alles. En nu is hij terug bij af!'

'Je gaf hem toch zeker geen geld?' Ik reageerde geschokt.
'Kom op, zeg hé! En wat denk je dat jij met Pete doet?'
'Ik geef hem geen geld...'
Ze trok haar wenkbrauwen op. 'En wie betaalt alles dan? En ik bedoel echt alles?'
'Nee, dat doe ik niet! Echt niet! We zijn wel heel modern en hij laat me af en toe ook betalen, maar...'
'Soms? Wanneer heeft hij je voor het laatst mee uit eten genomen?'
'Ja, maar hij is zijn creditcards verloren toen we uitgingen en hij heeft nog geen nieuwe geregeld, dus...'
'Heeft hij wel eens kleren voor je gekocht?'
'Ik heb niets nodig.'
'Maar jij koopt ze wel voor hem.'
'Ja... Maar alleen omdat hij dat probleem met zijn creditcards heeft, en hij moet natuurlijk goed gekleed zijn voor zijn werk.'
'Ah, ha!'
'Maar hij doet...' Ik zweeg.
Ik kon mijn zin niet afmaken. Want Pete deed niets. Nooit.
'Maar ook al is hij blut, dan hoeft dat nog geen probleem te zijn, ik heb toch genoeg geld.' Ik probeerde mijn zaak te verdedigen.
'O ja, natuurlijk. En dat kan best heel goed gaan. In dromenland!'
'Nou ja zeg! En George en Carol dan? Die gaan zelfs trouwen! Weet je wie ik bedoel?'
'Die kleine, lelijke dikkerd?'
'Ja, die. Maar ze is heel aardig. Wat ik bedoel is dat zij arm is en hij niet, en toch gaan ze samen trouwen. Een bewijs dat het mogelijk is.'
Cynthia keek me afkeurend aan. 'Hij profiteert van je.'
'Niet waar! Zeg dat niet! Waarom zou hij dat doen?'
'Toe nou, Chloë, open je ogen. Wie is je vader?'
'Wat heeft mijn vader in vredesnaam met Pete te maken?'
'Niets. Maar het geld dat je van hem krijgt wel.'
'Maar Pete wist dat niet toen hij me ontmoette.'
'Wist hij wel. Sorry...'
'O.'

Toch geloofde ik nog steeds dat hij om me gaf. En dat hij, zelfs al was hij een man, zich niet al te veel als een man gedroeg. Of althans niet volgens zijn normen.
Toen ik thuiskwam werd het al licht. Cynthia en ik hadden nog

uren zitten praten en toen ik eindelijk mijn slaapkamer binnenstrompelde, was ik zo dronken dat ik overal tegenaan stootte. Ik probeerde dat zo zachtjes mogelijk te doen om Pete niet wakker te maken, maar slaagde daar niet echt in.

Niet dat het wat uitmaakte, want toen ik mijn uit balans zijnde lijf eindelijk diagonaal op mijn bed kieperde, merkte ik plotseling dat ik niemand plette.

Vreemd...

Het lot

Vroeg of laat moest het gebeuren. Ik liep Frank tegen het lijf. Het gebeurde tijdens een etentje waarvoor Monica en haar kersverse vriendje, Harold, me hadden uitgenodigd. Ze hadden Pete ook gevraagd, ook al hadden ze hem nooit ontmoet, maar die wilde niet mee omdat hij een of ander feestje van een fotograaf had. Dus belde ik Harold op om af te zeggen en legde hem uit dat Pete zakelijke verplichtingen had (ook al betekende dat slechts dat hij straallazerus zou worden met eenieder die hem aan werk zou kunnen helpen). Het moet een van mijn 'Pete-baaldagen' zijn geweest, want Harold bleef maar vragen of alles goed met me was. Het was aardig van hem om bezorgd te zijn, vooral als je bedenkt dat ik hem pas één keer eerder had ontmoet. Hij stond erop dat ik toch kwam en regelde zelfs een vriend van hem om me te vergezellen.

Ik was meer dan dankbaar. Het was heerlijk om weer eens naar een, laten we eerlijk zijn, beschaafd etentje te gaan. De laatste tijd had ik alleen maar vrienden van Pete om me heen gehad, die zich nog altijd niet wisten te gedragen, en ik had genoeg van hun vreselijke tafelmanieren.

Harold had Mike, een van zijn beste vrienden, gevraagd om me op te halen. Het leek een aardige kerel. Desondanks was het vrij onprettig om door een wildvreemde opgehaald te worden terwijl Pete thuis op de bank met zijn Playstation zat te spelen. Niet dat hij stennis maakte of zo, maar toch schaamde ik me dood. Ik wilde niet geassocieerd worden met iemand die zijn levensvervulling vond in drugs, drank en Playstation. En dat allemaal in het openbaar en gefinancierd door mijzelf.

Dat geldgebeuren begon me steeds meer tegen te staan. Niet dat ik zo oppervlakkig was dat ik alleen maar een man wilde die aan de bankrekening van mijn vader kon tippen, maar om alles zelf te moeten betalen was het andere uiterste. Daar stond tegenover dat hij zo knap was als een man knap wezen kan zonder te flikkeren, we zouden mooie kindjes krijgen, en hij was aardig tegen me. Althans, meestal.

Het was eigenlijk best vreemd, zijn gedrag tegenover mij. De ene keer kon hij buitengewoon attent zijn, om me volgende keer volledig te negeren. Maar ik neem aan dat ik dat ergens wel leuk vond.

Toen Mike me kwam ophalen, was Pete in een negerende bui. Hij groette Mike amper en had nauwelijks in de gaten dat ik vertrok.

'Is dat je vriend?' vroeg Mike toen we in de auto zaten.

Heel indiscreet.

'Sorry, het gaat me ook niets aan...'

Ik mocht hem meteen.

'Geeft niet, hoor,' zei ik met een glimlach. 'Het is inderdaad mijn vriend.'

Stilte. Mike reageerde niet, en ik wist dat ik met een goed verhaal moest komen om hem niet te laten denken dat Pete niets om me gaf.

'We hadden net flinke ruzie gehad, dus hij zat nog wat te mokken.'

Niet slecht, als je bedenkt dat ik het ter plekke verzon.

'O vandaar! Ik kon me al niet voorstellen dat iemand zo mooi als jij met zo'n lomperik kon omgaan,' zei hij vleiend. Het werkte ook nog.

'Bedankt. Voor het compliment, bedoel ik. Heb jij een vriendin?' Ik neutraliseerde zijn compliment voordat het gesprek in een mogelijk ongemakkelijke flirt zou ontaarden.

'Nee.'

'Sorry, ik wilde niet nieuwsgierig zijn.'

'Geeft niet. Ik heb niet veel succes bij de vrouwen.'

'Waarom niet?'

'Ik weet het niet precies. Ik vind het moeilijk ze te overtuigen om met me uit te gaan. Als ik een meisje probeer aan te spreken, word ik zenuwachtig en kraam ik onzin uit.'

'Zoals?'

'Even denken... Ik ga op een meisje af met de meest fantastische zinnen in mijn hoofd, en dan werken mijn hersens ineens niet meer en zeg ik dingen als: "Kom je hier vaak?", of: "Ken ik jou niet ergens van?"'

'O ja, niet best.'

Hij trok een serieus gezicht, krabde aan zijn kin en keek me secondenlang doordringend aan, om me een demonstratie van zijn bedroevende versierpogingen te geven. 'Heb je een vuurtje?' vroeg hij op diepzinnige toon. Hij had gelijk, hij moest nog veel leren. 'Deze werkte toevallig wel een keer,' zei hij lachend, 'alleen rook ik niet...'

Hij was heel schattig, op z'n Woody Allens. Absoluut onaantrekkelijk, maar wel het type op wie je graag je moedergevoelens zou willen botvieren. Bovendien was hij ontzettend grappig. Ik mag het wel wanneer mensen zichzelf niet al te serieus nemen.

'Je moet gewoon jezelf zijn, ik wed dat ze dan gek op je zijn!'

'Ja, ik weet het... Maar dat is makkelijker gezegd dan gedaan, toch?'

Vertel mij wat.

We troffen Monica en Harold in de bar. Harold stelde voor dat we eerst iets zouden drinken, aangezien een van zijn vrienden zojuist had gebeld om te zeggen dat het iets later werd. Ik bestelde een bellini en we kletsten gezellig met elkaar. Monica en Harold waren een leuk stel om mee uit te gaan. Hij was niet echt knap, maar daar stond tegenover dat hij erg vriendelijk en geestig was. Ik vond dat Monica een goede keuze gemaakt had.

'Nog nieuws over Mario?' vroeg ze.

'Nee...'

'Arme ziel...'

'Hmm...'

We namen voor Mario een moment stilte in acht.

'En ik hoorde dat je een nieuwe vriend hebt?'

'Ja!'

'En het gerucht gaat dat hij model is?'

'Klopt!' antwoordde ik trots. 'Hoe weet je dat?'

'Wat denk je? De club natuurlijk.' Ze trok een veelbetekenend gezicht. 'En weet je het al van George?'

Ik hield me van de domme.

'George, je kent George toch nog wel?'

'Ja, natuurlijk ken ik George nog, maar ik weet niet wat er met hem is.' Monica nam me apart. 'Harold heeft een hekel aan roddelen, maar dit moet je toch echt horen,' smoesde ze. 'Kom, dan gaan we even naar het toilet.'

We verontschuldigden onszelf en gingen. Het beloofde een pikant verhaal te worden.

'Oké, ben je er klaar voor... Het verhaal gaat dat hij en die nieuwe vriendin van hem, die hij – hou je vast – tijdens een ontwenningskuur heeft leren kennen, gaan trouwen. Zijn ouders zijn woedend, ze is tuig van de richel, maar ja, je weet hoe George is...'

Ze keek een ogenblik beschaamd, kennelijk herinnerde ze zich nog maar net dat ik ook met hem uit was gegaan.

'Ik bedoel jou natuurlijk niet, schat. Afijn, ik hoorde dus dat het nogal een slet is en dat hij werkelijk met haar in het huwelijksbootje wil stappen.'

'Van wie weet je dat?'

'Lieverd, ik kan mijn bronnen niet vrijgeven!' giechelde ze. 'Maar ik zal je een hint geven...'

En toen begon het – giechel, giechel – 'ze heeft donker haar, maar meer kan ik niet zeggen'-gedoe. Een spel waar we tijdens de kleuterschool al mee hadden moeten stoppen, toen was het al kinderachtig.

'Ken ik haar?' Ik speelde het spelletje mee.

Maar diep in mijn hart wist ik al wie het was. Het kon geen toeval zijn. Over George konden zoveel mensen gekletst hebben, maar over Pete? Zoveel banden waren er niet tussen de club en mij.

'Ja, je kent haar. Goed zelfs...'

'Is ze donkerblond?' vroeg ik voor de zekerheid.

'Ja! Hemeltje, wat ben jij hier goed in!'

Monica sprong als een bezetene op en neer, haar mollige lichaam schudde mee iedere keer als ze landde, het geklap in haar handen maakte dat haar borsten rondzwierden, maar van dit alles was ze zich totaal niet bewust. Haar opwinding over het bijna-onthullen van haar geheim was veel te groot.

'Is het een ontzettend kutwijf?'

Dat bracht haar tot bedaren.

Het was niet mijn bedoeling geweest zo grof uit de hoek te komen, maar ik kon maar niet geloven dat Cynthia zo schaamteloos uit de school had geklapt. Dat over Pete vond ik niet eens zo erg, maar het verhaal over George wel. Ik had Carol beloofd dat ik het aan niemand zou vertellen, en als ze erachter kwam dat ik mijn mond weer voorbij had gepraat zou ze woedend zijn. Shit, shit, shit!

Monica leek aangedaan. 'Ik dacht dat jullie vriendinnen waren!'

'Ja, ja, dat zijn we ook. Het spijt me, dat had ik niet mogen zeggen.' Ik krabbelde terug. 'Maar het idee dat ze roddels ver...'

'O, maar ze verspreidt helemaal geen roddels. Tenminste, niet echt... Ach, laten we erover ophouden, het kan me niet echt boeien die roddels, en de jongens zitten al zo lang alleen boven!'

Ze liep naar de deur. Ik wilde haar nog vragen wat ze met dat 'niet echt' bedoelde, maar ze was al weg.

Terug in de bar stelde Harold voor aan tafel te gaan. Zijn vriend had weer gebeld, hij was net aangekomen vanuit Hongkong en zijn bagage was zoekgeraakt. Hij was al onderweg, maar stond erop dat we alvast begonnen.

Ik vond deze gang van zaken heerlijk. Petes vrienden zouden nooit gebeld hebben, die zouden gewoon niet zijn komen opdagen. Of ze zouden wel ineens voor je neus staan, zonder te zijn uitgenodigd, wat nog erger was.

We namen plaats aan onze tafel. Ik genoot dermate van de beschaafde manier waarop de conversatie zich ontplooide (Petes vrienden hadden zo goed als nooit iets te melden, het was zorgwekkend) en van het onberispelijke van alles dat ik Cynthia's indiscrete gedrag al snel vergat. Mike bleek een verrukkelijke gesprekspartner, hij was zeer bereisd en zat vol verhalen, en Harold begon over hun recente avontuur in Afrika. Ze bekenden dat ze gejaagd hadden, waarop Monica en ik er naar behoren bovenop sprongen en zeiden dat het wreed en zinloos was.

Het was als een ritueel. Wij protesteerden zo hard mogelijk en zij argumenteerden dat er alleen op dieren werd geschoten die toch al afgemaakt zouden moeten worden, en maakten grapjes over onze 'zachte kleine hartjes', zoals ze dat noemden. We hadden het allemaal geweldig naar onze zin.

Totdat ik een lage stem achter me hoorde.

'Harold! Het spijt me dat ik zo laat ben, ik hoop dat ik jullie niet te lang heb laten wachten...'

De koude rillingen liepen over mijn rug. Ik kende die stem. In mijn dromen had die stem lieve woordjes gefluisterd. Ik had over de persoon die ze fluisterde gedroomd.

Terwijl ik bijna van mijn stokje ging, stelden de anderen zich aan elkaar voor. Ik draaide me niet naar de nieuwe tafelgenoot om om hem met een vriendelijke glimlach te verwelkomen, zoals normaal zou zijn. Muisstil bleef ik zitten, in de hoop over het hoofd te worden gezien. Ik wou dat ik door de grond kon zakken; ik wist echter dat ik met de billen bloot zou moeten. Het leek een eeuwigheid te duren voor ze met voorstellen bij mij waren aanbeland en ik geen andere keus had dan me om te draaien.

'En dit,' zei Harold, 'is onze mooie Chloë. En nee, je maakt geen kans, ouwe jongen, want ze heeft haar hart al aan een ander verpand. En nog wel aan een heel mooie, zeg ik er maar gelijk bij, ha ha!'

Ik kon hem wel vermoorden.

‘Hoi,’ zei ik met een klein stemmetje terwijl ik me omdraaide.

Frank zette grote ogen op toen hij me zag. ‘Chloë!’ Hij omhelsde me warm en hield me vervolgens op armslengte om me eens goed te kunnen bekijken. ‘God, wat leuk je weer te zien! Kijk toch eens, je ziet er geweldig uit!’

‘Mag ik hieruit afleiden dat de jongelui elkaar eerder hebben ontmoet?’ zei Harold, die zoals altijd de komiek uithing.

Er werd gelachen – het moest een vreemd gezicht zijn – en Frank ging zitten. Twee plaatsen rechts van me, aan de andere kant van de tafel. Te ver om echt met elkaar te kunnen praten en te dichtbij om hem aan te staren. Maar dichtbij genoeg voor hem om mij te zien.

‘Frank, waar is Doreen?’ vroeg Harold.

Er scheen hem iets te binnen te schieten. Een vergeten Doreen.

Wie was Doreen, verdomme?

‘Geen idee, ik zou haar hier treffen. Wacht, ik zal haar even bellen. Een ogenblikje.’

Hij was in een oogwenk terug. ‘Ze schijnt niet te komen...’

‘Nou, dames, het ziet ernaar uit dat ieder van jullie vanavond anderhalve man tot haar beschikking heeft!’ kakelde Harold.

‘Mijn man zit hier naast me en daar heb ik genoeg aan, dank je zeer,’ zei Monica loyaal. ‘Zonder u te beledigen, heren: Chloë, jij mag mijn helft hebben.’

Nu was het mijn beurt om gedurfd en adrem uit de hoek te komen, maar onder de omstandigheden was dat te veel van het goede. Ik zat daar maar, me wezenloos starend naar mijn servet, met een gezicht zo rood als een tomaat, zoals gebruikelijk.

‘Chloë, je bent helemaal rood!’ lachte Monica.

Alsof ik dat zelf nog niet wist, dankte ik haar in stilte dat ze me eraan herinnerde, ik voelde me er een stuk beter door.

Tijdens de rest van het diner voelde ik me allesbehalve op mijn gemak. Frank deed enkele pogingen een gesprek met me aan te gaan, maar door de afstand en ikzelf die té neurotisch was om nog te kunnen praten, werd dat wat moeilijk. Ik vervloekte mezelf om mijn zwijgzaamheid, maar kon me er maar niet overheen zetten. Of in ieder geval niet op elegante wijze.

‘Ik ben dol op die ouwe PeeWee Herman-shows,’ hoorde ik Mike zeggen. Om onverklaarbare redenen besloot ik dit ontzettend grappig te vinden.

‘O god, die humor van jou!’ In een geforceerde poging om niet van mijn stoel te vallen van het lachen greep ik hem bij de arm.

O jee...
Ik besefte dat ik me volslagen belachelijk maakte, maar ik kon me niet beheersen. Ik voelde Franks ogen continu op me branden – ook als ik opkeek en dat niet zo bleek te zijn – en dat maakte dat ieder greintje intelligentie dat ik ooit had bezeten op slag verdween. Het leek allemaal eindeloos te duren, en toen we eindelijk hadden afgerekend, wilde ik het liefst ter plekke dood neervallen. Mike bood aan me naar huis te brengen, wat ik dankbaar aanvaardde.

Frank stond naast ons. 'Ik had je hetzelfde willen vragen, maar jammer genoeg was hij me voor. Ik vond het leuk je weer te zien, Chloë. Ik dacht even dat je van de aardbodem was verdwenen. Is het goed als ik je spoedig een keer bel?'

'Ja hoor,' zei ik blozend.

'En neem je ditmaal wel op?' zei hij met een, zo oordeelde ik naderhand, tedere glimlach.

'Doe ik...'

Hij kuste me op mijn wang en vertrok.

Toen ik thuiskwam zat Pete nog steeds op de bank. Het enige wat sinds mijn vertrek veranderd was, was het feit dat de grote zak chips naast hem nu leeg was.

'Ik dacht dat jij naar een feest zou gaan.'

'Ja, maar ik ben mijn record aan het verbreken...'

Ik ging naar bed zonder welterusten te zeggen.

Relatieperikelen

Ik had een probleem. Ik had zeker weten een probleem, dat onmiddellijk opgelost diende te worden. Pete moest weg. Hij was onvolwassen, niet erg aardig tegen me en als ik hem nog een keer op de bank zag hangen met zijn eeuwige Playstation, stond ik niet voor mezelf in. Het probleem was hoe en wanneer. Ik hoopte van harte dat hij iets verkeerds zou doen, zoals me mee uit vragen en mij vervolgens alles laten betalen. Of een wind laten in bed en vervolgens de deken over mijn gezicht trekken en er ook nog om lachen op zijn eigen *Beavis and Butthead*-manier (een programma dat ik goed heb leren kennen sinds Pete in mijn leven kwam). Maar dat gebeurde allemaal niet. Het leek wel alsof hij een beleefdheidscursus had gevolgd, want hij gedroeg zich voorbeeldig. De smeerlap.

Wat had ik ooit in hem gezien? Ik kon mezelf wel vermoorden ooit zo stom te zijn geweest om hem te vragen bij me in te trekken (maar nu ik daarover nadacht: had ik dat trouwens wel gedaan?). Alles welbeschouwd had Cynthia geluk gehad met zo'n perfecte aanleiding om Wift eruit te schoppen. En dan ook nog op zo'n dramatische, gerechtvaardigde en zelfrespecterende manier. Ik kon die van mij moeilijk zonder goede reden op straat gooien.

Het was lastig. Het leek wel of hij me doorhad. Om de een of andere onverklaarbare reden was hij zo mak als een lammetje. Zijn vrienden kwamen niet meer langs om een testosteronfeest aan te richten, hij was bijna elke avond thuis als ik van mijn werk kwam en hij had geen enkele behoefte meer om uit te gaan. Hij kocht zelfs een cadeautje voor me. Een T-shirt met de tekst: 'Ik ben een engeltje' aan de voorkant en: 'Gekregen van mijn vriendje' op de achterkant. Slijmbal.

Hoe had ik het ooit zo lang met hem kunnen uithouden? Als ik terugkeek, schaamde ik me gewoon. Ik had zoveel signalen gekregen dat hij van me profiteerde, maar telkens had ik ze weggewuifd.

En waarvoor? Ja, ik had me voor de volle honderd procent ingezet, maar wel voor de verkeerde man. Belachelijk gewoon! Met Frank had ik nooit zoveel mijn best durven doen, omdat ik dan risico liep afgewezen te worden en zou riskeren de man van wie ik werkelijk hield te verliezen.

En het enige wat ik aan Pete te verliezen had was... een lul.

Met Frank had ik niets geriskeerd, hij was ertussenuit geknepen en dat had me precies hetzelfde opgeleverd: niets.

Het enige verschil was dat ik wist dat ik het nooit had geprobeerd.

Het was van groot belang dat Pete zich snel misdroeg, want ik had een boodschap van Frank gekregen en ik wilde een eventuele afspraak niet laten bederven door Petes aanwezigheid. Pete, nota bene, had me de boodschap doorgegeven.

Frank heeft gebelt. Hij is op zakenreis, maar komt over vijf dagen terg en belt je dan.

Hij had het heel zorgvuldig opgeschreven, overduidelijk bang iets fout te doen. Een paar spelfouten ontdekte ik wel, maar dat was niet voldoende om hem op straat te zetten, hoe graag ik het ook zou willen.

Hoewel Pete de telefoon had opgenomen en dus onmiskenbaar met me samenwoonde, wilde Frank me toch nog steeds graag zien. Met een beetje geluk was hij zelfs jaloers. Hmm, dat vond ik wel een lekker idee...

Misschien was het niet eens zo slecht om Pete nog even om me heen te houden. Hij gedroeg zich voorbeeldig en ten opzichte van Frank zou ik een stuk sterker in mijn schoenen staan. Ik zou zo van 'O ja, ik heb een relatie. En jij?' kunnen doen, heel volwassen, en het verleden 'verwerkt' hebben. Het was inderdaad nog niet zo'n slecht idee.

En bovendien: als ik nu ineens met Pete zou breken, hoe zou dat dan wel niet overkomen? Vooral omdat Harold het zo vaak over mijn 'modelvriend' had gehad en er eindeloze grapjes over had gemaakt ('Heb je het sportieve of klassieke model genomen?') zou hij het onmiddellijk te weten komen. Veel te wanhopig. Alsof ik meteen alle eerdere relaties verbrak omdat ik hem weer had gezien.

Het probleem was echter dat mijn irritatie over Pete geen grenzen meer kende. De manier waarop hij at, de aanraking van zijn huid, zelfs het geluid van zijn ademhaling in zijn slaap, alles was een kwelling. En sinds kort werd hij elke ochtend op dezelfde tijd wakker als ik en wilde met me knuffelen. Het was om over mijn nek te gaan.

Ik ontwikkelde een chronische denkbeeldige buikpijn om seks uit de weg te gaan en vertelde hem dat zijn gesnurk me 's nachts uit de slaap hield en zei dat hij maar in de logeerkamer moest slapen. Hij 'begreep' zowel mijn buikpijn als mijn behoefte aan slaap en ging. In zijn eentje, met als enige directe sekspartner zijn rechterhand. Hij had zich tot mijn persoonlijke slaaf getransformeerd.

Ik was er niet blij mee, maar het was wel handig. En soms zelfs grappig. Toegegeven, het was een beetje wreed, maar het was amusant om hem dingen voor me te laten doen. Niets vreselijks, gewoon kleine karweitjes als naar de winkel gaan om iets te eten voor me te kopen als ik honger had, zoals Russische augurken in plaats van die die we in huis hadden. Of ik vroeg hem een verrassing uit zo'n snoepautomaat voor kinderen voor me te halen, waar je snoep en een speelgoedje tegelijk krijgt. Ik kreeg dan het snoep, de verrassing, en het extra plezier om hem te zien stoeien om het speelgoedje in elkaar te zetten, dat bedoeld was voor kinderen tussen de drie en zes. Het lukte hem slechts twee van de drie keer en hij probeerde daar dan leuk over te doen. Maar het was niet leuk, het was grotesk. Er was een automaat die ik als allerbeste had gedoopt. Het ding was precies hetzelfde als alle andere, maar had het voordeel heel ver weg te zijn.

Ik vond ook een paar activiteiten buitenshuis voor hem, vermomd als karweitjes, die me enkele uren van zijn aanwezigheid verlosten. Het was erg handig dat Pete niet zo snugger was, aangezien ik hem met regelmaat de bomen in mijn gemeenschappelijke tuin water liet geven met flessen Evian. Dat deed hij zonder morren en zelfs wanneer de tuinman tegelijkertijd aan het sproeien was, maakte hij zijn klusje trouw af. Behalve die ene keer toen het keihard regende en hij toestemming vroeg even te wachten totdat het was opgeklaard.

Het was leuk, maar ik wist dat het een keer zou ophouden. Anders zou ik nog eens in een echte meesteres veranderen. En ik zag mezelf in de toekomst niet in leer gehuld.

De week was snel voorbijgegaan en het was een rare week geweest. Niet alleen op het gebied van de liefde, maar ook op de werkvloer. Mr. Marcus had de keuken in de oorspronkelijke staat teruggebracht. Dat wil zeggen, voorzover dat mogelijk was. Natuurlijk zou het nog even duren voor hij weer zo vies als vroeger was. Maar aangezien Carol nog minstens drie maanden zou blijven werken, hoefden we daar waarschijnlijk niet lang op te wachten. Dit zei ik wijselijk niet hardop. Kennelijk had Cynthia het nieuws van de aanstaande bruiloft overal rondverteld en Carol was helemaal niet blij met me. Ik probeerde haar uit te leggen dat ik Cynthia alleen maar duidelijk had willen maken dat een relatie tussen arm en rijk heus mogelijk is, maar daar had ze niet erg open voor gestaan. Maar boos was ze evenmin. Eigenlijk reageerde ze ergerniswekkend verstandig, wat het alleen nog maar erger maakte.

'Het is al niet bepaald makkelijk om door zijn familie geaccepteerd te worden. Ze hadden natuurlijk gehoopt op iemand met wat meer... Nou ja, zoals jij, neem ik aan. En met dat kutwijf van een Cynthia die aan iedereen vertelt dat ik tuig ben, wordt het er allemaal niet makkelijker op. En ook wil zijn moeder nu de bruiloft organiseren, wat betekent dat er driehonderd gasten komen...' Ze leek echt overstuur.

'Het spijt me. Ik dacht niet...'

'Dat weet ik, ik had het je ook nooit moeten vertellen,' onderbrak ze me. 'Zelfs George zei dat het mijn eigen schuld was.'

'Waarom?'

'Omdat jij het aan iedereen door zou vertellen,' antwoordde ze zonder enige aarzeling.

'Dat zou ik nooit doen!'

'Nee, juist ja... Luister, ik heb eigenlijk geen zin om hierover te kibbelen. Laat maar, het is mijn eigen schuld. Maar zeg alsjeblieft tegen niemand iets over de baby, want anders raak ik echt in de problemen.' Ze liep weg.

Ik voelde me vreselijk schuldig. Gelukkig had ik Cynthia niet verteld dat ze zwanger was (dat was ik vergeten), maar ik had ontzettende spijt dat ik voor het overige mijn mond voorbij had gepraat.

Ik nodigde Cynthia uit voor de lunch in een poging de boel te herstellen.

'Weet je nog dat ik je over George en Carols huwelijk vertelde?'

'Ja.'

Hoe moest ik dit nu aanpakken?

'Nu heb ik gehoord dat... eh... en ik weet niet of ik me vergis... waarschijnlijk wel... maar dat jij het er met diverse mensen over hebt gehad en het is een groot geheim. Je weet hoe de familie van George is...'

'Je bedoelt dat ik gekletst heb?'

'Ja...'

'Helemaal niet waar. Hoe kun je zoiets van me denken?'

'Ik zeg niet dat je het gedaan hebt, maar ik heb alleen maar iets gehoord en ik wilde het zeker weten...'

'Wie heeft je dat gezegd?' vroeg ze agressief.

Ik probeerde het niet erger te maken dan het al was. 'Het is niet belangrijk.'

'Voor mij is het wél belangrijk.'

'Toe nou...' Ik wou dat ik er niet over begonnen was. Cynthia trok haar lippen tot een dunne streep en wierp me een ijzingwekkende blik toe. Diepe teleurstelling.

'Ik dacht dat je mijn vriendin was.'

'Dat ben ik, dat ben ik ook!'

'Ja, dat zal wel,' zei ze minachtend, terwijl ze opstond.

Ik sprong op en greep haar bij de arm zodat ze niet kon weggaan.

'Nee, echt waar! Je bent mijn beste vriendin! Je mag niet zo denken. Alsjeblieft!'

Ze ging weer zitten, nog steeds met een boze blik.

'Nou, wie heeft het gezegd?' vroeg ze, en het was duidelijk een 'ik of de rest'-kwestie.

Maar voor mij was er geen keuze. Zoals ik al vaker heb toegegeven, ben ik niet zo goed in het aangaan van confrontaties.

'Oké, Carol en Monica.'

'En wat zeiden ze precies?' vroeg ze.

'Ze zeiden dat jij gezegd had dat ik gezegd had dat ze gingen trouwen.'

Cynthia zweeg. Kennelijk verwachtte ze nog meer.

'En dat je gezegd had dat Carol tuig van de richel was.'

Ze nam het goed op. Met een stalen gezicht, maar verder goed.

'Is dat alles?'

Ik wilde geen verrader zijn, maar wederom bleek dat ik tijdens een ondervraging mijn poot niet stijf kon houden. 'En ook nog dat ze dik en lelijk is en een hondenbaan heeft.'

'En geloof je hen?'

'Nee, natuurlijk niet.'

'Ik zou zoiets nooit over iemand anders zeggen, ik heb wel betere dingen te doen. En over die baan van haar, dat is helemaal belachelijk. Ze doet toch hetzelfde als jij?'

'Ja...'

'Zie je nou wel. Dacht je dat ik zoiets zou zeggen over mijn vriendin?'

Ze had gelijk.

'Het spijt me. Carol vroeg me om...'

'Ik vergeef het je.'

'Dank je, en nogmaals: het spijt me.'

Maar het vreemde was dat ik me nog steeds niet goed voelde, zelfs niet toen ze me had vergeven en zo. De trieste waarheid was dat ik me gedurende dat hele gesprek was gaan afvragen of die 'lultheorie' niet ook op meisjes van toepassing was.

Om de dag goed af te ronden ging ik met mijn moeder uit eten.

'En? Lieverd?'

'Het gaat goed, mams. En met jou?'

'Heel goed, lieverd! Gisteren heb ik nog in de nieuwe Erica's gegeten, die net geopend is.'

'O ja, daar heb ik wel eens geluncht.'

'Echt waar, lieverd?' riep ze, verbaasd over het toeval. 'Vertel me er alles over! Was het geweldig?'

'Nou, het was heel aardig...'

'Vertel, lieverd, vertel! Wat heb je gegeten? Met wie was je? Vertel me er alles over!'

'Ik was er met Cynthia...'

'Cynthia? Cynthia Dawson?'

'Ja, die. We zijn vrij goed bevriend.'

'O, wat geweldig! Hoe gaat het met haar? Vertel!' Om de een of andere reden was mams hier erg opgetogen over.

'Nou, alles gaat goed. Ze woont nog steeds in dat ene appartement. Je weet wel, dat paps en jij nog voor mij wilden kopen.'

'Echt waar, lieverd?'

'Echt waar.'

'Maar dat is geweldig!'

'Ja, het is een leuke woning...'

'O, maar we dwalen af! Wat vond je nu van de nieuwe Erica's?'

'Nou, leuk.'

'En wat heb je er gegeten, lieverd?'

Jeetje.

'Eens kijken, ik begon met gefrituurde courgette...'

'Die heb je toch wel gedeeld, hoop ik?' Ze keek me streng aan. 'Je weet hoeveel calorieën daarin zitten.'

'Ja, ja, en we hebben ze niet allemaal opgegeten...'

'Nou, gelukkig maar. En wat nog meer?'

'Ik had de babymozzarella met gegrilde paprika's, aubergine en kappertjes als voorgerecht, en daarna de penne...'

De rest van het etentje verliep min of meer volgens hetzelfde patroon. We bespraken het menu, de service, de inrichting en de andere gasten van Erica's.

Het lijkt misschien heel saai, maar dit is nu eenmaal de manier waarop mijn moeder communiceert. En ik moet zeggen, het werkt. Het verloopt allemaal heel gezellig en positief, vanaf een andere tafel komt het heel goed over en het gesprek stokt nooit. Zelfs wanneer je absoluut niets tegen elkaar te zeggen hebt, kun je dat met dit gebazel heel goed verhullen. En dat was nou precies het probleem.

Kijk, het was niet alsof we elkaar niets te vertellen hadden. We zouden het heel goed kunnen hebben over de vraag waarom ze de laatste keer was weggelopen, of waarom ze bezwaar heeft tegen mijn baan, of over paps, over persoonlijke dingen. Maar dat deden we niet. Om de een of andere reden hadden we die band nooit gecreëerd; we waren nu eenmaal niet zo close. Om redenen die ik niet begreep had mams nooit het risico genomen om dat masker waarachter ze zich schuilhield af te zetten. Het was treurig, want ze zou me heus niet kwijtraken door me haar ware aard te laten zien. Integendeel, ik had er een moord voor gedaan het echte mens te leren kennen, in plaats van alleen het imago.

In feite, en volgens mij had ik hier een kleine filosofische inslag, bedacht ik dat ze was begonnen me kwijt te raken vanaf het moment dat ze dat masker had opgezet, omdat ik er daardoor ook een ging dragen. Het is moeilijk jezelf te zijn, kwetsbaar te wezen, als je iemands ware gezicht niet kunt zien. En dat was wat ons ervan weerhield elkaar echt te leren kennen. Het was de trieste waarheid.

En dat betekent niet dat ik niet van haar houd, want dat doe ik wel. Ze is mijn moeder. Maar van een afstand, zelfs wanneer ze vlak naast me zit.

Toen ik thuiskwam, zat Pete op me te wachten zonder zijn Playstation. Sinds ik hem had duidelijk gemaakt hoe bespottelijk dat was, raakte hij dat ding niet meer aan.

'Dag, liefste...' Hij kwam naar me toe om te kussen.

Moest dat nu weer op mijn mond?

'Ik heb een boodschap voor je.' Hij liep naar de telefoon om het briefje te pakken, klaarblijkelijk niet in staat iets gewoon op eigen kracht te onthouden. 'Ene Frank Duffdorp heeft gebeld. Of je hem terug wilt bellen.'

Yes, yes, yes! Frank had gebeld! Ik draaide me om zodat Pete de uitdrukking op mijn gezicht niet kon zien. 'Oké. Bedankt.'

'Wil je nog iets drinken?'

'Nee, ik ga naar bed.'
'Maar...'
'Sorry, ik ben moe.' En weg was ik.

Ik kon hem niet meteen terugbellen – daar was het te laat voor – maar de volgende dag, vanaf het moment dat de klok een redelijk tijdstip aanwees (niet voor halfelf, te gretig; niet na vieren, te onverschillig), belde ik op. Van mijn werk, ten strengste verboden (de regels waren wat strakker geworden sinds Johnny had besloten me niet meer aardig te vinden), maar dit was belangrijk.

'Hoi, met Chloë.'

'Hoi, hoe is het?'

'Heel goed, en met jou?'

'Goed, hoor. Heb je mijn boodschap gekregen?'

'Ja.'

We wisten allebei niet goed wat te zeggen. Behoorde ik uitleg te geven waarom Pete de telefoon bij mij thuis had opgenomen? Zou hij daar zelf naar vragen? Misschien zou het allemaal toch niet lukken. Misschien hadden we onze kans gehad, en verspeeld.

'Zullen we een keer gaan eten?' vroeg hij vanuit het niets.

Yes, yes, yes!

'Leuk, ja,' antwoordde ik zo onverstoorbaar mogelijk.

'Mooi! Vanavond? Ik moet morgen namelijk weer op reis.'

'O, vanavond kan ik niet. Sorry.'

Hoe had ik nu ja kunnen zeggen? Dan had hij meteen geweten dat ik nog verliefd op hem was.

'O... Nou, laat me even een paar telefoontjes plegen, misschien kan ik wel een dag later vertrekken. Bel je zo terug.' En hij hing op.

Hoewel ik heel blij was dat hij al die moeite deed om me te zien, was ik ook kwaad op mezelf dat ik zijn voorstel niet meteen had aangenomen. Wat bezielde me toch?

Ik was mijn mobieltje thuis vergeten en ik besloot dat het niet al te overduidelijk zou zijn als ik hem terug zou bellen, gezien de moeite die hij deed om zijn agenda voor mij om te gooien.

'Hoi, weer met mij. Ik heb mijn mobieltje niet bij me, dus...'

'Ja, daar ben ik net achter gekomen. Luister, het is me niet gelukt een dag later te gaan... Het spijt me...'

O, nee!

'... maar ik ben over drie dagen weer terug.'

Nee! Ik wilde geen drie dagen meer wachten! Het was me wéér gelukt, hoor. Ik was een lafaard, ik maakte er een zootje van, ik voelde hem door mijn vingers glippen. Ik gaf mezelf een schop onder mijn kont. Ik moest flink zijn...

'Misschien kan ik voor vanavond een afspraak verzetten.'

'Weet je het zeker?'

'Ik kan het proberen. Ik bel je zo terug.'

Spiegeltje, spiegeltje aan de wand,
wie heeft de minst drukke agenda van het land?

'Vanavond kunnen we!'

'Fantastisch! Waar wil je graag heen?'

'Geeft niet. Verras me maar.'

'Zal ik je dan om acht uur komen halen?'

'Oké.'

'Dag.'

'Dag.'

Hij hing als eerste op en ik stond nog een hele tijd naar de pieptoon te luisteren. Het was de mooiste pieptoon die ik ooit had gehoord.

Problemen in het kwadraat

Al snel kwam ik erachter dat vreemdgaan nog lang niet zo makkelijk was. Ik had het zelf nog nooit gedaan, en theoretisch gezien deed ik het nog steeds niet (het was immers alleen maar een etentje), maar het web van leugens die ik ervoor moest spinnen werd steeds beklemmender.

Allereerst moest ik mezelf verantwoorden waarom ik zo vroeg thuis was. Zoals altijd zat Pete op de bank, zijn verbannen Playstation vervangen door een stripboek. Toen ik binnenkwam verstopte hij dat snel onder een kussen en sprong op om me een kus te geven.

'Dag schoonheid!' zei hij ter begroeting met een tuitmondje, het dunne laagje speeksel op zijn onderlip glinsterend, en ik gruwelde.

Met een 'Hoi. Sorry, maar ik moet plassen!' lukte het me de afstotelijke lip te ontwijken.

'Ben je vroeg thuisgekomen om me te verrassen?'

'Ja... Luister, ik ga vanavond met een paar mensen van mijn werk uit en ze komen eerst hierlangs voor een, eh, vergadering. Het spijt me verschrikkelijk, maar denk je dat je je tussen acht en halfnegen ergens anders kunt vermaken?'

'Hoe bedoel je?'

'Kun je misschien bij een vriend langs of zo?'

'O...' Hij klonk gekwetst.

Het was echt heel moeilijk. Ik wilde alleen maar dat hij me met rust zou laten vanavond, zodat Frank me kon komen oppikken zonder dat er een ongemakkelijke situatie zou ontstaan.

'O...' herhaalde hij.

Weer voelde me ik schuldig. Heel even had ik met hem te doen gehad, maar enkel doordat hij zich herhaalde, ergerde ik me alweer groen en geel.

'O... oké, ik begrijp het.'

Hij ging op de bank zitten mokken, als een klein kind wiens favoriete speelgoed was afgenomen.

Ik probeerde aardig te zijn. 'Zal ik thee zetten?'

'Goed...' zei hij instemmend, maar hij bedoelde nee.

'Of liever iets anders?'

'Nee hoor, thee is goed. Ik ga het zelf wel zetten.' Hij voelde zich duidelijk erg assepoesterig van voor de metamorfose. Met mijzelf als gemene stiefmoeder.

En ik voelde me ook best wel gemeen, door de manier waarop ik met zijn gevoelens omsprong, maar ja...

Hij kwam terug met de thee en een andere houding. Geen 'arme ik' meer, hij had zich zijn 'cool dude'-imago weer aangemeten. Sukkel. Ik probeerde hem met respect te bejegenen om mijn negatieve houding goed te maken. Het was heel moeilijk.

'Heb je nog castings gedaan?'

'Ja, vandaag, voor Levi's.'

'Hé, mooi. Hoe ging het?'

'Ja, man, dat was wreed.'

'Hoezo?' vroeg ik om hem de 'wreedheid' te laten verklaren. Van wat ik tot nu toe had begrepen, hoefde hij niet veel meer te doen op deze castings dan:

– erheen te gaan (zonder te verdwalen, eerste hindernis)

– in de rij op zijn beurt te wachten (hindernis twee, bijhouden wie er aan de beurt is)

– zijn portfolio te tonen (dit zou hindernis nummer drie geweest zijn, ware het niet dat ze het altijd over hun 'boek' hadden om het dagelijks uitspreken van een woord van meer dan twee lettergrepen te voorkomen)

– te vertrekken (de laatste moeilijkheid: de toiletdeur niet voor de uitgang aanzien).

Ik besefte dat ik hem een beetje hard beoordeelde, maar blijkbaar was het vandaag 'wreed' geweest, en ik zag niet in hoe dat mogelijk was. Afijn, hij zelf ook niet, denk ik, want hij had nooit een antwoord op mijn vraag gegeven.

'En, wat heb je nog meer gedaan vandaag?'

'Naar de sportschool geweest.'

'Was het leuk?'

'Te gek!'

Het leek me verstandiger niet naar het waarom te vragen.

'Oké, dan ga ik me nu omkleden.'

Ik had ruim twee uur om mezelf voor te bereiden en ik benutte elke minuut. Ik nam een heet bad en bracht een gezichtsmasker op, alles wat ik in lange tijd niet had gedaan. Het was heerlijk. Terwijl de aromatische oliën verdampten werd iedere ademhaling een zucht van verlichting. De spanning die ik had opgebouwd sinds Pete zo vreselijk irritant was geworden, gleed van me af.

'Schat?' Petes stem deed me opschrikken. De deur ging open en het volgende moment verscheen zijn hoofd om de hoek. 'Gelukkig?'

Nu niet meer, dank je.

'Ik ga nu weg...'

Ik deed een schietgebedje. 'O God, alstublieft, ik wil geen afscheidszoen.'

Er werd niet geluisterd.

'Dag moppiepoppie!'

Gatver!

'Dag.'

'Ik hoop dat de vergadering goed gaat!'

'Dank je.'

'Ik hou van je!'

'Dank je.'

Het was moreel gezien onmogelijk om 'ik ook van jou' te zeggen. Sommige grenzen moet je respecteren.

Ik had er verstandig aan gedaan Pete weg te sturen, want Frank kwam me boven afhalen (hoewel ik nog steeds een hekel aan dat woord had, was ik het onbewust van André gaan overnemen). Ik deed open, zag Frank met een enorme bos rozen en witte lelies in zijn handen staan, en raakte onmiddellijk in paniek. Waarom had hij bloemen voor me meegebracht? We gingen toch uit eten? Want als we uit eten zouden gaan hoorde hij geen bloemen mee te nemen. Had ik het verkeerd begrepen, zouden we hier eten? Wat moest ik doen? Kon ik stiekem bellen en iets laten bezorgen? Als ik Frank uit de keuken zou weten te houden...

'Chloë?'

'O sorry, ja... kom binnen, leuk je weer te zien. En je hebt bloemen voor me meegebracht. Wauw!'

Zonder verklaring voor het boeket stapte hij naar binnen alsof er niets aan de hand was. Ik volgde zijn voorbeeld.

'Heb je zin in een glas wijn?'

'Ja, lekker.'

Hij volgde me naar de keuken. Shit. Geen opmerking over het feit dat er geen pannen op het vuur stonden. Goed. Maar waarom? Toen begon het me te dagen... uit eten én bloemen, dat was absoluut een hint. O god, o god, o god! Frank was verliefd op me! Misschien.

'Ik ga ze eerst even in een vaas zetten.' Ik haastte me naar het aanrecht, waar ik met mijn rug naar hem toe ging staan om mijn gezicht te verbergen. Ik was niet van plan hem te zeggen dat ik ook van hem hield, nu mijn gezicht zoals zo vaak een tomaat imiteerde. Waarom had God mij in vredesnaam zo rijkelijk gezegend met dit bloostalent?

Voor het eerst in mijn leven deed ik een poging tot bloemschikken, terwijl ik intussen mijn gewone kleur weer terug probeerde te krijgen. Het was niet eenvoudig.

Frank opende de fles sancerre, schonk twee glazen in en praatte door alsof er niets aan de hand was. Hij maakte me gek. Vond hij me nu wel leuk of niet? Eerst bloemen meenemen en dan normaal doen? Wat wilde hij nu eigenlijk?

Ik concentreerde me op de bloemen, want zolang ik iets om handen had was de kans dat ik me normaal gedroeg het grootst. Een lelie, een roos, een beetje groen; een lelie, een roos, een beetje groen; een lelie...

'Chloë?'

Ik draaide me abrupt om en nam de vaas met me mee. De bloemen vlogen in het rond, de vaas viel in scherven en ik barstte in een zenuwachtig gehinnik uit. Luid en hysterisch. Einde normaal gedrag.

'O het spijt me, heb ik je aan het schrikken gemaakt?'

'Nee, nee.' Ik probeerde uit alle macht weer normaal over te komen en liet me op de grond zakken om de scherven op te rapen. 'Au!'

'Heb je je gesneden?' Ik keek naar mijn vinger en zag een piepklein sneetje.

'Laat me eens kijken, heb je een pleister nodig?'

Door heel hard op mijn vinger te drukken, wist ik er een druppel bloed uit te persen.

'Waarschijnlijk.' Ik toonde hem het letsel.

Hij bestudeerde mijn vinger aandachtig. 'Dit kunnen we maar beter even verzorgen.'

Hij greep een enorme rol toiletpapier van het aanrecht, scheurde er een vel van af, vouwde het dubbel en begon het sneetje te verzorgen, dat ik iets bloediger had weten te maken door eraan te likken en er reusachtig in te knijpen.

Hij nam er de tijd voor en maakte een schattig toiletpapierenverbandje met een strik. Ik vond het heel mooi.

'Kijk, er komt bloed doorheen!' Ik wees naar het piepkleine rode stipje. 'Ik ga toch niet dood, hoop ik?'

'Als we er niet goed voor zorgen waarschijnlijk wel, ja.' Hij pakte mijn hand weer en drukte zijn duim zachtjes op het rode vlekje. 'Dat stopt het bloeden.'

'Pfff! Dat was op het nippertje! Je beseft toch wel dat je mijn leven hebt gered? In sommige indiaanse stammen betekent dat dat je je hele leven verantwoordelijk voor mij zult zijn.'

Hij keek me glimlachend aan. 'O ja?'

Was er eerder al spanning tussen ons geweest, dan was die nu ineens verduizendvoudigd. Het leek wel of hij zich had voortgeplant en kleine spanningsbaby'tjes had gemaakt, terwijl ik even niet had opgelet. Hij was zo echt dat ik hem bijna kon aanraken.

'Wat ben jij aan het doen?'

Ik keek op en zag Pete in de keuken staan. Ik had de voordeur niet eens gehoord.

'Ik heb mezelf gesneden,' legde ik uit. 'Ik ga misschien wel dood.'

'Wat?'

'We hopen maar dat ik 't red.'

Pete keek verward. 'Wie is dat?'

'Frank.'

'Waarom houdt hij je vinger vast?'

'Ik probeer het bloeden te stoppen,' schoot hij me te hulp.

'O.'

Pete scheen niet te weten wat hij moest zeggen. Net zomin als wij. We namen alle drie plaats aan tafel. Het was een buitengewoon vreemde situatie.

'Je kunt haar hand nu wel loslaten,' zei Pete beschuldigend.

Ik was totaal vergeten dat Frank nog steeds mijn vinger vasthad.

'Ja, ja, natuurlijk,' zei hij, zich verontschuldigd.

'Voorzichtig, voorzichtig!' riep ik, omdat ik niet wilde dat hij me losliet en ik wanhopig mijn best deed mijn vinger weer aan het bloeden te maken. Frank rolde het verbandje er heel langzaam af en ik krabde zo gemeen mogelijk met mijn nagel over de snee. Het duurde niet lang voordat ik de wond weer openkreeg en er een nieuwe druppel bloed verscheen.

'Als een rund! Ik bloed als een rund! Frank, breng me naar het ziekenhuis! Nu meteen!'

'Voor dat druppeltje?' zei Pete verontwaardigd.

'Zo begon het daarstraks ook, en toen opeens, guts! Overal bloed! Gutsend! Vraag maar aan Frank!'

'Ja, het gutste inderdaad,' bleef Frank me trouw.

'Ik kan je wel naar het ziekenhuis brengen!' zei Pete behulpzaam.

'Nee, dat kun je niet! Jij... jij hebt geen auto! Frank heeft een auto! Het moet Frank zijn, verdorie, Frank!'

Paniekerig drukte ik het verbandje weer op mijn vinger. 'O, mijn god, het lijkt wel een aderlating!' Frank, houd mijn vinger vast! Haal je auto en breng me direct naar het ziekenhuis, er is geen tijd te verliezen!'

Ik sprong op en rende naar de deur, Frank achter me aan trekkend.

'Ik bel zodra ik nieuws heb!' zei hij tegen Pete vlak voordat hij de deur dichttrok.

Ik hield een taxi aan en verzocht de chauffeur ons zo snel mogelijk naar de eerstehulp van het dichtstbijzijnde ziekenhuis te brengen. Frank protesteerde niet. Ik genoot van dit spel, maar na enkele straten kreeg ik toch mijn bedenkingen.

'Denk je dat ze onder de indruk zullen zijn van mijn vinger?'

'Daar komen we in het ziekenhuis wel achter.'

'Ja, dat is waar... Wil jij nog gaan?'

Hij lachte. 'Of ik wil gaan? Ik bedoel, dat is niet aan mij, jíj bent degene met de vinger.'

'Weet ik,' zei ik ernstig alvorens het verband eraf te halen. Een miniem korstje sierde mijn vinger. 'Het bloedt niet meer! Ik denk dat ik gered ben.'

'Het is een wonder...'

'Nou, dat kun je gerust zeggen! Dus dan gaan we maar niet naar het ziekenhuis?'

'Dat is misschien wel een goed idee,' zei hij, en hij wendde zich tot de chauffeur. 'Er is een wonder gebeurd, ze is genezen. Wilt u ons er hier uit zetten, alstublieft?'

'Wat nu?' vroeg ik, toen we weer met beide benen op de grond stonden.

'Geen idee. Laten we maar een stukje gaan lopen, dan vinden we vanzelf wel iets.'

We liepen terug in de richting van mijn appartement. Het was lekker om buiten te zijn. De koude lucht deed pijn aan mijn gezicht, maar het deerde me niet. We slenterden stilletjes door de avond. Frank hield nog steeds mijn vinger vast. 'Je kunt niet voorzichtig genoeg zijn,' had hij gezegd.

‘Hebben we deze straat al niet gehad?’ zei hij, toen we voor de vierde keer om de tuin voor mijn appartement waren gelopen.

‘Sorry, maar ik vind het heerlijk.’ Ik leidde hem naar de rand van de tuin, stak mijn hoofd door het hek en moedigde hem aan hetzelfde te doen. Samen keken we de tuin in. Het maanlicht verrichtte wonderen, en het was té *Notting Hill* om te laten schieten.

‘Zullen we de tuin in gaan? De poort is aan de andere kant, maar ik heb een sleutel.’

‘Nee, liever niet.’

‘Waarom niet? Vind je het te koud?’

‘Nee, nee... Kom, dan breng ik je naar huis.’

Was ik nu gek aan het worden of wilde deze man, die met een bos bloemen naar mijn appartement was gekomen en de hele avond mijn vinger had vastgehouden, het voor gezien houden? Waarom? Waarom de moeite nemen om al die dingen te doen als hij niet bij me wilde zijn? Of misschien wilde hij dat wel, maar zat hem iets anders dwars.

‘Dus je hebt het niet koud?’

‘Nee...’

‘Heb je honger?’

‘Nee...’

‘Is het vanwege die Doreen?’

‘Nee, dat is m’n nichtje.’

‘O. Moe? Ben je moe? Wil je naar huis omdat je moe bent?’

‘Nee, ik ben niet moe.’

‘O...’ We waren inmiddels voor de trappen van mijn appartementencomplex aangekomen en door de toenemende pijn in mijn keel kreeg mijn stem een vreemde klank.

‘Dan wil je zeker ook niet meer mee naar boven?’

Hij aarzelde even en streelde zacht mijn gezicht. ‘Chloë, ik zal eerlijk tegen je zijn. Ik zou niets liever willen dan mee naar boven gaan, maar we weten allebei dat je vriend op je zit te wachten. En om diezelfde reden wilde ik niet de tuin met je in. Ik wil niet met iemand iets beginnen die al een relatie heeft.’

Ik slaakte een zucht van opluchting. Ik had werkelijk even gedacht dat ik hem kwijt was. ‘Daar hoef je je niets van aan te trekken, hij stelt niks voor, ik ben echt helemaal niet verliefd op hem! Ik hoef alleen maar naar boven te gaan en hem te zeggen dat het uit is, en dan ben ik vrij. Dat is alles!’

Frank wreef over zijn voorhoofd, schijnbaar nogal ongemakkelijk met de situatie.

'Luister nou, ik vind het helemaal niet erg om met hem te breken, hij betekent niets voor me. Dat is niet jouw schuld! Maak je geen zorgen!'

Hij bleef maar wrijven. 'Chloë, dat is nu net waar ik me wél zorgen over maak. Bovendien, als je zo met hem omgaat, wie zegt mij dan dat ík niet op een dag binnenkom en je met een man aan je vinger aantref?'

'Maar...'

'Sorry, maar ik moet nu echt weg. En Chloë, wees aardig. Wees eerlijk tegen die jongen.'

Mijn ogen werden zo troebel dat ik nauwelijks nog zijn silhouet kon onderscheiden toen hij van me wegliep.

Ik ging op de trap zitten en huilde. Ik kon maar niet geloven dat Frank om zoiets onnozels als Pete was vertrokken. Ik wou dat ik hem nooit had ontmoet. Ook wilde ik dat wanneer ik zou doen wat Frank had gevraagd en dus eerlijk tegen Pete zou zijn, de zaken terug zouden draaien.

In de lift naar boven begon ik mij af te vragen wat ik in godsnaam tegen hem moest zeggen. Toen dacht ik aan Sadie, en aan de eerste keer dat ik haar had ontmoet. Wat eerlijkheid betreft, was dat een behoorlijk goed richtpunt.

Pete was nog op en zat op mij te wachten. Hij leek wat op zijn pik getrapt.

'Ik dacht dat je zei dat hij een auto had?'

'Ja, nou?'

'Ik zag jullie in een taxi stappen!'

Ik was razendsnel. 'En? Hij heeft een taxi, ja, en wat dan nog? Is dat soms geen auto? Het rijdt, heeft vier wielen, remmen, noem maar op. Het enige verschil is het licht op het dak. Vind je het erg? Híj heeft ten minste een taxi!'

Daar had Pete niet van terug. Ik besloot dat het nu of nooit was. Erop of eronder. Dit werd mijn moment van de waarheid.

'Pete, ga even zitten. Ik moet je iets vertellen,' sprak ik ernstig, terwijl ik al mijn moed verzamelde. 'Je bent niets.'

Poe, poe, dat was eruit. Het ging me makkelijker af dan ik had verwacht.

'Zo is het, je bent niets. Dat wou ik je maar even zeggen.'

'Waar heb je het over?'

'Ja, ja, maak je geen zorgen, zo reageerde ik ook, maar zo is het nu eenmaal, je bent niets. En je hebt ook niets.'

Hij raakte geïrriteerd. 'Ik ben en ik heb "niets"?'

'Nou, dat is toch zo, of niet soms?' Ik zocht naar een voorbeeld. 'Je hebt niet eens een taxi, alsjeblieft. En kijk niet zo geschokt, je bent niet de enige, weet je, ik ben ook niets! En dat brengt me op het volgende. Tel niets en niets bij elkaar op, en wat krijg je dan? Precies. Niets! Dat zijn wij samen, helemaal niets. Onze relatie is niets en dat leidt dus ook tot niets! Zo!'

'Chloë, heb je iets gebruikt?'

'Ja, de waarheid! Ik wil vooruit en dat gaat niet met je kop in het zand. Het is beter dat je niets bent en het weet dan dat je het niet beseft. Weet je wat jouw probleem is? Je bent geen gever.'

'Wat?'

'Je bent geen gever.'

'Maar ik zorg toch voor je? Ik zet thee!'

'Ik heb het niet over thee! Ik heb het over geven. Wanneer heb jij iemand voor het laatst een orgasme bezorgd?'

'Maar ik moet van jou in de andere kamer liggen!'

'Zie je nu wel! En waarom was dat? Omdat jij geen vríéndje bent!'

'Maar hoe kan ik nou je vriend zijn als ik in de andere kamer moet slapen?'

'Weet je wat, Pete. Tegen de tijd dat je dat begrijpt, zul je klaar zijn te begrijpen waarom je niets bent. Maar nu moet je me verontschuldigen, want ik moet huilen!'

Ik liet hem met zichzelf alleen om alles nog eens rustig te overdenken.

Verlichting

Het leven werd alleen maar ingewikkelder. Ik was zojuist door mijn grote liefde afgewezen, had een zeer pijnlijke beëindiging van mijn relatie moeten doorstaan (hij had geweigerd erover na te denken, ik had uren op hem in moeten praten, hij wilde het maar niet begrijpen en uiteindelijk moest ik hem bijna smeken te vertrekken!) en daar kwam nog bij dat ik mijn baan niet meer leuk vond. Ik had nooit gedacht dat ik dit ooit zou toegeven, maar ik voelde me simpelweg ondergewaardeerd. Besteedde ik uren aan het veranderen van de look van mijn klanten, liepen ze vervolgens met een simpel 'dank u wel' de deur uit, en van Johnny hoefde ik ook geen stimulans te verwachten. Junita was op zich best aardig, maar na dat keukenincident was ze opmerkelijk minder dol op me dan de anderen. Ik zou het niet eens zo erg hebben gevonden om een beetje rot behandeld te worden als dat uit jaloezie voortkwam, maar ik had niet eens promotie gekregen. Ik kon er helemaal geen wijs meer uit worden. Want ook al had ik wél promotie gekregen, wat dan nog? Dan zou ik nog steeds voor Johnny moeten werken, zelfs nóg meer tijd met hem moeten doorbrengen, terwijl hij nu niet bepaald in mijn top-tien van meest geliefde mensen stond. En ik niet in de zijne. En ja, natuurlijk, ik zou heel trots op mezelf zijn en eventjes lekker in mijn eigen glorie liggen zwemmen, maar dan? Wat gebeurde er dan met mijn gat?

Ik overwoog met pensioen te gaan, maar vond het toch wat vroegtijdig. Toen kreeg ik het plan om zelf een zaak te beginnen. Op die manier kon ik zoveel werken als ik zelf wilde, wanneer ik wilde, met wie ik wilde en, belangrijker nog, doen wat ik wilde. Hoewel ik nog steeds niet wist wat dat was.

Ik speelde met het idee, maakte een lijstje van de voors en tegens, en het lijstje met de voordelen was aanmerkelijk langer. Het enige nadeel was dat ik mijn collega's echt heel erg zou missen. Ik wilde er met Lucy en Albert (Carol ging toch weg) over praten om de stemming te peilen.

Het gesprek begon positief.

'Als ik ontslag zou nemen, zouden we elkaar dan nog zien?'
'Hoezo? Ben je van plan te stoppen?' vroeg Lucy.
'Nee, natuurlijk niet. Maar stel.'
'Buiten werk om, als we zouden willen, ja. Waarom vraag je dat?'
'Zomaar...'
Albert sprong er echter bovenop. 'Heb je eindelijk besloten hier weg te gaan? Het werd hoog tijd!'
'Hoe bedoel je?'
Lucy kwam als eerste met het antwoord. 'Waarom zou je hier in vredesnaam willen werken? Het is saai, het leidt nergens toe. Het is dag in dag uit hetzelfde. Dezelfde gezichten, dezelfde kleren, elke dag weer.'
Zoals zij het beschreef, klonk het inderdaad erg deprimerend.
'En ik weet al wat je me nu gaat vragen,' vervolgde ze. 'Namelijk waarom ik het dan toch doe. Klopt dat?'
Ja, dat klopte. Ik kon niet begrijpen waarom iemand vanaf het moment dat hij meerderjarig wordt nog dingen doet waar hij geen zin in heeft.
'Wat jij aldoor maar niet begrijpt, Chloë, is dat ik móét werken. Ik krijg van niemand hulp. Als ik niet werk, heb ik geen inkomen. Zo simpel ligt het. Er was een tijd dat ik dolgraag promotie wilde, net als jij, maar daar geloof ik niet meer in. En ja, ik zou heel graag iets anders willen doen, werk dat een uitdaging is. Alleen heb ik mijn school nooit afgemaakt en dat maakt het moeilijk. Helaas is dit het beste wat ik krijgen kan. Dus mijn visie op deze enorm belangrijke kwestie is als volgt: jij komt om in het geld en je ziet je werk hier, in mijn ogen, als een soort experiment. Je had genoeg van je lege bestaan, van het dagenlang rondhangen, van de sportschool, van de lunches, enzovoort. Nou, ik zal je vertellen, ik zou graag zo'n leven willen hebben! En je moet niet denken dat wat we hier doen nou bepaald diepzinnig is, dus als je je nuttig wilt maken, kun je beter liefdadigheidswerk doen. Er zijn massa's mensen die hulp nodig hebben. Je hebt geen geld nodig, en dat is mooi. Maar maak je dan nuttig, als je zo nodig iets wilt doen. Het enige wat je hier doet is kleren verkopen en daar verander je de wereld niet echt niet mee. Bovendien hou je een baan bezet van iemand die hem misschien wél echt nodig heeft! En dat is ook niet bepaald zinvol, of wel?'
'Zo is het wel genoeg,' kwam Albert tussenbeide, aangezien ze op het eind een beetje gemeen werd. 'Maar ik ben het wel met je eens.'
Waarom veroordeelden ze me zo? Ik had hen nooit veroordeeld, zelfs niet toen Lucy weer met die klootzak van een Mickaël begon

om te gaan in de veronderstelling dat hij 'veranderd' was. En had ik Albert er ooit op aangesproken dat hij nooit met een meisje uitging of dat hij niet bepaald de mannelijkste man der mannen was? Maar als zij op deze toer gingen, kon ik het ook.

'Dus je denkt dat jij volmaakt bent?' verdedigde ik mezelf. 'Als je geen andere baan kunt krijgen omdat je je school niet hebt afgemaakt, ga je toch weer naar school! Maar je bent liever lui dan moe, en dan zeg je dat je het niet kunt. Ik probeer het tenminste. En ík ga tenminste niet uit met iemand die me als een stuk vuil behandelt! Ik leer tenminste van mijn fouten! Als je in een blijf-van-mijn-lijfhuis eindigt, heb je dat van tevoren aan kunnen zien komen.'

Vooral die laatste opmerking miste zijn doel niet.

'O ja? En jij dan, verwaande trut! Je woont samen met iemand die op je geld teert, er andere vrouwen op na houdt en te dom is om voor de duvel te dansen!'

'Ik heb het uitgemaakt met hem! En trouwens, jij kent hem niet eens.'

Ze grijnsde sarcastisch. 'Dat weet ik allemaal van je zogenaamde vriendin Cynthia.'

Wát?

'Larie!'

'Nee, niet! En ik hoef tenminste geen vriendschap te kopen, zoals jij met dat idiote keukenplan. Zelfs dát kon je niet tot een goed einde brengen!'

'O nee?' Ik zocht wanhopig naar nog een belediging. 'Nou, ik eet tenminste!'

'Genóég!' Junita was binnengekomen en bewees over krachtigere stembanden te beschikken dan wij. 'Allebei ophouden! Zijn jullie gek geworden, jullie zijn op straat te horen!'

Dat gold ook voor haar, maar ik hield wijselijk mijn mond. Ze was woedend, en ik wist zeker dat ik ontslagen zou worden.

'Ik kan dat mens gewoon niet meer om me heen verdragen!' siste Lucy.

'Wat?' krijste ik ongelovig. 'Je zegt de meest vreselijke dingen over mij en...'

'Jij begon!'

'Niet waar!'

'Wel waar!'

'Ik zei: koppen dicht!' kwam Junita opnieuw tussenbeide. 'Als jullie je niet kunnen gedragen, kunnen jullie beter vertrekken. We zitten hier niet meer op de kleuterschool! Jij, ga de klanten helpen!' beval ze Lucy.

Het was typisch, net als vroeger op school kreeg ik weer overal de schuld van. Junita stuurde Albert ook weg en ging vervolgens op de hoek van de tafel zitten.

'Ga zitten!' commandeerde ze.

Dat deed ik en toen ik merkte dat ik naar haar op moest kijken, wist ik dat ik een preek zou krijgen. Heel fijn.

Ze sprak op kalme toon en op een manier waaruit ik afleidde dat ik haar maar beter niet kon onderbreken.

'Chloë, als je even naar mij wilt luisteren... Om de een of andere reden heeft Johnny me duidelijk gemaakt dat hij je niet wil ontslaan. En ik begrijp best waarom. Behalve dat hij verliefd op je is, doe je je werk goed en krijg je een klein salaris. Ik weet niet waarom je deze baan hebt genomen en waarom je hem in vredesnaam wilt houden, maar dat zijn mijn zaken niet. Maar laat ik je één ding zeggen. Ik heb gehoord wat er tussen Carol en jou is voorgevallen en hoezeer ze nu in de problemen zit. Ik heb gehoord wat je over die arme moeder van Albert hebt gezegd. Ik weet ook dat je op mijn baan uit was, de hemel mag weten waarom je denkt dat je dat zou kunnen, maar ik weet het. En vandaag kom ik hier binnen en hoor je tegen Lucy schreeuwen dat ze niet eet. En ik geef toe, het is de waarheid, maar je zei het niet om haar te helpen maar om haar te kwetsen. Wie denk je eigenlijk wel dat je bent?'

Ze zweeg even, en ik deed een poging er ter verdediging een paar woorden tussen te persen, maar dat was tevergeefs.

'Ik zal jóú de waarheid eens vertellen en dat doe ik niet om je te kwetsen. Iedereen hier weet dat je rijk en tot op het bot verwend bent. En daar is niks mis mee. Het was zelfs even grappig, maar nu niet meer. Je kwetst mensen. Je kwetst de mensen om je heen met ondoordachte opmerkingen en egocentrisch gedrag, en ik zou je willen vragen... nee, ik wil je zéggen ermee op te houden. Nu meteen! Want ik vind het toevallig wel leuk om hier te werken, ook al vinden Lucy en jij...'

Shit! Dat had ze dus ook opgevangen...

'... ja, ik heb jullie gehoord. Maar maak je geen zorgen, iedereen heeft recht op zijn eigen mening. Maar ik hou van mijn werk. Ooit heb ik hetzelfde als jij en Lucy gedaan in een andere winkel en dat werd me op een gegeven moment ook te saai, dus ik verwijt jullie niets. Maar in plaats van klagen deed ik er iets aan. Ik ging terug naar school. En ik kan je verzekeren dat het niet gemakkelijk was om een baan, een huishouden met man en kind en ook nog een studie te combineren. Ik moest werken als een paard, maar ik heb me voor de volle honderd procent ingezet en het heeft vruchten afgeworpen. En al heb ik niet de meest flitsende carrière en zal ik nooit zoveel geld hebben als jij, dat kan me niets schelen. Van mijn salaris heb ik mijn kinderen kunnen grootbrengen, ik heb ze een goede opleiding kunnen geven. Daar ben ik trots op. Dat is mijn verdienste. Ik heb een mooi leven voor mezelf gemaakt, en als ik dan kleine meisjes zoals jij hoor klagen, ja, dan word ik boos en voel ik me beledigd. Boos omdat ik weet wat het is om af te zien. Ik zie het elke dag om me heen. En ik wil best geloven dat jij ook je problemen hebt, maar in mijn ogen zijn die niet zo groot. Ik geloof dat je diep in je hart best een goed mens bent, Chloë... maar je moet altijd in alles je zin hebben. Je betaalt er zelfs voor. Je dacht dat je het met ons kon goedmaken door ons die keuken te geven, maar je hebt ons helemaal níéts gegeven, je hebt alleen maar een cheque uitgeschreven. Je hebt er geen tijd of energie in gestoken. Je vond het leuk een royaal gebaar te maken, maar vervolgens was het niet interessant meer. Je hebt niet eens je best gedaan het goed te doen!'

Ik huilde, maar was het me pas bewust toen een dikke traan in mijn mond rolde.

'En heb jij er wel eens over nagedacht dat ik mijn best doe, ook al kan ik het niet perfect?' riep ik wanhopig uit. 'Zie je dat dan niet?'

'O ja? Is dat het beste wat je kunt? Wil je me zeggen dat je het niet beter had kunnen doen als je leven ervan had afgehangen?'

'Ik héb mijn best gedaan!'

'Beledig mijn intelligentie niet! Tenzij je me wilt laten geloven dat jij net zo belachelijk bent als die keuken van je.'

Ik begreep niet wat er gebeurde. Haar woorden waren pijnlijk. Heel pijnlijk. Maar hoe ik ook probeerde ze te verdringen, ik wist dat een deel ervan op – nou, ik wilde niet zeggen op de waarheid berustte, maar... dat was wel zo.

Als ik beter mijn best had gedaan, was die keuken veel fraaier geworden. Ik was gemeen tegen Lucy geweest. Ik had niets over Alberts moeder mogen zeggen. Ik had Carols geheim verklapt. Maar dat had ik echt niet expres gedaan. Ik had het allemaal niet expres gedaan, maar daar werd het niet beter door.

Deze mensen waren mijn vrienden geweest, zij waren de reden dat ik met plezier naar mijn werk ging, ze hadden me door dik en dun gesteund, en nu was dat allemaal voorbij. En dat was alleen aan mij te wijten.

Als ik ze terug wilde winnen, als het daarvoor nog niet te laat was, of als ik zelfs alleen maar van mijn fouten wilde leren, zodat dit niet nog eens zou gebeuren, dan moest ik luisteren naar wat Junita te zeggen had.

Ik wilde dat ik de klok kon terugdraaien, dat ik alles kon terugnemen, maar ik begreep dat het leven zo niet in elkaar stak. Het moedige deel in mij zei me dat ik moest luisteren en over mijn gedrag moest nadenken.

Een ander deel had het liefst tegen Junita gezegd dat ze kon opdonderen en wilde de winkel uit rennen om nooit meer terug te komen. Maar ik bleef.

'Het spijt me,' zei ik na lange tijd. Ik wist dat het niet genoeg was, maar iets anders schoot me niet te binnen.

'Echt waar! Het spijt me vreselijk!' Ik barstte in snikken uit.

Junita zag dat haar scherpe woorden me echt hadden geraakt. Ze liep naar me toe en legde haar hand op mijn schouder.

'Jij komt er wel, Chloë. Je moet alleen leren om voortaan iets voorzichtiger te zijn,' zei ze om haar eerdere uitvallen te verzachten.

'Het spijt me zo... het spijt me zo... het spijt me zo,' zei ik net zo lang tot Junita begon te lachen.

'Ja, ja, het is wel goed zo! Ga je gezicht maar wassen. En misschien moet je het maar goedmaken met Lucy.'

Ze liet me alleen in de keuken achter.

Voordat ik tijd had om tot bedaren te komen en van gedachten te veranderen over wiens schuld het nu eigenlijk was, kwam Lucy binnen. 'Mag ik binnenkomen?' vroeg ze eerst.

O shit...

'Ja.' Het lukte me niet de trilling in mijn stem te verbergen.

Gelukkig voelde Lucy zich net zomin op haar gemak. 'Over... eh... daarnet,' begon ze.

'Het spijt me zo.' Ik begon weer te huilen. 'Ik wilde je echt geen pijn doen en ik...'

'Jij hoeft je niet te verontschuldigen. Het is mijn fout.'

'Nee, mijn fout.'

'Nee, de mijne...'

'Nee, de míjne!'

Zo gingen we nog een tijdje door. Het was een beetje maf, maar wel leuk. Ten slotte vielen we in elkaar in de armen en leek onze vriendschap hersteld.

'Ik ben eigenlijk wel blij dat we deze ruzie hebben gehad,' bekende Lucy.

'Ik ook.'

'Nu zijn sommige dingen tenminste uitgesproken...'

'Ja...' antwoordde ik, pas een seconde later beseffend wat mijn instemmende reactie eigenlijk impliceerde.

Dit was eng. Dit betekende dat ze meende wat ze had gezegd. Met haar verontschuldiging bedoelde ze 'het spijt me dat ik je pijn gedaan heb' en niet 'ik meende niet wat ik zei'. Maar in alle eerlijkheid kon ik ook mijn woorden niet terugnemen, want in mijn ogen had ik de waarheid gesproken. Ik was er nog steeds van overtuigd dat ze door terug te gaan naar Mickaël haar ongeluk tegemoet ging. Sterker nog, ik vond haar masochistisch. En ik wíst dat ze smoezen aan het verzinnen was waarom ze een baan had die ze niet leuk vond. Geld of geen geld, ze kon ook net als Junita vechten voor iets wat ze werkelijk wilde, of in ieder geval iets anders probéren.

Dus we namen geen van beiden iets terug van wat we hadden gezegd, maar we wilden wel vrienden blijven. Ik persoonlijk vond dit erg volwassen.

Die avond ging ik niet direct naar huis. Ik parkeerde mijn auto vlak bij mijn appartement en terwijl ik langs de tuinen wandelde richting huis, verlichtte de maan de bomen en het houten bankje zo mooi dat ik er wel in móést gaan. Ik zat op het bankje en keek toe hoe de wind de herfstbladeren optilde en telkens weer in verschillende vormen blies, schijnbaar onvermoeibaar. Mijn hoofd werd er helder van.

Ik dacht eens goed na en kwam tot de conclusie dat het tijd werd mijn baan op te zeggen, nu ik met iedereen op goede voet stond. Op die manier kan ik nog af en toe langskomen, ze hun lunch brengen of zo, en zij konden mij ook komen opzoeken. Zelfs de afgang van het moeten toegeven dat ik de pijp aan Maarten gaf kon ik nog wel accepteren, want ik besefte dat ik dit voor mezelf moest doen en voor niemand anders.

Op het persoonlijke vlak wist ik instinctief dat ik het met Frank voorgoed verknald had. Dat sneed me nog wel het meest door de ziel. Hij was een goede man en hij was weggegaan omdat hij iets in me gezien had dat hem niet beviel. De positieve kant was dat ik hiervan kon leren.

Het werd koud. Het bankje, hoe romantisch het er ook bij stond, was vochtig en mijn billen waren koud en nat geworden. Ik liep naar huis en voelde me buitengewoon harmonieus en rustig. En koud. Vooral m'n kont.

Het was maar een klein stukje, maar toch herinnerde de gure wind op mijn gezicht en mijn ijskoude, klamme achterwerk me aan de herfst en winters van mijn jeugd.

Toen ik nog heel klein was, bracht ik uren door op de natte takken van mijn favoriete boom waar ik niet in mocht klimmen, en daar speelde ik net zo lang totdat ik het te koud kreeg, er genoeg van had of naar binnen werd geroepen. Meestal het laatste, want in die tijd lag mijn koudrempel een stuk hoger. Daar fantaseerde ik over alle dingen die ik zou gaan doen als ik groot was, of speelde ik met denkbeeldige vriendjes. Dit kon uren duren, totdat ik bijna bevroren was. Dan nam ik afscheid en ging tevreden naar huis.

Omdat ik meestal modderige schoenen had, moest ik via de keuken het huis in en dat was het allerbeste gedeelte van de dag. Ik was dol op onze kokkin. Ze was een liefhebbende, zorgzame vrouw met de roodste wangen die ik ooit had gezien, en ze gaf me stiekem snoep. Ik had haar gezworen dat ik het nooit tegen iemand zou zeggen (snoep was streng verboden in ons huishouden), en die belofte heb ik nooit gebroken. Het was ons geheim en ik vond het heerlijk om bij haar te zijn. Snoep of geen snoep.

Toen ik dus zo door de koude avond naar mijn appartement wandelde, kreeg ik een déjà vu. Ik verwachtte bijna iemand die bij thuiskomst mijn schoenen uitdeed, me op een stoel bij het aanrecht zette en mijn voeten net zo lang warm wreef tot de bloedcirculatie weer op gang kwam en me vervolgens een kop warme chocolademelk gaf.

Die momenten waren me zo dierbaar. Warme chocola drinken, na een heerlijke middag in de tuin spelen, met iemand die om me gaf. Ik verlangde terug naar die momenten.

Toen ik langs de tweede sapbar in mijn straat kwam, stelde ik me voor hoe geweldig het zou zijn wanneer je er ook warme chocolademelk kon bestellen, die ik dan mee naar huis zou kunnen nemen en in mijn eigen keuken, met mijn blote voeten tegen de verwarming, zou kunnen opdrinken.

Ik stond voor de deur van mijn huis, maar had geen zin naar binnen te gaan en ging op de trap voor de deur zitten. Om de een of andere reden had de trap niet hetzelfde effect op me als het houten bankje, dus ging ik weer terug het park in. Ik liet de stilte om me heen op me inwerken en kreeg weer hetzelfde vredige gevoel. Ik had niets meer te wensen. Behalve dan, misschien, een kop warme chocolademelk.

Zo was mijn idee voor het soort bedrijf dat ik wilde gaan beginnen geboren. Een sap- en chocoladebar. Ik zou vruchtensappen verkopen, maar wilde me specialiseren in warme chocolademelk. Pure chocola, melkchocola, witte chocola, chocola met sinaasappel- en pepermuntsmaak, met of zonder slagroom, noem maar op.

Hoe kouder mijn billen werden, des te meer trek ik kreeg in een heerlijke kop dampende chocolademelk. Ik probeerde me er een voorstelling van te maken. Hoe meer ik erover nadacht, hoe meer ik het gevoel kreeg dat ik het seizoensgebonden moest doen. Warme chocola is heerlijk als het vriest, maar ontzettend smerig als het snikheet is. En natuurlijk zou ik de zaak in de zomer kunnen sluiten, maar wat moest ik dan de hele dag doen? Dus door in de zomer vruchtensap te verkopen, hield ik de klanten vast en mezelf bezig. Maar mijn hart lag bij de chocolademelk. Toen ik dat eenmaal besefte, begreep ik ook dat er nog meer achter zat. Wat ik echt wilde was een gelegenheid creëren waar mensen zich zouden kunnen ontspannen, vrienden ontmoeten en zich lekker zouden voelen. Ik wilde een plek maken waar dezelfde sfeer hing als jaren geleden in die keuken.

Dit was goed. Dit was heel goed. Het was betoverend, het was sociaal, het was *Cheers* met chocola.

Het deed me denken aan Sadie en haar soep.

Zelfs Superman heeft moeten leren vliegen

Ik ging bij paps langs om Sadie mijn sap & chocolade-idee voor te leggen. Een mislukte missie, want mijn vader was er ook.

'Vertel me het grote nieuws!' zei ze enthousiast. 'Je klonk zo blij aan de telefoon!'

Ik aarzelde even, want ik wilde er niet over praten waar paps bij was. Hij zou vast en zeker iets negatiefs vinden en zeggen dat het onmogelijk was of zo, en mijn zeepbel helemaal uit elkaar laten spatten. En ik was nog niet bereid hem te laten spatten. Of eigenlijk, ik was vastbesloten hem intact te houden.

Maar dat kon ik hem moeilijk zeggen, dus had ik een afleidingsmanoeuvre nodig, iets anders dan chocola waar ik enthousiast over kon zijn. Dat Pete-tafereel kwam heel handig van pas.

'Nou, jullie weten toch dat ik met iemand samenwoonde?'

Ze keken me allebei hevig knikkend aan.

'Je gaat toch niet trouwen?' gilde Sadie.

Paps' enthousiasme verdween als sneeuw voor de zon, maar gelukkig kon ik hem direct geruststellen.

'Nee, helemaal niet. Ik heb het uitgemaakt!' riep ik verrukt uit.

Ze keken me nog steeds met onverholen nieuwsgierigheid aan.

'Ik had het helemaal gehad met hem, en met Frank trouwens ook, dus ik heb de knoop doorgehakt. Is het niet geweldig?'

'Ja, geweldig...' Paps reageerde verward. 'Is Frank die jongen over wie je me tijdens ons etentje verteld hebt?'

'Ja, dezelfde Frank. Het is een lang verhaal, maar het komt erop neer dat hij me niet wil betrappen met iemand die in mijn vinger knijpt. Ik baal er echt van, want ik begrijp wat hij bedoelt. Ik had hem nooit mijn vinger moeten geven, maar het is nu eenmaal gebeurd en nu is hij weg.'

'Nou, ik ben blij dat *jíj* begrijpt wat hij bedoelt,' zei Sadie.

'Anders ik wel!' Paps begon te lachen. Eerst zachtjes, maar al snel luidkeels. Het was de eerste keer dat ik dat meemaakte, en het was geweldig. Een diepe, bulderende lach die uit zijn tenen leek te komen. Het was hoogst aanstekelijk.

'Wat is er zo leuk?' vroeg ik.

Hij kon nauwelijks stoppen met lachen en maakte allerlei vreemde keelgeluiden. 'O Chloë, je bent me d'r eentje,' zei hij ten slotte met moeite.

'Hoezo?'

'Is dit "het fantastische nieuws" dat je ons zo dringend wilde vertellen?' Hij begon weer te lachen.

'Ongeveer wel, ja...'

'Je bedoelt dat het nog niet alles is?'

'Zoiets ja...'

Ik wist niet of ik het wel durfde te zeggen. Ik voelde me nog niet helemaal gereed om het over zaken te hebben, maar nu ik zag hoe positief hij tot dusver had gereageerd, bloeide de behoefte om dingen met hem te delen op.

'Nou, het zit zo... Oké, het klinkt misschien een beetje vreemd.'

'Daar zou ik me geen zorgen om maken.' Hij klonk nog steeds geamuseerd.

'En ik zou graag jullie eerlijke mening horen. Nou, het zit zo. Je weet dat ik de afgelopen tijd heb gewerkt.'

'Ja...'

'Nou, aanvankelijk dacht ik dat ik daarmee mijn gat kon vullen. Ik bedoel, ik wist niet eens dat ik er een had, maar toch dacht ik het. En dat was dus niet zo.'

'Je wát?' vroeg vader.

'Haar gat,' legde Sadie uit. 'Dat is een metafoor.'

Hij begreep het nog steeds niet, maar spoorde me toch aan verder te gaan.

'Gisteren zat ik dus in het park en opeens kreeg ik een vreemd verlangen...'

Toen ik klaar was met de beschrijving van wat ik allemaal wilde doen, lachten ze niet meer. Ze waren muisstil.

Ik stierf duizend doden bij de gedachte alleen al om het te vragen, maar deed het toch. 'Vinden jullie het een stom idee?'

'Volgens mij gaat het daar helemaal niet om,' zei paps.

Ik voelde het bloed uit mijn gezicht trekken.

'Chloë, ik heb naar je zitten kijken terwijl je je plan aan ons voorlegde, en zo heb ik je nog nooit gezien. Dit ís het, nietwaar? Dus vergeet nou maar wat ík ervan denk, jij wéét dat het een goed plan is en

daar gaat het om. En niemand zal je tegenhouden behalve jijzelf.'
In een opwelling sloeg ik mijn armen om hem heen. Klungelig omhelsde hij me terug.

De volgende dag ging ik met knikkende knieën naar mijn werk. Zoals altijd had Sadie me er niet makkelijk van af laten komen en had me op het hart gedrukt dat het hebben van grootse plannen en ze niet uitvoeren in principe nog rotter is dan ze helemaal niet hebben.
Dus ik liep de winkel binnen en vroeg Junita of ik haar even kon spreken.

'Kan ik ontslag nemen?'
'Natuurlijk, we leven in een vrij land. Je kunt doen wat je wilt!'
'Kan het nu meteen?'
Ze lachte. 'Normaal gesproken heb je een opzegtermijn van twee weken, maar ik denk dat we voor jou wel een uitzondering kunnen maken.'
'Echt waar?' Ik kon niet geloven wat een mazzel ik had. 'Dus ik mag weg?'
'Ja, dat mag,' zei ze lachend.
Ik wierp me tegen haar borst. 'Dank je wel, dank je wel!' Ik sprong op en neer en omhelsde Junita uit pure dankbaarheid, waardoor ik haar per ongeluk een beetje meesleepte.
'Ha! Fantastisch! Dit is te gek!'
Carol kwam de keuken in, nieuwsgierig naar wat er aan de hand was. Ik vertelde haar het goede nieuws.
'Dus eindelijk is dat klotekwartje bij je gevallen,' zei ze met een grijns. 'Goed gedaan.'
'Dank je wel! En jij veel succes met de ba...' Ik legde mijn hand voor mijn mond. 'Oeps, sorry, daar ging ik bijna weer!'
'Maakt niet uit, ik geloof dat iedereen het onderhand wel weet,' zei ze glimlachend.
'En nu wegwezen jij! Ik heb een hekel aan afscheid nemen.'
Op weg naar de deur gaf ik Albert een kneep in zijn kont, iets wat ik altijd al had willen doen. 'Albert, ik ben weg! Tot ziens!'
'O... o... oké,' mompelde hij verbijsterd.
Lucy kwam met grote stappen naar me toe. 'Ik heb het gehoord! Wat zal ik je missen!'
'Ik jou ook. Kom je bij me langs in mijn bar?'
'Je bar?'
'Ja! Ik ga een chocoladebar beginnen. Is het niet fantastisch?'

'Helemaal in je eentje?'
Ik knikte.
Terwijl het tot haar doordrong, werden haar blauwe ogen steeds groter van angst. 'Weet je dat wel zeker?'
'Ja! Waarom niet? Het is wat ik wil.'
'Maar als het nu niet loopt?'
'Het gaat vast wel!'
'Maar als het niet lukt?' Mijn plan leek haar werkelijk doodsangst in te boezemen.
'Dan ga ik op mijn bek. Maar dan sta ik weer op en probeer het opnieuw. En dan probeer ik het weer en weer en weer, net zo lang tot het me lukt, en dat is helemaal niet erg. Want weet je wat?'
'Wat?'
'Zelfs Superman heeft moeten leren vliegen...'

Met deze wijze woorden vertrok ik.

Epiloog

Lieve Junita, Lucy en Albert,

Ik kan gewoon niet geloven dat ik al zes maanden bij jullie weg ben! Het spijt me heel erg dat ik niet ben langsgekomen, maar je eigen zaak opzetten is echt vreselijk veel werk.

Hoe staat het leven? Ik heb een geboortekaartje van Carol ontvangen! Is het kleine mannetje niet om op te vreten? Ik ben zo blij voor haar!

Ik schrijf jullie deze brief vanuit de keuken van mijn eigen sap- en chocoladebar! Ongelofelijk, hè? Ik ben een week geleden opengegaan en ik ben nog nooit van mijn leven zo gestresst, moe, en gelúkkig geweest! Mijn droom is uitgekomen! Nou ja, een van mijn dromen dan (ik wil jullie niet al te misselijk maken met zoete verhalen; op liefdesgebied bijvoorbeeld is alles echt kut komma kut – de naam Frank wil ik nooit van mijn leven meer horen en ik heb al in eeuwen geen afspraakje meer gehad).

Mijn vader en Sadie hebben me echt enorm geholpen met veel wijze raad en morele steun. Ik heb echt ontzettende mazzel dat ze er voor me zijn, want ik betwijfel zeer of ik het in mijn uppie ook had gered. Of misschien ook wel, wie weet? Als ik de afgelopen maanden één ding geleerd heb, dan is het wel dat je jezelf nooit moet onderschatten. Kunnen jullie je voorstellen dat ik weer naar school ben gegaan? Het was maar een avondcursus, dus ik heb geen titel of zo, maar ik heb er bergen bruikbare lessen geleerd, wat toch uiteindelijk de bedoeling was.

Komen jullie een keer langs? Voor jullie zijn alle drankjes van het huis!

Oeps, even wachten, ik sta hier in mijn eentje en ik hoor net een klant binnenkomen.

Snel bond ik mijn *Chloë's* schort voor.

'Ik kom eraan, ik kom eraan!'

'Ik wilde graag een warme chocolademelk!' riep een man vanachter de bar.

'Sorry, in de winter pas weer!'

Loos alarm, iemand voor warme chocola. Wat hebben die mensen toch? Wie wil er nou warme chocolademelk in juli? Hoe dan ook, hoe gaat het met Johnny?

'Ik zou echt graag een kop chocolademelk willen!' zei de man weer.
'Het spijt me, pas als het koud is buiten!' riep ik vanuit de keuken.

Een doordrammerig typetje... Misschien zou ik dat seizoensgebeuren toch maar moeten herzien. Wat vinden jullie ervan?

'Ja, hállo? Is daar iemand?'

Hij gaat maar niet weg. Ik ga zo verder...

Terwijl ik met mijn schort worstelde, prentte ik mezelf in om nooit ofte nimmer mijn geduld met een klant te verliezen.
'Sorry meneer, zoals ik al zei, we schenken geen chocola als het warm weer is.'
'En wat nou als ik het koud heb?'
Ik liep de bar binnen.
Lieve help...
'Zou je er dan wel een voor me willen klaarmaken?'
Lieve help...
'Ja...'

Ik ga jullie toch misselijk maken: de tweede droom is zojuist binnengelopen.

Met dank aan

Karen Mulder, Ben en Marijke Mulder en Henny Bodenkamp, Lisa Ghalib, James Johnston, Julio Santo Domingo, Harry Nuttal, Stephanie Pierre en Susanna Lea, Marc Levi en Frederika van Traa